드라마의 사상과 담론

한국드라마학회 편

국학자료원

차 례

사무엘 베켓의 문학 배경과 사상

강 재 원*

I

사무엘 베켓(Samuel Beckett)은 초기 시절부터 전통과 단절된 새로운 경향의 작품을 쓴 작가로 알려져 있다. 그의 작가 활동은 1930년대로부터 시작되는데 이때부터 그의 작품에서 주제는 물론이거니와 구조에서도 포스트모던적 또는 해체론적 경향을 발견할 수 있다. 1930년대는 베켓이 대학을 졸업한 직후로써, 단편(prose)과 시 그리고 비평 등을 지상에 발표하기 시작하던 시절이다. 그는 이때부터 이전 시대에 적용되었던 문학 방법이나 경향을 탈피하여 새로운 경향의 문학 사조를 개척하려는 시도로써 새로운 형식을 모색·실험하였던 것 같다. 그것은 그 당시 등장한 새로운 문학 형식으로써, 바로 당시 시대정신(Zeitgeist)과도 일치하는 독창적인 문학사조의 실험이라 생각한다. 사실 그 당시는 급격한 아방 가르드(Avant Garde) 문학이 등장하던 시절이었기 때문에, 일반 독자에게는 생경한 사고 방식에의 적응이 요구되던 시기였다. 이 시절에 수많은 사상가와 작가들이 등장하여 나름대로 시대정신에 걸맞는 사상과 작품을 주장하거나 발표하였다. 이들 중 특히 문학계에서는

---

* 밀양대

제임스 조이스(James Joyce)와 마르셀 프루스트(Marcel Proust)가 돋보이는 인물들이었는데, 이들은 사무엘 베켓을 연구하기 위하여 빼놓을 수 없는 작가들이라 생각한다. 왜냐하면 이 두 작가는 그 당시 문학사조를 대표하는 작가들일 뿐 아니라 베켓에게 개인적으로 가장 큰 영향을 끼친 인물들이라 생각하기 때문이다. 이 세 작가는 거의 같은 시기에 기성 전통과 인습으로부터 일탈하여 시대정신에 입각하여 새로운 경향의 작품을 발표한 비슷한 점이 있지만, 각자 나름대로 독자적인 문학 형식을 개척한 면에서는 비교·연구할 가치가 있다고 생각한다. 따라서 베켓 작품의 문학 배경과 사상을 조망하기 위하여 조이스와 프루스트를 빼뜨릴 수 없는 것은 바로 이러한 동시대성과 사상적 배경 때문이다. 그래서 이 글에서 제임스 조이스와 마르셀 프루스트의 대표 작품에서 드러나는 문학 사조의 한 단면을 드러내어 그것을 사무엘 베켓의 작품과 비교·분석함으로써 베켓의 문학적 기반과 배경 사상을 연구하려고 한다.

II

사무엘 베켓은 1927년 학위를 받고 이듬해에 고국, 에이레를 떠나 프랑스 파리로 유학을 가는 것을 전환점으로 작가로서의 출발과 새로운 사상가들과 교류를 시작하는 결정적 계기를 맞는다. 그는 파리에 가자마자 제임스 조이스를 만나고, 그의 작업을 여러 방면으로 돕게 되면서 자연스레 그로부터 문학적 영향을 받는다. 조이스는 20세기 초엽부터 전통과 단절된 소설을 발표하며 독자적인 문학 세계를 개척하였던 작가이다. 조이스의 대표작인 『율리시즈』(Ulysses. 1922)는 전통적인 소설 기술 방법과 완전히 다른 새로운 표현 기법을 선보인 작품이

다. 즉 이전 소설에서는 작품에 등장하는 인물들을 통하여 삶의 모습
이 하나의 완전한 형태로 통일성있게 기술되었지만, 조이스의 이 작품
에서는 더블린 시(市)에서 하루 동안에 일어나는 등장인물들의 만남과
그들의 대화 그리고 그들의 마음 속 생각과 기억 등이 기술되어 있는
소설이다. 조이스에게는 소설 한 편을 위하여 24시간만으로도 충분한
시간 소재가 되었던 것이다. 그는 이 하루 동안을 다양한 생각과 복잡
한 사건들로 채우고 있다. 특별히 그는 작중인물들의 마음속에 떠오르
는 백일몽처럼 일관성이 없고 단편적인 생각이나 주위를 보면서 관찰
하는 순간적인 착상 또는 심리상태를 표현하기 위하여 전통 소설가들
이 사용하였던 단순한 이야기 문체는 필요치 않았던 것 같다. 그는 그
대신 고대(古代)의 엄숙한 성서 언어 등 다양한 언어 기교를 사용한다.
『율리시즈』에는 시간의 복잡한 특성이나 어떤 순간적 경험의 명암, 도
시의 거대성, 그리고 언어 한계까지 확대한 의사 소통 양식으로써의
풍성한 언어 구사 등과 같이 여러 가지 모더니스트적인 관심사가 유형
화되어 있다. 베켓은 조이스가 언어를 열성적으로 실험한 사실에 대하
여, "조이스는 언어를 신뢰하였으며 작가가 해야 할 일이 언어를 재정
리하는 것이고, 언어로서 사상을 표현할 수 있다고 생각한 것 같다."[1]
라고 자신의 의견을 피력한 적이 있다. 그리고 베른 마이클은 이 두 사
람이 가진 언어가 발휘하는 능력에 대한 시각 차이에 대해 서로 비교
하면서 조이스는 언어의 창의적(creative)이며 무한한(infinite) 가능성에
대해 강조한 반면, 베켓은 언어가 사실(寫實, reality)과 직면하기 위하여
필요한 도구이긴 하지만, 인간의 근원적 중요성(fundamental importance)
은 표현할 수 없는 것이라 보았으리라 언급하였다.[2] 비록 조이스와 같
은 모더니스트 작가들은 20세기 초엽의 새로운 사실(寫實)을 묘사하려

---

1) Quoted by Lawrence E. Harvey in *Samuel Beckett*, Poet and Critic
   (Princeton, New Jersey: Princeton University Press, 1970), pp.249-50.
2) Boren Mitchell, *op. cit.*, p. 874.

고 모든 종류의 언어를 낙천적으로 실험하였지만, 베켓은 포스트모던 시대 작가의 시각으로 언어에 의한 의사 소통의 불능을 철저히 인식하고 있었기에 이러한 주장을 하였으리라 생각한다. 덧붙여 베켓은 조이스가 작품에 접근하는 방법과 자신이 사용한 방법을 대비(對比)하여 다음과 같이 언급한 적이 있다. "조이스는 소재를 사용하는데 뛰어난 수완가이며, … 나는 그러한 능력이 없다."3) 베켓이 판단할 때 당 시대 상황에서 사실(寫實)의 표현은 명료성이 약하기 때문에 성공적으로 글을 쓸 수 없다고 보고, 경험으로 축적되어지는 인식력에 대해 약간이라도 관심을 가진 사람이라면 누구나 사실(寫實)은 무지자(無知者)의 경험에서 드러나는 외양이란 결론에 도달할 것이라 주장하였다.4)

그리고 조이스의 『율리시즈』에 쓰인 기법과는 달리 마르셀 프루스트의『잃어버린 시간을 찾아서』(Remembrance of Things Past)에는 사회의 복잡성, 시간의 복잡성, 언어의 복잡성, 인식의 복잡성 등이 취급되어 있는 소설이라 볼 수 있다. 왜냐면 조이스의 『율리시즈』에는 더블린시 (市)의 노동자 계층과 중산층의 생활이 다양한 양상으로 묘사되어 있지만, 이와 대조적으로 프루스트의 소설에는 파리시의 중류 및 상류층의 생활을 대상으로 작중인물 마르셀이라는 젊은 작가의 화제들을 시각적으로 조명한 삶이 묘사되어 있기 때문에 상당한 차이점을 발견할 수 있기 때문이다. 여기서 프루스트는 조이스처럼 언어를 비인습적으로 사용함으로써 작중인물들의 복잡한 선정적 세계를 환기시키려 시도하였다. 이러한 목적으로 조이스가 여러 가지 다른 문체를 혼용하였던 것에 비해, 프루스트는 거대한 장문으로 인물들과 사건들을 묘사하고 있다. 작품의 주인공 마르셀이 잠에서 깨어났을 때 순간적으로 떠오르는 선정적 화제들이 표현되어 있는 소설의 처음 여섯 번 째 줄까지 서

---

3) Quoted by Israel Shenker, *New York Times*, May 6, 1956, Section 2(X), p. 3.
4) *Ibid*, p. 3.

두 부분은 프루스트 소설의 전형적 기법이 돋보이는 문장의 진수라 하여도 과언이 아닐 것이다. 여기서 소설에 등장하는 인물들과 사건에 대해 상세히 묘사하여 독자가 느끼는 작가와 다른 시각의 차이를 완화시키려 노력하고 있다. 프루스트는 전통적 인물 묘사 방법인 인물의 유형에 따라 변함없이 행동하는 인물을 기술하는 대신에 여러 가지 불확실한 인상을 다양하게 표출하는 혼란스러운 인물을 묘사하고 있다. 베케은 초기 프루스트에 대한 연구서에서 "우리들은 어제 때문에 더 지루할 뿐 아니라, 우리 자신은 이미 어제의 우리가 아닌 다른 존재라는 사실"5)을 피력하고 있다. 다시 말하자면 인간의 정체성은 시간 속에서 지속적으로 변화를 겪기 때문에 이에 대한 인식은 언제나 불확실하게 되고, 이것을 표출하는 언어도 또한 혼란스러울 수밖에 없다는 의미일 것이다. 그래서 프루스트의 주인공 마르셀이나 베케의 극중인물 블라디미르와 에스트라공은 이와 같이 변화하는 내면 세계의 혼란 상태를 표출하는 인물들이라는 공통점을 발견하게 되는 것이다.

베케은 프루스트처럼 사물은 다양한 시각으로 관찰되고 마음에 투시될 수 있을 것이라는 사실에 매료되었으나, 언어의 효과에 대해서는 프루스트와 달리 확신감이 부족하였던 것 같다. 이 점은 이합 핫산이 주장한 것처럼6), 베케은 조이스가 언어의 한계성에까지 몰입하였던 것과는 달리 언어의 한계를 인정하는 프루스트의 인식과 생각이 같았던 것 같다고 본 판단과 일치한다. 프루스트는 인식의 혼란에서 야기되는 문제는 우리가 일상 가운데 접촉하는 사물에서 체험되는 습관을 통해 확신을 얻을 수 있다고 그 방법을 제시하였다. 그래서 프루스트 소설

---

5) Samuel Beckett, *Proust*(New York: Grove Press, 1957), p. 13.
6) "The quest for a total verbal consciousness in Joyce, the quest for a minimal verbal consciousness in Beckett—both express a post-modern will to dematerialize the world, to turn it into a gnostic reality." Ihab Hassan, "Joyce, Beckett, and the Postmodern Imagination", *Tri-Quarterly* 34: p. 196.

의 주인공 마르셀은 자기 집에서 잠을 잘 때 편안함을 느낀다. 왜냐하
면 자기 자신의 '자그마한 침대'에 익숙한 사실(寫實)의 환경 때문이다.
그러나 마르셀이 낯선 침대, 즉 비습관화된 사실(寫實)에 접하게 되면
혼란함을 느낀다. 그렇지만 이런 환경도 오래 동안 생활하다 보면 익
숙한 형태의 습관적 사실(寫實)로 변화되어 편안히 잠을 청할 수 있다.
이와 같이 프루스트의 인식 개념은 상당히 논리적인 이론이라 할 수
있겠다. 이러한 인식 형태는 베켓 작품에서도 찾아볼 수 있다. 『고도를
기다리며』에서 에스트라공과 블라디미르는 자신들을 구원해줄 고도의
기다림이 헛수고로 끝날 때, "확실한 건 아무 것도 없어. (Nothing is
certain.)"[7]라면서 몹시 후회한다. 프루스트 소설의 마르셀과 마찬가지
로 베켓 극에서도 블라디미르는 습관화된 행동은 불확실한 사회 상황
속에서도 어느 정도 확신을 가지게 한다고 생각하여 "습관이 되면 무
뎌지는 게지. (Habit is a great deadener.)"(Godot, p. 83)라면서 습관이 혼
돈을 제거(deaden)시켜 주는 것이라 말하고 있는 것이다.

베켓은 프루스트에 대한 연구서에서 시간이 사람을 어제와 다른 양
상으로 변화시켜 습관적 믿음에 도전을 야기하게 되며 인식을 혼란시
키는 원인이라 언급한 적이 있다. 제2막 첫 부분에서 블라디미르가 "여
기서는 모든 일이 어떻게 이처럼 바꿔버릴 수가 있을까. (Things have
changed here since yesterday.)"(Godot, p. 60)라고 하면서 그들의 습관적
확신이 도전받는다고 피력하는 것에서 알 수 있듯이 블라디미르와 에
스트라공은 습관적 사실(寫實)도 의심하고 있다는 사실을 알 수 있다.

또 프루스트가 언급하는 제2의 확신은 시간을 초월하는 문제, 즉 어
제와 오늘의 혼란을 초월하는 확신으로서, 이런 종류의 확신은 무의식
적 기억의 결과라 할 수 있다. 한 가지 예로, 이전에 체험하였지만 그

---

7) Samuel Beckett, *Waiting for Godot in The Complete Dramatic Works*(London ·
  Boston: Faber & Faber, 1986), p. 51. 이후 Godot라 표기하고 페이지 수만 기
  재함. 또한 Beckett의 다른 극 작품도 이 책에서 인용할 것임.

후 망각한 사건에 대해 예기치 않게 마르셀이 상기하는 일종의 갑작
스런 기억을 들 수 있다. 이러한 사건은 마르셀이 신중히 마음 속에 기
억하고 있는 습관적 사실(寫實)보다 더 중요한 초시간적 사실(timeless
realities)의 환기라고 생각한다. 프루스트 소설의 끝부분에서 주인공 마
르셀은 이러한 예기치 못한 기억이 제공하는 특별한 화제(話題)들을 기
념하기 위하여 자신이 직접 소설을 쓰려고 시도한다. 그러나 프루스트
소설의 주인공 마르셀과는 달리, 베켓 극에 등장하는 에스트라공과 블
라디미르는 어떤 특별한 기억을 회상하고 싶어하지 않는 것 같다. 이
들은 과거에 일어났던 중요한 체험을 회상하기보다는 오히려 기억하는
것조차 아주 싫어한다. 에스트라공이 그의 생생한 개인적 경험을 블라
디미르에게 이야기하려 할 때 블라디미르는 듣기를 거부한다는 사실에
서 한 가지 예를 들 수 있다.

>　Estragon: I had a dream.
>　Vladimir: Don't tell me!
>　.........
>　Estragon: It's not nice of you, Didi, who am I tell my private
>　　　　　　nightmares to if I tell them to you?
>　Vladimir: Let them private, you know I can't bear that.(Godot, p. 10)
>　에스트라공: 꿈을 꾸었어.
>　블라디미르: 말하지 마!
>　.........
>　에스트라공: 그러지 마, 디디, 너에게 그런 악몽을 얘기 못하면 누구에
>　　　　　　 게 할 수 있겠니.
>　블라디미르: 혼자 알고 있으면 되잖아, 난 그런 말 듣고 참을 수 없단
>　　　　　　 말야.

　　이와 같이 에스트라공과 블라디미르는 습관적 확신에 익숙하지 못할
뿐 아니라 갑작스런 기억과 악몽이 드러내는 깊이있는 사실(寫實)의 명

상도 꺼리는 것이다. 이것은 그들 세계의 심각한 사실(寫實)들이 고통과 슬픔의 근원이라 생각하기 때문일 것이다.

베켓의 세계에서 드러나는 심오한 부정적 사실(寫實)과 프루스트나 조이스 세계의 긍정적 사실(寫實)은 모더니스트 작가의 작품과 포스트모더니스트 작가를 갈라놓는 전형적 차이점이라 볼 수 있다. 왜냐하면 프루스트와 같은 모더니스트 작가들과 베켓과 같은 포스트모더니스트 작가들은 언어의 특성, 시간의 특성, 인식의 특성과 기억의 특성에 대해 본질적으로 동일한 관심사를 표명하고 있긴 하지만, 이런 문제에 대한 그들의 결론이나 표현 기법은 아주 상이하기 때문이다. 따라서 베켓이 비록 위 두 사람의 묘사 기법을 중요한 출발점으로 삼았지만, 이들의 영향을 벗어나 독자적 영역을 개척하였다는 사실을 알 수 있다.

『고도를 기다리며』는 "Nothing to be done."이 존재함을 암시하고 또 조이스와 프루스트가 보다 낙천적으로 시험했던 문제들에 대해서는 분명히 염세적인 결론을 드러내는 면에서 그의 독창성을 발견할 수 있다. 이러한 소재에 대한 그들 사이의 비젼(vision)의 차이는 베켓의 극언어 기법의 단순화에서 기인되는 것 같다.

여기서 몇 가지 예증을 제시할 수 있다. 즉 조이스나 프루스트가 더블린 혹은 파리와 같은 도시의 거대함을 표현하였던 것과 대조적으로, 베켓은 작은 흙더미(a low mound, *Godot*, p. 10), 시골길(*A country road, Godot*, p. 10)에 『고도를 기다리며』의 무대를 설정하여 장소를 단편화시켰다. 그리고 조이스의 『율리시즈』에는 하층민과 중산층이, 프루스트의 소설에는 귀족들과 같이 특수한 사회 계층이 등장하는데 비해, 『고도를 기다리며』에 등장하는 블라디미르와 에스트라공은 특정한 사회 계층에 속하지 않는 부랑아들이면서 동시에, 인물의 단순성으로 인하여 모든 인류를 대표할 수 있는 인물들로서, 아벨과 카인같은 사람들이라 볼 수 있다.

그리고 프루스트는 의식의 활동을 통해 시간을 연장하는 내적 행동을 묘사하는 것에 비해, 베켓은『고도를 기다리며』의 시간을 단 2일로 단순화시켰다. 이와 같이 베켓이 조이스의 『율리시즈』처럼 극의 시간을 단순화시킨 점에서는 조이스와 공통점이 있지만, 조이스가 『율리시즈』에 12명의 인물을 설정하여 다양하고 복잡한 집회와 대화, 그리고 토론으로 공간을 채운 것에 비해, 베켓은 에스트라공과 블라디미르, 포조와 럭키, 그리고 소년으로 인물을 단순화한 점에서 그들 사이의 차이점을 명확하게 알 수 있다. 따라서 베켓은 작품의 여러 가지 요소들을 전반적으로 축소·단순화시키고 있다는 차이점을 발견하게 되는 것이다.

그렇지만 비평가 비비안 메르시에는『고도를 기다리며』에 드러나는 이러한 단순성에도 불구하고 이 극의 사건이 두 번 발생한다고 주장하였다.[8] 이 말은 에스트라공이 "Nothing happens, nobody comes, nobody goes, it's awful!"(*Godot*, p. 39)이라고 불평하는 대사의 의미와 엇갈리는 대조적인 지적이라 생각한다. 이러한 사실은 베켓이 작품의 단순화를 통하여 표출하고자 의도한 극적 효과와 관련되는 중요한 암시라고 생각한다.

또한 베켓이『고도를 기다리며』에 대해 토론하는 자리에서 "나의 극에 산재하고 있는 '아마'(perhaps)가 작품의 중심어(key words)가 아닐까"라고 말한 적이 있다는 사실에서도 알 수 있듯이, 베켓이 자신의 작품에 대한 직접적인 해설은 자제하면서도 이렇게 함축성[9]있게 언급한 점으로 미루어, 어떤 "최종적인 설명"을 유보하면서 역설적 상황으로 사실(寫實)을 회피하는 것은 베켓이 지닌 포스트모던적 모호성의 표현

---

8) Vivian Mercier, *The Mathematical Limit*, *The Nature* LXXX VIII(Feb. 14, 1959), pp. 144-45.

9) Quoted by Tom F. Driver, '*Beckett by Madeleine*', *Columbia University* Forum, Vol. IV, Summer 1961, pp. 21-25.

일 것이라 생각한다. 이러한 경향을 암시하는 하나의 예증이 고도의 도래에 관련된 문제이다. 아마 그는 도착하지 않을 지도 모른다. 그러나 베켓은 이 문제에 대해 정확한 설명을 회피하고 있다. 이와 아주 동일한 방법으로 포조도 쾌락과 고통의 문제로부터 적절한 해결점을 발견하지 못한다. 누군가 울음을 멈춘다는 사실은 세상이 서서히 개선되고 고통보다 쾌락이 더 많은 장소로 전환된다는 것을 암시하는 말이 아니라 "The tears of the world are a constant quantity. For each one who begins to weep, somewhere else another stop. 세상에는 슬픔이 똑같은 양만큼 상존해. 누가 울기 시작하면 어디선가 울음을 멈추게 되거든"(*Godot*, p. 31)이기 때문에 이 세상이 필연적으로 변화할 것이라고는 기대할 수 없다는 말이다. 그래서 울음을 그치는 사람이 있는 것처럼 다른 사람이 울기 시작할 것이라는 말의 변증법적 아이러니를 발견하게 된다. 여기서 세상의 개선에 대한 논의가 회피되고 있다는 사실도 발견할 수 있다. 그리고 뒤이어 "Let us not then speak ill of our generation, it is not any unhappier than its predecessors. Let us not speak well of it either. Let us not speak of it at all. 우리 세대가 조상들보다 불행하다는 등 나쁘게 말하지 말고, 또 더 낫다고도 말하지 말자. 아예 언급하지 않는게 좋을걸"(*Godot*, p. 31)이라고 덧붙이는 말에서 결정을 유보하고 '아마'에 내맡기는 베켓의 전형적 모호성을 엿볼 수 있다.

이와 같이 결정을 유보하는 베켓적 경향이 때로는 역설적 상황으로 제시될 때도 있다. 즉 『고도를 기다리며』의 두 개의 막은 관객에게 유사한 역설을 제공한다고 볼 수 있다. 이 극의 등장인물들 중에서 어떤 사람은 고통을 당하는가 하면 전혀 고통을 겪지 않는 인물들도 존재하기 때문이다. 예를 들면 1막에 등장한 소년이 Godot가 자기에게는 매질을 하지 않지만 그의 동생에게는 매질을 한다고 말한다.(*Godot*, p. 51) 포조는 1막에 등장할 때 강력한 권세를 가진 인물로 묘사되었지만 2막에 등장할 때는 무력한 맹인으로 전락한다. 이 역설적 상황에 대해 아무런 설명이나 이유는 제시되지 않은 채 독자의 상상력에 맡기고 있는 것이다. 그러므로 극중 인물들의 일반적 상황이 "God never arrives."이기 때문에 결코 그들의 상황이 개선되지 않는다는 것을 알 수 있다.

이와 같이 『고도를 기다리며』에서는 등장인물들의 상황이나 변화에 대해 정확한 배경 설명이 제시되지 않으면서도 독자나 관객이 나름대로 이해하도록 이끄는 치밀한 극적 구성의 미학이 내재하고 있는 것 같다. 왜냐하면 이 두 막이 구조적으로 완벽하게 균형을 이루고 서로 반향하면서 운명의 모호한 역전(reversal)을 병치시키는데 성공하고 있기 때문이다. 결과적으로 베켓은 그의 극에 완벽한 형식을 구현하면서도 동시에 모호한 의미가 표출되도록 치밀하게 극적 장치를 설정하고 있는 것이다. 베켓이 어느 대담에서 '한 막'(one act)은 너무 짧아 내용이 거의 없어 보이고 '세 막'(three acts)은 너무 길어 사건이 너무 많이 발생하는 것처럼 보일 것이라 말하였다.10) 그렇다면 이 작품이 두 개의 막으로 구성되어 있다는 것은 하나의 완전한 패턴을 이루고 있다는 사실을 알 수 있다. 이와 같이 『고도를 기다리며』는 베켓의 용어대로 'too little'도 'too much'도 아닌 매우 정교하고 안정되게 구성된 극이라 볼 수 있다. 그러나 이 극의 구성상의 함축성으로 보아 직접적인 정의는 피하면서도, '아마'(perhaps)라는 모호한 말로 설명할 수 밖에 없는 역설적 상황이 제시되어 있다고 생각한다. 그러므로 이 작품 『고도를 기다리며』는 극의 의미와 관련된 문제뿐 아니라 'shape'와 'form'이라는 형식에 관련된 저자 베켓의 관심을 반영하는 기교도 또한 독특한 포스트모던적 기법이라 말할 수 있을 것이다.

The particular form of *Waiting for Godot* developed as Beckett

---

10) Shenker, *op. cit.*, p. 3.

translated the kind of writing he practised in fiction into the conventions of drama.[11]

이와 같이 찰스 라이언즈가 베켓극의 특수 형식은 소설에서 실험한 저작 기교를 극의 인습으로 옮겨온 것이라는 주장에서도 알 수 있듯이 베켓은 역시 위에 언급된 프루스트나 조이스의 기법을 모방하거나 변형하여 포스트모던 시대 문화에 걸맞는 형식을 시험한 작가임을 확인할 수 있다. 또한 노만 캔트는 베켓의 위치에 대해 다음과 같이 평가하고 있다.

> ...there are three characteristics of post-modernist culture in literature and the arts: partial perpetuation of modernism; fabulism and fantasy; arbitrary appropriation and imitation of the past. There has been a strong neo-modernist movement in drama. The dominant figure here is Samuel Beckett, the Irish who spent his whole working life in Paris. He is a bridge between the thirties and the seventies...[12]

위의 평가에서도 확인할 수 있듯이 베켓이 소위 '해체론' (Deconstruction)이라고 부르는 문학 형식에로 나아가는 길목에서 교량 역할을 하였던 포스트모던시대 선도적 극작가라는 사실을 알 수 있다.

이러한 사실로 미루어 『고도를 기다리며』는 모드니즘과 포스트모더니즘의 양 시기(period) 사이의 어느 지점에 위치한다고 말할 수 있을 것이다. 왜냐하면 이 작품은 조이스의 언어에의 몰입과 프루스트적 시간, 인식 그리고 기억에의 몰입을 공유하고 있지만, 조이스의 언어에

---

11) Charles R. Lyons, *Samuel Beckett*(London: MacMillan Education Ltd., 1988), p. 18.
12) Norman F. Cantor, *Twentieth-Century Culture: Modernism to Deconstruction*(New York: Petlang, 1988), pp. 380-81.

대한 확신이나 프루스트의 무의식적 기억에 대한 확신은 배제되어 있는 작품으로 보이기 때문이다. 그리고 염세주의적 경향을 가진 극의 특성상 철저히 포스트모던하다고 판단되기 때문이다.   또한『고도를 기다리며』에서 극의 행위, 시간, 그리고 극의 위치, 등장인물의 수 등을 근본적으로 단순화시킨 기법에 있어서도 포스트모던하다고 말할 수 있다. 그리고 극의 의미를 해결할 수 없는 역설로 함축하는 방법에서도 동일한 사실을 발견할 수 있다. 이상에서 살펴본 대로 베켓은 모더니즘 사조로부터 포스트 모던 사조에로 나아가는 길목에서 중요한 역할을 담당한 작가임을 알 수 있다.

III

이상에서 살펴본 대로 사무엘 베켓의『고도를 기다리며』는 모드니즘과 포스트모더니즘을 이어주는 어느 지점에 위치하는 작품이라고 말할 수 있을 것이다. 왜냐하면 이 작품은 조이스의 언어에의 몰입과 프루스트적 시간, 인식 그리고 기억에의 몰입과 같은 경향을 띠고 있지만, 조이스처럼 언어에 대한 확신이나 프루스트처럼 무의식적 기억에 대한 신뢰는 부족한 것 같기 때문이다. 그리고 염세적 경향을 가진 극의 특성상 철저히 포스트모던하다고 판단되기 때문이다. 그리고 이 작품에서 극의 행위, 시간, 그리고 위치 선정, 등장인물의 수 등을 극단적으로 단순화시킨 기법에 있어서도 포스트모던하다고 말할 수 있다. 그리고 극의 주제를 해결할 수 없는 역설로 함축하는 방법에서도 동일한 사실을 발견할 수 있다.

그리고 베켓의 작품세계에서 드러나는 심오한 부정적 사실(寫實)과 프루스트나 조이스 세계의 긍정적 사실(寫實)도 또한 모더니스트 작가

의 작품과 포스트모더니스트 작가의 전형적 차이라 볼 수 있다. 모더
니스트 작가와 달리 베켓은 언어·시간·인식 그리고 기억의 특성에
대해 본질적으로 동일한 관심사를 표명하고 있긴 하지만, 이런 문제에
대한 그들의 결론이나 표현 기법은 아주 상이하기 때문이다. 따라서
베켓이 비록 위 두 사람으로 대표되는 모더니즘 경향의 묘사 기법을
중요한 출발점으로 삼았지만, 이들의 영향을 벗어나 독자적 영역을 개
척하여 사상과 기법을 발전시킨 작가라는 사실을 알 수 있다.

참 고 문 헌

Beckett, Samuel. *Waiting for Godot.* New York: Grove Press, 1954.

_____. *The Complete Dramatic Works.* London: Faber and Faber, 1986.

_____. *Proust.* New York: Grove Press, 1957.

Adorno, Theodor. *Aesthetic Theory,* trans. by C. Lenhart and eds. by Gretel Adorno and Rolf Tiedemann. London: Routledge & Kegan Paul, 1984.

Bair, Deidre. *Samuel Beckett: A Biography.* New York: A Harvest/HBJ Books, 1978.

Cohn, Ruby. *Just Play: Beckett's Theatre.* Princeton: Princeton Univ. Press, 1980.

Detweiler, Robert. "Games and Play in Modern American Literature", *Contemporary Literature,* 17. 1, Winter 1976.

Driver, Tom F. *'Beckett by Madeleine', Columbia University Forum,* Vol. IV, Summer 1961,

Esslin, Martin. *The Theatre of the Absurd.* Harmondsworth: Penguin Books, 1968.

Graver, Lawrence. *Beckett: Waiting for Godot.* London: Cambridge Univ. Press, 1989.

Harvey, Lawrence E. in *Samuel Beckett,* Poet and Critic. Princeton, New Jersey: Princeton University Press, 1970.

Hassan, Ihab. *The Literature of Silence: Henry Miller and Samuel Beckett.* New York: Peter Smith, 1967.

_____. "Joyce, Beckett, and the Postmodern Imagination",

Tri-Quarterly 34..

Mercier, Vivian. *The Mathematical Limit, The Nature* Lxxx VIII, Feb. 1959.

Mitchell, Boren. *Samuel Beckett and the Postmodernism Controversy* in *Postmodernism & Literature(II): A Critical Anthology* ed. Chung-Ho Chung & So-Young Lee, Seoul: Handhin, 1993.

Taylor, Mark C, ed. *Deconstruction in Context*. Chicago and London: The Univ. of Chicago Press, 1986.

Shenker, Israel. *New York Times*, May 6, 1956, Section 2(X).

Abstract

In this paper I have tried to venture to explore the thought and it's background of Samuel Beckett's work reflected in the structure of his drama *Waiting for Godot*. This play may be seen to exemplify the subsequent age of Post-Modernism. Post-Modernism is usually associated with the years from 1930 to the present day, and this age's major works nearly modify the preoccupations of Modernism by reducing them to extreme forms, to these extremely simple structures or extremely simple ideas. James Joyce and Marcel Proust, two of the greatest literary writers of this period are both known to have interested and influenced Beckett in the 1930s. Joyce's *Ulysses* describes the meetings, conversations, thoughts and memories of its characters during one day in the city of Dublin. For the purpose of representing the complexity of all the different thoughts and events that fill twenty-four hours only, Joyce does not simply use a single narrational style unlike the traditional literary works, but uses a much variety of verbal techniques, ranging to incoherent observations of his characters' daydreams.

Like Joyce's *Ulysses*, Proust's *Remembrance of Things Past* is a work concerned with the complexity of society; that of time; that of language; and that of perception. He describes confusing characters who continually offer impressions. I can find that for Proust, "we are others, no longer what we were yesterday."

It also seems to me that this play also provides us with an

experience in the theatre that is analogues to reading the linguistically playful texts of Joyce's *Ulysses* and *Finnegance Wake*, or the subjectively organized exploration in Proust's *Remembrance of the Thing Past*. This play shares Joyce's preoccupation with language and Proust's preoccupation with time, perception and memories. This play may also be said to be Post-Modern in terms of the way in which it radically simplifies its action, its duration, its location, the number of its characters.

아방가르드 연극을 통한 한국 연극의 재탄생 가능성에 대하여

김 균 형*

1. 20세기 연극의 경향

20세기의 연극, 우리는 그것을 크게 세 가지로 대분할 수 있다. 사실주의, 비사실주의, 그리고 반사실주의가 그것이다.

스타니슬라브스키 (Constantin Stanislavski)에 의하여 대표되는 사실주의란 20세기의 가장 보편적인 연극 양식이다. 사실 연극이 탄생된 이후에 연극은 계속해서 세속화의 길을 걸어왔다.[1] 특히 르네상스 시대에 극장이 만들어지고 연극이 실내로 진입하면서 연극에서 세속화의 과정, 즉 사람들의 일상에 대하여 관심을 가지고, 무대 상에서 표현되는 모든 것을 일상과 유사하게 하려는 생각은 점점 더 구체화되기 시작했으며, 20세기에 들어 사실주의 양식이 일반화되면서 연극에서 중요한 것은 "삶의 한 단편"을 있는 그대로 무대에 올리는 작업이 되었다. 이처럼 사실주의는 연극을 제작하는 모든 면에서 일상을 표현한다.

사실주의 연극이 표현의 대상으로 하는 내용은 구체적인 어떤 인간

* 호남대학교 연극영상학과 조교수
[1] 김균형, 우리연극, 그 탈출구는..., 예니, 1996, PP.151-184를 참조할 것.

의 생활이다. 그를 연기하는 배우도 무대에서 마치 일상을 살아가듯 자신에게 맡겨진 등장인물로 변화되어 연기한다. 그에게 있어서 자신의 존재는 사라지고, 남아있는 것은 등장인물의 일상일 뿐이다. 이런 사실적인 방법과 내용을 통하여 사실주의는 우리의 일상에서 발견할 수 있는 일상적인 삶에 대하여 이야기하고 또 그 속에 숨겨있는 일상적인 삶의 진실을 밝히고자 한다.

그렇지만 일상적인 진실을 밝히는 것이 일상적인 방법에 의해서만 가능한 것은 아니다. 비일상적인 방법으로도 충분히 가능하며 더욱 효과적일 수도 있다. 즉 관객들에게 일상적인 삶의 진실을 전달하기를 원한다면, 일상적으로 우리가 연극에서 사용하는 방법인 일상생활을 보여주고 그를 통하여 관객이 무대의 사건에 동화되는 것을 요구하기 보다는, 반대로 무대에서 벌어지는 사건에 대하여 비판적인 안목을 열어줌으로써 일상 아래에 숨겨진 진실을 발견하도록 하여야 한다는 것이 브레히트 (Bertolt Brecht)의 생각이었다.

이에 따라 설사 사실주의와 마찬가지로 일상을 다루는 내용을 무대에 올릴지라도 브레히트 등이 추구한 비사실주의는 스타니슬라브스키가 했던 것처럼 일상을 있는 그대로 무대화하지는 않았다. 즉 배우들은 희곡 속에 등장하는 주어진 인물로 변화되어 무대에 등장하는 것이 아니라, 자신과 그 인물이 섞인 상태로 무대에 등장한다. 그리고 그들의 연기도 관객의 동화를 요구한 것과는 반대로 관객들이 무대의 사건에 동화되는 것을 방지하기 위한 다양한 방법들을 동원하여 관객들이 비판적인 시선으로 무대에서 일어나는 일상의 사건을 평가할 수 있도록 했다. 이것이 비사실주의이다. 즉 내용은 사실주의와 동일하지만, 그것을 무대 상에 시각화하는 방법면에서 일상적이기 보다는 다소간 일상과는 거리가 있는 방법으로 구성되어진 연극, 그것이 비사실주의이다.

그런데 연극이 과연 현실과 관련을 맺으면서 일상에 숨겨있는 진실을 발견한다는 것이 연극에서 얼마나 중요한 일인가? 연극이 일상과 반드시 관련을 맺고 있어야 하는가? 연극이란 그보다 더 근원적인 인간의 존재에 대하여 생각할 기회를 제공해야 하지 않는가? 이런 생각들을 가지고 연극에 임하는 사람들이 있었다. 우리는 이 경향을 반사실주의라 말한다. 아르또 (Antonin Artaud)에 의하여 대표되는 반사실주의는 앞에 얘기한 사실주의나 비사실주의와는 완전히 그 성격이 다르다.

반사실주의는 우선 내용이 일상과 전혀 일치하지 않는다. 거기에 일상이란 전혀 존재하지 않고 반대로 과거로부터 계속해서 전해오고 있는 인간의 "시대를 초월한 진실"2)을 그 대상으로 삼는다. 그러므로 신화와 같이 시대적인 상황을 완전히 벗어나 인간의 근본적인 존재조건에 대하여 밝힐 수 있는 작품들을 선택하게 되었다. 설사 현실적이거나 혹은 역사적으로 가까운 과거를 무대 상에 표현할지라도 그것에 일상성은 존재하지 않는다.

표현의 면에서도 당연히 다르다. 특히 사실주의나 비사실주의가 다소간 우리의 일상적인 제스처나 행동 그리고 대사를 기본적인 표현 방법으로 선택하고 있다면, 반사실주의는 이런 모습이기 보다는 모든 껍질3)을 벗어버리고 남아있는 최후의 인간의 모습, 즉 자신의 일상을 완전히 벗어버리고 "무장이 해제된"4) 인간의 모습과 일상적인 의미가 상실된 비명이나 소리, 혹은 절규 등을 통하여 연극 속에 동화되거나, 혹은 연극에 표현된 현실을 비판하는 것과는 다르게, 관객이 직접 연극의 일부분이 되어 연극을 만들어 나가는 것에 관심을 가지고 있었다.

---

2) Jerzy Grotowski, Le jour saint et autres textes, Paris, Gallimard, 1974, P.17
3) 이 용어는 특히 피터 브룩 (Peter Brook)에 의하여 사용되어졌다. Peter Brook, L'espace vide, Paris, Seuil, 1977, P.77
4) Jerzy Grotowski, Le jour saint et autres textes, op.cit., P.4

반사실주의 연극이란 연극을 제작하고 그것을 관객과 공유한다는 의미와는 차이가 있는 연극을 통한 사회의 구원에 더욱 관심을 가지고 있었다.

이 중 우리의 관심을 끄는 것은 역시 반사실주의이다. 왜냐하면 이들이 추구했던 것은 결국 "한계에 처한 서양연극"5)의 탈출구를 찾고자 했던 것이기 때문이다. 이런 한계의 탈출은 우리에게도 그대로 적용이 되는 상황이며, 특히 이들이 찾았던 방법들 중 많은 부분은 우리를 포함한 대부분의 동양연극에 아직도 그대로 남아있는 방법들이기 때문이다.

따라서 이 연구는 아방가르드 연극6)이 추구한 것은 무엇이며 어떤 방법을 이용하여 공연을 했는가에 대하여 살펴보고, 최종적으로 한국 연극의 재탄생을 위하여 그것을 어떻게 응용할 것인가라는 대답으로 마무리될 것이다.

2. 아방가르드 연극의 탄생배경

아방가르드 연극이란 앞에서 말한 것처럼 반사실주의 연극을 의미한다. 즉 연극을 통하여 일상적인 사람들의 일상적인 이야기를 무대화하는 것이 중요한 것이 아니라, 그 반대로 일상을 있게 만드는 보다 근원적인 존재조건에 대한 관심에서 출발한다. 현실에서 벗어나 원형적인 연극, 즉 연극의 근원적인 모습과 그 기능을 찾으려 했던 것이 바로 이 아방가르드 연극이라 말할 수 있다. 너무도 일상화되어 있어 더 이상

---

5) Alain Virmaux, Le théâtre et son double, Artaud, Paris, Hatier, 1975, P.14
6) 우리는 이 논문에서 아방가르드라는 표현을 사용하면서 아르또와 그의 후계 자들, 그 중에서도 특히 그로토브스키 (Jerzy Grotowski)를 지칭한다.

연극이라 불릴 수 없는 연극이 바로 이들의 출발점이었다.

그렇다면 어떤 배경에서 반사실주의 연극이 탄생되게 되었는가? 우리는 그것을 크게 원거리적 배경과 근거리적 배경으로 분류할 수 있다. 원거리적 배경이란 연극의 역사가 변화되어오는 과정에서 필연적으로 생겨나는 추상과 구상의 대립에 따른 배경이며7), 근거리적 배경이란 이런 연극이 생기게 된 사회상황과 밀접하게 연관되어 뇌관의 역할을 한 직접적인 배경을 의미한다.

1) 원거리적 배경

원거리적 배경으로 우리는 크게 네 가지를 들 수 있다.

첫번째로 들 수 있는 배경은 연극에서 신성함의 상실이라는 것이다. 즉 20세기에 들어 연극에서 사실주의가 보편화되면서 대부분의 연극이 세속적이 되어가고 이에 따라 원형적인 형태의 연극이 가지던 인간과 초인간적인 존재와의 의사소통을 통한 사회의 재탄생이라는 근원적인 연극의 기능이 상실된 것을 의미한다. 연극에서 이런 초인간적인 존재의 상실은 곧 연극을 오락과 같이 시간을 보내는 단순함으로 변질시켰으며, 또한 엄숙하고 숭고한 맛을 상실하게 만들었다.

두번째 배경은 연극이 일부계층에만 소속되게 되었다는 것이다. 이것은 연극이 한 사회의 전체 구성원이 아니라 능력있는 일부 계층에 의해서만 향유될 수 있다는 가능성을 말한다.

사실 원형적인 연극이란 주어진 한 사회의 전체 구성원들이 자신의

---

7) 이 문제에 대해서는 사실 많은 연구가 필요하다. 그러나 어쨌든 확실한 것은 예술사란 추상과 구상의 대립이라 말할 수 있다. 여기에서 추상이란 인간 외적인 것에 대한 관심을, 구상이란 인간적인 것에 대한 관심을 말한다. 즉 20세기의 연극이 사실주의라는 인간적인 것에 대한 관심에서 출발하였으므로 그 다음의 과정은 인간 외적인 것에 대한 관심으로 진행된다는 의미이다.

사회적인 계급이나 환경을 초월하여 함께 참여할 수 있는 대동놀이였
다. 그러나 산업혁명 등의 과정을 거치면서 경제적인 문제가 인간을
평가하는 기준으로 대치되면서 경제적인 능력은 곧 연극을 소유할 가
능성으로 해석되었고 경제적으로 능력이 없는 사람들은 연극에 접근할
수 없게 되었다. 그러므로 연극이란 과거에 전체 구성원을 대상으로
작용하던 기능에서부터 변질되어 능력있는 일부 엘리트들이 자신이 원
하는 대로 연극을 제작하고 향유할 수 있는 일종의 특권 계급에게만
소속되게 되었다는 의미이다.8)

　세번째로 20세기의 특징을 우리는 이성과 과학 만능의 시대라 말할
수 있다. 19세기 낭만주의를 통하여 사람들은 현실에 만족하지 못하고
현실에서 생기는 다양한 문제들을 현실 밖에서 해결하려 하였다. 그
결과 사람들은 모두 "파랑새"를 찾으려 길을 떠나게 되었고 이런 행동
들에 이유를 제공했던 것은 인간의 이성보다는 감성적인 측면이 강했
다.

　그러나 이런 19세기의 경향은 결국 아무 것도 해결하지 못했다. 인
간 사회에 문제가 되는 많은 것들을 전혀 해결하지 못하고 다시 사람
들은 실망을 안고 현실로 돌아와야 했다. 그리고 현실에 충실하는 것

---

8) 이상 두가지 배경은 사실 르네상스 이후의 연극에서 공통으로 제기되는 문
제이다. 이것에 대하여 나는 다음과 같이 구별했다.
　1. 소속이 집단에서 개인에게로 (특히 극장을 소유한 개인) 2. 신의 개념이
사라짐 (보이든 보이지 않든 사회의 질서를 유지해 주는 초인간적인 공통분
모 상실, 즉 삶의 기준이나 가치판단의 기준이 사라지게 되었다는 것) 3. 연
극이 형태에 의하여 구속 (실내로 이동) 4. 공연이 상시적 (신성하고 경외로
운 것에서 친근하고 세속적인 것으로) 5. 대동놀이와 축제의 의미 상실 (의무
사항) 6. 오락적 (재탄생의 상실) 7. 경제적인 능력이 필요 (제작과 감상 양면
에서) 8. 언어의 중요성 대두 (인간의 신체와 목소리를 이용하는 시청각적인
다양한 표현방식의 상실) 9. 무대와 객석의 분리 (일방적인 전달) 10. 연극 존
재의 정당성 상실 (사회의 질서를 유지하던 카타르시스 기능의 사라짐)
　그 구체적인 내용에 대해서는 나의 논문 "르네상스와 연극의 반전, 드라마논
총, 제 11호, 한국드라마학회, 1998"을 참조할 것.

이 최선이라는 교훈을 얻게 되었다. 이런 상황에서 사람들의 행동은 짜임새있고 정확하며 합리적인 생각을 바탕으로 이루어지게 되었다. 결과적으로 20세기는 논리와 합리, 그리고 이성과 과학에 의하여 지배되는 시대가 되었다. 세상에 존재하는 모든 것이 논리와 합리라는 면에서 조건을 충족시켜야 하고 과학에 의하여 검증되어야 한다. 만일 이런 조건에 적합하지 못하거나 검증되지 않는다면 그것은 아무런 존재가치가 없어지고 마는 것이다. 그리고 이런 행동의 기반을 담당하고 있던 것은 역시 인간을 합리적인 존재로 인정하는 인간의 이성이었다. 이성이야말로 20세기를 지배하는 가장 위대한 지도자가 되어 인간 생활의 모든 면에 깊이 개입하고 있고, 그 결과 사람의 감성이란 상대적으로 무시되고 또 의미를 상실하게 되었다.

그러나 과연 인간은 이성에 의하여 생활하고 있는가? 그리고 이성이 모든 것을 해결해 주고 있는가? 이런 이성에 대한 비판, 그리고 인간도 역시 감정을 가진 동물이라는 생각들이 생겨나게 되었고 그것이 확산되면서 사실주의 연극에 대한 반문이 생기기 시작했다.

게다가 예술이란 근본적으로 이성적인 활동은 아니다. 그것은 오히려 감성과 훨씬 더 가깝다. 그런데 우리의 시대, 20세기에 감성은 사라지고 철저하게 이성에 의하여 모든 것이 평가되고 판단되게 되면서, 연극에서 감성이 담당하는 역할에 대한 의문도 생기게 되었다.

마지막으로 연극의 기능에 대한 의문이 제기되었다는 것이다. 원형적인 연극이란 인간의 재탄생을 통한 사회의 질서유지라는 기능을 담당하고 있었다. 그러나 일상을 무대에 올리는 사실주의 연극을 통하여 일상적인 진실에 대한 관심을 갖는다는 것이 연극에서 어떤 의미를 가지고 있는가? 그것이 연극을 존재하게 하는 존재의미를 충분히 부여할 수 있을 것인가? 이런 질문들이 생기면서 연극이 인간 사회에서 담당하는 기능 자체에 대한 의문이 제기되었고, 이런 의문은 곧바로 사실주의에 대한 공격으로 변하게 되었다.

이런 네가지의 배경에 의하여 사실주의는 기초가 흔들리기 시작했다. 그리고 이런 배경에 추가된 직접적인 근거리적 배경에 의하여 아방가르드 연극이 전면으로 나타나기 시작했다.

2) 근거리적 배경

앞의 원거리적 배경이란 사실 필연적인 배경이었다. 그리고 지금 우리가 살펴보려고 하는 근거리적 배경이 설사 없었더라도, 연극의 역사를 살펴 볼 때 우리는 아방가르드 연극이 분명히 탄생하게 될 것이라는 것을 예견할 수 있다. 왜냐하면 인간의 역사가 인간과 인간 외적인 것에 대한 관심의 교차이기 때문이다.

그렇지만 만일 아방가르드 연극이 탄생하고 존재하게 된 직접적인 배경이 없었다면 그것의 존재가 다소간 미미했을지도 모른다. 사실 직접적이며 근거리적인 배경이 있었기 때문에 이런 경향이 더욱 명백하게 밖으로 표출되었는지도 모른다.

우리는 근거리적 배경도 크게 네가지로 말할 수 있을 것이다. 첫째 현실집착에 대한 반발, 둘째 전쟁의 후유증, 세째 사실주의 연극의 한계에 대한 불만, 그리고 마지막으로 다른 표현매체들의 위협에 따른 탈출구 모색 등이 그것이다.

첫번째 배경인 현실집착이란 결국 연극에서 숭고미를 되찾자는 것이다. 르네상스 이후로 연극이 현실과 밀접하게 관련을 맺으면서 연극이 다루는 내용이 너무도 일상적인 것이 되었다. 거기에는 무언가 일상을 넘어서는 매력이 상실되었으며 마치 다른 사람이 살아가는 모습을 몰래 지켜보는 듯한 개념의 연극이 성행하였다. 그러나 연극이 이처럼 일상성에 관심을 가진다면 과연 연극의 존재목적은 무엇인가? 이런 생각에서 출발하여 사실주의 연극의 정당성에 의문을 제기하는 사람들은 일상 그 너머에 존재하는 본질적인 것을 찾아나서기 시작했다.

두번째 전쟁의 후유증이란 1차 세계대전 이후의 상황을 말한다. 20세기는 이성의 시대, 논리의 시대, 합리의 시대, 그리고 과학의 시대로 표현된다. 그러나 과연 인간이 이성에 따라 행동하고 있는가? 물론 낭만주의에서 너무 감성이 중시되다 보니 그 반발로서 이성이 우리 세기에 중시되었다. 그렇지만 사실 인간이란 이성적이기 이전에 감성적이다. 인간의 반응에는 이성보다 감성이 먼저 개입하며 또 대부분의 인간행동의 근원을 이루는 것은 감성이다.

이것을 명백하게 보여주게 된 사건이 1차 세계대전이었다. 엄청나게 많은 사람들이 죽어갔고 또 기록 매체들이 발달되면서 전쟁의 참상을 눈으로 확인할 수 있게 되면서 인간의 잔인함이라든가 혹은 인간의 부정적인 측면들이 첨예하게 나타나고, 인간의 극도로 이기적이며 자기중심적인 생각과 행동들이 표출되었다. 이성적으로 행동하리라 믿었던 인간은 전혀 그렇지 않았고 자신이 생존하기 위하여 다른 사람을 죽이는 일을 서슴지 않았다. 이런 인간의 비이성적인 행동, 그것은 사람들에게 인간의 본성을 연구하도록 요구했고 또 어떻게 인간 속에 감추어진 선한 본성을 일깨울 수 있을지에 관심을 가지도록 했다.

이런 인간의 이성에 대한 반발과 감성에 대한 연구, 이런 것들이 직접적으로 일상을 보여주는 연극에 식상한 연극인들을 그 반대 방향으로 유도하기에 이르렀다.

세번째 사실주의 연극의 한계에 대한 반발이란 크게 나누어 두 가지를 말할 수 있다. 하나는 공간에 대한 문제, 또 다른 하나는 표현방법에 대한 문제가 그것이다.

연극이란 문학의 한 부분인가? 문학적인 형태인 희곡을 바탕으로만 연극은 탄생될 수 있는가? 그 주된 표현수단은 언어인가? 언어가 아닌 다른 것은 연극에서 사용될 수 없는가? 이런 생각은 물론 연극에서 언어가 담당하는 독점적인 지위에 대한 불만이다.

사실주의 연극에서 언어란 정말 중요한 자리를 차지하고 있다. 연극이란 텍스트를 기본으로 해서 모든 것을 재창조 혹은 해석한다는, 그래서 심할 경우, 연극은 필요없다는 이론까지 나오게 되었다. 희곡 속에 모든 것이 표현되어 있는데 그것을 굳이 무대 상에 시각화한다는 것은 쓸데없는 일이라는 것이 이런 생각을 한 사람들의 견해이다. 희곡에 비하여 연극은 부수적인 작업이 되었고 문학의 한 부분이 되었다. 연극은 독자적인 예술 형식으로서의 본질을 상실하고 있었다. 사실주의 연극의 첫번째 한계, 그것은 연극이 독립적인 예술 형식이 아니라 문학의 한 부분이 되었다는 것이다.

또 다른 면에서 사실주의의 한계는 공간의 문제이다. 무대와 객석 사이에 제4의 벽이라는 보이지 않는 분리. 이 분리에 의하여 이 두 공간은 설사 동일한 장소에 위치하더라도 동일한 공간을 형성하지는 못하고 있었다. 그렇지만 연극이란 애초에 공유를 기본으로 하고 있지 않은가? 공유가 없다면 즉, 무대에서 객석으로의 일방적인 전달만이 있다면, 왜 사람들은 연극을 보기 위하여 극장을 찾을 것인가? 이런 반발에서 사실주의를 거부하는 것이 생겨나게 되었다.

마지막 탈출구의 탐구는 특히 영화의 등장에 영향을 받은 것이다. 영화란 분명 엄청난 표현의 능력을 가지고 있다. 특히 무대 상에 일상을 그대로 표현하려고 애쓰는 관점에서 본다면 영화가 표현할 수 있는 것의 가능성은 무한하다고 할 수 있다. 일상을 있는 그대로 영화는 찍고 보관하고 반복할 수 있기 때문이다. 이처럼 무한한 가능성을 가진 매체와의 대립에서 연극이 어떻게 살아남을 것인가?9) 이런 생각들은

---

9) 사실 이런 종류의 질문은 관점에 따라 거의 무의미한 걱정일 뿐이다. 왜냐하면 연극이 일상을 그대로 재현한다는 관점에서 본다면 영화나 혹은 텔레비전의 등장은 분명 연극에 매우 위협적인 것이 사실이지만, 반면 연극이 일상을

연극만이 가지고 있는 특별하고 고유한, 그래서 다른 표현 방법들이 이용할 수 없는 특별한 방법을 찾을 것을 요구했다.

결국 20세기 연극이 대체로 사실주의의 경향을 따르게 되면서, 연극이 주된 표현 대상으로 삼는 것이 인간의 일상이 되었기 때문에 원형적인 연극과의 관계에서 연극의 존재의미가 퇴색되게 되었고, 이에 따라 무언가 근본적인 의미에서 연극을 새롭게 정리할 필요성이 대두되었으며, 사실주의 연극이 표현적인 면에서 언어, 즉 문학에 종속되면서, 연극이 존재하기 위한 전제 조건으로서 문학을 필요로 하게 됨에 따라, 연극이 독자적인 예술이 아니라 문학의 한 부분이 된데 대한 불만으로 인하여 문학의 지배에서 벗어나 다양한 시청각적인 표현을 위주로 하는 독립적인 연극을 하고자 하는 시도들이 생겨나게 되었는데, 이런 시도들에 정당한 의미와 사회적인 기능 등에 대하여 다시 한번 생각하게 되는 순간에, 현실이란 인간을 파멸로 이끌고 갈 뿐이라는 사실이 전쟁을 통하여 입증된 만큼, 현실로부터 벗어나는 것만이 인류를 구원한다는 인류애적인 생각이 접목되면서, 연극이란 단순히 현실을 그리고 그를 통하여 현실적인 문제를 해결하는 방법이 아니라, 좀 더 근원적인 인간의 존재와 본질에 대한 질문이라는 생각이 일반화되어 문학적이며 일상적인 연극이 아니라 제의적이며 원형적인 연극을 추구하게 된 것이 반사실주의 연극이다.

물론, 문학적인 영역에서 벗어나는 연극의 방법에 대한 논의와 시도는 이전에도 존재하고 있었다. 메이어홀드 (Vsvolod Meyerhold), 아피아 (Adolph Appia), 크레이그 (Gordon Craig), 그리고 프랑스의 가스똥 바티 (Gaston Batty), 피토예프 (George Pitoëff), 뒬랭 (Charles Dullin), 등등이 연극을 문학으로부터 독립시키려고 했던 대표적인 연출가들이다. 그러

보여주는 것이 아니라는 점을 명백하게 이해한다면 그것은 영화나 텔레비전과는 다른 독자적인 예술형식으로 충분히 자리 잡을 수 있기 때문이다.

나 거기에 인간의 구원에 대한 구체적인 질문을 삽입하고 또 연극을 통하여 그 방법을 모색했던 것은 아마도 아르또가 처음일 것이다.

이처럼 아르또와 그의 소위 계승자들은, 연극 그 자체에 대한 관심보다는 연극을 통하여 도달하고자 하는 최종적인 목적인 인간의 구원, 세상의 구원에 초점을 맞추게 되었고, 그 결과는 연극에서 과거, 역사, 문화, 전통 등 역사를 통하여 전달된 유산에 대한 관심으로 표현되면서, 연극 공연을 단순한 공연이라는 의미보다는 세상을 구원하고 인간을 변화시키는 일종의 통과의례로서의 제의식과 같은 형태를 띄게 하였다.

그러므로 우리가 아르또를 비롯한 아방가르드 연극을 정확하게 이해하기 위해서는 현재 우리가 생각하는 연극에 대한 일반적인 관점, 즉 연극이란 관객들 앞에서 글로 쓰여진 텍스트를 배우가 자신의 신체와 목소리를 이용하여 표현하는 예술형식과 같은 개념으로 접근하기 보다, 연극이란 그로토브스키의 표현처럼 잃어버린 "공동의 하늘"[10]을 되찾는 의식이며, 혹은 아르또의 개념처럼 "새로운 인간을 만드는 방법"[11]이라는 생각으로 접근해야 한다.

즉 이들에게 있어서 연극이란 우리가 생각하는 일상적인 의미에서 연극이 아니다. 그것은 차라리 그로토브스키가 말하는 "신성한 날 (모든 것을 벗어버린 순수한 만남)[12]"이 되도록 하는 구체적인 방법이며, 아르또가 말하는 것처럼 "무기력하고 또한 의미없는 삶이 아니라 경련적이고 열정적인 삶[13]"을 만드는 수단이다. 이런 아르또와 그로토브스키의 연극을 잔혹연극과 가난한 연극이라 한다.

---

10) 이 용어는 특히 Le jour saint et autres textes 에서 매우 빈번하게 등장하는 용어이다.

11) Alain Virmaux, Le théâtre et son double, Artaud, op.cit., P.44

12) Jerzy Grotowski, Le jour saint et autres textes, op.cit., P.4

13) Alain Virmaux, Le théâtre et son double, Artaud, op.cit., P.20

3. 잔혹연극과 가난한 연극

반사실주의 연극에서 우리가 반드시 기억해야 하는 이름은 아마도 아르또와 그로토브스키일 것이다. 왜냐하면 아르또에 의하여 20세기 연극의 반사실주의적 흐름이 본격화되었고, 그로토브스키에 의하여 그 것은 적어도 한쪽 면에서는 완성되었기 때문이다.14)

역시 20세기에 반사실주의라는 흐름을 시작한 것은 아르또의 잔혹연극이다. 잔혹연극이란 구체적으로 무엇을 의미하는가? 많은 사람들이 잔혹연극을 무대 상의 잔혹한 장면과 연계시키는 경우가 많다. 그러나 그것은 어떻게 보면 무대 상의 잔혹한 장면들과는 직접적인 관련을 맺지 않는다고 평가하는 것이 정확할 것이다. 반대로 그것이 관객들과의 관계에서 관객의 태도에 대한 강제성 때문에 잔혹연극이라 평하는 것이 더욱 정확할 것이다.

그렇지만 어쨌든 잔혹연극에는 배우들의 비명이나 잔혹한 행동과 같은 극도로 자극적인 장면들이 등장한다. 왜 잔혹연극에는 이런 모습들이 표현되어지는가? 사실 이것을 이해하는 것은 아르또의 잔혹연극을 이해하는데 있어서 필수적인 사항이다.

아르또는 무질서에서 질서를 창조하고자 한다. 이것을 좀 더 명백하게 하기 위하여 우리는 우주의 창조와 이것을 그 주된 소재로 선택했던 원형적인 연극에 대하여 살펴볼 필요가 있다.

원형적인 연극이란 지금처럼 아무 때 아무 곳에서나 벌어지는 행위

---

14) 또 다른 쪽 면에서의 완성을 우리는 리빙 씨어터 (Living Theatre)에서 찾아야 할 것이다. 왜냐하면 그로토브스키가 아르또와는 다소간 차별되는 방법으로 자신의 공연을 제의화했다면, 리빙 씨어터는 아르또가 구체적으로 실현하지는 못했지만 생각했던 바로 그 방법을 공연을 통하여 구체화시켰기 때문이다.

가 아니었다. 그것은 정해진 날에 정해진 곳에서 행해지는 신성한 것
이었으며, 그 연극은 손상된 우주를 재탄생시킨다는 의미를 내포하고
있었다. 즉 지구가 생명체가 존재하기 이전의 상태를 흔히 "카오스"라
는 단어로 표현한다. 그리고 원형적인 연극이 추구하던 것이 바로 이
것이었다. 즉 사회의 모든 구성원들에게 이런 카오스의 상태를 경험하
도록 한다는 것이다. 그리고 이 카오스 상태를 벗어나면서 지구가 탄
생된 것과 마찬가지로 인간 사회에도 질서가 도입되는 것이다. 따라서
원형적인 연극이란 연극이 있기 이전의 기간 동안 모든 사회 구성원들
에게 이런 카오스의 상태를 허용하는 것이다.

카오스의 상태를 허용한다는 것은 무엇을 의미하는가? 그것은 곧 사
람들에게 모든 종류의 금기사항, 즉 타부 (taboo)를 제한하지 않는다는
것이다. 사실 인간이란 이런 금기사항에 의하여 소위 원시적인 충동을
해소하지 못하고 삶을 영위하고 있다. 그리고 이런 분출되지 못한 원
시적인 충동의 누적에 의하여 인간은 자신의 악한 본성이 드러나게 되
는 것이다. 그러므로 연극의 공연이 있기 이전 일정한 기간 동안 사람
들에게 타부를 파괴하고 완전한 무질서를 허용함으로써 그들이 스스로
에게 쌓아온 원시적인 충동을 배출할 수 있는 기회를 주고 그것의 마
무리로 연극을 공연한다는 것은, 곧 연극이란 무질서에서 질서로 돌아
오는 통과의례가 된다는 의미이다.

잔혹연극이란 바로 이런 "카오스"의 상태를 말하므로 당연히 거기에
는 잔인한 모습들이 보일 수 밖에 없다. 그리고 그것은 관객을 떼어놓
고 멀리에서 일어나는 것이 아니라 그런 상황을 관객에게도 강요하는
것이다. 즉 모든 타부가 파괴된 무질서의 한가운데에 관객은 놓여지게
된다. 이런 상태에서 관객들이 사실주의 연극에서처럼 편안하게 앉아
연극을 관람하는 것은 있을 수 없는 일이다. 그는 자신이 원하지 않더
라도 무대의 무질서에 포함되는 것이며, 그 속에서 강제로 자신의 잔

인함을 벗어버리고 새롭게 태어나기를 강요당하는 것이다. 이것이 잔혹연극이다.

그렇다면 그로토브스키가 말하는 가난한 연극이란 무엇인가? 그것은 말 그대로 연극에서 반드시 필요한 최소한의 요소인 배우만을 가지고 관객들과 충분히 의사소통에 도달할 수 있기 때문에, 즉 연극을 제작하는데 있어서 풍부한 시청각적인 다양한 보조적 수단을 이용하지 않고 최소한으로 연극을 만들자는 의미이다.

여기에서는 배우의 의미가 매우 중요해진다. 특히 아르또의 잔혹연극이 관객들에게 직접적으로 다가가고 또 어떤 면에서는 그의 반강제적인 참가를 유도한 반면, 그로토브스키는 관객의 직접적인 참여는 거부했다. 그것은 근본적으로 그로토브스키가 자신의 연극을 대하는 관점이 아르또와 다르기 때문이다. 아르또가 그의 연극을 통하여 관객들이 직접 체험하고 변화되기를 희망했다면 그로토브스키는 직접적인 체험보다는 배우들의 변화에 동조하는, 그래서 직접 체험하지 않았더라도 관객들의 존재는 배우에 의하여 영향을 받는, 그래서 변화하는 것으로 생각했다.

이런 개념을 생각해보면 잔혹연극이든 가난한 연극이든 이 두 가지는 모두 원형적인 연극에 대한 향수이며 그것을 복원하고자 하는 시도라 말할 수 있다. 즉 20세기의 연극이 가지는 원형성 상실로부터 (내용, 형태, 기능, 목적의 모든 면에서) 그것을 거부하고 원래 연극이 다루던 내용 (인간과 초인간적인 것에 대한), 형태 (실외에서 대동놀이), 기능 (인간의 의사소통), 목적 (인간존재의 유지)을 회복시키고자 하는 원형지향적인 연극이라 말할 수 있다. 결국 연극을 통하여 새로운 인간과 사회를 만들자는 것이 이들이 연극을 하는 이유이다.

그런데 여기에서 새롭다는 의미는 사실 가장 근원적인 의미로 되돌아가야 하는데, 즉 현재와 같이 개인적이거나 이기적인 포장에 의하여 가면 씌여진 인간이 아니라 자신을 완전하게 드러내면서 모든 것을 버린, 그래서 공연이 끝나고 극장 문을 나서는 순간에 그로토브스키의 표현을 빌자면 완전하게 "무장이 해제된" 인간으로써, 또 "좀 더 내적인 조화가 완성된"15) 인간으로써 재탄생시키는 것이 결국 잔혹연극이고 가난한 연극이다.

그렇다면 이들은 자신들의 연극을 만들기 위하여 어떤 방법으로 작업에 임했는가? 그것은 크게 두가지로 말할 수 있다. 특히 이들 연극의 출발점이 사실주의에 대한 반발이므로 사실주의에서 가장 문제가 되는 언어의 역할 축소와 공간에 문제에 대한 재고가 이들의 작업에서 가장 핵심적인 부분이다.

1) 언어의 역할 축소

잔혹연극과 가난한 연극은 아방가르드 연극의 대표적인 두 가지 형태이다. 설사 그 표현의 방법이 다르고 또 근본적으로 관객에게 영향을 끼치는 방법이 서로 다를지라도 결국 이 둘은 같은 원칙을 지키고 있다. 그것은 언어의 역할 축소라는 것과 공간에 대한 관심이다. 물론 이 방법은 단지 이들에게만 의미가 있는 것은 아니다. 적어도 연극에서 일상성에 대하여 불만을 가지고 있거나 아니면 현재 연극을 개혁하려는 생각을 가진 모든 사람들이 공통으로 접근하는 방법이 바로 이 두가지이다. 그것은 아방가르드 연극 전체의 보편적인 특징이다.

연극에서 언어의 역할을 축소하고자 하는데에는 두 가지의 이유가 있는데, 하나는 언어란 논리와 이성을 표현하는 수단이기 때문에 논리와 이성을 거부한다는 것은 곧 언어를 거부하는 것이 된다는 것이며,

---

15) Jerzy Grotowski, Vers un théâtre pauvre, Lausanne, L'Age d'Homme, 1972, P.45

또 다른 하나는 연극을 문학적인 방법인 언어뿐 아니라 언어에 의하여 오히려 한정되는[16] 의미와 상징을 확대시킬 수 있는 보다 표현적인 요소들을 사용함으로써 연극을 문학으로부터 독립시켜 독립적인 예술형식의 지위를 되찾는다는 의미이다. 즉 언어에 의해 축소된 표현의 한계를 극복하자는 생각이 바로 연극에서 언어의 역할을 축소시키도록 유도했다. 다양한 연극언어, 특히 시각적인 연극언어를 연극에서 다시 활용함으로써 이런 시각적인 표현방법에 의하여 연극을 제작하고자 하는 것이다.

실제로 연극이란 현재와 같이 언어 중심의 청각적인 표현이 아니라 시각적인 표현이었다. 이것은 적어도 르네상스 이전까지 이어져 내려오는 연극의 전통이었다. 원형적인 형태의 연극이란 인간의 신체를 주된 표현수단으로 사용하고 거기에 사실주의 연극에서처럼 대화형태로서의 언어가 아니라 주술적이거나 주문, 혹은 고함이나 울음 등과 같은 설명적이기보다는 인간의 감정에 직접적으로 호소할 수 있는 청각적인 방법이 동시에 사용되었다.[17]

이처럼 언어를 거부하는 것은 결국, 언어에 의하여 대표되는 일상을 거부한다는 것이고 일상을 거부한다는 것은 곧 외형을 거부한다는 것이고, 이런 일상과 외형적인 것의 거부를 통하여 그 아래에 숨겨진 진실로 돌아간다는 의미이다.

이런 다양한 연극 언어, 즉 표현 방법의 사용에서 아르또는 모든 가

---

16) 언어가 한정적인 것이라는 데에는 두 가지 면에서 이해를 할 수 있다. 하나는 언어의 구체적 지칭으로 인한 제한, 그리고 또 다른 하나는 언어에 의해 인간의 감정을 모두 표현할 수는 없다는 제한 등이 그것이다.

17) 이것은 우리가 비교적 원형적인 기능을 가지고 있는 그리스 연극을 살펴보아도 충분히 이해할 수 있다. 그리스 연극이란 흔히 사람들이 생각하는 것처럼 대사 위주가 아니라 시각적인 표현 위주였다. 그 증거로써 이 시대의 연극에 사용되어졌던 가면, 가발, 신발 등을 들 수 있다. 이것들은 모두 배우를 잘 보이도록 만들기 위한 시각적인 도구였다. 반면 청각적인 도구가 사용되었다는 흔적이나 기록은 존재하지 않는다.

능한 시청각적인 방법을 요구한 반면, 그로토브스키는 이 모든 것을 배우들이 자신의 몸과 목소리를 이용하여 창조할 수 있다고 주장했다.

즉 아르또는 배우의 표현 자체보다 극장 전체를 하나의 통과의례장으로 변화시키고 그 한 가운데에 배우와 관객을 함께 위치시킴으로써 그들 사이의 직접적인 교류를 통하여 관객의 상태를 혼란에 빠트리고자 했으며, 구체적인 방법으로 조명, 음악, 고함, 울부짖음, 마스크, 마네킹 등의 다양한 시청각적인 효과들이 사용되어진다.

결국 관객은 말 그대로 무대의 사건이 벌어지는 현장 한 가운데에 위치되고 혼란스러워질 것이며, 이 혼란은 마치 공포에 쌓인 상태에서 자신을 상실하는 것과 마찬가지로 관객을 이끌 것이고, 거기에서 나온다는 것은 새로운 질서로 재탄생됨을 의미한다.

그로토브스키의 경우는 이런 시청각적인 효과의 도움을 거부한다. 그에게 있어 배우는 이미 도를 깨달은 수도자와 같기 때문에 그의 진실한 행동만으로 마치 복사와도 같이 관객들이 영향을 받고 또 행동에 동조할 것이기 때문이다.

여기에서 우리는 그로토브스키가 강조한 배우의 중요성에 동감할 수밖에 없다. 즉 배우란 곧 모든 것을 실행하고 또 실제적으로 관객을 이끌고 나가는 존재이므로 이들이 무엇을 어떻게 표현하는가가 곧바로 관객이 무엇을 어떻게 획득하는가라는 문제와 직결되어 있기 때문에 배우의 훈련은 정말로 엄청난 중요성을 띄게 된다.

물론 아르또도 배우의 중요성에 대하여 강조를 했다. 그렇지만 그는 배우가 자신의 신체를 마치 상형문자[18]와 같이 직접적으로 표현적이 되도록 하는 것에 대하여 관심을 가지고 그의 존재를 다른 요소들과 마찬가지로 관객들에게 직접적으로 접근할 수 있는 하나의 표현요소로서 간주했지만 어쨌든 어떻게 그들을 훈련시켜야 할지에 대한 구체적

---

18) Alain Virmaux, Le théâtre et son double, Artaud, op.cit., P.18

인 방법이 언급되지 않았다. 반면 그로토브스키는 원칙적으로 배우의 훈련에 최우선의 중요성을 두었다.

그의 연극실험실이란 곧 배우들의 훈련장을 의미하며 구체적으로 어떻게 훈련을 할 것인가에 대하여 많은 훈련법들을 제시하고 있다.

그는 왜 배우들에게 훈련을 요구하는가? 그것은 곧 배우들이 세상의 소금이 되어야 하기 때문이다. 즉 파괴되어진 이 세상을 구원하고 올바른 길로 이끌기 위한 전도사로서 배우들의 역할이 중요하기 때문이다. 따라서 마치 수도자와 같이 자신을 발견하고 자신을 남들 앞에 전혀 부끄러움이 없이 스스로를 내어 놓을 수 있으며, 나아가 자신의 이런 떳떳한 행동을 관객이 따라올 수 있도록 유도하는 것이 배우들에게 주어진 임무이다. 그렇게 됨으로써 "진실한 사랑의 대상"[19])처럼 믿을 수 있는 인간이 되는 것이 바로 배우들이 변모되어야 하는 모습이다. 이를 위하여 가장 먼저 할 일은 무장해제이고 그 방법으로 배우들은 우선 자신을 극복하는 훈련을 했다.

즉 아르또가 배우들의 존재를 다소간 연극적인 표현수단의 하나로 만들어 연극 전체로서 관객들에게 접근하려고 했다면, 그로토브스키는 연극보다는 배우들의 행동을 통해 관객들에게 동일하게 행동할 것을 요구했다.

연기를 우리가 크게 형식과 내용으로 나눌 경우, 연기의 형식이란 자체적인 요소 (신체와 목소리)와 개입적인 요소 (시청각적인 요소)로 나누어지고, 연기의 내용이란 내적인 요소 (개인적인 경험이나 무의식)와 외적인 요소 (텍스트)로 나누어 진다.

이런 연기의 요소 중, 아르또는 형식적인 면에서 자체적인 요소와 개입적인 요소 양 부분에 모두 중요성을 인정한 반면, 그로토브스키는 자체적인 요소에 절대적인 중요성을 주었다.

---

19) Jerzy Grotowski, Le jour saint et autres textes, op.cit., P.15

내용적인 면에서는 둘 다 내적인 요소를 극대화시키는 방법을 생각했고, 특히 그로토브스키의 배우 훈련이란 이런 내적인 요소를 자신이 원하는 순간에 언제나 표출시킬 수 있기 위한 훈련에 중점을 두었으며, 외적인 요소는 다소간 무시되어지거나 혹은 거부되어지게 되었다. 그러나 텍스트 자체가 거부된 것이 아니라 텍스트란 "배우들이 자신을 분석하는 수술칼과 같은 것"[20]이기 때문에 텍스트 자체를 거부한 것이 아니라, 언어를 위주로 논리와 합리를 배경으로 쓰여진 희곡이 거부되는 대신, 일종의 스케치와 같은 형식, 완전히 해체되고 재구성된 형식이나 혹은 그로토브스키가 말하는 "악보"[21]와 같은 형식의 기초적인 텍스트들이 선호되어지고 이를 바탕으로, 아르또는 "무대화 작업"[22]을 통하여 연기의 다양한 요소들이 추가되는 마술과 같은 총체적인 연극을 추구하였고, 그로토브스키는 마치 음악을 연주하듯 배우들이 표현하고 그것에 의하여 관객들에게 마치 음악과 같은 감정적인 개입을 요구했다.

이 두 연극에서 대화형의 언어란 최소한으로 그 기능이 축소되었다. 그리고 다양한 시청각적인 효과가 (그로토브스키의 경우는 배우들이 직접 창조하는) 주된 표현 수단이 되었다.

2) 공간에 대한 투자

언어의 중요성 약화와 더불어 공간에 대한 문제도 매우 중요하고 또한 어떤 면에서 볼 때는 언어보다 훨씬 핵심적인 부분이다. 왜냐하면 근본적으로 연극이란 배우와 관객 사이의 의사소통 양식인데 사실주의

---

20) Jerzy Grotowski, Vers un thtre pauvre, op.cit., P.55
21) Jerzy Grotowski, Vers un théâtre pauvre, op.cit., P.219
22) Antonin Artaud, Le théâtre et son double, op.cit., 이 책의 "무대화와 형이상학 (La mise en scène et la métaphysique 부분을 참조할 것.

에서는 이런 상호적인 두 집단의 교류가 근본적으로 차단되었기 때문이다.

이런 공간에 대한 투자도 크게 두 가지로 분류할 수 있다. 하나는 과거에 대한 관심이며 또 다른 하나는 무대와 객석 사이의 관계에 대한 관심이다.

과거에 대한 관심이란, 연극이 현재와 같이 사각형의 실내에서 무대와 객석이 단절된 형태로 존재하지 않았다는 것에 대한 인식을 말한다. 그것은 반대로 무대와 객석의 차이가 없었고 원형이나 반원형으로 존재했다. 그리고 원형이나 반원형은 모임이 있는 곳은 어디에서나 우리가 손쉽게 발견할 수 있는 가장 인위적이지 않은 자연스러운 형태의 집합이다.

무대와 객석 사이의 관계에 대한 관심이란, 즉 20세기 사실주의 연극이 파괴한 무대와 객석 사이의 상호교류 가능성을 어떻게 연극에서 회복할 것인가에 대한 방법의 탐구를 말한다. 아르또를 비롯한 아방가르드 연극인들이 가장 관심을 가졌던 것 중 하나가 이것이다.

그렇다면 어떻게 무대와 객석 사이의 상호교류 가능성을 회복할 것인가? 그 대답은 과거에 있다. 즉 과거의 원형과 객석과 무대의 불분명한 구별을 통해서 이들 사이의 상호교류를 다시 회복할 수 있을 것이다.

아르또의 경우는 비교적 단순하게 무대와 객석의 구별을 없애고 관객을 가운데에 위치시키고 연극이 그들을 둘러싸고 이루어지거나 혹은 극장 전체를 무대 공간으로 구성하여 극장의 모든 곳에서 사건이 벌어져 무대와 객석 자체의 구별을 없애게 됨으로써 관객이 직접적으로 연극의 사건에 개입되는 방법을 추구했고, 그로토브스키는 관객이 직접적으로 사건에 연루되기 보다는 다소간 감정적이며 간접적인 참가를 요구했다. 물론 그로토브스키에게 있어서도 관객의 위치는 무대와 깊은 관계를 가지고 있다. 그렇더라도 아르또가 좀 더 직접적으로 관객과 관계를 맺으려 한데 비하여 그로토브스키는 관객의 직접적인 참가는 거부했다.

따라서 아르또가 모든 공연에서 비교적 단순하게 무대와 객석의 직접적인 통합을 생각했다면, 그로토브스키는 조금 더 발전하여 모든 공연에 각각 다른 무대와 객석의 관계설정을 요구했다. 그래서 그는 "불굴의 왕자"에서는 관객들이 무기력하게 목만 내놓고 연극을 볼 수 있도록 했으며, "파우스트 박사"에서는 관객이 만찬에 초대된 손님이 되어 배우와 같은 테이블에 앉아 있었고, "아크로폴리스"에서는 관객들도 죽음의 장에 배우들과 공존하고 있었다.

이런 두 가지 방법, 언어의 역할 축소와 공간에 대한 관심으로 아방가르드 연극은 대표된다. 결국 이들이 공동으로 관심을 가졌던 것은 연극 자체에 대한 것이라기 보다는 연극이란 인류를 구원하기 위한 구체적인 방법이며, 이런 구원의 길로 인도하는 것이 배우이고, 인도되어진 구원의 길은 결국 서로가 믿을 수 있는 세상이 되는 것이다.

그리고 이런 것을 실현하기 위하여 우선 언어의 지배에서 벗어나 시청각적으로 총체적인 연극을 추구했고, 무대와 객석의 분리를 극복하여 이 분리된 두 공간 사이의 경계를 최소화함으로써 관객과 배우들이 공동으로 만들 수 있는 공동체를 창조하고자 했다.

4. 한국연극에서 수용 가능성에 대하여

현재까지 우리는 아르또와 그로토브스키의 연극을 중심으로 아방가르드 연극에 대하여 살펴보았다. 물론 이들 이외에도 다양한 방법으로 연극의 재탄생 내지는 연극을 통한 인간의 재탄생에 관심을 가진 연출가들은 많았다. 그렇지만 그들이 모두 추구했던 것은 이들과 마찬가지로 크게 두 가지로 분류된다. 그것은 우리가 앞에서 살펴본 언어의 역할 축소와 공간에 대한 관심이다. 언어의 역할 축소란 20세기의 일반적 경향인 이성 중심의 세계관에 대한 반발이고, 공간에 대한 관심이란 사실주의에서 단절된 배우와 관객 사이에 의사소통 가능성을 회복하자는 것이다.

그런데 우리가 여기에서 주목할 것은 이런 연극의 재탄생에 대한 움직임이 적어도 우리의 전통연희 속에는 그대로 남아있다는 것이다. 우리의 전통연희라 부르는 탈춤과 판소리의 커다란 두 가지 특징이 바로 이들이 추구했던 것이다.

우리의 전통연희 속에는 무대와 객석의 인위적인 구분에 따른 단절이라는 현상이 존재하지 않으며, 또한 대화형의 언어가 사실주의 연극에서처럼 독점적인 지위를 차지하고 있지도 않다. 우리의 전통연희에서는 무대와 객석이 거의 섞일 듯 혼합되어 있으며 서로 간의 상호개입이 가능함으로써 공연의 진행 자체가 관객과 배우의 직접적인 참가에 의하여 진행된다. 또한 단순히 대화체 언어만 사용되는 것이 아니라, 발리연극이나 일본의 노, 혹은 중국의 경극 등과 같은 일부 동양연극에서처럼 명백하게 기호화되지는 않았지만, 다양한 제스처와 신체적인 표현, 그리고 음악과 노래의 동반이 사실주의 연극에서와 같은 언어의 독점적인 지위를 인정하지 않고 있다.

우리의 전통연희는 이미 한계에 부디친 서양연극의 탈출구 자체로서 존재하고 있다. 그럼에도 불구하고 한국 현대연극의 현실은 이런 가능성에 등을 돌리고 있는 상황이다. 한국연극은 이중의 모방에 의하여 만들어져 있다.

서양에서 연극에 대한 가장 기본적인 이론은 모방의 이론이다. 연극이란 인간을 모방한다는 것이다. 그런데 근대 이후 한국연극이란 이처럼 일차로 모방된 서양연극을 또다시 모방하고 있다. 그 결과 한국연극은 도약하지 못하고 있다. 계속해서 근근히 명맥을 유지하고 있다. 이런 한국연극의 현실을 다시 한번 돌아보고 또 새롭게 탄생하기 위하여 필요한 것이 바로 서양의 아방가르드 연극에서 관심을 가졌던 사항, 즉 이미 우리의 전통연희 속에 내재되어있는 두 가지의 핵심적인 요소를 통하여 가능하다는 것이다. 그것은 언어의 역할 축소와 공간에 대한 관심이다. 아방가르드 연극인들이 관심을 가졌던 사항과 우리 전통연희의 특징을 우리의 현실에 대입함으로써 우리는 한국연극의 재탄생을 가능하게 하는 몇가지 구체적인 방법을 찾을 수 있다.

첫째 현재 대부분의 연극에서처럼 대화체 언어 위주의 표현보다는 잘 훈련된 배우들의 다양한 신체적인 움직임과 언어를 제외하고 나올 수 있는 소리들, 즉 비명, 고함, 부르짖음, 그리고 전통이나 현대 악기의 사용, 조명 등을 이용한 시청각적으로 풍부한 의미를 내포하는 총체적인 연극의 제작이 필요할 것이고,

둘째 현재와 같이 습관적으로 무대와 객석이 마주보는 형태보다는 무대와 객석이 공연마다 가장 적합한 형태로 재구성될 수 있는 배치가 필요하며 (이것은 특히 우리의 연극에서 무대와 객석 사이의 거리가 없었다는 점을 생각하면 아마도 가장 중요한 사항일 것이다.)

세째 주어진 극장이라는 공간에 한정되지 말고 특히 우리의 전통연희가 벌어진 것과 같은 실외 공간의 적극적인 개발이나, 혹은 마당극을 통한 새로운 형태의 연극 공연이 필요하며[23],

---

23) 마당극에 대해서는 오해의 여지가 없어야 한다. 흔히 일반적으로 마당극이란 마당에서, 즉 실외에서 행해지는 공연을 지칭한다. 실제로 마당극이란 그렇다. 그러나 이 마당에서 공연이 벌어진다는 것은 매우 주의깊게 생각해 볼 필요가 있는 것이다. 왜냐하면 현재 우리나라에서 마당극이라는 이름으로 행해지는 많은 공연들이 마당이라는 특수성을 인정하지 않고 단순히 실내에서 공연되기 위하여 제작된 작품을 마당으로 이동시키는 우를 범하고

넷째 과거, 문화, 전통, 역사, 신화 등과 같이 과거 지향적이거나 혹은 근원지향적인 것들이 아방가르드 연극인들의 관심이었는데, 그 근원에 위치하는 것이 바로 우리의 전통연회이므로 이런 것들에 대한 깊이있는 연구가 우선 필요하고, 그 연구 결과가 연극을 제작하는 과정에 개입되어 한국인에게 어울리는 새로운 형식의 연극을 만들 수 있어야 한다. 물론 이런 작업은 단순히 연극을 만든다는 의미를 넘어 연극을 비롯한 예술이 가지는 기본적인 기능 중 하나인 문화정착 혹은 문화적 정체성의 회복이라는 보다 깊이있고 의미있는 작업에 중요한 역할을 하게 될 것이다.

결론적으로 말하자면 연극은 단순히 무대에서 무엇인가가 일어나고 객석에서 그것을 그대로 받아들인다는 전달과 수용에서 끝나는 일회성의 작업은 아니다. 그것은 가능한 많은 사회 구성원들에 의하여 공유될 수 있는 존재가치를 회복하여야 하고 이를 통하여 새로운 문화창조에 기여하여야 한다.

있기 때문이다. 그렇지만 실내와 실외는 여러 가지 면에서 서로 다르다. 가장 커다란 차이점은 마당에서 공연이 벌어진다는 것은 근본적으로 언어의 역할이 축소되고 대신 다른 시각적인 표현이 중요해 진다는 것을 의미한다. 따라서 마당극이란 처음부터 이런 사항을 염두에 두고 시각적인 표현을 위주로 제작 되어야 할 것이다.

참고문헌

Antonin Artaud, Le théâtre et son double, Paris, Gallimard, 1964

Alain Virmaux, Le théâtre et son double, Artaud, Paris, Hatier, 1975

Jerzy Grotowski, Vers un théâtre pauvre, Lausanne, L'Age d'Homme, 1972

Jerzy Grotowski, Le jour saint et autres textes, Paris, Gallimard, 1974

Peter Brook, L'espace vide, Paris, Seuil, 1972

김균형, 우리연극, 그 탈출구는..., 예니, 1996

김우탁, 한국전통연극과 그 고유무대, 성대 출판부, 1986

사진실, 한국연극사 연구, 태학사, 1998

심우성, 한국의 민속극, 창작과 비평사, 1984

유민영, 한국연극 산고, 문예비평사, 1978

조동일, 탈춤의 역사와 원리, 홍성사, 1986

Abstract

La renaissance du théâtre coren par le théâtre avant-gardiste

KIM Gyunhyeong

Le théâtre du 20ème siècle se divise en trois parties: théâtre réaliste; théâtre semi-réaliste; théâtre anti-réaliste. Ceci se dit par l'adhérence du théâtre à la réalité. C'est-à-dire, si le théâtre reproduit la réalité par le moyen réaliste, c'est le théâtre réaliste; si le théâtre reproduit la réalité par le moyen non-réaliste, c'est le théâtre semi-réaliste; et si le théâtre ne s'intéresse pas à reproduire la réalité, mais se dirige vers le double de la réalité, c'est le théâtre anti-réaliste.

Ce qui nous intéresse dans cette recherche, c'est le théâtre anti-réaliste représenté surtout par Antonin Artaud et Jerzy Grotowski; théâtre cruel et théâtre pauvre.

Le théâtre cruel, c'est que le théâtre entraîne le public vers quelque chose qui reproduit le chaos originaire par lequel celui-ci passe. C'est une renaissance du théâtre qui a été joué au moment de son commencement, et par la participation du public à ce théâtre-rituel originaire, il renaît.

Dans le théâtre pauvre de Grotowski, ce qui est important le plus est le jeu de l'acteur. En fait, ce que Grotowski s'intéresse surtout est d'entraîner ses acteurs dans son théâtre-laboratoire. Et tout se passe par la présence de l'acteur dans son spectacle.

Artaud veut que son public traverse son spectacle qui s'est transformé comme une sorte de cérémonie d'initiation. Et en traversant le spectacle, le public se trouvera au plein milieu du spectacle, et il sera participé directement au spectacle. Dans cette situation inattendue le public ne peut pas rester tranquillement comme il l'est au théâtre raliste.

Grotowski, par contre, ne veut pas que son public participe directement dans son spectacle. Il veut que tout se passe par l'acteur. C'est-à-dire que l'acteur grotowskien est comme une sorte de prophète qui dirige le public vers la terre promise. Donc son action est sincère et n'est pas armée, le public le suivra. Par cette action sincère, le public renaîtra.

Comment ces deux théâtres peuvent-ils influencer le théâtre coréen?

Par le regard nouveau et profond sur les théâtres coréens traditionnels; taltchoume et pansori.

Par la reconsidration sur la relation acteur/public au spectacle.

Et par le re-investissement sur le jeu de l'acteur.

전략으로서의 언어: 해롤드 핀터의 극언어

김 일 환*

1. 핀터(Harold Pinter)의 언어에 대한 기본적인 태도

극언어는 언어의 본질적인 영역이라고 할 수 있는 대상의 충실한 반영을 통하여 삶의 모습을 형상화하는 도구로 여겨져 왔다. 따라서 언어의 논리를 해명함으로써 작가가 의도하는 플롯의 전개, 주제 등의 일관성 있는 추적이 가능했던 것이다. 전통 극에서는 작품 내에서 그말을 믿지 못하게 하는 장치가 없는 한, 인물의 정연한 대사로서 작품의 내용, 인물들의 동기, 주제적 관심을 드러낸다. 즉 언어는 전달의 수단으로써 전혀 의심의 여지가 없었다.

이러한 인식이 현대에 들어와서 커다란 변화의 양상을 보인다. 가장 두드러지게 나타나는 언어에 대한 새로운 인식은 언어의 의사전달의 도구로서의 역할을 의심하기 시작했다는 것이다. 이오네스코(Eugene Ionesco)의 극에서 전형적인 형태로 나타나듯이 언어에 의한 의사소통이란 본질적으로 착각에 불과한 것이다. 언어는 의사소통의 도구가 될 수 없다. 우리가 사용하는 말들이 부정확하기 때문이 아니다. 말이 대상을 정확하게 지칭할 수 없기 때문이다. 여기에서 언어는 사물화되어

---

* 담양대학

의미 없이 공간을 메꾸는 치기 어린 몸 동작이나 다름없는 상태로 전
락하고 만다. 의사소통의 수단으로서의 언어는 열등하고, 극히 제한적
이며, 가치를 상실한 것이라는 인식은 유럽의 부조리극에 이르러 극단
적인 형태로 표출되었다.

언어에 대한 새로운 인식으로 말미암아 새로운 형태의 극을 모색하
고 있었던 유럽의 극전통에 비해 영국 극에서는 언어에 대한 믿음이
밑바탕에 깊게 깔려있다. 즉 언어가 가장 모호한 영역에 대한 해답을
제시해 줄 수 있다는 확신이 있었다. 이러한 인식의 이면에는 이성에
의하여 사회적 문제에 대한 해결책을 제시할 수 있다는 믿음이 깔려
있었다. 그것은 당대의 작가들의 관심이 형이상학적인 문제보다는 사
회문제에 집중되어 있었다는 점에서 그 일단의 이유를 찾을 수 있다.

핀터는 이러한 신념에 대하여 의문을 제기한다. 그의 극언어의 출발
점은 언어에 대한 불신으로부터 비롯된다. 알만시와 핸더슨의 지적과
같이 핀터극의 언어는 서로를 잇는 다리의 역할을 하지 않고 오히려
그것은 자아의 울타리를 지키기 위한 철조망의 가시와 같다. (Almansi
& Henderson, 12) 즉 어떤 진술이 단일한 의미로 고정되지 않기 때문
에 전달하고자 하는 바를 언어로 정확하게 전달할 수 있는가에 회의를
갖는다.

> 그러므로 내가 한 모든 진술은 최종적이고 결정적인 것으로 해석
> 되어서는 안된다. 한두 진술은 최종적이고 결정적으로 보일 수도 있
> 다. 심지어 그 진술이 거의 최종적이고 결정적인 것일 수도 있다.
> 그러나 나는 내일은 그 진술을 있는 그대로 여기지 않을 것이며 여
> 러분이 오늘 있는 그대로 여기길 바라지도 않는다. (I, 9)

핀터는 언어가 어떤 상황에서나 동일한 의미를 가지고 특정한 대상
을 지칭할 수 있다는 것을 부인하고 있다. 그것은 여러 가지 상황에 따

라 쓰임새가 달라 표면적인 의미로서는 그것을 해명할 수 없다는 것이다. 이 언급에는 언어와 그것을 지칭하는 대상 사이에는 절대적인 1대 1의 관계가 성립되지 않는다는 인식이 숨겨져 있다. 그는 언어사용의 어려움을 극의 자산으로 여겨 표면적인 의미로서 명확하게 규정할 수 없는 것을 끊임없이 탐색하는 것이다.

이러한 언어에 대한 인식은 비트겐슈타인(Wittgenstein)의 언어관과 같은 맥락에서 그 뿌리를 찾아 볼 수 있다. 본질적으로 비트겐슈타인은 언어의 지시이론(reference theory)에 의혹을 갖고 상호관계 하에서 언어행위를 놀이의 개념으로 파악한다. 전달의 의미보다는 그것을 전달하는 양태에 대한 관심이 선행해야 한다는 것이다. 언어가 외적인 대상을 지칭하거나 혹은 내적인 개념을 지칭하거나 간에 지시능력이란 아주 제한적인 것이라고 한다. 즉 언어가 하나의 단일하고 중심적인 역할을 할 수 없다.

비트겐슈타인은 '게임game'이라는 단어의 예를 들어 이것을 설명한다. 게임이 들어가는 말에는 '판자놀이게임, 카드게임, 공놀이게임, 올림픽게임' 등등의 말이 있다. 이 말들에 어떠한 공통점이 있기 때문에 '게임'이라는 말로 불리어진다고 생각하기 쉽다. 그러나 이 말들 모두에 해당하는 공통점은 존재하지 않는다. 단지 유사성과 관계만이 있을 따름이다. 우선 판자놀이라는 말을 다양한 관계틀 안에서 살펴보고 나서 카드게임을 보면 많은 공통점을 발견할 수 있으나, 동시에 많은 공통되는 특징들이 떨어져 나간다. 다음에 공놀이게임으로 넘어가면 또 다른 공통점이 상실된다. 이와 같이 게임이라는 말은 한 가지의 특수한 언어게임에만 적용되는 것이지 모든 언어게임에 진리가 되는 것이 아니다. 여러 말과의 조합 즉 상황에 따라 그 의미가 천차만별이고 그 단어가 내포하는 의미도 다르다.(Wittgenstein, 31-2)

따라서 언어는 적용범위가 한정되어 있거나 최종적인 의미로 굳어버린 것이 아니다. 셀 수 없을 만큼의 다른 양상이 존재할 수 있는 가능성이 있다. 핀터가 하나의 문장에는 '24개의 가능성이 있다'(I, 9)는 인식과 맥을 같이 한다.

언어가 무한정한 목적에 사용될 수 있다는 전제하에 연구되어야할 당위성이 바로 여기에 있는 것이다. 그렇다고 해서 언어의 지시적 기능을 완전히 부인하는 것은 아니다. 이러한 기능이 언어의 중심적인 기능은 아니라는 것이다.

> 우리가 '의미'라는 단어를 사용하는 대부분의 경우에는 -비록 전부는 아니다하더라도- 이렇게 정의될 수 있다: 한 단어의 의미는 언어 속에서의 사용법이다.(Wittgenstein, 20)[1]

그러므로 언어의 의미가 규정되어 있다는 편견으로부터 벗어나, 그것이 어떻게 사용되고 있는가에 초점이 맞추어져야 한다. 한 언어가 어떻게 기능 하는가는 추측할 수 없다. 단어의 사용법을 지켜보고 거기에서 추론해야 하는 것이다.

> 한 단어가 어떤 기능을 하는지 추측할 수는 없다. 그 단어의 사용법을 보고 그 기능을 알아내야만 한다. 그러나 이 과정에서 게재되는 편견을 제거하는 것이 어렵다. 그것은 어리석은 편견은 아니다.(Wittgenstein, 109)

요컨대 언어는 상호간의 이해를 포괄하는 사회적 게임이다. 우리가 명령을 내리고, 대상을 묘사하고, 사건을 보고하는 행위 등의 제반 언

---

1) 비트겐슈타인은 언어의 사용법을 '실 잦기 이론thread-spinning theory'으로 설명한다. 즉 실의 힘은 어느 정도의 길이로 꿰었는 가에 있는 것이 아니라 여러 가닥의 실을 겹치게 함으로써 얻어진다는 것이다. 언어도 마찬가지이다.

어행위가 전달되는 것은 서로 겹치고 교차하는 복잡한 관계의 틀에 의하여 만들어진 '언어게임'을 통해서이다. 단어, 문장은 전형적이고 고정된 기능이 없고, 적용의 범위와 의미의 규정된 영역도 없다. 언어는 반응의 다양성과 내재적 잠재력에 의하여 특징 지워지는 것이다.

핀터극의 언어는 모호성과 의미 층이 두껍게 형성된다는 것이 특징이다. 먼저 그의 극언어를 대하는데 있어서 유념해야 할 것은 지시적 기능이 부차적이라는 사실이다. 여기에서 필연적으로 나올 수밖에 없는 불확실성은 일종의 언어게임으로 해명할 수 있다.

> 렌(Len): 신을 믿니?
> 마크(Mark): 뭐?
> 렌: 신을 믿냐구?
> 마크: 누구?
> 렌: 신 말이야.
> 마크: 신?
> 렌: 네가 신을 믿느냐구?
> 마크: 내가 신을 믿느냐구?
> 렌: 그래.
> 마크: 다시 말해 줄래? (III, 111)

이 대화는 렌이 마크의 신에 대한 태도를 물음으로써 시작되고 있다. 마크는 이 대화에 참여하기를 거부한다. 렌은 그럼에도 불구하고 고집스럽게 계속 똑같은 질문을 던져 상대방을 대화 속으로 끌어들이려 한다. 마크는 질문에 대한 직접적인 반응을 피할 수 있는 언어능력을 가지고 있다. 여기에서 문제가 되는 것은 신의 존재여부나 마크의 신앙이 아니라 마크가 렌과의 관계를 수용하느냐의 문제이다. 그는 확실히 그것을 거부하고 있다. 이 대사는 그들의 신에 대한 믿음에 대해서는 아무것도 드러내 주지 않지만 서로에 관한 태도에 대해서는 상당한 정보를 제공해 준다. 이와 같이 언어게임을 통하여 해명함으로써만 이 극의 의미가 규명된다.

언어의 측면에서 핀터극의 불확실성은 그의 언어가 '지시적 기능'이 아니라 '다양한 기능'으로 쓰였다는 점에서 비롯된 것이다. 인물의 배경이나 행동동기에 대한 정확한 정보가 없으나 서로간의 변화하는 감정을 포착함으로써 극을 형성해 가는 틀을 만들 수 있다. 그 결과 핀터극은 한편으로는 불확실한 것이 다른 한편으로는 확실한 구조를 가지게 되는 것이다.

핀터는 기본적으로 사람들이 사용하는 말은 논리적이지도 않고, 어떤 결말을 유도하기 위한 것도 아니라는 생각을 갖고 있다. 전통 극에서는 인물들이 의도적으로 서로에게 귀를 기울이고 알아들을 수 있게 대답한다. 그러나 실제로는 극히 소수의 사람들만이 그렇게 한다. 통상적으로 사람들은 반복적이고 별의미가 없는 말을 늘어놓을 따름이다. 무대 위의 대사도 그것을 그대로 옮겨 놓아야 한다는 것이다. 따라서 핀터는 마치 "억지로 듣는 사람"(Hayman, 6)과 같이 극을 쓰기 때문에 일상적인 대화를 녹음기를 통하여 그대로 옮겨놓은 것 같다. 일상적인 현실에 굳건한 뿌리를 내리고 있는 극히 자연주의적인 대사로 이루어져 있는 것이다. 작가가 일상적 용어를 있는 그대로 재생하는 것은 아니지만 -선택행위가 수반되지 않는 작품이란 존재하지 않는다 - 일상적 언어의 정수를 완전하게 포착하여, 그 언어가 실제 거리에서 사용되는 것보다 더욱 사실적인 것처럼 보인다는 의미에서 핀터극의 언어는 "사실적 심지어 초사실적"(Bernhard, 185)이라 수 있다.

그러나 이렇게 극히 평범한 대사가 문맥상에서 새로운 의미층을 형성하여 전체적인 분위기는 신비, 불확실, 시적인 모호성이다. 핀터의 언어는 극세계 바깥에서 듣는 언어와 상응하지만 극의 전체적인 구조 속에서 새롭게 변모되는 것이다. 즉 표면적으로는 극히 사실적이면서도 함축적인 대사 속에서 발견되는 심층적 의미가 융합되어 있어, 케네디는 핀터가 체홉(Chekhov)의 언어와, 상징주의로부터 베케트(Beckett)에 이르는 언어를 성공적으로 융합한 작가라고 평가한다.(Kennedy, 168)

핀터의 극언어가 글쓰기의 규칙을 깨뜨린 파격적인 모습을 보이는 것도 의미 전달을 의도하여 언어를 선택하지 않는다는 것에서 기인한다. 그의 극언어에서는 "부정확한 구문, 비슷한 말의 반복, 중복어, 반복, 불합리한 추론과 자기모순"이 특징으로 발견된다. 이러한 특징들을 다른 작가들과의 언어와 비교하려는 의도로 소위 '핀터적인(Pinteresque)'이라는 용어가 탄생한 것이다.2)

극히 일상적인 언어를 사용한 결과 작품의 표면은 단순하고 명확하다. 인물들이 말하는 개개의 사실들도 신비롭거나 모호하지 않다. 그러나 모호한 것은 한 인물이 말하는 두 사실사이의 관계, 더 나아가 두 인물이 하나의 사실에 대하여 말하는 관계에 있다. 어떤 것이 옳은 것인지 판단할 수 있는 기준이 없을 뿐만 아니라, 그러한 기준을 설정할 수 있다 하더라도 일관되게 적용되지는 않는다. 그것은 언어란 고정된 아이덴티티가 존재하지 않는다는 인식에서 비롯된 특징이다.

핀터의 언어가 의사소통의 수단으로서의 역할을 하지 못하기 때문에 언어 그 자체의 의미를 기반으로 하여 극을 이끌어 가지는 않는다. 그 의미적 기능보다는 그것을 사용하는 태도와 스타일에 더 중점을 둔다. 이러한 인식이 <귀향The Homecoming>에서 루스Ruth의 말에 함축적으로 드러난다.

---

2) 핀터의 특성을 나타내기 위한 비평용어에는 다음과 같은 것들이 있다.: Pinteresque, Pinterism, Pinter Mode, Pintermania, Pinterites, Pinterish, Pinter-Land, Pintermine, Pinter Country, Pintercourse, Pinterotic. Pinter는 이러한 용어에 대하여 극단적으로 부정적인 태도를 취한다.

내 입술이 움직이고 있지요. 왜 당신은 그것을 관찰하는 것에 ...
한정짓지 않으세요? 입술이 움직이고 있다는 사실이 입술을 통해
나오는 낱말보다 더 중요할 거예요. 그것을 염두에 두어야만 해요...
가능성을 마음에 두어야 해요.(III, 69)

발화된 말보다는 그것을 발화하는 입술이 더 중요할 수 있다는 것이
다. 즉 발화의 수법과 스타일이 언어의 1차적인 지시적 기능만큼 중요
할 수 있다.

따라서 말로 표현되는 것보다 그것을 사용하는 화자의 태도에 더 중
점을 둔다.

책의 한 페이지에서 성장해 가는 등장인물이라고 할 수 있는 여
러분과 저는, 대부분의 시간동안은 무표정하고, 어떤 것도 거의 드
러내지 않고 믿을 수 없으며, 회피적이고, 장애가 되고, 마음이 내켜
하지 않는다. 그러나 바로 이러한 속성에서 언어가 나타나는 것이
다. 언어란... 이야기되고 있는 것 이면에는 또 다른 것이 이야기되
고 있다.(I, 13-14)

발화된 말은 그 자체로서는 별다른 가치가 없다. 이면에는 그 말의
표면적인 의미하고는 거의 상관없는 다른 차원의 의사소통의 기재가
숨겨져 있다. 말로 표현된 것과 그 밑에 깔려 있는 정서적, 심리적 행
동사이의 괴리가 존재한다. 여기에서 언어는 수사적 기능을 상실하고
극적 행동으로 통합된다. 또 극히 경제적인 언어사용으로 기대하는 것
보다 훨씬 적게 주어지고, 직접적인 형태의 언어로서 심리상태가 규정
되거나 설명되지 않는다.3) 이 한 양상을 브라운은 "내적 내용"(Brown,

---

3) 바로 이러한 심층텍스트의 존재로 핀 터의 언어는 체홉의 언어와 자주 비교
되곤 한다. 예를 들어 체홉의 <세자매Three Sisters>에서 마샤Masha는 버쒀닌
Vershinin의 화려한 미래에 대한 설계를 듣고 "점심을 먹고 가겠어"라고 말
한다. 그녀의 내면에 있는 생각을 완곡하게 드러내는 것이다. 이와 유사하게

27)이라고 칭한다. 따라서 핀터극의 관객은 "표현과 감정사이의 틈, 그리고 말로 표현한 것과 그것이 의미하는 바와의 틈"을 간접적으로 꿰뚫어 보아야 한다.(Almansi & Henderson, 21)

의미로서 분명하게 전달되지 않는 것이 언어의 뉴앙스에 의하여 전달된다. 핀터극에서는 이것이 심층텍스트의 밑바탕이 된다.

> 단어들의 소리만 들려오거나 영어를 한마디도 모르는 사람이 대화를 한다 하더라도, 압박, 전략 그리고 결단의 순간 대부분은 전달될 것이다. (Brown, 37)

의미와는 상관없이 언어가 발화되는 양태만으로도 극의 분위기와 대체적인 내용이 전달된다.

> 골드버그: 너의 음란함 때문에 어떻게 됐지?
> 맥칸: 대가를 치루어야해.
> 골드버그: 너는 버터도 안 바른 토스트를 너무 먹었어.
> 맥칸: 너는 여성을 오염시켰어.
> 골드버그: 왜 집세를 내지 않았지?
> 맥칸: 어머니를 욕보인 놈!
> 골드버그: 왜 코를 후비지?
> 맥칸: 정의를 요구한다!   (I, 61)

두 사람은 스탠리가 숨돌릴 틈도 주지 않고 비난을 쏟아내고 있다. 그들의 말은 전혀 일관성이 없이 모순된 말들이다. 따라서 공격의 내용이 스탠리와 관계가 있는 것인 지의 여부는 고려의 대상이 되지 않

<귀향>에서 테디가 떠날 때 루스는 "낯선 사람처럼 굴지마"라고 말한다. 표면적으로는 자주 연락을 하자는 말이지만 내면적으로는 테디를 새롭게 구성된 가족구성원에서 배제하겠다는 것을 함축하고 있다. 이와 같이 직접적으로 표현한 것보다 인물의 심적 상태에 대해 훨씬 많은 것을 전달해 준다.

는다. 다만 스탠리가 위협을 받고 있다는 사실이 중요하다. 그것은
음성의 톤에 의하여 알 수 있다. 그러므로 단어의 정서적 색채가 단어
의 의미보다 중요하다. 이러한 언어를 사용의 결과 핀터의 극은 종종
음악의 기법과 유사하다는 평가를 받는다.(Taylor, 357)

핀터의 시각에 의하면 "경험이 격렬하면 할수록 그 표현은 훨씬 더
분명해진다."(Esslin, 206) 즉 경험의 깊이와 표현의 명료성이 반비례한
다는 믿음을 갖고 있다. 그 결과 핀터의 극은 부조리극과의 관계 하에
서 비소통(non-communication)을 다루고 있다는 평가가 많다. 그러나 그
는 비소통 자체가 어떤 의미에서는 소통의 한 형태라고 말한다.

> "의사소통의 실패"라는 지겹고 끔찍한 말을 많이 들어왔습니다.
> 이 말은 계속해서 내 작품에 덮여씌여져 왔습니다. 나는 정반대라고
> 생각합니다. 내 생각에는 침묵 속에서, 이야기되지 않은 것에서, 가
> 장 잘 의사소통이 됩니다. 그리고 실제 벌어지는 것은 끊임없는 회
> 피로서, 우리 자신을 지키려는 필사적인 시도입니다. 의사소통이란
> 너무 놀라운 것입니다. 다른 사람의 삶 속으로 들어간다는 것은 너
> 무나 무서운 일입니다. 우리 내부의 빈곤함을 다른 사람들에게 드러
> 내기에는 너무나 무서운 가능성입니다.(I, 15)

비록 침묵의 형태로 표출된다 하더라도 말할 능력이 없기 때문이 아
니다. 그것은 가장 강력한 의사표현의 방법인 것이다. 끊임없이 갈등이
나 대립의 참여를 회피하는 것 같은 침묵은 사실은 공격의 무기인 것
이다.

> ... 사람들은 알거나, 알려지는 위험을 피하기 위하여 언어적으로
> 손에 넣을 수 있는 모든 것에 의지한다.(Bensky, 26)

언어는 비소통의 가장 세심한 수단이다. 어떤 상황 속에서 친밀감

의 정도를 조정하고 실제의 동기를 숨기는 유용한 방법이다. 핀터극의 언어는 "발가벗음을 감추려는 전략"(I, 15)인 것이다.

2. 관계모색의 언어전략

핀터의 극은 앞에서 논의한 바와 같이 이면에 숨겨져 있는 심층구조에 의하여 그 의미를 형성하고 있다. 따라서 스토리의 전개 이외의 다른 장치가 극에 일관성을 부여하고 의미를 구축해 준다. 그의 극에서 이러한 연결장치의 기능을 수행하는 것이 특이한 언어의 사용법이다.

핀터극의 의미는 대사를 통해 전달되는 정보의 축적으로부터가 아니라 말하는 행위를 통하여 인물들이 상호관계를 모색하는 양태로부터 온다. 인물들은 정보를 전달할 수도 있고, 정보전달을 거부할 수도 있고, 또 잘못된 정보를 전달할 수도 있다. 그러므로 그들의 말의 내용을 판단의 자료로서 사용할 수 없다. 극행동은 인물들이 상호간의 관계모색에 사용하는 언어의 제양상으로부터 비롯된다.

> 핀터극의 언어는 일차적으로 관계를 지시하고 강화하는 수단으로 작용을 한다.(Quigley, 52)

즉 핀터극의 언어는 인물들의 본능이나 욕망, 정열, 공포를 표출하는 출구가 아니라 새로운 인간관계를 모색하는 게임의 도구이다. 따라서 인물들의 상호관계의 미묘함과 다양성은 언어사용의 양태에 초점을 맞추어 분석을 함으로써만이 드러난다. 이러한 영역에 대한 올바른 이해가 따르지 않으면 핀터의 극들은 비슷하고 반복적이어서 횡설수설을 늘어놓은 듯한 인상을 갖기 쉽다.

그러나 그 가운데에서 언어가 어떤 패턴을 형성함으로써 의미구조를 만들어 낸다. 핀터극의 인물들의 관계모색은 '지배와 굴복'의 틀을 기반으로 이루어진다. 인물들은 동물과 같이 자신의 영역을 확보하기 위하여 싸운다.(Hayman, 91) 이 갈등에서 인물들의 언어능력에 의하여 승패가 좌우된다. 수동적으로 말을 듣고 있는 사람은 곧 수세에 몰리게 되고, 보다 정교한 언어를 구사하는 인물이 우위를 점한다. 언어적인 취약점을 지닌 인물(예를 들어 <방>의 버트)은 폭력에 의지하게 된다.

핀터극의 인물들이 사용하는 모든 언어는 '우위를 차지하려는 전략'의 방편이다. 이 전략에 사용되는 여러 가지 언어사용법 가운데 핀터의 극에서 가장 빈번하게 나타나는 것이 반복의 기법이다.[4]

반복의 기법은 사실적인 무대대사와 극행동에 일관성을 부여한다. 즉 인물의 성격이나 지금 처해있는 입장을 잘 드러내 준다. 예를 들어 <방>에서 로즈Rose는 계속해서 방과 그것에 대비되는 지하실에 대하여 이야기한다. 그 결과 그녀의 직접적인 언급이 없어도 거듭되는 반복을 통하여 외부세계에 대한 두려움이 그녀의 행동에 반영되고 있다는 사실을 알 수 있다.

반복은 언어폭력의 기제로 사용되기도 한다. 상대방에게 답변의 기회를 주지 않고 부조리한 질문으로 상대방을 제압하는 것이다. 따라서 그 말의 내용이 어떠한가의 문제는 중요하지 않다.

> 골드버그: 크게 말해, 웨버. 병아리가 왜 길을 건넜지?
> 스탠리: 병아리가 ...할려고 ...할려고 ...할려고

---

4) 에슬린은 핀터의 극에서 반복은 다양한 양태를 드러내는데 사용하고 있다고 지적한다: 극적 정보를 전달하는 수단; 인물이 적절한 단어를 찾으려 할 때; 발견해낸 단어를 음미할 때; 히스테리의 한 형태; 어떤 사실을 인정하는 과정; 어떤 생각에 대하여 선입견이나 그 일에 빠져드는 과정; 정서의 결핍을 나타낼 때; 거짓말을 할 때 (Esslin,pp.240-246 참조)

맥칸: 저 녀석은 몰라!
골드버그: 병아리는 왜 길을 건넜지?
스탠리: 병아리가 ...할려고 ...할려고
골드버그: 병아리가 왜 길을 건넜지?
스탠리: 병아리가 ...할려고   (I, 61)

이 대화에서 골드버그는 똑같은 질문을 거듭해서 던지고 있다. 같은 질문이 계속됨에 따라 스탠리의 대답의 길이가 점점 짧아지듯이 점차 지배를 당하는 관계로 나아가고 있다.

직접적인 고문이 아니다 하더라도, 자신의 취약점이 상대방에게 밝혀지면 자신의 세계가 무너지리라는 생각 때문에 말을 분명하게 하지 못하고 분절된 말을 사용하여 자신이 드러나는 것을 피하려 하는 경우도 있다.

애스턴: 어디서 태어났지?
데이비스(어렴풋하게): 어떤 의미시죠?
애스턴: 어디서 태어났냐구?
데이비스: 어...오... 약간 어렵군요. 당신 마음을 돌려놓는
        것처럼... 내가 말한 의미는 ... 돌아간다는 것... 좋은
        방법... 약간 기록을 게을리 해서, 마치 ... 아시다시피
        ... (II, 34)

데이비스는 자신의 신원이 밝혀지는 것을 꺼리고 있다. 따라서 그의 출생지를 묻는 것은 일종의 고문이나 다름없다. 이러한 질문을 피하고 싶어하는 것이 분절된 말속에 나타나는 것이다. 이와 같이 분절된 말은 인물의 심리상황을 드러낸다.

대화의 영역에서 관계를 모색하려는 화자는 자신의 말에 대한 상대방의 긍정적 혹은 부정적인 대응에 관계없이 자신이 끌어낸 화제 속으로 상대방을 끌어들인다는 것 자체가 중요한 것이다. 그 반응이 부정

적이라 할지라도 공격하는 사람은 상대방으로부터 적대감을 끌어냄으로써 자신을 규정한다. 그것으로서 상대방을 굴복시킬 수 있는 실마리를 잡을 수 있는 것이다. 따라서 상대방의 전략에 말려들지 않기 위하여 그 질문 자체를 거부하는 방어 전략을 고안해 낸다.

> 로즈: 그녀가 왜 죽었죠?
> 키드: 누구요?
> 로즈: 당신 누이요.
> (휴지)
> 키드: 수지타산이 맞았죠.(I, 109)

키드는 상대방의 질문을 회피함으로써 자신을 보호하려 한다. 이 인물이 어떤 말을 정확하게 할 능력이 있는 가의 여부는 전혀 상관이 없다. 상대방의 전략에 말려들지 않는 것이 중요하다. 핀터의 극에서는 어떤 질문에 대한 해답을 제시하지 않음으로써 본질적인 불확실성을 표현한다. 즉 키드가 자신의 누이에 대하여 애써 언급을 회피하는 이유를 알 수 없고, 심지어 그러한 누이가 있는가의 여부조차 의심스럽다. 입증이 되지 않기 때문에 더욱 의혹이 생긴다.

말머리를 돌리는 대신에 상대방이 이야기할 수 있는 분위기를 깨뜨리려는 전략도 있다.

> 스푸너: 짧은 여행에서 … 어쩌다 가기는 하지만 … 짧은 여
> 행에서 … 나 같은 사람을 우연히 마주치리라 기대할 수
> 있어요? 나는 그렇게 믿어요.
> 허스트: 거의 없지요.
> 스푸너: 아무 기대도 없이 햄스테드 히스근처를 가끔 돌아다녔
> 죠. 너무 나이가 많아 기대할 것도 없잖아요. 그렇죠?
> (IV, 80)

스푸너는 무엇인가 허스트와 공유할 수 있는 기억을 찾아내기 위하여 애쓰고 있다. 그러나 허스트는 스푸너의 긴 대사에 대하여 짧은 한 마디의 분명한 답변으로 이야기가 더 이상 진행되는 것을 효과적으로 차단하고 있다.

지배와 굴복이라는 상호관계 속에서 상대방을 자기의 의도대로 끌어들이고 굴복시키려는 것 가운데 상대방이 이해할 수 없는 전문용어를 사용하는 경우가 있다. <관리인*The Caretaker*>에서 믹Mick은 데이비스로 하여금 관리인으로써의 자격이 없다는 것을 인식케 하여 그를 배제시키려는 전략으로 실내장식가들이 사용하는 전문용어로 공격한다.

> 회색을 띤 백색 모피 린넨 양탄자, 서아프리카 티크 베니어판으로 만든 탁자, 무광택 흑색 서랍이 달린 찬장, 쿠션 좌석이 딸린 등굽은 의자, 오트밀 트위드로 만든 팔걸이 의자, 해초 자리를 깐 너도밤나무 프레임 긴 의자, 흰색을 둘러씌우고 백색 장식테두리를 한 열저항 커피 테이블을 가질 수 있을 거야. (II, 69)

즉 전문용어를 사용하는 것은 자신의 영역을 침범하지 못하도록 하는 전략이다. 상대방이 접근하지 못하도록 방어기재를 마련하거나 상대방을 배제시키려는 의도가 깔려있는 것이다. 케네디는 이것을 "희극적인 공격 연막" (Kennedy, 167) 이라고 평한다.

어떠한 말이든지 화자가 기대하는 특정한 영역 내에서 반응이 나오기를 전제하고 있다. 이 틀 안에서 반응을 하는 것은 먼저 말한 화자가 설정한 조건을 받아들인다는 것을 의미한다. 반대로 그 영역 밖에서 대답을 하는 것은 먼저 말한 화자가 상정한 관계의 틀을 거부하는 것이다. 침묵의 언어는 후자에 속하는 것이다.

핀터의 극에는 3가지 형태의 침묵의 언어 -침묵silence, 휴지pause, 세 개의 점 three dots-가 나온다. 그것은 각기 시간의 차이에 따라 구별되어 그 의미하는 바가 상당한 차이점을 보인다. 피터 홀은 다음과 같이 구별하고 있다.

> 휴지는 사실상 관객이 생각하기에 여러분이 강의 이편에 있다고 생각했다가, 다시 이야기를 할 때는 강의 반대편에 있는 것을 이어주는 다리이다. 그것이 휴지이다. 종종 휴지는 깜짝 놀랍다. 휴지는 소급해서 채워지는 간격이다. 휴지는 완전한 끝이 아니다. 침묵은 대치상태가 아주 치열해져서 분위기가 가라앉거나 높아질 때까지 그리고 아주 새로운 일이 일어날 때까지 아무런 말도 없는 상태이다. 3개의 점은 약간의 주저함이지만 확실히 존재한다. 세미콜론과는 다르고 핀터도 거의 사용하지 않는다. 콤마와도 다르다. 콤마는 무엇을 지적하거나 세밀히 검토하는 무엇이다.(Hall, 26)

휴지는 사고가 계속되고 있다는 것을 나타내고 아직 말로는 표현되지 않은 강렬한 생각을 노출시킴으로써 긴장감을 불러일으킨다. 휴지 중에 인물들은 숨기고, 판단하고 재무장하고 상대의 인정을 기다린다. 따라서 다음에 무엇인가를 이야기하리라는 것을 예상할 수 있다. 이에 비하여 침묵은 하나의 이야기가 끝나고 새로운 주제의 이야기를 하려는 것이다. 또 침묵은 상대방을 배제하려는 위협이 되기도 한다.

> 루스: 그녀가 아프다는 걸 어떻게 알았죠?
> 레니: 내가 어떻게 알았냐구?
> > (휴지)
> 그녀가 아프다고 내가 정했지.
> > (침묵)
> 형하고 갓 결혼을 했죠? (III, 47)

레니는 휴지 중에 대답을 숙고하여, 앞의 질문에 대한 기대하지 못한 비정상적인 대답을 준비하고 있다. 다음의 침묵은 병든 여자에 대한 이야기를 다른 화제로 돌리는 순간을 나타내 준다.

이와 같이 핀터는 침묵의 언어를 이용하여 인물들의 관계모색의 양상을 드러내고 있다.

> 침묵의 언어게임을 이용하여 극작가는 관계나 위협의 본질을 특별히 묘사하지 않고도 상호관계와 교묘한 조작을 간접적으로 알리거나 넌지시 암시할 수 있다. (Kane, 21)

사실 침묵의 언어는 말이 없는 대사이자 인물들이 행동하고 있는 한 양상이다.[5] 의 소통의 실패나 언어로서 의사를 전달할 수 있는 능력이 없는 것이 아니라 중요한 의사소통의 도구의 역할을 한다. 이때 인물들은 지금 전개되고 있는 화자간의 힘의 투쟁에서 유리한 위치를 차지할 수 있는 전략을 짜는 순간인 것이다.

> 두 종류의 침묵이 있다. 하나는 아무런 말도 없는 침묵이다. 다른 하나는 홍수 같은 언어가 사용되는 때이다. 이러한 말은 그 이면에 가두어져 있는 언어를 말하는 것이다. 그것은 끊임없는 고려이다. 우리가 듣는 말은 우리가 듣지 않는 말의 단서이다. 그것은 다른 사람을 그 자리에 머물게 하는 꼭 필요한 회피책, 격렬하고, 약삭빠르고, 고통스럽거나 조롱하는 연막이다.(I, 14-5)

핀터극의 침묵의 언어는 후기 극에 이르러 마치 노래의 후렴구와 같이 극의 분위기를 조성하는 중요한 역할을 하게 된다.

이상에서 살펴본 바와 같이 핀터극에 있어서 언어행위는 표면적인

---

5) "They(Pauses) are not formal conveniences or stresses but part of the body of the action. ... And a silence equally means that something has happened to create the impossibility of anyone speaking for a certain amount of time - until they can recover from whatever happened before the silence." Harold Pinter, "Gussow Interview," p.132.

68

불확실성을 극복하고 내적 구조를 만들어 가는 수단이다. 인물들은 끊임없이 언어게임을 통하여 관계를 탐색하고 변화시킨다. 이러한 언어기능의 특징을 간과하면 그의 극의 본질을 놓치게 될 뿐만 아니라, 그것을 왜곡하는 결과를 빚을 수도 있는 것이다. 이러한 인식이 핀터만의 특징은 아니다. 다만 그 정도에 있어서 새로운 인식을 본격적으로 극에 담았다는 점에서 높이 평가될 수 있는 것이다.

참고문헌

Almansi, Guido & Henderson (1983) *Harold Pinter: Contemporary Writers*. London and New York: Methuen.

Bensky, Lawrence(1984) "Harold Pinter: An Interview," in *Pinter: A Collection of Critical Essays* Englewood Cliff: Prentice-Hall

Bernhard, F. J. "Beyond Realism: The Plays of Harold Pinter" *Modern Drama* (Sept. 1965)

Brown, John Russell(1972) *Theatre of Language: A Study of Arden, Osborne, Pinter and Wesker* London: Penguin

Esslin, Martin(1982) *Pinter: The Playwright* London: Methuen.

Hall, Peter(1984) "Directing Pinter" in *Harold Pinter: You Never Heard Such Silence* Alan Bold ed. Totowa, N.J: Vision Press.

Hayman, Ronald(1968) *Harold Pinter: Contemporary Playwrights* 4th ed.London Heineman.

Kane, Leslie(1984) *The Language of Silence: On the Unspoken and Unspeakable in Modern Drama* London: Associated Univ. Press.

Kennedy, Andrew(1975) *Six Dramatists in Search of a Language: Studies in Dramatic Language*. Cambridge: Cambridge Univ.

Press.

Pinter, Harold(1983) *Pinter Plays One* London: Methuen.

Pinter Plays Two London: Methuen.

Pinter Plays Three London: Methuen.

Pinter Plays Four London: Methuen.

Quigley, Austin E (1985) *The Modern Stage and Other World* New York and London: Methuen.

Wittenstein, Ludwig(1969) *Philosophical Investigations* G.E.M. Anscombe trans. London: MacMillan

Pericles의 美學構造 研究

김길수* · 강경일*

I

Pericles는 구조적 일관성이 결여되어 있고 극본의 상호관련성이 없는 사건들이 絃처럼 구성되어 있다고 생각된다. 따라서 이 극의 연구는 劇形式의 槪念을 시험하는 好機會를 제공한다 할 수 있을 것이다. 그래서 필자는 이 극본을 주의 깊게 분석한 결과 이 극본은 셰익스피어의 詩的意圖를 잘 표명하는 명시적 극 구조라는 것을 인지하였다.

Pericles의 텍스트는 3가지 극의 단점을 가지고 있을 뿐만 아니라 지속적으로 결점이 있는 劇으로 시각 되었다: 이 극본의 구조는 심각한 구조적 불일치로 판단되었다. 이러한 구조의 불일치가 1막, 2막에서 발생하기 때문에 셰익스피어 적인 필치는 이 극본의 최후 3개 幕들에서만 전통적 극 비평의 구조의 검정이 이루어졌다. 따라서 이 극의 구조는 통일된 총체성보다는 사건의 상호관계로 형성된 사건들로 설명되어야 할 것이라고 생각한다.

어떤 비평가들—후기 극본들의 공통적인 주제적 통합을 발견한 유명한 G. Wilson Knight, 詩的 일관성을 지적한 Derek Travesi, 言語的轉

---

*경상대학 교수, *진주전문대학 교수

化의 비난에 직면해보고자 했던 James O. Wood(132-33)—은 Pericles의 통일성을 혹평자들로부터 옹호하였다. R. A. 몰턴과 에딘버르 대학의 컴퓨터 공학 학과의 동료교수들이 이 극의 논쟁의 소지가 있는 幕들을 컴퓨터 분석에 의뢰하였던 1976년에 이르러 Pericles의 학문적 연구의 전환점이 이루어졌다. 각 쌍의 단어들의 게재지정 위치와 어순의 배치를 위한 분석적 시스템을 사용함으로써 이 극본의 첫 2개 幕들이 이 극의 후기 막들과 구조적으로 일치한다는 연구의 결과를 가져왔기 때문이다.

비평적 모호성으로부터 *Pericles*의 극본을 究明코자 했던 셰익스피어 학자들을 위하여 이 연구의 결과들이 학문적 가치가 인정되었기 때문에 극본 속에서 불일치하다고 생각되었던 언어적 장애들을 해결할 수 있었다. *Pericles*의 극 구조가 결함이 있고, 통일성이 결여되어 있다는 비평적 평가에 대하여 논증할 필요가 있다고 생각된다.(Marder,46) 그 주요한 모순들은 다음과 같다:

첫째, 1막 2장에서 Pericles의 궁신들이 그가 떠나야 한다는 정보를 듣기도 전에 그가 안전한 여행을 하기를 바란다. 둘째, Helicanus가 비록 그들이 그의 논평들을 격노하게 하는 이야기를 언급하지 아니했음에도 불구하고 그의 아부성 발언에 대하여 이들 동료 궁신들을 나무란다. 셋째, 2막 3장에서 Simonides는 극본에서 음악연주의 행사를 언급하지 않았음에도 불구하고 전일 저녁 그의 감미로운 음악에 대하여 Pericles를 극찬한다. 넷째, Pericles와 Thaisa공주와의 관계는 그들의 결혼을 심리적으로 진실성 있게 시각할 수 있는 진전으로 발전하지 못한다. 다섯째, 1막 4장의 Cleon과 Dionyza의 고매한 대사와 4막의 그들 살인 행동이 상호일치하지 않는다. 여섯째, 4막 6장에서 Lycimacus가 비록 그는 창녀를 찾아 갈보집으로 가지만 분명히 악의적 의도가 없었다고 Marina에게 항변한다.

　이러한 분명한 극적 구조의 결함을 확인하는 것은 텍스트의 극적 분석보다는 오히려 문학적 분석에 의존하였기 때문이다. 그러나 극 액션의 맥락에서 시각하면 이러한 불일치는 문제가 되지 않는다. 필자는 *Pericles*의 5개 막들이 세익스피어가 집필한 것이라고 믿고 있으며, 극 구조를 분석함으로써 이 5개막들이 통일된 극적 개념을 반영하고 있다는 것을 정립하고자 한다.

　아마 문학적 비평에 기초한 가장 명시적 결과는 Pericles라는 인물의 오해에서 기인된 것으로 생각한다. 대부분의 비평가들은 Pericles를 결함이 없는 인물로 보았다. David Bevington(1154)은 Pericles를 일러, 스스로 고통을 자초하는 예기치 못한 제 2의 운명을 맞기 전 고뇌의 참회를 체험해야하는 *Cymbeline*에 등장하는 Posthumus와 *The Winter's Tale*에 나오는 Leontes 등과 같은 후기 로만스 극들에 종종 등장하는 결점 많은 희비극 주인공들과는 현저하게 차이가 있으며, 또 Pericles는 비극의 주인공이라기 보다는 결점 없는 로만스 극의 주인공이라고 믿는다. 비록 그의 결점의 특성이 가혹하지 않지만 Pericles는 Posthumus나 Leontes처럼 주로 그 자신의 비통의 원인이 된다고 생각한다. 따라서 필자는 이 극의 논란의 주안점들을 극 구조 속에서 분석 究明하고자 한다.

Ⅱ

　필자는 1막 1장의 개막 장면을 읽을 때 Antiochus의 궁중에 침투된 죄악의 분위기에 의해 가끔 충격을 받는다. 그것은 마치 근친상간의 분위기가 어떤 방법으로 그 *Pericles*를 흠집내고 있는 가를 시각적으로 감지하는 느낌이다. 비록 Pericles가 그 원인을 인지하고 있다해도 그는 확실히 이 분위기—그의 머리위 벽에 걸려있는 공주에게 청혼하여 실패함으로써 처형된 왕자들의 死頭들——를 만드는 징후들을 확실히 이해한다. 그 머리들의 모골이 송연한 증거에도 불구하고 그 왕의 딸에게 청혼하고자 하는 그의 시도는 그의 고통과 직접적으로 연계되는 행동이라 할 수 있겠다.

음악의 반주에 따라 Pericles가 입장한다. 宇宙的 用語로서 Antiochus가 다음과 같이 말한다.

> 음악! 짐의 딸을 데리고 오라, 죠브 神 자신이 신부로서,
> 포용하더라도, 부끄럽지 않게 옷을 입혀라.
> 나의 딸이 잉태되어 루시나가 손을 대고,
> 자연이 미모를 주기까지는 딸을 가장 완전한
> 미인으로 꾸며 놓으려고, 여러 혹성들이 총회를
> 열었오. (I. i. 6-11)

Antiochus에 의하면 그의 딸은 우주의 완성으로 태어났다는 것이다. 공주는 청결의 심상인 신부 의상차림으로 등장한다. 그러나 Pericles는 그녀의 외형미를 내면적 정신적 덕성과 혼돈 한다. 그의 잘못은 그가 그 공주에게 눈이 미치는 순간부터 자명해진다.

> 봄처럼 옷차림하고 들어오는구나,
> 美의 女神도 그녀의 종이며,
> 인간의 명예가 되는 모든 덕의 군주라고
> 할 수 있는 그녀가 들어오는 곳을 보라! (I. i. 12-14)

공주는 순진한 외양을 갖추고 있기 때문에 Pericles는 그녀의 생각들도 이와 동일하게 순진할 것으로 가정한다. 공주의 빼어난 용모에 빠짐으로써 그의 혼란은 심화된다. 처형된 이 왕자들의 머리들의 극적 효과는 완전히 무시되는 경우가 자주 있지만, 그러나 그들이 만드는 분위기는 이 극을 이해하는데 필수적이라 생각한다.

Antiochus는 그녀 미의 특성에 대하여 Pericles에게 알린다.

> 당신의 바로 앞에, 저렇게 아름다운 헤스페리디즈가
> 황금과실을 가득 닫고 서 있지만, 만지면
> 위험하오, 죽음같은 용이 당신을 위협하고 있으니까. (I. I. 27-29)

비록 공주는 아름답지만, 파괴의 힘을 소유하고 있다고 생각된다. 그녀의 회생자들은 죽음의 그물망에 저항하는 무언의 대사와 창백한 외양으로 Pericles에게 소리치는 죽은 왕자들의 심상들이다.

Antiochus의 경고에도 불구하고 그들의 절규는 Pericles에게 사건의 수수께끼를 풀어주도록 요구하는 시사성이 있다. 이 요구는 삶에 대한 태도에 있어서 절도가 없을 뿐만 아니라 부자연스럽다. Antiochus의 경고에 대한 Pericles의 응답에서 보듯, 그는 분명히 이들의 무서운 대상들에 의해 인식된 죽은 왕자들을 쳐다보고 Pericles는 다음과 같이 말한다:

> 앤타이어커스 폐하, 저에게 이 몸의 연약함을
> 가르쳐주시고, 이 들 무시무시한 머리들을 보여
> 줌으로써, 그들과 마찬가지로 죽음을
> 각오하게 하여 주심에 대하여 감사합니다.   (I. i. 41-46)

Pericles는 그 공주의 외형적 미에 사로잡혀 있기 때문에 진실에 대한 그의 이해는 왜곡된다. 그는 모든 인간들은 수용해야 할 나약한 숙명의 결과로서 죽은 왕자들의 운명을 설명한다.

그는 왕자들의 죽음이 Antiochus궁전의 파괴적 힘들의 직접 결과라고 인식할 정도로 맹목적이다. 비록 神들의 의지의 종이 될 것을 공언하지만, Pericles가 수수께끼를 풀고자 하는 욕구는 그 나라와 자신의 안녕을 위험하게 한다. 혼돈의 대행자로서 그 공주는 하늘을 끌어내리고 모든 神들까지도 끌어내릴 것 같이 생각된다. 수수께끼의 의미—그 공주는 그녀의 아버지와 근친상간 관계를 의도적으로 즐긴다—를 예지 했을 때 Pericles는 그가 외형적 미와 내면적 미의 통일성을 혼돈하였음 을 뒤늦게 깨닫는다:

> 번쩍이는 유리 같은 당신이여, 나는 당신을 사랑하였오.
> 아니, 빛나는 상자 속에 더러운 것이 들어있지 않다면
> 지금이라도 사랑할 수 있소;
> 그러나 이젠 당신이 싫어졌다고 말할 수밖에 없소;
> 내부에 죄악이 있다는 것을 알면서도 문에 손을 대려고 하는 자 는
> 완전한 사람이 아니기 때문이다.   (I. i. 76-80)

Pericles는 외형을 내면적인 것과 혼돈함으로써 공주는 내면적이라고 느끼기 보다 오히려 그녀는 외양적 인격임을 알게 되었다. 그의 충동 적 태도는 전조(前兆)의 분위기를 이해하는 능력을 박탈당하게 하였으 며 Antiochus 궁전의 죄악에 그를 맹목적이게 하였다. Pericles는 왕자로 서 고매성에 대하여 기대된 태도의 규약에 따라 산다 할 수 있겠다.

필자는 본 극이 Jacobean시대의 삶에 대한 매우 중요한 은유라고 생각한다. James왕 자신이 무대상에 선 배우의 역할로서 자신의 역할 을 개념화 하였듯이. 왕자의 행동들은 예술형식으로서 실행되어야 하 고 교양화되어야 한다. Pericles에 있어서 셰익스피어는 이 劇이 재현하 는 내면적 덕성에 대한 예술 형식—고매성의 교양화된 외양—을 모험 적으로 시험한다. 외양과 사실—즉 내면적 진리와 대조적으로 시각되 는 외양의 주제적 발전은 극 구조에서 체현된다. Pericles를 통하여 셰 익스피어는 언어와 극적 행위간의 아이러니한 병치를 만든다. 일 예로 1막의 서막에서 Gower는 근친상간관계의 비밀을 누설하면서 죽은 왕 자들에 대한 주의를 환기시킴으로써 전조의 분위기를 설정한다. 그의

정보는 왕자들의 우주적으로 질서화된 외양과 모순된다. 플롯 상에 청중을 몰입시킴으로써 셰익스피어는 Antiochus가 외양들을 어떻게 조종하며, 이와 같이 Pericles의 잘못의 특성을 청중에게 경보하는 것을 관찰하도록 용인한다.

Gower의 서막의 최후 2행은 극의 특성을 청중에게 소개한다:

> 이제 뒤의 일, 이 내용을 가장 정확하게 판단할 수 있는
> 나의 명분을 여러분의 시각의 판단에 맡기오.   (I. i. 41-2)

비록 이것이 난해한 구절이라고 해도, 그것은 Gower의 후속 대사들에 의해 인지될 수 있다. 7행의 이야기에서 Gower는 되풀이하여 청중들에 의해 시각되고 청각되는 상이성의 모순을 환기시킨다. Antiochus와 Tarsus에서 발생한 사건의 요약에서는 다음과 같이 결론 내린다:

> 그것과 대조적 흉보들을 지금 여러분 눈앞에 가져왔으니
> 내가 그것을 말할 필요가 있겠오?   (II. I. 15-16)

그는 Thaisa가 실종된 폭풍을 소개하는 동안 그는 다음과 같이 말한다:

> 이 무서운 폭풍 속에 일어나는 일들은
> 그대로 곧 연출될 것이오.
> 나는 다만 연출되지 않는 부분만
> 말하려고 나머지 부분은 실연하여 전달해 드리겠오. (III. Pro. 53-57)

이후 극 과정의 특성에 대하여 생각할 때, 그는 청중에게 다음과 같이 약속한다: "여러분의 귀와 눈의 조정역은 내가 하겠오"(IV. iv. 22)

비평가들을 혼란시킨 것은 시각과 청각간의 의도적 상이성이다.

Gower의 이야기들은 그것이 언어와 액션에 의한 극 구조에서 체현될 때 내면적/외면적 주제에 대해·청중에게 예고한다. 전통적 비평은 이 두 가지의 극적 요소들의 복잡한 관계를 연구하는데 있어서 소홀함 때문에 Pericles를 성공적으로 해석하지 못했다고 생각한다.

언어와 액션에 대한 셰익스피어의 병치의 또 하나의 사례는 그가 이 불가사이한 수수께끼를 인지 한 후, Pericles와 Antiochus의 조우에서 발견된다. Pericles는 그가 처한 궁지를 생각한다:

> 군주의 소행 일체를 써 놓은 책을 가지고 계시면
> 읽히지 말고 덮어두는 것이 더 안전합니다. . .
>
> 王은 지상의 神입니다; 그 임금님이 악하면 법률을 자기 마음대로 휘두를 것입니다.; (94-95, 103)

Pericles는 자신의 생명을 구하기 위한 해답을 알고 있다는 사실을 Antiochus에게 인지시켜야 한다. 동시에 그는 그 왕을 근친상간에 대하여 공개적으로 비난할 수 없다, 만약 그렇지 아니하면 그가 곧 살해될 것이다. 마찬가지로 Antiochus는 Pericles가 그의 미궁의 사건을 추측했다는 사실을 알고 있지만 그는 궁신들 앞에 외양을 유지해야할 자기자신의 필연성에 몰두되어 있다. 만약 Antiochus가 왕자의 생명을 해칠 공개적 시도를 한다면 Pericles는 그의 근친 상간적 관계를 폭로할 것이다.

이 극본의 읽기는 사절판의 무대지시에서 특수화된 무언의 궁신들에 대한 공연지시에서 그 진가를 나타내지 못한다. 그들의 사실(寫實) 때문에 외양은 유지되어야 한다. 중요한 것은 Pericles와 Antiochus가 궁중에 수용될 수 있는 외양을 유지하는 동안 그들의 내면적 생각들을 서로에게 명료하게 하는 태도다. Gower의 이야기에서 노출된 정보는 Pericles와 Antiochus가 그들의 외양들을 조절할 때, 그들의 전략을 청중이 인지하도록 한다. 주요 등장 인물들처럼 청중도 내면적 특성들의 표명으로서 외양을 평가하게 되는데 그것은 극 형식과 극 내용은 불가분의 관계에 있기 때문이다.

외양과 대조되는 내면적 미덕의 주제는 1막 2장, 3장에서 더 연구검토 할 것이다. 이 장면들은 인물의 동기와 극적 액션에 있어서 명백한 혼돈 때문에 전통적 문학비평에서 잘못 설명되었다. 결과적으로 많은 셰익스피어 극본(劇本) 편집자들은 이 장면들을 비도덕적이라고 믿고 있다.

1952년 Philip Edwards(25-49)가 이 장면의 몇 가지 부조화 요인들을 확인하였다. 일반 비평적 견해의 전형적인 그의 주장들은 다음과 같이 요약될 수 있다.

첫째, 모순적 무대지시들의 반복 때문에 발생된 무대액션의 부조화가 있다. Pericles는 그의 궁신들("*Enter* Pericles *with his Lords*")과 함께 등장한다. 비록 4절판에서 퇴장의 무대지시가 명시되어 있지 아니 하지만, 당장 그들을 해산시킨다. 다음 Pericles의 독백 후 궁신들이 재등장한다("*Enter* all the Lords to Pericles")—비록 그가 방해받지 않도록 요구하지만, 둘째, 제 1궁신, 제 2궁신들은 다음 장면까지 Pericles의 떠남을 알지 못한다. 그러나 그들은 그에게 안전한 여행을 원할 때 날카로운 투시력으로 그에게 말한다. Edwards에게 있어서 이 분명한 모순은 1막 2장, 3장의 사건들의 경과가 무질서화 되었다는 것을 증명한다. 셋째, 그들의 왕자 혹은 Pericles의 Helicanus에 대한 분노에 아첨한 궁신들에 대한 Helicanus의 응징의 동기 유발한 사건의 언급이 텍스트 속에는 없음으로 이 장면들은 설명하기 어렵다. 왜냐하면 Pericles가 그렇게 하도록 Helicanus로부터 충고(1막 2장 106행)를 받아, Pericles가 떠나려고 계획하는 것을 실증할 직접적인 증거가 없다.

일반적으로 극의 텍스트를 외형적 용어들로 번역하면 이 2개 장면들에 발생하는 사건 장면들은 읽기로부터 시각할 때 그렇게 부조화는 아니다라고 생각한다. 이 장면들을 이해하는 비결은 텍스트를 수반하도록 셰익스피어에 의해 계획되었지만 지금은 유실된 무대지시에 따라 행동하는데 있다. 만약 각 명시적 부조화가 만약 극의 맥락에서 취급되기보다 사건의 엄격한 질서—비평적 실천—에서 시험된다면 상연이 극적으로 작용하는 시행들에서 변형되는 것은 아무 것도 없다.

2장, 3장에서 극 행위에 대한 자극은 Antiochus와 Thaliad간에 잇따라 발생하는 대화에서 또 1장의 Pericles의 결론적 대사에서 발견된다. Pericles는 무대에 혼자 서서 Antiochus의 분노의 위력을 지각하기 시작한다:

> 한 죄악은 다른 죄악을 유발한다;
> 살인과 색욕은 불꽃과 연기처럼 서로 밀접하다:
> 독살과 배신이란 죄악의 양손과 같으며,
> 치욕은 막으려는 방패다
> 너희들을 깨끗이 보이기 위해서 내 목을 짜를지 모르니
> 빨리 도망쳐서 이 위험을 피해야겠다.   (137-42)

Pericles는 그에게 닥쳐오는 죽음을 피하기 위하여 그의 퇴장 연설의 율동적 지속성에 의해 날다시피 무대로부터 돌진한다. 왕자를 혼자 남겨둔 Antiochus는 당장 Tyre의 왕자(157)를 죽이도록 Thaliard에게 명령하며 화가 나서 다시 등장한다. Pericles왕자가 도망쳤다는 사실을 어떤 사자(使者)로부터 보고 받고 Antiochus는 뒤를 추격하도록 명령한다:

> 빨리 뒤를 따르라, 노련한 궁수가 손 화살이
> 과녁에 명중하듯, '페리클 영주가 죽었습니다' 라고
> 복명할 수 있을 때까지는 오지 마라.   (I. i. 164-66)

다시 한 번 도주는 동기적 행동이다; 더욱이 Pericles는 공격목표로

서 추적되기 때문이다. 과녁을 명중시키는 궁수의 심상은 Thaliard의 응답에 의해 메아리친다:

> 내가 권총이 닿을 만한 곳까지 뒤따라 갈 수만
> 있다면 충분히 해 치웁니다.　　(168-69)

"Pericles가 죽을 때까지" Antiochus의 가슴은 평온을 찾을 수 없다. 따라서 Thaliard와 Pericles 두 사람의 도망은 극의 행동을 다음 장면으로 향하여 이동시킨다.

　비록 그것은 한 장면이 이 시점에서 유실되지 않았다는 것이 증명될 수 없다하지만, 2장이 선행 장면으로부터 직 후속 하는 방법은 겹겹이 쌓이는 극 행동에 대한 셰익스피어의 기교의 전형같이 생각된다. 사실상 만약 Pericles가 궁정을 떠날 것을 그의 궁신들에게 설명한 충분한 장면이 제공된다면 이 도주의 충격은 잊혀질 수 있다. Pericles가 도주하면서 퇴장한 1장에서 점진적으로 가속되는 결과를 따라 그는 2장에서 다시 등장하여, 그가 떠날 것이라는 사실을 궁중에 알릴 수 있었다. "그의 궁신들"—그의 몸종들—은 그의 떠남의 이유를 알고 흥분하여 그를 뒤따른다. Edwards(26)의 가정처럼 궁신들이 즉각적으로 들어갈 것을 시사하는 Pericles의 '우리를 아무도 혼란시키지 마시오'라는 말이 없다.

　James O. Wood(83)는 Pericles가 격리된 상태로 나타나, 어떤 궁신들에게 그를 방해하지 말라고 요청하는 것을 그가 제의할 때 그 행의 보다 성공적 읽기를 부여하였다. 그런데 수행 궁신들은 그가 흐릿한(2) 우울증이 걸렸을 때 Pericles를 침략으로부터 보호하기 위하여 무대에 남는다.

　만약 우리들이 Pericles가 등장하기 전에 그 궁정으로부터 떠날 그의 의도를 발표한 것을 수용한다면 후속하는 그의 대사가 그가 1장의

82

말미에 발생한 그 생각의 표현과 혹은 정교함으로 시각 될 수 있다. 그 기사는 이미 궁정에 영향을 미치기 시작한 그의 내면적 소요를 표현한 다. 그는 그의 왕국이 죄에 노출된 그의 내면적 소요를 표현한다:

> 모두들 놀라서 용기를 잃고,
> 나의 부하는 대항해 보기도 전에 패배하고 말 것이다.
> 일찍이 나쁜 생각을 해 본 일이 없는 신하들까지도 벌을 받게 될
> 것이다. 나 자신의 안위 문제가 아니라 그들 일을 생각하면,
> 양분을 대주는 뿌리를 덮어서 그를 보호하여 주는
> 나무의 윗가지에 불과한 나는,
> 심신이 쇠약해지고 적으로 인해 고민하기 앞서
> 스스로 고민하게 된다.   (I. I. 26-33)

비록 위 대사에서 그것이 명시적으로 설명되지 못하지만 필자는 Pericles가 도주할 의도는 명확하다고 믿는다. Antiochus가 Pericles가 사 망—그 왕자는 위험을 명확히 알고 있다—할 때까지 휴식을 결코 하지 못했다고 맹세한다. 도주는 그의 유일한 의지이다. Pericles는 Antiochus 의 복수의 목표물이 그의 궁신들이 아닌 자신이라는 것을 정확하게 직 감하였다. 그래서 그는 그의 종자(從者)들의 생명을 구하기 위하여 그 들 무리에서 떠나야 한다. Pericles가 그의 대사를 종결할 때 '모든 궁신 들'이 그의 의지에 대항하여 등장한다. 이 극적 액션은 궁중의 긴장감 을 고조시켜, 결국 이 궁중은 Pericles의 결정에 의해 혼란 상태에 빠지 게 되었다. 특별히 두 궁신—호통을 당한 아마 젊은 궁신들—들이 인 사차 돌진하듯 등장한다:

> 귀족1 신선한 전하의 가슴에 기쁨과 위안이 깃들기를 기원합니다!
> 귀족2 전하께서 귀국할 때까지 마음이 편안하시기를 기원합니다.
> 헤리케이너스 조용히, 조용히 경험 있는 자에게 말을 해 주시오.
> 아첨은 왕에게 도움이 되지 않습니다.   (I. I. 34-36)

여기서 셰익스피어는 첫 장면에 사용한 것과 유사한 극 기교를 사용한다. 독백에 의하여 Pericles의 내면적 정서 상태는 청중들에게 노출되었다. 그러나 그의 고통에 어리둥절한 제 1, 제 2궁신들은 신성한 인물로서 그의 외형적 외양에만 답한다. 이 궁신들은 James왕이 그의 아들에게 경고한 원숭이들과 유사한 종들이다. Helicanus는 아첨 때문에 이 궁신들을 호되게 나무란다. 왜냐하면 그들은 그의 왕국을 떠나기로 한 Pericles의 선택이 환희의 원인이 아니고 내면적 고통의 결과라는 것을 인지하지 못했기 때문이다. 이 궁신들이 언급하는 극의 맥락은 그들의 소망들이 부적절하다는 것을 보여준다. Helicanus의 지혜는 Pericles의 고매한 외양을 초월하여 시각하는 능력에 있다.

Pericles는 그 궁신들을 떠나게 하고, 배들을 점검하기 위하여 그들을 항구로 가도록 명한다:

이 사람만 두고 다 물러가게; 물러가서
항구에 어떤 배, 어떤 화물이 와 있는지 조사하여
복명해주게. (Ⅰ.ii. 48-50)

이 대사들은 그가 떠날 의도들이 궁중에 노출되었다는 것을 시사한다. 그렇지 않았다면 그 명령은 극적으로 의미가 없었을 것이다.

그 장면에 대한 이러한 설명은 지금까지 Pericles의 대화와 일치할 뿐만 아니라 그것은 이 장면을 극 전체에 주제적으로 중요하다는 것을 보여준다. Helicanus와의 조우에서 Pericles는 내면적 덕과 외양이 통일된 한 사람과 직면한다. Helicanus의 대담성은 이 왕자를 화나게 한다:

P.   헤리케이너스, 네가
나를 흥분시켰지: 내 안색 어떤가?
H.   전하의 두려운 안색을 뵈오니 두렵습니다.

84

P. 군주의 성난 얼굴이 무서우면,
    왜 내 앞에서 무엄한 말을 하는가?
H. 식물은 하늘에서 양분을 받아먹기는 하오나
    감히 하늘을 쳐다보지 않습니까?
P.   너의 목숨은 나의 마음
    먹기에 달렸다는 것을 알고 있겠지.
H. 도끼는 스스로 갈아 두었으니
    치기만 해 주시오.   (I. ii. 50-59)

그가 Helicanus를 시험하기 위하여 내면적 덕성을 식별하고자 하는
것은 Pericles의 무능의 시사이다. 그러나 심지어 죽음의 위협도
Helicanus의 행동들을 변모시킬 수 없다. 그는 하늘을 쳐다보는 위성들
처럼 그 왕자를 떠받들어 보살핀다. Pericles를 감동시켜 충고를 따르고
그의 이야기를 신뢰하도록 하는 것은 이 불굴의 헌신이다:

P.   그대는 아첨을 하지 않는 사람이야:
    그 점은 고맙군; 오 하늘이시여
    왕 된 자가 자기의 과실을 듣지 못하는 일이 없도록 해 주소서:
    현명하기 때문에 군주를 신뢰로 만드는, 그대와 같은 사람이야말
    로
    군주의 훌륭한 고문이라고도 할 수 있고, 훌륭한 신하라고도 할
    수 있는 것이오.
    그대는 내가 어떡하기를 바라오?

H.   스스로 사서 슬퍼하는 것과
    같은 전하의 슬픔을 참아 나가시기를 바랍니다.   (I. ii. 60-66)

Antioch에서 그의 행동들과 Antiochus가 복수를 계획한다는 소식을
Pericles로부터 듣고 Helicanus는 그의 보호 하에 있는 그 왕국을 떠나는
동안 그 왕자를 여행하도록 고무시킨다:

　　　　　앤타이어커스를 무서워하심은,
　　당연합니다, 그 자는 공공연히 병력을 가지고 남몰래
　　간교를 꾸며서 목숨을 빼앗을려고 하는 폭군이니까요.
　　그러하오니, 전하께서는 그 자가 그 분을 잊을 때까지,
　　그렇지 않으면, 운명의 신이 그 자의 명맥을 끊어 버릴 때까지
　　통치권은 다른 사람에게 위임하면 됩니다; 만일 소임에게 일임하
　신 다면,
　　　낮에는 으레 햇빛이 비치는 것처럼 틀림없이 충성을 다 하겠습니
　다.

　　　　　　　　　　　　　　　　　　　(I . ii. 102-10)

　분명하게 이 대사는 여행하도록 하는 직접적인 시사이지만 이렇게
제시된 이 설명의 맥락에서 배우는 새로운 아이디어의 소개보다
Pericles가 이전에 발표한 계획의 106행의 대사들을 긍정적으로 언급해
야 한다. 이것은 "떠나소서"에 강조를 둠으로써, "예, 잠시동안 여행을
하겠소"라는 의미를 둠으로써, 의미를 달성할 수 있다. 이 대사의 초점
은 Pericles가 자신의 탓 때문에 이 왕국을 떠나야 한다는 Helicanus의
제의로 전환시킬 것이다.

　Pericles가 진정한 왕자로서 그의 정직성을 표명함으로써 그 지혜의
힘은 그것을 인내(119)할 수 있는 Helicanus의 진실의 미덕을 인식하게
한 Pericles는 Antiochus에 의한 침략의 위협이 없어지고 스스로 그 나
라를 지배할 수 있을 때까지 망명생활을 해야 한다. 이 장면의 극적 모
멘트가 이 왕자가 출발준비를 할 때 가속된다.

　　　지금 그대의 말을 신임하오, 구태여 맹세를 요구하지 않겠오:
　　　그것을 지키지 아니하는 놈은 신의도 맹세도 깨뜨리지 말 테니
　까:
　　　그러나 우리들은 각각 자기 위치에서 완전하고 안전하게 살아갈
　것이며,

세월이 흘러도 우리 둘 사이의 이 진실은 결코 깨뜨리지 않을 것
이오,
그대는 충신으로 빛나고 나는 진정한 군주가 될 것이오.
(120-24)

확실히 Pericles는 Antiochus의 증오 대상이 된다. 그는 궁신들에게 작
별을 고하고 그들이 그 배로부터―논평자들에 의해 방관된 사실―돌아
오는 것을 기다리지 않고 떠난다. 이 순간(3장) Thaliard가 등장하여
Antiochus의 사형 명령을 집행하려고 시도한다. Thaliard가 기밀을 청취
하기 위해 숨을 때, 곧 뒤따라 Helicanus가 Escanes와 '다른 궁신들'과
함께 입장한다. 이 궁신들이 Pericles의 떠나려는 의도를 인지 못한다는
평자들의 주장은 텍스트의 오독에 근거가 있다 하겠다. Pericles의 출발
소식을 듣고 놀라움을 표시하는 것은 궁신들이 아니고 Thaliard이기 때
문이다.

Thaliard가 Antioch으로부터 새로이 도착한 이후 그의 무지는 당연
시된다. 더욱이 Helicanus의 대사들은 무대 밖에서 시작한 대화의 응답
이다. 그리고 그들은 Escanes와 다른 궁신들은 그 왕자가 Helicanus에게
만 확신시킨 Pericles의 여행의 특성을 알려고 요구하였다는 것을 암시
한다.

"그것이 당신의 사람들에 대하여 확인되지 않을 때," 당신의 무지
를 의미하는 것으로 전통적 비평에서 해석된 이 행들은 "당신이 그가
가는 것을 원하지 않았다는 그에 대한 당신의 사랑으로"더 효과적으로,
더 단순하게 설명될 수 있다. 이 읽기는 앞에 제시된 2장, 3장의 해석
과 일치한다. 이 궁신들이 그들의 왕자가 이미 떠나버렸고 Helicanus로
부터 어떤 설명을 요구했던 사실을 발견하기 위하여 배에서 돌아왔다.

다음 장면―Tarsus(1막 4장)―에서 Pericles는 기아로부터 그 굶주리
고 있는 도시를 구하기 위하여 도착한다. 이 장면은 지속성 없는 인물

전개의 사례로서 셰익스피어 극본 편집자들에 의해 가끔 인용된다. 4막에서의 Tarsus의 총독 Cleon과 그의 처 Dionyza의 악의적 행동들은 이 장면에서 그들의 고매한 외양과 모순이 됨을 알 수 있다. 필자는 셰익스피어가 이 상이성을 의도하여, 그가 극 구조에 이것을 고의적으로 구성하였다고 믿는다.

이 해석에 대한 증거는 Tarsus의 장면에서 곧 후속하는 2막에서 Gower의 1막에 대한 요약설명에서 찾아 볼 수 있다:

> 여기에 당신 네 들은 일국의 大王이
> 자기 딸과 불륜의 관계를 가진 것을 보았오:
> 언행에 있어서 존경을 받을 만한
> 선량하고 인자한 영국에 대하여.   (Ⅱ. Pro. i. 1-4)

위 대사의 "강력한 왕"과 "그의 자식"은 Antiochus와 공주를 시사한다. 물론 "훌륭한 영주"는 Pericles를 의미한다. "자애로운 궁신"은 Cleon인데, 청중이 Gower에게 들은 이 궁신은 그가 실질적으로 악당이라는 것을 증명한다. 다시 한 번 Gower는 외양과 사실간의 불일치에 대하여 청중의 주의를 환기시킨다. Cleon의 고매한 외양은 외관에 불과한 것이다.

동일한 대사에서 Gower는 청중에게 Tarsus의 환경에 대하여 더 구체적 통찰력을 부여한다.

> 사람마다
> 그 입에서 나온 그 소리를
> 성전으로 숭상하고, 그의 덕행을 기념하려
> 그의 像을 건조하여, 명예를 대대적으로
> 전하려하오.   (Ⅱ. i. 11-14)

Tarsus는 외관적으로 교양이 있는 나라이다. 각자는 그가 말하고 행

88

동하는 것이 너무 중요하기 때문에 그것이 어떤 술책으로 형식화되어야 한다고 믿는다. Gower가 Tarsus를 외양에 의해 매혹된 나라로서 記述한다. Pericles가 Cleon과 Dionyza와 만남을 내면적 덕성과 외양간을 결정하는 그의 능력의 또 하나의 다른 시험이 된다.

비록 Cleon과 Dionyza는 1막 4장에서 공개적 악인들로 표출되지 않지만 셰익스피어는 Pericles가 등장한 환경의 유형에 따라 청중에게 단서들을 제공한다. 이 장면이 시작될 때 저자는 우주의 무질서의 심상들을 우리 청중에게 제공한다. Cleon의 통치하의 Tarsus는 풍요가 풍성한 도시(1막 4장 22행)로부터 어머니들이 그들이 사랑했던 그 귀여운 아이들을 먹일 준비가 되어있는 굶주림의 도시로 전환된다. Cleon의 실질적 성격—셰익스피어의 입장에 대한 암시—의 배우를 위한 구체적 암시가 있다. 그는 Tarsus에 입국할 때 그의 고매한 의도들을 예견할 수 없다. 비록 그 왕자가 그의 일행이 적들로서가 아니고 우군들로서 표시되는 백기를 들고 입국한다는 것을 한 궁신에 의해 보고 받았지만, Cleon은 준수한 모습을 지닌 자가 대개 기만(72-73)을 의미하는 것으로 인지하고 두려워한다. 아마 이것은 자기자신이 기만하는데 익숙한 한 인물의 실상일 것이다. 진정 내면적 고매성을 가진 Pericles의 명령은 제 2막의 개막에서 그가 Penta Polis의 해안에 파도에 떠밀려 왔을 때 시작된다. 유명한 무대지시에 의하면 이 왕자는 "젖은 채로" 등장한다. 청중들은 파선되어 이 해안 저 해안으로 떠밀린 불행한 기사의 심상을 제시받게 된다. 바위 위에 그를 내동댕이친 자연의 혼돈적 힘에 대하여 언급한다:

> 이제 분노를 참아다오, 하늘의 성난 별들이여!
> 바람이여, 비여, 천둥이여, 이 세상에 있는 인간은
> 너희들에게 도저히 반항할 힘이 없다
> 그러므로, 나도 약한 인간답게 머리 숙여 너희들에게 항복한다;

아아, 바다는 나를 바다 위에 던져 버렸고,
해변가를 이리 저리 끌고 돌아 다녔음을 나는 죽음에
다다른 것을 겨우 의식할 정도의 숨만이 남았다.
일 개 군주로부터 위력을 보여 주었으니 이것으로
만족하여 다오. 물의 墓모에서 던져 올려 졌으니,
여기서 편히 죽게나 해다오. 그것만이 소원이다.   (Ⅱ. i. 1-11)

왕국서 추방되고 왕자의 행운을 박탈당한 Pericles는 죽음을 갈구하는 기도를 한다. 여기에서 또 다시 Pericles는 외양들을 내면적 특성과 혼돈한다. 그는 그러한 특성들을 결여하고 있기 때문에 그는 죽기를 소망하는 왕자가 되는 것이 필요하다고 생각한다. 이 시점에서 세사람의 어부들이 등장한다. 처음에 Pericles는 자신을 알아차리지 못한 그들의 대화를 청취한다. 그들이 인간의 고통, 욕심, 부덕에 대하여 말한다. "어떻게 이 고기들이 바다에 살고 있는가"라고 제 3 어부에 의해 질문 받았을 때 제 1어부는 다음과 같이 대답한다.

인간이 육지에 있는 것과 다르게 뭐냐; 큰 놈이 작은 놈을 잡아 먹는 거야: 고래는 우리들의 돈 많은 욕심쟁이와 같은 것이야; 뒹굴 며 놀면서 가엾은 조그마한 고기들을 좇아가서 결국은 그대로 한 입에 삼켜 버리니 그런 큰 고래가 육지에도 있대. . . .

제 3 어부는 "벌에서 왕봉의 꿀을 훔친 이들의 숫벌들의 땅을" 정화하고자 한다(50-51).

Pericles의 세계는 혼란 속에 처해 있다. 천신(天神)들은 소요 가운데 있으며, 그는 영주의 계급을 박탈당했다. 그리고 사회 질서는 퇴폐화되어 졌다. 무질서의 세계와 대조적으로 셰익스피어는 선왕 Simonides (103)의 이름을 소개한다. 그는 선하다는 칭호를 받을 만하다. 제 1어부가 "그의 평화스러운 치세와 선한 정부(106) 때문이라고" Pericles에게

말한다. 이 평화스러운 통치의 심상은 Pericles에게 회복의 첫 소망—해
안에 떠밀려 그 어부들에 의해 되돌아온 그의 갑옷의 외양에의 당장
지지 받는 소망—을 언급한다.

Pericles는 만약 그가 성공한다면 그들(어부들)에게 보상하겠다고 맹
세하고 Thaisa의 기예와 겨루기 위하여 Simonides궁전에 입성한 녹슨
갑옷을 입은 기사의 외양은 그의 진정한 내면의 특성을 상반되게 보이
게 한다. Pericles가 왕과 그의 딸 Thaisa앞에서 사열행진 할 때 제 1 궁
신은 그 기사의 기죽은 상황에 대하여 논평한다:

> 그 사람은 노력을 상당히 해야 될 것 같습니다.
> 외모는 아무리 보아도 칭찬할 수 없는 인물이니까;
> 저 녹쓴 방패를 보니 창 보다
> 채찍을 더 써온 것으로 보이는 군.   (II. ii. 48-51)

그러나 Simonides는 궁신들의 이런 저런 품위 손상된 논평을 물리친
다. 그는 Pericles의 진정한 가치를 이미 인식하기 시작했다.

> 외모로 사람을 판단하는 것은
> 어리석은 일이오.   (II. ii. 56-57)

Pericles는 무대 밖의 공격시합에 승리한다. 그리고 궁중은 그의 진
정한 가치를 인식하게 된다. 비록 남루하게 옷을 걸쳤지만 그는 축하
연에서 명예의 자리를 부여받게 된다. 그는 그것이 어떤 다른 사람에
게 어울릴 것이라고 거부 의사를 밝힐 때 제 1기사는 다음과 같이 답
한다:

> 사양하지 마시오; 우리들은 신사이니
> 마음속이나 겉으로 우세한 자를 시기하지도 아니할 것이며
> 열등한 자를 멸시하지도 하지 아니할 것이오.   (II. iii. 24-6)

그에게 명예의 자리를 얻은 것은 그의 외양보다 오히려 그의 행동들에 있다. 그들이 처음 만났을 때 Pericles는 Simonides에 대한 인상을 기술한다:

저 왕은 돌아가신 부왕을 닮았오.
옛날 선왕께서는 저렇게 훌륭하였음을 화상이 나에게 알려주고 있다.
영주들이 부왕의 주위에 별들과 같이 앉았을 때 부왕께서는 태양처럼
존경을 받았다한다.
그들은 태양을 우러러보는 작은 별 빛처럼
부왕의 탁월한 패권 앞에서
관을 수그리지 않는 자가 없었다고 한다.
그런데 그의 아들인 나는 밤의 개똥벌레처럼 어둠 속에서
빛을 내지만 밝으면 비치지 않는다.   (II. iii. 37-44)

Simonides는 지금 청중에게 익숙한 이미져리로서 記述된다. 태양으로서 이 왕은 더 작은 불빛들의 우주적 질서의 궁중의 중심에 있다. 그의 아버지의 심상에 가까운 어떤 사람을 발견하고 의기 양양해 하지만 그의 자신의 운명에 의해 좌절된 Pericles는 어둠에는 불이지만 빛에는 아무 것도 아닌 불빛 중에 가장 작은 개똥벌레의 빛으로 자신을 설명한다. Cloten의 궁전 속의 그의 외양과는 대조적으로 여기 Pericles는 그의 고매한 외양과는 상반되는 모습으로 도착한다. 그러나 그의 내면적 특질은 직접적으로 인지되어진다.

2막 3장의 무도 장면에서 Pericles는 이 내면적 가치를 확실히 증명한다. 춤의 자태에 의해 그는 기사들 중에서 그의 우월성을 나타내며 사랑의 결속으로 Thaisa와 결합하게된다. 필자는 이 무대지시가 극의 맥락에서 보여 주어야 하기 때문에 이 장면의 긴 인용이 필요하다고

생각한다.:

Thai. 부왕께서는 당신을 위해 건배하셨습니다—
Per. 고마우신 분이군요.

....

Thai. …
당신이 더욱 건강하시기를 빌면서.
Per. 두 분께 감사하는 마음으로 건배하겠습니다.
Thai. 그리고 두 분께서는 당신에 관하여 더 알고 싶어합니다.
어디서 오셨으며 성명과 가문을.
Per. 이름은 페리클즈. 타이어리 한 신사입니다.
문예, 무술의 교육을 받고 세계 편력을 하다가 사나운
바다에서 조난하여 배와 사람들을 다 잃고 이 나라 한 해안에
떠 밀려 왔오.
Thai. 폐하께 감사드린다면서 이름은 페리클즈 한 신사로서
바다에서 조난하여 배와 사람을 잃고 이 나라 해안에 밀려왔
다고 합니다.
Sim. 참으로 가슴 아픈 일이다. 그러면 그의 우울증을 풀어주어야겠
다.
자, 그럼 제군들 언제까지나 사소한 일에 집착하여 시간을 소
비해서는 아니 되겠오. 무엇인가 다른 오락을 가져 봅시다. 무사
의 춤에는
그 무장한 그대로가 잘 어울린다. 방패끼리 부딪히는 소리가
부인들 귀에 거슬리게 들린다는 구실을 듣지 않겠오. 여자들은
침상과 마찬가지로 방패를 낀 사나이를 좋아하니까.
(그들이 어울려 춤춘다)
여기 춤을 추고 싶은 숙녀가 있소. 타이어 무사들은 숙녀를 춤
추게
하는 것은 교묘하고 장엄한 춤도 훌륭하다고 들었오.
Per. 뜻대로 하십시오.
Sim. 영주들께서는 사랑의 이야기가 최후의 목적이 되겠지.
이미 오늘밤은 늦었으니 편히 들 쉬세요. 날이 새면 그것을 위

해 최선을 다하는 것이 좋겠오. (퇴장)   (Ⅱ. iii. 75-116)

플롯과 인물의 전개에 필요한 두 사건들이 이 장면에서 발생한다. 그러나 그들은 텍스트의 읽기에 의하여 부분적으로 인지될 수 있다. 이 장면의 충분한 의미는 무도의 극적 행위의 맥락에서 나타난다. Simonides는 Pericles와 기사들에게 명령하여 군인 무도를 하도록 명령한다. 이 무도가 끝날 무렵 Simonides의 딸 Thaisa는 실질적인 결합―포옹―으로 끝나는 제 2 무도에서 Pericles의 파트너가 된다. 다른 기사들은 칭송을 받지만, Pericles는 춤을 잘 추었기 때문에 선발된다. 더욱이 Pericles 일행의 숙소들은 왕의 숙소 옆에 배치된다. 그가 Thaisa의 요구에 따라 자신의 신분을 알리는 순간부터 50행 정도의 대사에서 Pericles는 보잘것없는 기사의 신분(Ⅱ. ii. 58)으로부터 이 왕이 사랑하고 Thaisa의 총애를 받는 구혼자로 신분이 전환된다. 분명히 이 장면에서 가장 중요한 극적 행동들이 무도를 공연하는 동안에 발생하는 사건들이다. Pericles는 자신을 기사들 중에 훌륭한 기사로 증명하고 사랑의 결속으로 Thaisa와 결합하는 것은 이 두 무용들에 의해서 이루어진다. 만약 무용의 중요함이 무시된다면 이 장면의 의미가 모호할 뿐만 아니라 그것은 이해가 더욱 모호해 지게 될 것이다.

셰익스피어의 음악의 사용: 후기 희극들에서 John H. Long(35-42)은 Pericles에 나오는 셰익스피어의 무도 사용과 2개의 중요한 출처들― Gower의 Confessio Amantis(1383-1393)로부터 "Apollonius of Tyre"와 Lawrence Twyne의 The pattern of Painful Adventure(1607년 재 인쇄본, 31)―속에 있는 그것의 본래의 기능간의 귀중한 비교를 제시한다. Twyne의 저서에서는 연회장면과 자유로운 도전이 이루어졌고, 검술시합이 선포되었으며, 장애물 돌기, 거친 말 다루기, 맨발로 뛰고 갑옷 입고 춤추는 것이 Apollonius와 Luciana의 결혼 후에 발생한다. 결혼을 선행하여 Gower와 Twyne은 결혼 파트너들 간의 음악경연을 기술한다.

Apollonius는 Luciana가 연주한 수금(竪琴)을 연주하고 그의 묘기에 의해 공주와 그 궁정을 정복하려고 진행한다. 셰익스피어는 Pericles와 Thaisa간의 무용으로 그 장면을 대체함으로써 이 시합을 이 극에서 삭제한다. 더욱이 그는 시합(2막 2장)으로부터 연회(2막 3장)로 갑옷의 춤으로 전환시킨다. 셰익스피어가 만든 변화들은 중요한 극적 행동으로서 우리가 무용을 이해하는데 중요하다.

Long(39)의 논평은 여기에서 특별히 관련이 있는 것으로 생각된다:

> 셰익스피어는 Pericles가 Thaisa 손을 잡기 전 기사들의 무용이 절정에 달하는 시합이 되기를 원했다. Twyne에서 주인공의 기술을 표출한 Apollonius와 Luciana간의 음악 경연은 반대로 선의 상징들로 Pericles와 Thaisa를 대체시켰을 것이리라. 기사들의 춤이 다른 청혼자들과 시합에서 Pericles를 돋보여 줌으로써 그의 영광을 타나내고 Thaisa를 얻게 하는 호기회를 Pericles에게 제공한다.

만약 우리들이 이 무용이 이 장면의 중요한 극적 의미를 전달하는 개념을 수용하면 우리들은 중요한 비평적 문제를 얻게된다. 원래의 무용과 음악이 셰익스피어의 극적 의도들을 표출할 정도가 아니기 때문에 누구나 만약 무용의 기능과 의미를 평가하는 것이 가능한지를 당연히 질의할 것이다. 비록 우리들이 극적 언어를 알고 있는 것과 동일한 방법으로 상세한 실제적 행동들과 동작들을 알지 못한다 해도, 무용들을 설명하기 위한 맥락은 제공될 수 있다.

그 시대의 궁중무용은 비 인습적이고 극적이며, 참석자 모두로부터 어떤 묘기를 요구한다. 무도는 복잡한 발놀림—뛰고, 올라가는—을 포함한 정교한 스텝을 가지고 있다. (Sorell 371).

기껏해야 궁중 무도는 전문 무용수들과 관계되는 기술을 요했다 (Sorell 377). 더욱이 무용은 교육을 잘 받은, 정치적으로 활동적인 궁신이 되기 위해 필요할 뿐만 아니라 그것은 그의 춤으로 명성이 있는 엘리자베스 / 자코비안 배우의 필요한 미학적 예술이다.(Sorell 367-68) 추측컨대 Pericles가 다른 기사들보다 그의 우월성을 증명하는 군인 춤은 무용기술의 표현은 무대미학의 특성이라 생각한다. Simonides는 그것을 섹스적 용기에 비유하는 실질적 생기에 관심을 환기시킨다:

> I will not have excuse, with saying this
> Loud music is too harsh for ladies' heads,
> Since they love men in arms as well as beds. (II. iii. 96-98)

Orchesography(153-55)에서 Toinot Arbeau는 단검, 갑옷, 투구를 포함한 군대 사열과 무용들을 기술한다. 특히 만약 한 부분이 정교한 다양성들과 즉흥곡들을 구사함으로써 각 기사가 그의 기술을 발휘하는 경쟁을 포함한다면, 그러한 무용의 극적 영향을 상상하는 것은 어렵지 않다. Long은 군인들의 무도는 고적(鼓笛)에 의해 반주되어야 한다고 가정한다. 이 악기는 극적 효과의 힘에 보탬이 될 것이다.

필자는 무용이 기사들이 삼중창, 이중창, 단창으로 그들의 기예를 표현하는 기사들 가운데에서 일련의 동일한 성질의 점점 강도가 높아지는 전투들로 구성되어야 하므로, 결국 Pericles도 그의 위상을 최상으로 주장하는 즉흥적 도약과 복잡한 발놀림이 나팔소리 신호에 따라 갑자기 뛰어나간다고 믿는다. 이 장면의 초점은 무용이 끝날 때 Pericles에게 있다는 Simonides의 반응으로부터 명백하다. 이 왕은 그의 딸의 훌륭한 파트너로서 Tyre출신의 심상의 신사를 선발한다.

> Come, sir:
> Here's a lady that wants breathing too. (I. iii. 100-1)

비록 "숨이 차고"는 "운동이 필요하다"를 의미하도록 정상적으로 설명된다고 해도 Pericles는 틀림없이 숨이 차게 된다. 왕의 대사는 해학적 이중 의미를 지닐 것이다. 연습을 하지 못했다는 Pericles의 항변은 아마 겸손한 의미에서 나온 것이 아니고 다른 기사들에 의해 그에게 주어진 경쟁의 진정한 평가로부터 나오는 것이다.

두 번째 무용은 Pericles와 Thaisa간의 듀엣무용이다. Bevington은 "그들이 춤춘다"라고 단순히 말하는 1609년 사절판으로부터 양 무용들에 대한 무대지시어를 그가 사용하는데 있어서 당위성이 부여된다. 대부분의 편집자들은 제 2의 무용이 기사들과 부인들을 포함시키는 무대지시어를 변형 한 것으로 주장함으로써 이 장면에 대한 독자의 이해를 혼란시킨다. 그러나 Pericles와 Thaisa가 혼자 춤을 추거나 또는 다른 사람들에 의해 동반하여 춤을 추느냐하는 것은 중요 인물들이 제일의 초점으로 주어지는 한 중요하지 않다. 그렇지 않으면, 이 장면의 의미가 모호하게 될 것이다.

Thaisa의 인물 묘사를 고찰해 보자. 만약 청중들이 그녀의 인물의 단순한 표상으로서 극적 언어에 유의한다면, 우리들은 F. D. Hoeniger(ixxix)의 언급처럼 그녀를 거의 묘사될 수 없는 것으로 알 것이다. 두 장면에서 그녀는 그와 약혼하기 전 Pericles에게 나눈 대화는 단 5행 정도에 불과하다. 따라서 Pericles와 Thaisa의 관계와 그녀의 태도가 설정되는 것은 무용을 통해서이다. 극적 언어는 이 장면이 극적 의미를 가지도록 하기 위하여 심리적 과정과 정서의 표현이 되어야 하는 무용의 부차적인 문제이다.

평자(評者)들이 Perdita와 Florizel간의 무용을 고려함으로써 주지했던 것처럼 셰익스피어의 청중은 극도로 심각하게 심리적으로 억압적인 무엇으로서 Pericles와 Thaisa간의 무용을 인지하였을 것이다. 한 쌍이 다음 장면에서 직접 약혼하게 된 것은 미학적 비언어 요소인 무용의 극적 힘의 표출이다. 더욱이 Pericles가 Thaisa의 죽음의 소식을 듣고 표명하는 고통과 분노는 무도 중에 그들이 사랑의 결속으로 진정 결합되어지지 아니했다면 무절제한 것처럼 보일 것이다. Thaisa의 성격은 만약 무용이 극적 잠재력이 방관되어진다면 단지 묘사될 수 없을 것이다.

Pericles는 2막의 마지막 2개의 장면들에서 무질서로부터 항구적으로 구출되는 것 같았다. 청중들은 정의가 죄악에 승리했다는 것을 Helicanus로부터 처음 시작하였다고 필자는 생각한다. Antiochus와 그의 딸은 하늘로부터 내린 불에 의해 덮쳐졌기 때문이다.

> 그 자가 온갖 영화 속에서 더할 나위 없이 훌륭한 마차에
> 딸과 동승하여 외출하였을 때, 하늘에서 벼락을 내려
> 그들 부녀를 태워 버렸단 말이오.
> 시체는 구토가 날 정도로 썩어빠지고
> 악취를 풍기어 지금까지 숭상하던 자도
> 눈을 돌리고 매장하려고
> 하지도 않습니다.   (Ⅱ. iv. 6-12)

이 구절의 聖書的 특성은 宇宙의 힘을 강조한다. Antiochus의 근친상간은 자연질서(自然秩序)의 파괴의 범죄로 자연에 의해 파멸 당한다. 2막의 마지막 장면에서 Simonides는 Pericles의 성실성을 의심한다. 이 장면은 안티옥에서의 극의 개막 장면과 대조적 위치에 설정된다. Pericles는 수수께끼의 비밀을 알자마자 그는 신비스럽게 언급함으로써 그의 내면 정서를 감추어야 했다. 그의 행동에 의해 Pericles는 그의 왕자의 지위를 다시 얻는다.

> "저는 생각이고 행동이고 결합합니다. 아직
> 비열한 근성에 감염된 일이 없습니다.
> 이 궁중에 들어온 것도 명예"를 배반하려고
> 온 것은 아니옵니다. 그렇지 않다고
> 무고 하는 자가 있다면, 그 자가 명예의
> 숙적 있을 이 칼로 증명하겠습니다.

더욱이 그의 행동들의 외양은 그의 내면적 특성의 진정한 반영이다. 이 막이 종결될 때 청중들은 결합, 다산, 결실의 심상들을 부여받는다. 이러한 주제들은 희랍 로만스의 전통이기도 하다. Simonides는 두 연인들의 결합에 기뻐하는 장면에서 끝난다:

> 나는 마음이 흡족하다. 그러니 곧 결혼시키고 싶구나.
> 될 수 있는 대로 빨리 침실로 드는 것이 좋겠소.   (Ⅱ. v. 91-2)

Gower는 잠자는 집에 대한 묘사에서 우주적 조화의 심상들을 완성한다. 결혼 축제 후 고양이만이 휴식이 없다:

> 이제는 잠들어 소동도 진정되고; 집 주변은 코고는
> 소리 밖에 나지 않소.
> 그렇게 성대했던 결혼 축하연도 지나고
> 과음 과식에서 나오는 그 코고는 소리 밖에 나지 않소.
> 고양이는 이글이글타는 석탄 같은 눈동자로 쥐구멍 앞에
> 쭈그려 앉아 있고, 귀뚜라미는 가마 솥 언저리에서 노래하오.
> 입이 말라있어 더욱 힘차게 하이맨은 신부를 잠자리에 데려가
> ....
> 처녀성을 잃게 하고 잉태하게 하소서 (Ⅲ. Pro. 1-11)

결혼의 상징인 아이가 잉태되어 졌었다. *Oberon*에 등장하는 Phospherus처럼 Gower는 축제 행사가 끝난 후 모든 사람들이 평화스럽게 잠들고, 우주의 질서의 확신이 있은 후 마지막 행들을 언급한다. 그러나 평화로운 순간들은 파괴되고 Pericles는 다시 한 번 시련을 당한다. Gower의 3막의 서막은 우주의 무질서의 심상들로 개막된다. Pericles와 Thaisa를 싣고 Tyre로 돌아간 배는 난폭한 폭풍을 만나게 된다. "맹렬하게" 분노하는(7) 이 폭풍 중에 Pericles는 다시 외양을 사실

로 오인한다. Thaisa가 아이 출산시 죽었다는 소식을 듣고 그는 그녀의
시체를 배 밖으로 던지는데 동의한다:

수부 I.　　　왕비의 시체는 바다에 넣어야겠오. 파도는 높고
　　　　　　　바다는 세어서, 고인을 배에서 치울 때 까지는
　　　　　　　잠잠해 지지 아니 할 것 같습니다.
페리클즈.　　그것은 너희들의 미신에 불과하다.
수부 I.　　　죄송합니다만, 바다에서는 언제나 그리 해 왔습니다.
　　　　　　　습관을 깨뜨릴 수는 없습니다. 제발 빨리 넘겨주십시오.
　　　　　　　곧 던지지 않으면 안되겠습니다.
페리클즈.　　그렇다면 할 수 없지. 정말 불쌍한 왕비다.
　　　　　　　　　　　(Ⅱ. ⅰ.47-54)

Pericles는 수부들의 요구가 부당함을 알지만, 그는 그들이 Thaisa의
시신을 관례대로 바다에 수장(水葬)시행하고자 했을 때 그들의 말을 수
용한다. 이와 같이 단순한 대체물이라는 것을 그가 인지함으로써 동요
된다. 더더구나 그는 비록 Thaisa가 죽은 것처럼 보이지만 살아있다는
것을 인지하지 못한다. 그의 잘못의 경중은 다음 장에서 Thaisa의 즉각
적 회복에 의해 조명되어 질 것이다. 비록 그녀가 죽음의 장구 속에 수
의에 싸여 누워 있다 할지라도 의사 Cermion은 '생명의 불'(Ⅲ. ⅱ. 83)
이 그녀의 몸 속에 있다는 것을 인지하고 있다:

　　　핏기가 아직 남아 있는 걸. 그녀를
　　　저 바다에 던진 것은 너무 난폭한 짓이다.　(Ⅲ.ⅱ.79-80)

Pericles는 외양과 사실을 식별할 수 없는 사람과 대비된다.
Cermion의 자기 설명은 그의 지혜의 특성을 보여준다:

　　　나는 평소부터

미덕과 재능을 작위와 재물보다
더 귀한 것으로 여기오: 후자들은
그 계승자들이 부주의하면 곧 낭비되고 빛을 잃지만;
전자들은 분명한 것으로 인간을 神으로 만드는 것이오.
나는 세상에서 알다시피 古書를 많이 읽는 동시에 실제로
경험까지 겸하여, 의학 연구에 전념하고 그 비법으로 식물, 광물,
돌 등에
들어 잇는 귀중한 정수를 알아내어 그것이 인술에 도움이
되도록 하여 자연이 인간에게 미친 해를 설명도하고,
그 요법을 강의하기도 하는데, 그것이 내게는
유쾌하고도 만족스러운 것이오. 오래 가지 않는 명예를 갈망한다
하거나
비단 돈 자루에 집착하여 죽음이나 바보의 장난거리가 되느니 보
다
나을 것이오.
.... (Ⅱ.ⅱ. 26-42)

　Cermion은 고매한 외양만을 만드는 부의 추구를 거부한다. Cermion
에게 있어서 보다 큰 재산은 인간을 신으로 만드는 덕과 지혜다.
　그의 힘의 신과 같은 양상은 외형적 죽음으로부터 Thaisa를 소생하
게 하는데 있어서 그가 나타내는 자연과의 조화로부터 비롯된 것이다.
Cermion은 음악을 요구한다. 그가 그녀의 시체를 향하여 말을 할 때
Thaisa가 움직이기 시작한다:

침울한 음악 밖에 없으나,
그것을 좀 울리게 하라.
향수병을 한번 더, 그대 목석이여, 아 움직인다.
자! 음악을 - 시체에 바람이 더가게 해요.
여러분 이 왕비는 소생할 것이오 .
생기가 돌기 시작하오. 체온이 따뜻해지는군.
다섯 시간 이상 실신하지 않았소.

삶의 꽃이 또 피기 시작하오! (Ⅲ.ⅱ. 88-96)

이 음악은 Hermione가 명시적 사망으로부터 재생될 때 *The Winter's Tale*의 그것과 유사한 기능을 한다. Cermion이 Burton(373-74)에 의해 기술된 음악의 선율과 무용의 율동의 특질이 그의 몸 속에 들어가게 될 수 있도록 하기 위하여 Thaisa에게 공기를 주입하라고 요구한다. Thaisa의 몸 속에 있는 생명을 인지하는 Cermion의 능력과 음악의 치료 장비를 통하여 기원하는 그의 능력은 그를 우주질서의 대행자로서 신원을 밝힌다. 셰익스피어는 그것을 직접 선행하고 후행하는 장면들과 대조적으로 이 장면을 신중하게 배치한다. 양 장면에서 Pericles가 외양을 사실로부터 식별할 수 없기 때문에 그는 혼돈 속으로 다시 들어간다.

Cleon과 Dionyza에게 그의 유아 Marina를 맡기는 그의 선택은 그의 혼돈을 반영한다. 그들의 고매한 계급 때문에 그는 그들이 그의 유아를 양육하기에 적합하다고 가정한다: "이 아이가 태어날 때처럼 예의 바르도록 하기 위하여 그녀의 공주다운 교육을 시켜라(3막 3장 16행)." 더욱이 그녀 자신의 아이가 Marina—Dionyza의 진정한 성격을 잘 알고 있는 여배우에 의해 그것이 전달될 때 청중을 불안하게 해야 하는 집요한 맹세—보다 그녀에게 더 귀엽게(33) 해서는 안 된다는 Cleon의 감사의 언명과 Dionyza의 맹세 때문에 Pericles는 그들을 절대적으로 신뢰할 수 있다고 가정한다.

4막이 시작될 때 청중들은 Cleon이 Marina를 교양 있게 양육하겠다는 그의 약속을 이행했을 것이라고 알고 있다. 왜냐하면, 그녀는 "마음과 일반적 경이의 의상을 그녀에게 부여하는 모든 은총을 얻었기 때문이다"(4막 Pro. 9-11). 그러나 Marina를 자신의 딸과 비교함으로써 그녀 자신의 딸의 초라한 모습을 인지한 Dionyza는 "절대적 위상(位相)의 Marina"(31)를 살해하려고 결심한다. 후에 그녀의 음모가 성공하였다

102

고 믿고, 그녀의 살인행위를 남편에게 말하며, 그 악의적 행위가 그녀의 딸을 위하여 친절(4막 3장 38행)한 계획이라는 것을 주장한다. 계속되는 대담에서 그들은 아이러니하게도 그들 자신이 가장 적절하다고 기술한다:

> 세리미언.　　　　　당신은 하피 새를 닮았오.
> 얼굴은 天使이나 당장이라도 탈을 벗고 무서운 발톱으로
> 잡으려는 것 같소.
> 이오니자.　당신은 미신에 사로잡혀 신에게
> 호소하는 사람 같아요. 겨울철이 다가와서 가엾게도
> 파리를 죽인다고 하면서 그래 봤자 반드시 내가 말하는
> 대로 하시겠지요.　　(IV. iii. 46-51)

　Dionyza는 그녀의 미의 외형에도 불구하고 그녀의 파괴적 의지를 강요한다. 그의 항의에도 불구하고 Cleon은 그녀에게 양보한다.
　다음 장에서 Pericles는 그의 딸을 위하여 Tarsus로 되돌아간다. 무언극에서 그는 딸의 죽음을 알고 그녀의 무덤에서 통곡한다. Cleon과 Dionyza는 Pericles와 함께 통곡하는 척 할 때, Gower는 이 악의적 부부에 대하여 논평한다:

> 비열한 위선이 남에게 주는 슬픔을, 거짓 슬픔이
> 오래 견디어 온 참된 슬픔으로 어떻게 인정받고 있는지 보시오.
> 　　　　　　　　　　　　　　　　(IV. iv. 23-4)

　무언극이 수반하는 Gower의 대사는 이 극을 이해하는데 필요하다. 그것은 셰익스피어가 외양과 사실간의 부조화를 나타내기 위하여 언어와 행동을 어떻게 병치하느냐를 보여준다. Pericles는 "표절적 감정"에 의해 기만당한다. 여기서 셰익스피어는 Cleon과 Dionyza에 의해 연출된 더러운 쇼의 공연에 대하여 직접적으로 Gower로 하여금 직접 논평하

게 함으로써 기만적 극예술의 힘을 표출한다. Gower가 그것이 실질적으로 공연될 때 액션의 설명을 강조하는 것은 중요하다. 이와 같이 청중은 Cleon과 Dionyza가 강력한 감정에서 출발(22)하는 Perdita에 대한 그들의 영향을 동시에 체험하는 동안 나쁘다는 판단을 하는 위치에 선다. 더더구나 Gower는 대사가 시작될 때 극 구조의 특성을 언급한다.

> 이렇게 시간을 문제시하지 않고, 장거리를 단축하고
> 가리비를 타고 항해하고, 원하면 손에 넣고 이 경계에서
> 저 경계로, 이 땅에서 저 땅으로 상상을 매혹하여 여로를
> 계약했소. 용서받은 이상, 가는 곳마다 풍토가 저마다
> 다른 장면에서 동일한 말만 쓰는 것은 별로 죄라고
> 할 수 없을 것이오. 이 막간을 이용해서 여러분에게 우리 이야기의
> 줄거리를 말하려 하오. (IV. iv. 1-9)

Gower는 대사의 격간들을 주의 환기시킴으로써 드라마의 에피소드적인 특질을 강조한다. Pericles의 탐색은 극 행동의 무대에서 그들의 상상들에 의해서 뿐만 아니라 청중들을* 내포한다. 가면극처럼 공연에서 이 행동의 경험은 극적 상황을 변형시키고, 따라서 그것에 대한 청중의 이해를 변형시킨다. Gower는 극적 행동을 체험하는 결과로서 "Your ears unto your eyes I'll reconcile"(22)라고 청중에게 약속한다. 이 약속은 극의 심장부에 있다. 왜냐하면 그것은 말과 행동, 외양과 사실 그리고 외양과 내면간의 부조화가 해결될 때만 우주적 질서가 Pericles의 궁정에 도래할 것이라고 시사한다.

Gower는 Pericles로부터 우리의 청중의 관심을 멀리하게 한다. Marina는 그녀의 죽음을 모면한 후 Mytilene에 있는 매음굴에 해적들에 의해 팔려간다. 우리들은 Marina의 행동들의 외양이 그녀의 내면적 성격의 진정한 표출이라는 것을 Gower에 의해 듣게 된다.

그녀는 불멸의 神과 같이 노래부르고, 그녀의
탄복할 만한 노래에 맞춰 여신처럼 춤을 추오,
학식이 깊은 학자도 아무 말 못하고 또 바늘로
꽃, 새, 가지, 과일 등 자연의 모습을 수놓음에
있어, 그 수예는 천연 장미와 자매를 이루고. (V. Pro. 3-7)

Cermion처럼 Marina는 그녀의 성격과 조화가 되어 있다. 이 조화는
그녀에게 성격의 강한 힘들을 부여하고, 그녀를 불멸적 존재로 만든다.
그녀는 계급과 특권을 박탈당했기 때문에 그럼에도 불구하고 그녀는
외양적일 뿐만 아니라 내면적 고매성도 겸비하고 있다. 사창굴의 환경
에서 그녀는 포주에 의해 그녀에게 관계된 부패한 윤리에 저항한다:

포주.   너는 이제 운이 되었으니, 잘 들어라.
        너는 좋아서 하고 있는 것도, 부디 무서워하는 것처럼 보여야
        한다.
        돈을 크게 벌면서도 돈 같은 것 싫다는 듯이 보여야 한다.
        너 같이 이런 짓을 하고 사는 것이 좋지 않은 양 울면
        동정을 살 수 있다. 그런 동정은 가끔 인기의 원인이 되고,
        인기가 오르면 막대한 수입을 올릴 수 있다.]
매리너. 난 모르겠소.   (Ⅳ. ii. 126-32)

사창굴에서 외양은 진정한 정서의 댓가를 치르고 고양화된다. 그러
나 이것은 Marina가 이해할 수 없는 윤리이다. 그녀의 덕성들은 너무
명백하기 때문에 그녀는 그녀의 고객들을 겸손한 신사들로 전환시킨
다:

신사 I.   이런 이야기를 들어 본 적 있어.
신사 Ⅱ.   없는데, 이런 장소에서는 앞으로 없을 거야.
신사 I.   그러나 갈보집에서 신성한 설교가 나올 줄이야.

이런 일을 꿈에라도 본 일이 있는가?

신사Ⅱ. 없지. 없지. 갈보집은 그만이야. 여승들의 노래나 들으려 갈까?

신사Ⅰ. 청결한 일이라면 어떤 일이라도 하지. (Ⅳ. ⅴ. 1-10)

4막 6장의 장면에서 Lysimachus—Mytille의 총독— 는 매춘부와 즐기기 위하여 그 매음굴로 갈 때 Boult가 의 광고한 처녀에 대하여 이야기를 듣는다. 그러나 Marina는 이전에 두 신사들을 개심시켰을 때처럼 그를 설득시킨다. Philip Edwards는 이 장면은 작은 규모로 텍스트적 부패라고 명시적으로 설명한다. Wilkins의 산문 *The Painful Adventures*로부터 평형 장면들을 사용함으로써 그는 Lysimachus전환이 그의 원래의 의도들과 불일치하고 극적으로 동기가 부여되지 않았다는 것을 보여주려고 시도한다.

중요한 일탈은 사절판에서 Lysimachus는 Marina를 유혹하는 명백한 의도를 포기하고 이상한 논평을 가한다. "만약 내가 부패된 사람들을 가져 왔다면 이 대사는 그것을 변형시켰을 부패한 마음을 옮겼으며, 이 대사는 그것을 변형시켰으며, 그 후에 나는 악의 의도가 없이 왔다. 그 소설에서 우리들은 그러한 항의가 없었다. 그러나 죄를 뉘우치는 자 : 나는 그래서 부정한 생각으로 왔다.(Edwards, 43)…

Lysimachus는 변장(4막 4장 19행)하여 매음굴에 가서 그의 본래의 덕성을 감춘다. 더욱이 그는 Marina와 처음 만났을 때 외양을 사실로 착각한다: "Why, the house you dwell in / Proclaims you to be a creature of sale"(83-84). Lysimachus가 그녀를 발견하는 극의 맥락에서 Marina를 판단하면, Marina는 유경험한 창녀로 생각된다. Marina와 향락하고자 하는 조급함 때문에 그는 마치 Pericles의 분별력 없는 행위는 Antiochus의 딸의 진정한 본성에 맹목적인 것과 같이 Marina의 진정한 본성에 대하여서도 그와 같이 맹목적이라 할 수 있겠다.

 셰익스피어는 청중들이 Pericles에 의해 나타난 것으로 일찍이 보았던 것과 동일한 무심의 충동과 책임성의 결함의 인물로 Lysimachus를 기술(記述)한다. 이러한 개성의 특성들은 그 자신의 행동들을 통제하는 것을 배우지 못한 인물의 젊은 배우에게 찾아볼 수 있는 단서들이다. 중요한 것은 이 장에서 Marina가 그의 내면적 덕성에 호소함으로써 Lysimachus에게 충격을 주어 그의 잘못한 행위를 인식하게 하는 것이다.

> 만약 출생시 부터 명예를 지닌 분이라면
> 제게 그 증거를 보여 주세요. 만일 출생 후에 명예를 얻게
> 되었다면 그런 명예를 지닐 만한 분이라고 생각한 사람들을
> 실망하게 하는 행동은 하지 않기를 바란다.   (Ⅳ.ⅵ. 99-101)

 Marina의 항변들은 James왕이 그의 아들 Henry에게 호소한 항변들과 정확하게 일치한다. 본질적으로 고매한 사람은 그의 모든 행동들을 그의 내면적 성격을 외형적으로 반영시킨다.

 이 에피소드는 Marina의 "처녀성"의 유리를 부숴 버리고자 하는 Boult의 난폭한 시도에 드디어 이르게 되는 갈보집 안에 있는 일련의 사건 중의 하나이다. 이 시점에서 Marina는 그녀가 어떤 진정으로 타락한 사람을 갱생시켜 주려고 시도해야 되기 때문에 가장 위험 속에 처해 있다하겠다. 셰익스피어가 Lysimachus를 위해서가 아니고 Boult를 위하여 Marina의 가장 강력한 언어를 유보해야 하였다는 것이다.

> 무엇이고 좋으니, 이 직업만은 버리시오. 이곳은
> 빈 낡은 쓰레기통이며 공동하수도요. 비천한 교수형 집행자에게
> 고용될 약속을 하는 게 났소. 무엇을 해도 이 보다는 나을 것이오.

지금 당신의 하는 일은 비비(狒狒)일지라도 그가 말을 할 수
있다면 싫다고 할 것이오. 오 神들이여. 나를 이곳으로부터
구출하여 주셨으면!　　(Ⅳ.Ⅳ. 185-91)

심지어 사악한 Boult는 Marina에 의해 감동을 받아 '가장 정직한 여
성들' 중에 종으로서 그녀를 위상시키는데 동의한다(203).

5막의 서막에서 Gower는 우리들의 주의 환기를 Marina로부터
Pericles에게로 되돌린다. 이 극의 마지막 장에서 Pericles는 Marina가 부
르는 노래에 의해 그의 수심에 잠긴 상태로부터 재생된다. 이 극은 그
들이 Diana의 사원에서 Thaisa와 결혼하게될 때 조화적으로 해결된다.
Pericles가 그의 처와 딸과의 재회는 무질서로부터 질서로 극의 진전 과
정을 완성시킨다.

5막 1장은 총독으로서 Lysimachus가 Mytilene 항구에 상륙한 Pericles
의 배를 맞이하기 위하여 마중 나온다. 그는 즉각적으로 Pericles가 "이
3개월 동안 어떤 사람에게도 말하지 않고, 그의 비통을 지탱하기 위하
여 어떤 음식도 취하지 않았다"(24-26)는 것을 Helicanus로부터 듣는다.

Lysimachus는 Marina가 Pericles를 소생시켜줄 희망으로 병걸린 그 기
사에게 그녀를 데려간다. 그녀의 목소리—'그녀는 불멸의 神처럼 노래
한다'(5막 Pro. 3)—는 그녀의 여러 가지 특성들 가운데 하나이다.
Lysimachus는 Marina가 노래하는 치료의 힘을 강조한다:

> 그 女子는 틀림없이 그 감미로운 음악과 다른 미묘한
> 인력으로 매혹하여, 지금은 막혀있는 임금님의 귀를 통하여
> 마음의 창을 열어 놓고 말 것입니다.　　(Ⅴ.ⅰ. 45-48)

비록 그 말들이 한계는 없다해도 Pericles가 말할 충동을 제공하는
것은 Marina의 노래이다. 비록 Pericles가 Marina를 실질적으로 나무라
며 "그녀의 등을 떠밀지"(127)만, 그녀는 용감하게 말하며, 그녀가

Pericles에게 말하는 동안 그녀의 고매성을 인식하고 Marina에게 이야기를 하도록 명령한다:

> 이야기를 해 보아라:
> 너에게서는 거짓말이 나올 것 같지 않다.
> 너는 정의 그 자체라고 생각할 정도로 정숙하고
> 진실이 살고 있는 궁전같이 보인다.
> 나는 너를 믿겠다.   (V. i. 120-25)

Pericles는 그녀의 진정한 가치를 지각하고 Marina를 신뢰하려고 결정한다. 그의 믿음은 너무 강하기 때문에 그는 불가능한 것으로 생각되는 그녀의 이야기의 일부분은 그의 "오관이 신뢰" 한다. 이 엄청난 고통을 받은 Tyre의 왕자는 결국 외양으로부터 내면적 덕성을 식별하는 것을 배웠다. 다시 한 번 Pericles는 시험을 받았지만 Marina의 진정한 본성에 대한 그의 인식은 그를 고통으로부터 구원한다. 사실상 드디어 Marina에게 그의 전역을 이야기하도록 자유를 주고 아버지와 딸의 화해에 영향을 주는 것은 그가 그녀를 믿어야할 단지 그의 절대적 확신이다.

지금 Pericles는 우주의 조화와 연관된다. 그리고 갑작스럽게 음악—그는 하늘의 음악(231)이라고 믿는—을 듣는다. Helicanus와 Lysimachus는 Pericles를 달랜다. 그러나 그들은 이 음악을 인지할 수 없다. 심지어 Marina까지도 이 희귀한 소리들(234)을 들을 특권이 부여되지 않는다. 여신 Diana가 비전 속에서 그에게 나타나서 그를 Ephesus와 Thaisa와 최후의 화해를 지시한다.

Pericles와 그의 처와의 재회는 부조화로부터 조화로 극의 진전 과정을 완성한다.

여러 신들이여, 오 오, 이것으로
만족하나이다. 지금의 이 은혜로써 과거의 모든 불행이
오락 같이 여겨집니다. 그녀의 입술에 닿자마자 그대로
녹아 없어져도 결코 원망하지 않겠습니다. 오 다시 한번
이 품안에 안기시오.   (V.V.40-44)

과거의 불행은 Pericles가 그의 연인의 양팔들 속에 융합될 때 전환
된다.

이 극본은 Marina와 Lysimachus결합의 예상 속에서 종결되며 극 행
동의 조화적 해결을 상징한다.

우리들은 그들의 결혼을 축하합니다. 우리들의 여생도
그 왕국에서 보내고 싶소. 타이어의 통치는 사위와
딸에게 일임합시다.   (V.v. 80-2)

III

*Pericles*에 대한 필자의 분석은 그것의 주제적, 구조적 연속성을 논증
한 것이다. 일련의 느슨한 관계의 사건들로서 전통적으로 해석되었던
것이 실질적으로 이 극의 총체성이다. 이 극본의 이해의 해답은 각 장
면들을 함께 결속하여 그 장면들에 형체를 부여하는 극적 행동이다.
대사들을 대위적 행동으로 병치하고, 행동들을 조화적, 비조화적 사건
으로 분류하는 극 기교들은 그들이 Cymbeline의 연구와 상호 관련성이
있기 때문에 간략하게 재검토되어야 된다.

셰익스피어는 극단적으로 복잡한 형태의 극적 아이러니를 만들어 내
기 위하여 말과 대위적 행동의 병치를 사용한다. Gower가 청중에게 제
시하는 정보는 寫實과 外樣의 수준을 식별하는데 있어서 실질적으로

청중이 동참하도록 압력을 가한다. 그 아름다운 외양이 그녀의 내면적 부패를 감추는 그 공주와 같은 가장 생생한 사례들은 명시적이지만, Pericles를 통해서 정교한 방법으로 사용되고, 완전한 극 구조에 침투되는 것은 극적 기교이다. *Cymbeline*에서 화자의 역할은 각자, 그들 자신의 태도에 관하여 청중에게 직접적으로 논평하는 몇몇 중요한 제 2의 인물들 중에서 분류된다. 그 극에서 화자의 분류는 극 기교의 복잡성에 첨가되며, 지속적인 비평적 잘못 해석에 부분적으로 책임이 있다 할 수 있다.

여기서 주지되어야 할 다른 극적 기교는 행동들을 조화적, 비조화적 장면들로 분류하는 것이다. *The Winter's Tale*과 *The Tempest*의 토론에서 그러한 분류의 인식은 극적 초점들의 지시를 고려했다. Pericles에 있어서 조화적, 비조화적 장면들의 정의는 그것의 의미가 텍스트에 상존하는 부패들에 의해 혹은 비평적 오해에 의해 모호하게 된 어떤 장면들을 극적으로 이해될 수 있는 맥락 속에 위치시켜주도록 용인해야 한다. 일 예로, Pericles가 그의 왕국을 도주하는 1막 2장, 3장은 비조화적 행동의 맥락 속에 있는 극적 결속을 보여 주었다. 따라서 셰익스피어 로만스는 상호연관성이 있기 때문에 총체적 맥락에서 취급해야 함을 시사해 주고 있다.

Works cited

Arbeau, Thoinot. *Orchesography*. Trans. by Cyril W. Beaumont.
London : C. W. Beaumont, 1925.

Burton, Robert. The Anatomy of Melancholy. 1962.

Edwards, Philip. "An Approach to the Problem of *Pericles.*"
Shakespeare Survey 5 (1952), 25 - 49.

Edwards, Philip. "Shakespeare's Romances : 1900 - 1957."
Shakespeare Survey II (1958), 1 - 18.

Foakes, R.A. *Shakespeare the Dark Comedies to the Last Plays* :
Form Satire to Celebration. Charlottesville :
The University Press of Virginia, 1971.

Fry, Northrup. *Anatomy of Criticism.* Princeton :
Princeton University Press, 1957.

Granville-Barker, Harley. *Prefaces to Shakespeare.*
Second Series. London : Sidgwick & Jackson, Ltd., 1939.

Hoeniger, F.D. " Irony and Romance in *Cymbeline.*"
Studies in English Literature, 2 (1962), 219 - 28.

Hoeniger, F.D. "Shakespeare's Romances Since 1958 :
A Retrospect." Shakespeare Survey 29 (1976), 1 - 10.

Halliday, F. E. Shakespeare and His Critics, Rev. Ed.
London : Gerald Duckworth & Co. Ltd., 1958

Hartwig, Joan. *Shakespeare's Tragicomic Vision.*
Baton Rouge : Louisiana State University Press, 1972.

Knight, G. Wilson. *The Crown of Life : Essays in Interpretation of
Shakespeare's Final Plays.* 1947; London : Methuen & Co.,
Ltd., 1948.

Marder, Louis. "Stylometric Analysis and the *Pericles* Problem."
The Shakespeare Newsletter, 26 (1976), 46.

Nosworthy, J. M., ed. *Cymbeline. The Arden Shakespeare.*
London : Methuen Co. Ltd., 1955.

Nosworthy, J. M. "Music and its Function in the Romances of
Shakespeare," *Shakespeare Survey* II (1958), 60 - 69.

Shaw, Bernard. *Cymbeline Refinished in Bernard Shaw* :
Collected Plays with their Prefaces, Vol. VII. New York :
Dodd, Mead & Company, 1975.

Sorell, Walter. "Shakespeare and the Dance."
Shakespeare Quarterly, 8 (1957). 367 - 84.

Tillyard, E.M.W. *Shakespeare's Last Plays.* London : Chatto and
Windus, 1938.

Traversi, Derek. *An Approach to Shakespeare.* 3rd. ed. Garden City,
New York : Doubleday & Company, Inc., 1969.

Traversi, Derek. *Shakespeare : The Last Phase.* New York :
Harcourt, Brace & Company, 1955, reissued ed., Stanford :
Stanford Univ. Press, 1965.

Wood, James O. "The Shakespearean Language of *Pericles.*"
English Language Notes, 13, No. 2 (1975), 98 - 103

Wood, James O. "Shakespeare, Pericles, and the Genevan Bible."
Pacific Coast Philology,
12 (1997), 82 - 89.

하해성. *세익스피어 미학론.* 서울 : 신아사, 1997.

하해성. *맥베드 미학적 읽기.* 서울 : 신아사, 1998.

하해성. *세익스피어 극예술과 미학.* 서울 : 신아사, 1999

ABSTRACT

Kim, Gil Soo · Kang, Kyeong Il

The analysis of Pericles demonstrates its thematic and structural continuity. I believe that the best way to understand Pericles is the dramatic action that binds the scenes together and gives them shape. The techniques, the juxtaposing of words and contrasting action and grouping of action into harmonic and nonharmonic sequences should be briefly reviewed.

Shakespeare uses the juxtaposition of words and contrasting action in order to create extremely complex forms of dramatic irony. The information that Chorus gives the audience forces them to participate actively in discussing the levels of reality and appearance.

〈블루사이공〉 담론 1*

—변증법 연극의 효능을 중심으로—

김 길 수**

1. 들어가는 말

연극은 시간의 예술이자 동시에 공간의 예술이다. 제한된 시간, 제한된 공간, 이 불리한 여건에서 작품 설계자는 삶의 깊이와 철학 그리고 인생의 애환과 꿈틀거림을 무대기호로 변용시켜야 한다. 제한된 시공간에서 어떤 창의적인 공연 설계를 해야 할 것인가, 이는 극작 설계자나 무대 이미지 창조가들에게 항상 따라 다니는 최대 숙제이다.

수많은 유무형의 만남, 현실과 환상의 교차, 내면과 외면의 만남과 충돌 등 우리네 삶을 지배, 변화시키는 변수는 너무도 많다. 무대 이미지 창조 메소드의 성패는 바로 이 무형의 만남, 충돌, 변화를 고도의 상징과 비유 기법으로 담아내느냐의 여부에 달려있다. 그래픽 예술, 섬세하고 정밀한 스크린 이미지 변환 기법에 길들여진 관객들은 소품 이동이나 무대구조물 변환을 향한 번거로운 시간 소요를 더 이상 허락하지 않는다. 단 0.5초만에 기동력 있는 무대 변환작업 내지 이미지

* 이 논문은 1998년도 순천대학교 공모과제 학술연구비에 의하여 연구되었음.
** 국립 순천대학교 문예창작학과 교수

변환작업이 이루어져야 한다. 스피디한 무대 이미지 변환 작업에 승부를 걸지 않는다면 오늘의 연극은 인근 복제예술매체에 그 설자리를 내줄 수밖에 없다. 따라서 시간, 공간의 문제를 해결해내는 극구성 및 양식에 대한 탐색은 복제비쥬얼예술과 싸워야 하는 현대연극의 생존전략의 관점에서 볼 때 불가피하다.

극작 설계 이미지와 연출 설계 이미지가 실제 현실을 꼭 빼 닮을 필요는 없다. 연극은 세계에 대한 우리의 반응에서 형성된 것이지 세계 그 자체를 대상으로 형성된 것이 아니기 때문이다. 연극 창조의 성패는 사물을 어떻게 바라보고 인식하느냐의 여부 특히 어떤 양식으로 표현하느냐의 여부에 따라 결정된다. 성공한 예술작품일 경우 창의적인 바라보기 방식은 양식과 기법 그리고 구조의 변화에서 찾아볼 수 있다[1]

현대 연극일수록 다양한 양식들이 한 작품 속에 서로 뒤엉켜있는 경우가 많다. 실제로 무대공연에서 벌거벗은 사실주의 연극이나 순수 상징주의 연극을 찾기란 불가능하다. 위대한 극작품일수록 다양한 극양식과 기법, 형식이 구사되고 있기 때문이다.

<블루사이공>은 다양한 극양식, 기법 등이 자연스레 우러나온 수작으로 평가되고 있다. 그러나 이 작품의 희곡미학을 규명하려는 흐름은 그리 활발치 못하다. 김미도 교수의 <월남전의 비극을 심도 있게 극화한 뮤지컬>[2]이란 글작업과 이재명 교수의 <블루사이공 해설>[3]이란 평설작업 그리고 필자의 평문 <몽따쥬와 침묵을 통한 섬뜩한 성찰극>[4]이 고작이다. 이재명 교수는 <블루사이공>의 특징적 극양식을 '다

1) Arnold Hauser, *Methoden moderner Kunst betrachtung*, München 1974, 427-434 쪽 참조.
2) 김미도, 월남전의 비극을 심도 있게 극화한 뮤지컬. In: 한국연극협회, *1996 한국대표희곡선*, 서울 도서출판 예음 1996, 265-267쪽.
3) 이재명, 김정숙 희곡집 '블루사이공' 해설. In: 김정숙, *블루사이공*, 서울 도서출판 모시는사람들 1997, 243-253쪽.
4) 김길수, 몽따주와 침묵을 통한 섬뜩한 성찰극:'블루사이공'. In: 김길수, *우리*

양한 시공간 처리', '이야기의 논리적인 인과관계를 중시여기는 대신, 연관성이 부족한 듯한 장면을 충돌시키며 빠른 사건전환을 시도', '현실과 환상, 혹은 현실과 내면의식세계를 대비시키는 충격적인 구성법'이라고 주장, 요약함으로써5) 개방희곡의 양상 및 현대 서사극의 면모를 성실하게 정리하고 있다. 이 교수는 특히 여자가수를 '사경을 헤매는 김문석의 의식세계를 조종하는 비현실적인 인물'로 평가함으로써 이 뮤지컬 드라마에 '표현주의 극양식 내지 초현실주의 극양식'이 살아 꿈틀거리고 있음을 암시하고 있다.6)

김미도 교수 역시 이 작품의 도입부문을 "환상과 환청이 교차하는 신비로운 분위기"7)라고 해석함으로써 초현실주의 극양식 내지 표현주의 극양식의 면모를 바라보고 있으며 동시에 무대구성기법을 "특별한 장치를 지시하지 않는 무대"8), "기본적으로 비어있고 열려져 있으며 급속하게 전환되는 상황"9)이라 해석함으로써 변증법연극 내지 개방연극의 가능성을 조심스럽게 조망하고 있다.

연극의 사회적 역할이 중시되고 있는 오늘의 상황에서 '변화되어야 할 세계'를 인식토록 유도할 처방이 새로운 이슈로 등장한다.

이 작품은 외세 열강들의 간섭과 침략, 분단, 월남전 문제, 고엽병 문제, 외국인 노동자 연수생 문제 등 그것의 몰가치한 상황, 문제 투성이의 쟁점 등을 지금까지의 정통 비극의 극양식과 전혀 판이하게 표현해냈다는 점에서 극작 설계자들로부터 관심과 탐색의 대상이 되고 있다.

시대 삶과 연극의 조망-해체극, 상황극, 희비극, 서울 현대미학사 1997, 246-248쪽.
5) 이재명, 앞의 책, 251-253쪽 참조.
6) 위의 책, 같은 곳 참조.
7) 김미도, 앞의 책, 265쪽.
8) 위의 책, 같은 곳.
9) 위의 책, 같은 곳.

스타이안 Styan교수는 <상징주의와 초현실주의 부조리연극>[10]과 <
표현주의 연극과 서사극>[11]이란 이론서를 통해 현대 드라마에서 다양
한 극양식의 동시 조망 가능성을 신중하게 예고하고 있다. 양질의 예
술작품일 수록 특정 양식에 억매이지 않고 다양한 극양식이 골고루 선
을 보이며 상보적 효능을 발휘하고 있는데 이는 현대 드라마일수록 그
색채가 더욱 강하다.[12]

<블루사이공>의 예술성은 표현주의 극양식 및 상징주의 극양식이
나타날 뿐만 아니라 변증법연극의 기법과 효능 마저 골고루 실현된다
는 점에 있다. '실수의 축적구조', '장면의 독립성 및 인과성 탈피 구
조', '사건의 미해결구조'는 변증법연극의 주요 특징 중의 하나로서 본
논문이 규명하고자 하는 주요 영역이기도 하다.[13] 특히 '극적 환상을

---

10) J.L.Styan, *Modern Drama in theory and practice 2 - Symbolism, Surrealism and the Absurd*, 원재길 옮김, *상징주의와 초현실주의 부조리연극*, 예하 서울, 1992.

11) J.L. Styan, *Modern Drama in theory and practice 3*, 윤광진 옮김, *표현주의 연극과 서사극-현대극의 이론과 실제*, 현암사 서울, 1988.

12) Peter Szondi, *Theorie des modernen Dramas(1880-1950)*, Stuttgart 1981 참조.

13) 브레히트 Bertolt Brecht는 <연극에서의 변증법 Die Dialektik auf dem Theater>이란 저서에서 '비 아리스토텔레스 희곡론의 무대설비', '극적 환상을 배제한 현실의 재현', '앙상한 무대', '관객이 보는데서 공개적으로 보여주기', '보이는 조명기구', '환상제거', '생소화 효과' 등을 제안함으로써 현대 개방연극이 나아가야 할 방향, 현대 변증법 연극의 특징적 양식과 개척방향을 명쾌하게 규명한 바 있다(Bertolt Brecht, Die dialektische Dramatik,. In: *Gesammelte Werk Bd. 16, Werkausgabe edition suhrkamp. Hg. v. Suhrkamp Verlag in Zusammenarbeit mit Elisabeth Hauptmann.* Frankfurt a.M. 1967). 그러나 브레히트의 서사극이 자칫 사변성과 지루한 관념극의 유희에 빠질 공산이 있음을 간파한 페터 쫀디 Peter Szondi는 그의 저서 <현대 드라마의 이론 Theorie des modernen Dramas>에서 브루크너의 '몽따쥬', 와일더의 '연출로서의 서사적 자아', 피스카토르의 '정치적 레뷔' 및 '자아중심극으로서의 표현주의' 연극 양식이 브레히트의 '서사극'의 강령을 보완하는데에 일조할 수 있음을 역설함으로써 현대 연극의 새로운 발전 가능성을 예고한 바 있다 (Peter Szondi, *Theorie des modernen Dramas(1880-1950)*, Stuttgart 1981).

배제하기 위한 무대구성 방식', '감정의 객관화를 소품의 상징성' 등도
우리의 규명 대상에 속한다.

2. 〈블루 사이공〉을 통해 본 변증법연극의 처방과 그 미학적 효능

이 드라마에서 변증법 연극의 구조 및 처방이 어떻게 실현되고 있는
가, 그리고 이를 통해 어떤 미학적 효능이 우러나오는가가 우리의 일
차적인 관심사이다. 그렇다면 변증법연극이란 과연 무엇인가?

변증법연극이란 관객의 자각을 촉구하고 현실개혁의지를 일깨우기
위해 만들어진 반환상극이다. 아리스토텔레스가 연극에서 중요하다고
생각했던 것으로 감정교류 혹은 감정이입, 동화작용(동일시작용), 정서
적 순화(카타르시스), 사건의 시작과 결말을 들 수 있다. 이에 반해 브
레히트는 연극에서 이성적 판단, 객관적 거리두기, 이화(異化)작용을 강
조한다.[14]

현대산업사회의 부정적 현상이나 문제된 이슈를 형상화하려 할 때
종전의 연극에선 이런 것들이 피할 수 없는 운명으로 그려질 뿐 그러
한 현상이나 과정을 지배하는 법칙이나 이해관계는 파악되지 않았다.
그러나 브레히트 B. Brecht는 사회의 전체적인 연관성을 묘사하고 인물
들의 발전과정을 보여주는 동시에 극의 결말에서는 지금까지 알려지지
않았던 사회의 음영 내지 몰가치한 측면을 보여줌으로써 연극을 통한
사회 현상의 비판과 이를 극복할 변증법적 성찰 작업을 겨냥하여 왔다.

---

14) Bertolt Brecht, Die dialektische Dramatik,. In: *Gesammelte Werk Bd. 16,
    Werkausgabe edition suhrkamp. Hg. v. Suhrkamp Verlag in Zusammenarbeit mit
    Elisabeth Hauptmann.* Frankfurt a.M. 1967, 923-926쪽 참조.

특히 브레히트의 변증법연극은 관습화된 사회의 제반 모순과 부조리를 새로운 관점에서 바라보도록 유도한다.[15]

본 논문에선 이런 변증법연극 강령이 어떻게 실현되는가를 고찰하고 자 한다. 이를 위해 동의할 수 없는 사건, 변화되어야 할 세계, 이를 객관적으로 성찰토록 유도하기 위해 도입된 몰입구조의 차단 구성, 연극적 행위와 약속으로서 상징과 비유기호의 활용, 건너뜀을 통한 스피디한 사건 전개, 독립적인 장면구성, 미해결된 사건 구성법 등이 작품 <블루사이공>에 어떤 양상으로 드러나며 동시에 그 미학적 효능이 무엇인가를 탐색코자 한다.

2.1. 실수의 축적, 몰가치한 상황의 반복 변조

변증법연극의 주요 특징 중의 하나로 동의할 수 없는 사건, 문제 투성이의 사건들이 반복 변조된다는 점에 있다. "실수의 축적이 진정한 영향을 미친다"[16]는 변증법연극의 강령이 이 드라마에서 올곧게 힘을 발휘한다. 이 드라마에서 비정상의 사건, 몰가치 투성이의 사건이 반복, 변조되어 나타난다. 관객은 "저래서는 안될텐데 ?"하면서 강한 이질감을 갖게되고 이를 통해 관객은 그 극복 대안을 마련하기 위해 적극적이며 능동적인 태도로 창조적 성찰을 하게 된다. 실수 투성이의 사건을 내용별로 고찰하여 보면 다음과 같다.

---

15) 위의 책, 같은 곳 참조.
16) Bertolt Brecht, *Gesammelte Werk Bd. 15, Werkausgabe edition suhrkamp. Hg. v. Suhrkamp Verlag in Zusammenarbeit mit Elisabeth Hauptmann.* Frankfurt a.M. 1967, 306쪽. 브레히트는 "이해될 때 까지 이해할 수 없는 것의 축적"이라는 변증법 연극의 강령을 내세움으로써 '양으로부터 질에로의 급변' 즉 진정한 변화의 조건인 '실수를 극복하기 위한 실수의 축적'이라는 명제를 주장한 바 있다.

1) 비정상의 사건, 몰가치한 사건으로 외국인 노동자들에 대한 노동력 착취 현장 및 불법 폭행장면을 들 수 있다.

디제이 덕의 '미녀와 야수'의 일부분인 '파티파티' 음악이 들려오는데 악덕 사업주는 불법 구타현장에서 비명소리에 아랑곳하지 않고 이 음악을 들으며 즐기고 있다.

> 구명전자의 창고. 짐승처럼 몰리는 기술 연수생 복의 외국인 노동자들. 사복차림의 흉기를 든 남자(인력회사 직원)들에게 무참히 폭행 당한다.
>
> 사장: 삼백 오십 달러 예치하라고 그랬지!
>   여권은 회사에 보관시키랬잖아!
> 인력1: 정문에 왜 얼씬거려? 개새끼들!
>   도망치려고 그랬지? 도망쳐 봐 새끼야![17]

얼굴 전체를 검정 가면으로 가린 인력회사 직원들, 그들이 몽둥이로 난민 연수생들을 향해 무자비한 구타를 가한다. 아무도 그들을 도와주는 손길이 없다. 더욱 가증스러운 것은 악덕 사장의 반응이다. 잔인하게 구타당하는 외국인 노동자들, 그들의 고통과 비명이 무대를 가득 메운다. 무대 전면 우측에서 악덕사장은 담배를 입에 물고서 디제이 덕의 '파티파티' 음악을 즐기고 있다. 비정상, 파렴치함이 고발되는 장면이다.

첫 고발 장면은 빈 무대, 상징 기호로 변용된 소품들이 활용된다. 배우들이 비닐 속에 갇혀있다. 몽둥이 가격이 배우들의 몸둥아리에 이루어지기보다는 비닐을 향해 이루어진다. 퍽퍽 하는 소리, 배우들의 일관된 반응연기가 폭력의 상황을 일깨워 주는데에 기여한다.

---

17) 김정숙, 블루사이공, 서울 도서출판 모시는사람들 1997, 198쪽.

122

2) 방치된 고엽병 환자들, 이들에 대한 사회의 무관심, 당국의 무책임한 태도가 이 작품에서 고발된다.

고엽병으로 죽어가는 파월 장병 출신인 김문석, 그의 아픔, 절규를 듣지 못하는 우리 사회의 무관심, 불감증후군 현상, 이는 아내의 불평, 병간호에 이골난 모습으로 구체화된다. 결국 치료 불가라 판정하며 고엽병 환자들을 방치해 버리는 무책임한 상황이 고발된다.

> 남자: (맥없이 울며) 나 하나 죽으면 다 편안해질 텐데 …
> (까부라지며) 여보, 나 좀, 나, 아아악!
> 나 좀, 병원에 데려다 줘. 여보!
> 다신 안 그럴 게! 딱 한번만 데려다 줘, 여보!
> 부인: (전혀 일어설 염 없이) 어느 병원에 …
> 월남 구신 내쫓는 병원 있으믄 말혀요.
> 가서 또 쫓겨오기 싫어요. 내가, 이구지구 끌어다 줄테니께 말혀요…
> 난 몰라 못가요. 난 몰라 못 가네요.
> (옆으로 풀썩 쓰러진다.) 난 몰라 못가요.
> 살다가, 살다가, 못살면 그만이지
> 어떻게 죽으면 이만 못할라구요.
> 신창이, 우리 새끼가 밟혀 못가지 …
> 남자: 여보, 아파! 여보 빨리 나 좀 병원에 …18)

고엽제 판정을 보훈병원에서마저도 좀처럼 판정을 해주지 않는다. 국내 병원 이곳 저곳을 다 기웃거려 보았지만 김문석의 고엽병을 치료해 줄 곳은 하나도 없다. 아내 역시 그 남편의 병수발에 이골이 나 있다. 김문석의 고엽병은 마침내 그의 딸 신창에게까지 유전되며 김신창 역시 이 병으로 인해 기괴하게 일그러져 있다.

---

18) 위의 책, 203쪽.

고엽병에 시달려 온 파월병사들, 죽어 가는 그들, 그러나 그 어느 누구도 그들을 완벽하게 치료하지 못한다. 고엽병 환자들은 그저 고통스럽게 죽어 갈 뿐이다. 나라와 민족을 위해 젊은 청춘을 다 바쳤건만 이제 남은 건 몹쓸 고엽병 뿐이다. 어린 딸까지 유전된 고엽병으로 고통을 겪지만 그 어디에서도 해결책을 찾을 수 없다. 이렇듯 이 작품에선 문제 투성이의 상황 및 동의할 수 없는 사건이 줄곧 축적되어 나타난다.

3) 국가라는 전체를 위해 국민 개개인의 생명을 담보로 삼는 일그러진 국제 관계 체제가 비판의 대상으로 클로즈업된다.

미국자본의 유입 즉 차관도입을 담보로 우리네 젊은 장병들을 월남에 파병시키겠다는 위정자의 일그러진 행위가 고발된다.

위정자: (멋지게 포즈를 취하며) 파병 동의안을 표결하기에 앞서 우리는 미국에 한미상호방위조약을 개정할 것을 강력히 요구하는 바입니다. 한반도 유사시 본토 주둔 미군이 자동 개입하도록 고쳐져야 하며 한국군 1개 사단을 베트남에 파병하는 대신, 대한 군사원조를 삭감하고 군사원조를 경제원조로 이관하려던 계획을 취소하며, 개발차관 1억 5천만 달러를 제공할 것과 미국의 한국내 군수물자 구매, 월남시장에 대한 우선권 보장이 해결되지 않는 한 파병은, (남자에게 군장을 다 차려 무대로 떠민다. 자랑스럽게 웃으며) 파병은 ...

비서: 문서번호 729-22. 외무부가 1995년 1월 비밀을 해제한 외교사료에 의하면 1961년 박정희 국가 최고회의 의장, 한국군의 베트남 파병 먼저 제의. 이에 대해 케네디 미 대통령은 베트남의 전복을 막는 것이 미국만의 문제가 아니라며 파병의사에 감사. 선물로 61년 워싱톤 회의에서 한국은 63년에 민정이양을 완수하고 미국은 한국에 대한 경제 원조를 계속하며 유사시에 미국은 군사지원을 포함한 모든 지원을 한국에 제공하겠다는 약속을, (위정자에게 새끼손가락을 들어 보이며) 약속?

위정자와 가수여자, 무대에 어리둥절하게 서있는 남자 양옆에 나
란히 서서 부동자세를 취한다.

위정자(힘차게) 파병!
가수여자: 약속!
남자: (정신없이 따라서) 맹호! 신고합니다. 하사 김문석은 1967년 7월
    1일자로 월남 파병을 명 받았습니다. 이에 신고합니다. 맹호![19)

경제원조를 해주지 않으면 파병은 어렵다는 ·한국 위정자의 홍정성
발언, 결국 미국의 군사지원과 경제원조를 조건으로 한국 위정자는 파
병을 약속한다. 당시 한국과 미국간의 국제 협약이 마치 저잣거리 뒷
거래 형태로 희화되어 나타난다. 동의할 수 없는 사건이 이처럼 또 다
른 방식과 소재로 변조되어 나타난다.

4) 원달러에 몸을 팔며 살아가야 하는 월남여인들의 참상, 자신의 몸
을 성적 노리개의 수단으로 삼아 정보를 빼내야 하는 후엔의 비정상적
상황이 고발, 제시된다.

    암전 되는 무대는 붉은 등의 거리로. 월남 여자들, 아오자이의 여
    인들, 미니, 숏팬츠 차림의 여인들 하나씩 둘씩 거리에 들어서 흐른
    다. 음악도 따라서 흐른다. 여자들 노래한다.
음악 6 - <원 달라>
핏강여인: somebody anybody one dollar one dollar
        nobody everybody one dollar
        한 번만 나를 물어봐요 뱃속이 따뜻해져
        두 번 물리면 편지 써요 고향에 편지 써요
        당신 배를 타고 나는 갈 수 있어

---

19) 위의 책, 206-207쪽.

　　　　분단장하고 가요 몸단장하고 가요
　　　　핏-강이 마르는 날 사랑할 수 있는 곳
(중략)
드엉: (후엔의 목을 잡아쥐며) 정신 차려! 오늘 일은 보고하지 않겠어!
후엔: 이젠 그만 할래 (빌며) 제발 드엉, 차라리 날 전선으로 보내라고
　　　해. 이제 더 이상은 못하겠어!
드엉: (팽개치며) 돌아가! 프랭크 대령, 카혼소장, 두 놈중 하나라도 건
　　　져, 안 그러면 우린 전멸이야!
미병사: (드엉에게) 원달라?
후엔: (영어) 저리가 이 돼지야![20]

　　강대국의 침공으로 인해 가족을 잃어야 했던 월남여인 '후엔', 그녀
역시 정보를 빼내기 위해 미국장성 파티에 참석 몸을 팔아야 한다. 후
엔은 자신의 비참한 상황, 비정상적 상황에 대해 괴로워한다.

　　5) 미제 물품에 현혹되어 파병된 아들의 심각함을 인식 못하는 어머
니의 비정상적 상황이 희화되어 나타난다.
　　월남에 파병된 아들은 죽음이 기다리고 있는 케산 전투를 맞아 불안
초조해 하고 있다. 그런데 아들의 죽음 댓가, 피의 댓가나 다름없는 미
제 샴푸, 양산, 양과자 등이 고향에 보내지고 이를 받아 든 고향의 어
머니는 마냥 뻐기며 즐거워한다.
　　순박하면서도 지지리도 못난 우리네 어머니들, 목숨을 담보로 보내
진 미제상품에 현혹된 모습들, 이로 인해 아들의 위기상황, 그 심각성
을 인식 못하는 상황, 이를 부추기는 몰가치한 자본주의성 물량공세가
비판의 대상으로 클로즈업된다.

　　공의 어머니 공일병의 꽃양산을 쓰고 샴푸병을 들고 들어와서 볼에

---

20) 김정숙, 블루사이공, 서울 도서출판 모시는사람들 1997, 212-214쪽.

대고 비비며 노래에 맞춰 홍얼거리며 이미자 노래를 따라한다.
(중략)
공어머니: (샴푸를 내놓으며) 이거 써들, 쌈뿌라느만.
양,섬: 이것이 쌈뿌여유?
섬집네:이것이요? 오매 이것이 쌈뿌구마이! 근데 ... 뭣에 쓴가요?
공어미니: 양년들 영양 ... 뭐시기라는구만.
섬집네: 물구리무?
공어머니: 그려 물구리무. 아이구, 깜빡혔네.
섬집네: (애써 열어 바른다) 워치키 영양이 좋은가 미끈덩 미끈덩 허네
     요.
(중략)
양촌댁: 아자씨 큰일 났시유! 똥필이 엄니 바람 났시유!
모두: 호호호, 하하하!
     이미자의 노래 높아지며, 박수소리 요란하게 들리며, 그 시절의
     신나는 유행가 가락 울려 퍼진다.[21]

6) 월남 케산 전투에서 사전 정보 누설로 한국병사들의 어이없는 대
량죽음, 대량 몰살, 대량 패배 상황이 고발되고 동시에 이를 은폐시키
려는 행위가 비판된다.
  적에게 붙잡혀 사살 당할뻔 했던 김문석에게 거꾸로 일 계급 특진과
훈장을 수여하는 어처구니없는 상황이 고발, 제시된다.

  남자: 후엔! 제발 나도 죽여줘! 난 이대로 살 수 없어! 나 혼자 돌아갈
       수 없어!
  (중략)
       헬리콥터 소리가 더 가까이 들려온다. 헬리콥터 소리에 무전기
       소리가 녹음되어 들린다.
  무전기1: 여기는 날개. 생존자가 없나본데?
  무전기2: 여기는 날개 잃은 새. 생존자가 있겠어? 정보가 새어 나가서

중대 전체가 작살이 났는데, 생존자가 있으면 무공훈장감이지.
헬리콥터 소리 위협적으로 들리며 무대의 휘장막들 바람에 한껏
날린다.

후엔: (남자의 다리에 총을 겨눈다. 소리지른다). 사랑하세요. 많이 하
　　세요. 내가 많이 생각나게요! 당신은 이제 한국으로 돌아가는
　　거예요!

남자: 후엔 제발 날 죽여!

후엔: 사랑해요! (총을 쏜다.)

남자: (무슨 소리라고 해야 좋을까?) 후엔!

　　헬리콥터 소리 멈춘 무대. 시간이 멈추어진 듯. 후엔의 고개 떨어
지며 들썩이는 어깨. 총을 떨어뜨린다. 털썩 주저앉아 우는 후엔.
무대에 투사되는 대한 뉴스의 돌아오는 병사들. 돌아오는 병사에게
무공훈장증을 수여하는 장면들 투사되며 남자에게 훈장을 주는 소
리가 중계방송 처럼 낭랑하게 들려온다.

대장: (소리) 무공훈장증. 성명 상사 김문석. 위 사람은 월남 참전 용
　　사로서 케산 전투에 참여, 임전 무퇴의 군인정신을 발휘하여 세
　　계평화와 자유 수호를 위한 공로를 인정하여 일계급 특진과 함
　　께 무공훈장을 수여함. 1968년 8월 6일 대통령 박정희 대독.[22]

　케산전투에서 김문석을 제외한 병사들은 사전 정보 누설로 모두 죽
는다. 김문석은 혼자 살아 돌아갈 수 없다고 하며 한 때 사랑했던 베
트콩 여인 후엔에게 죽여 달라고 요구한다. 후엔은 사랑하는 사람을
살리기 위해 몸부림치다 김문석의 다리 쪽을 쏘아 그를 쓰러뜨린다.
혼자 살아남은 김문석은 조국으로 돌아와 훈장을 받고 일 계급 특진을
한다.

　케산전투의 어이없는 패배와 대량 죽음, 이를 은폐시키려는 당대의
몰가치한 상황이 고발, 제시된다.

---

22) 김정숙, 블루사이공, 서울 도서출판 모시는사람들 1997, 238-239쪽.

7) 일평생 레드 콤플렉스에 시달려야하는 김문석, 이를 야기시킨 분단 구조, 육이오 전쟁 상황이 고발, 제시된다.

어린시절의 소년 김문석은 공산 인민군의 강요에 못 이겨 국군 환영식에 참가했던 동래사람들을 지목하게 된다. 이로인해 무고한 동래 사람들이 많이 죽게 되고 그 사건 이후 그는 줄곧 빨갱이로 낙인찍힌 채 살아가야 한다. 아무도 그와 놀아 주지 않는다. 그는 그 이후 심한 죄책감과 더불어 진한 빨갱이 콤플렉스에서 헤어 나오지 못한다.

> 인민군: 남조선 괴뢰군 환영식에 나간 반동분자들이 누군지 말하기 힘들면 손가락질로 해두 좋아.
> (중략)
> 　　작은남자 온몸으로 도리질을 하고, 인민군의 주먹이 작은 남자의 얼굴을 강타한다.
> 인민군: (아이의 손을 다시 들어) 누구야?
> 　　공포에 떠는 작은 남자의 손이 반동적으로 올라간다. 남자의 저지하는 손짓이 작은남자의 손가락질이 되어 작은남자가 손가락질 할 때마다 쓰러지는 사람들. 그들의 비명. 작은남자와 남자가 똑같은 동작으로 몸을 떨며 땅바닥으로 쓰러져 땅 속으로 머리를 처박듯이 짓찧는다. 후엔이 남자에게로 달려와 남자의 머리를 안아쥔다.
> 　　(중략)
> 남자: (서서히 깨어나 울며 몸을 떤다.) 내가 죽였어 …! 아버지는 나 때문에 고향을 떠나 돌아가셨어. 내가 아버지를 죽인거야![23]

어린 소년 김문석은 그 사건 이후 줄곧 '빨갱이'로 지탄받으며 살아야만 한다. 이념이 무엇인지도 모르는 나이 어린 소년 김문석, 빨갱이의 의미가 무엇인지도 모르는 어린 김문석, 그러나 그는 "고향사람 다

---

23) 위의 책, 217-218쪽.

잡아먹은 빨갱이 귀신"으로 놀림 받으며 살아간다. 소꿉 친구 영덕이 마저 그를 빨갱이라 여기며 그와 놀아 주지 않는다.

김문석이 레드 콤플렉스와 죄책감에 시달리며 일평생 고통스럽게 살아가도록 만들었던 우리네 일그러진 분단현실, 동족상잔의 몰가치한 상황이 고발, 제시된다. 관객은 이를 극복하기 위한 처방 창출을 위해 변증법적 성찰을 하기 시작한다.

8) 아버지의 나라 한국에서 마저 올바른 대우를 받지 못하는 라이 따이한 즉 월남 한국인 2세 김북청의 문제가 고발된다.

아버지의 나라에 왔지만 참다운 사람 대접을 받지 못한 채 살인범으로 전락한 라이 따이한 김북청의 비정상적 상황이 고발된다. 기술연수생으로 전락된 상황, 불법폭행을 견디다 못해 우발적 살인을 저질렀던 라이 따이한 김북청의 어이없는 상황이 고발된다.

> 사장: 삼백오십달러 예치하라고 그랬지! 여권은 회사에 보관시키랬잖아!
> 인력1: 정문에 왜 얼씬거려 ? 개새끼들!
> 인력2: 무조건 복종하랬지!
> 인력3: 누가 늬들 맘대로 월급 받으라 그랬어?

> 그 가운데 한 남자(라이 따이한) 조명되면 순간적으로 칼을 집어 자신을 폭행하러 덤비는 남자를 찌른다. 멈추는 동작들. 느린 동작으로 늘어지는 남자. 경찰 싸이렌 소리. 남자(라이 따이한). 사장을 낚아 채 목에 칼을 들이댄다. 조명 서치 라이트로 바뀌면.

> 기자: 16일 상오 2시 37분. 구명전자 창고에서 인력회사 직원들과 외국인 연수생간에 벌어진 패싸움에서 이 회사 연수생 라이따이한 김북청이 ... 라이 따이한 김북청! 그래! 월남튀기! 김북청이, 인력회사 직원인 정홍기를 살해하고 함께 싸움을 벌이던 인력회사

직원을 인질로 창고에서 경찰과 대치중. 김북청은 월남전에 참
전한 아버지 김문석 상사를 찾아 94년에 기술연수생으로 한국에
와 구명전자에서 일하던 중 인력회사의 가혹한 인권탄압에 우발
적인 살인을 저지르고 인질극을 벌이게 된 것으로 봄! 요구사
항?
북청: (라이 따이한- 월남어)봐! (아버지)
기자: 봐?
북청:(한국말) 아 버 지 ... 아버지. 아버지!24)

아버지 나라에 왔지만 단 한 번도 아버지를 만나보지도 못한 채 살
인자가 되어버린 라이 따이한 김북청, 고엽병에 시달리는 이복 여동생
과의 만남만이 그를 기다리고 있다. 그 누구도 그들을 따스하게 맞이
해 주지 않고 관심을 갖지 않는 무책임한 우리네 정책 현실이 비판과
성찰의 대상이 된다.

2.2. 독립적인 장면 구성방식

작품 <블루 사이공>의 장면 구성법은 기존 정통 드라마와는 전혀 다
른 구성방식을 취하고 있다.

고전극의 경우 각 장면들은 기승전결이란 긴밀한 구성 체계로 유연
성있게 연결되어 있다. 극의 한 장면은 이전 장면의 결과로 나타나거
나 혹은 다음 장면의 원인으로 제시되어 있었다. 따라서 장면과 장면
사이의 인과관계는 환타지 창출 및 일관된 극 구성 방식을 위해 중요
한 변수로 작용하였다.

그러나 <블루 사이공>의 각 장면들은 異化效果를 유발시키려는 목
적으로 인과관계에 의해 구성되기보다는 독립적인 형식 및 병렬 형식

---

24) 김정숙, 블루사이공, 서울 도서출판 모시는사람들 1997, 198쪽.

의 구성방식을 취하고 있다.25) 다시 말해 각 장면은 큰 전체에서 잘라
낸 작은 조각 더 나아가 고립되고 분리된 조각의 특성을 보다 강하게
지니고 있다. 이런 구성적 특징을 알려주는 항목 및 장면들을 열거하
면 다음과 같다.

　　1) 첫장면과 두 번째 장면은 상호 밀착된 인과성이나 연관성을
찾아보기 힘들다. 구명전자에서 외국인 노동자들을 향한 불법탄압
문제가 극의 첫 장면에서 제기된다. 이어지는 둘째 장면에서 고엽
제 후유증으로 고생하는 파월병사 출신 김문석이 등장하고 남편 김
문석의 고통을 결국 외면하고 마는 아내의 상황이 고발된다. 이 두
장면은 인과관계를 유지하기보다는 각각 독자적인 영역, 각기 다른
사건의 일부라는 인상이 강하다. 따라서 이들 장면 구성은 병렬 형
식을 취한다.26)

　　2) 케산 전투에서 어이없는 대량죽음과 몰살과정, 이를 은폐시키
려는 몰가치한 상황이 훈장수여 장면을 통해 고발, 제시된다. 이와
관련된 모티브는 그 다음 장면에서 더 이상 진행되지 않는다. 뒤이
어 아버지의 나라 한국에서 외면 당하고 냉대 받는 라이따이한 김
북청의 문제가 고발된다. 이 두 장면간의 밀착된 인과관계는 좀처
럼 찾기 힘들다.27)

　　3) 미국 장성에게 몸을 팔아 정보를 빼내야 하는 베트남 여인 후
엔의 문제나 원달러에 몸을 팔아 연명해야 하는 월남여인들의 참상
역시 특정 장면, 특정 공간에서만 나올 뿐 그 다음 장면과 구체적인
인과관계로 발전되지 않는다. 이 장면은 그 자체로서 고유한 고발
모티브 및 독자적인 영역으로 머무를 뿐이다.28)

---

25) 이재명, 김정숙 희곡집 '블루사이공' 해설. In: 김정숙, 블루사이공, 서울 도
　서출판 모시는사람들 1997, 252쪽 참조.
26) 김정숙, 블루사이공, 서울 도서출판 모시는사람들 1997, 198-204쪽.
27) 위의 책, 238-241쪽.
28) 위의 책, 212-214쪽.

4) 인민 위원장의 강압에 의해 마을 사람들을 죽게 만들고 이로 인해 빨갱이로 낙인찍히는 김문석의 상황, 일평생 레드 콤플렉스에 시달리도록 만드는 상황 역시 임종 직전 및 후엔의 가족사진을 접하는 과정에서 회상되어 나타난다. 육이오라는 특별한 시간, 인민 재판이 벌어지는 특수 공간, 아들의 손가락질을 저지하려다 린치를 당하다 죽는 아버지, 이는 회상이라는 특정 시공간 영역으로 머물러 있다.29) 이 때 등장하는 인물들, 예를 들면 아버지, 영덕이, 인민군, 그 밖 마을 사람들과의 대립 구도나 갈등 관계는 더 이상 나타나지 않는다. 이 장면의 주요 모티브는 더 이상 또 다른 장면으로 발전, 전개되지 못한다.

이처럼 개개 장면들의 병렬구성 및 독립적인 구성방식은 몰입을 차단시켜 문제된 사건을 변증법적으로 성찰케 하는데에 기여한다. <블루 사이공>은 다양한 사건의 파편이자 그 조합으로서 극 전체는 자율적인 단면들로 분리되어 나타나 있다. 개개의 각 장면들은 철저히 고발성 모티브를 가질 뿐이며 다양하게 변조된 실수 투성이의 상황은 관객으로 하여금 능동적인 자세로 극복 대안 마련을 향해 변증법적 성찰을 하도록 유도한다.

2.3. 개방형식의 구성법 -사건의 미해결성-

<블루 사이공>의 또 하나의 구성상의 특징은 '사건의 미해결성'이라 할 수 있다. 작품은 끝이 났지만 사건은 전혀 종결되어 있지 않다. 지금까지 정통 드라마에서 작품의 종결과 더불어 사건 역시 종결되어 왔다. 그러나 이 드라마를 본 관객들은 종결되지 않은 사건을 접한 채

---

29) 위의 책, 216-218쪽.

공연장 문을 열고 나가야 한다. 관극이 끝난 이후부터 관객은 미해결된 사건, 그 이유와 극복 처방 마련을 위해 고민하게 된다.

이 작품에서 미해결 된 사건, 이를 통한 개방형식의 구성미학을 고찰하여 보기로 하자.

1) 고엽병으로 죽어 간 김문석과 그 가족들의 문제가 미해결 상태이다. 파월 병사 김문석은 당시엔 훈장을 받으며 환영을 받았지만 결국 그 누구도 그의 문제를 책임져 주지 않는다. 고엽병은 그의 딸 김신창에게까지 유전된다. 괴이한 모습으로 일그러져 고통 당하는 김신창에 대한 해결책 역시 그 어디에서도 찾아볼 수 없다. 그 해결작업의 몫이 관객에게 주어져 있다.

　침대 위의 여자아이 몸을 뒤틀며 고통을 호소한다.

　여자아이: 아빠! 아파. 여기도 아프고, 여기도 아파. 아빠처럼 나도 아
　　파. 아빠랑 똑같이 아파, 아파. 아빠! 나 아파! 아빠!

　남자(김문석), 여자아이를 돌아보며 차마 두고 떠나간다.

　여자아이: (침대 위에서 발작을 일으키며) 아빠 나 아파! 아빠!
　여자아이의 비명 길게 ... 암전 된다.[30]

2) 라이 따이한 문제, 외국인 연수생에 대한 불법탄압문제가 미해결되어 있다.
　아버지의 나라에 외국인 노동 연수생 신분으로 들어온 라이 따이한 김북청, 그러나 그는 불법노동탄압을 견디지 못하고 우발적인 살인을

---

30) 김정숙, 블루사이공, 서울 도서출판 모시는사람들 1997, 241쪽.

저지른다. 아버지를 만나 단 한번만이라도 "아버지"라고 불러 보고픈 간절한 소망, 이런 그의 소망은 결코 실현되지 못한다. 이런 라이 따이한 문제, 불법노동탄압문제 등이 해결되지 않은 채 극이 끝을 맺는다.

> 북청: (손에 수갑을 차고) 우리가 아빠를 찾는 것은 괴로움을 드리기 위해서 아닙니다. 우리가 아빠를 찾는 것은 우리와 함께 살아 달라고 떼쓰기 위해서가 아닙니다.
> 아버지, 없는 세월이 너무 컸기에 그 한을 풀고 싶어서 입니다. 아빠는 모르실 겁니다. 한 번만이라도 아빠를 뵙고 싶습니다. 한 번만이라도 아빠 품에 안겨 보고 싶습니다.
>
> 　무대 한쪽에서 소녀가 무장경찰이 밀어주는 휠체어에 앉아 등장하고, 그 건너편에 라이따이한 김북청이 천천히 걸어 들어온다. 무대 중앙에서 만나는 두 사람. 경찰 두 사람에게서 고개를 숙여 외면한다.
> 　여자아이 가슴에 김문석의 영정을 안고 있다. 라이 따이한 조심스럽게 천천히 영정에 손가락으로 김문석의 윤곽을 따라 어루만진다.
>
> 여자아이: (오빠가, 월남 오빠) 김 북 청?
> 북청: (고개를 끄떡인다)
> 여자아이: (나는) 김신창.
> 북청: (고개를 끄떡인다)
> 여자, 북청: (동시에) 아버지!
>
> 　소녀의 두 손이 눈을 가린다. 들썩이는 어깨, 흔들거리는 영정. 북청, 영정을 가슴에 안고 서면 가수 여자가 '월남에서 돌아온 김상사(조곡)'를 부르며 등장한다.[31]

---

31) 위의 책, 241-242쪽.

라이 따이한 김북청은 이제 살인범이 되어 아버지 김문석의 영정을 마주해야 한다. 그토록 보고 싶은 아버지였건만 김문석은 이미 고인이 되어 있다. 여기에 고엽병으로 병신이 다된 이복 동생 김신창을 그는 마주해야 한다.

김북청과 같은 라이 따이한 문제, 고엽병으로 죽어 가는 파월장병과 그 가족들의 문제는 작품이 끝났음에도 결코 해결되어 있지 못하다.

관객은 무대 막이 내려진 이후에도 이런 비정상의 사건, 또 다른 미해결된 사건들을 매듭짓기 위해 적극적이고 능동적인 성찰을 하기 시작한다. 작품은 공연장 밖으로까지 개방되어 있다.

2.4. 반환상극적 효능을 겨냥한 무대 장치

2.4.1. 앙상한 무대이자 최소한 것으로도 충분한 무대

지금까지의 정통 드라마에선 무대 장치나 조명기등이 극적 환영을 살려내기 위한 방편으로 활용되어졌다. 소품이나 구조물의 이동, 변화는 무대 암전 과정에서 처리되어졌다. 그러나 변증법 연극인 이 희곡에선 전혀 그렇지 않다.

무대 장치는 극적 환상을 배제한 현실의 재현 그 자체이다. 무대는 앙상하며 최소한 것으로도 충분하다고 볼 수 있다. 무엇보다도 무대 장치의 설치 과정이나 이동 과정은 관객이 보는데 에서 공개적으로 보여준다.[32] 조명 기구 역시 투사 과정이 의도적으로 드러나 있으며 무대 자체가 문자화되어 있다.

---

32) 김미도, 월남전의 비극을 심도 있게 극화한 뮤지컬. In: 한국연극협회, *1996 한국대표희곡선*, 서울 도서출판 예음 1996, 265쪽 참조.

이를 구체적으로 고찰하면 다음과 같다.

<블루 사이공>의 공연무대는 필수 불가결한 소품으로만 한정되어 있어 가끔 앙상하게 보일 수 있고 심지어 초라하게 보이기까지 한다. 비닐을 뒤집어 쓴 외국 노동자들, 비닐을 때리는 악당들, 퍽퍽 소리날 때 반응연기를 재치있게 하는 비닐 속의 배우들, 여기에 디제이 덕 음악을 즐기는 악덕 사업주 역의 배우가 무대 우측 전면에서 이 음악을 즐긴다.

이 공연의 각 장면은 거의 대부분 빈 무대, 앙상한 무대이다. 첫 번째 장면에서도 공장 내부를 상징하는 소품이나 구조물 등을 찾아 볼 수 없다. 악덕 사장의 집무실 구조도 찾아보기 힘들다. 첫장면은 이처럼 빈 무대로 일관한다. 가수가 '불루사이공' 노래를 부르며 등장한다. 무대는 일시에 김문석 내부 의식 공간으로 급전된다. 다양한 과거 속의 인물들, 의식 속의 인물들이 무대를 가로지른다. 그들은 상호 마주치는 상황에도 불구하고 반응연기를 하지 않는다. 그들은 철저히 회상 속의 인물, 비현실 영역 속의 인물들이기 때문이다.

악덕 사업주의 불법노동 탄압현장은 곧바로 김문석의 회상공간으로 전환된다. 빈 공간이기에 이 영역은 월남전의 실제 공간, 술집공간, 후엔과의 사랑 공간, 육이오때의 인민재판 공간으로 자유로이 변화, 교체되어 나타난다.

후엔의 집 공간은 두 사람이 밀애를 나누는 공간이지만 후엔의 노래 선율은 마음속의 과거 사연 즉 육이오 때의 악몽을 되살아나게 만든다. 빈 무대공간은 현실과 환영의 교차를 자유롭게 해준다.

후엔: 누군가 그의 시체를 불태우는 모습, 불도저로 구덩이에 쓸어 넣는 모습, 그런게 자꾸 보여요. 내가 본 것도 아닌데 ... 네이팜에

화장 당하는 사람!

　전쟁의 소용돌이 소음이 들리며 무대에 토막난 시체들이 하나씩
매달리며 후엔 노래한다.

후엔: 그의 귀가 잘리고 죽은 입에 꽂인 말보로 / 비 52 폭격기 또렷하
　　게 보여요 / 산산이 부서진 그의 몸뚱아리 / 내가 본 것도 아닌
　　데 또렷이 보여요.

　어둠에 휩싸인 무대로 폭탄의 섬광 번쩍이고, 육이오 때 줄줄이
묶인 남자의 고향사람들과 작은 남자(어린 김문석)가 인민군의 손에
끌려 들어선다. 공포에 찬 눈으로 작은남자를 지켜보는 사람들. 남
자의 아버지가 인민군에게 붙잡혀 발을 동동거리며 서 있다.

인민군: 모두 눈감아! 자 문석아, 누가 있었지? 학교 운동장에서 영덕
　　이랑 굴렁쇠 굴릴 때 저기로 남조선 괴뢰군들이 들어왔지? 그
　　때 태극기를 들고 사람들이 따라왔어. 자, 누가 있었지?
남자: (두 손으로 입을 막아쥔다)[33]

　후엔의 노래 선율, B52 폭격기 소리, 이런 음량과 더불어 무대 뒤 휘
장 사이사이 빈 공간에서 배우들이 등장한다. 후엔의 집 거실은 일시
에 인민재판 현장으로 돌변된다.
　연극한다는 사실을 알리는 상징기호, 빈 무대는 이런 상징기호의 다
양한 활용을 가능케하는데에 기여한다. 환상극을 겨냥한 무대 구성 및
장치 설계가 이 작품에선 결코 지켜지지 않고 있다. 이처럼 빈 무대구
성방식은 이 작품 전역에 걸쳐 적용되고 있다. 이를 통해 관객은 환영
속에 빠져들기보다는 극장 속에 앉아 있다는 느낌, 극장 속에서 사건
경위에 대한 일정한 관찰 태도, 사건을 평가할 줄 아는 신중한 자세를

---

33) 위의 책, 216-217쪽.

배우게 된다.

2.4.2. 무대 장치의 설치나 이동 과정의 의도적 노출

이 연극에서 사건의 경위를 합법적으로 진행시키는데 도움이 되는 모든 것을 공개적으로 보여준다. 병원 침대의 이동, 휠체어의 움직임, 헬리콥터 움직임을 알리는 대형 선풍기의 동원 상황, 사진틀을 받쳐든 배우들의 움직임, 이런 무대 설치 및 제작 과정도 암전 상태나 무대 막이 내려진 상태에서 이루어지지 않는다. 이런 움직임은 관객들이 보는 앞에서 의도적으로 이루어진다.

1) 무대장치, 그것들의 짜 맞추기 과정이 의도적으로 노출된다. 각각의 독립된 부분들로 움직일 수 있게 해주는 무대 설비 구성, 이는 고엽병으로 죽어 가는 김문석의 병원 입원 장면에서 구체적으로 확인된다.

고통을 호소하는 김문석, 죽음을 마무리하여 고통에서 벗어나고픈 김문석, 이는 그의 다음 노래로 구체화된다.

> 이제 다왔나 여기가 거긴가
> 아주 먼 여행 이렇게 짧은 끝
> 누구 말을 해 줘 여기가 너의 끝
> 이젠 다왔다고 그만 안녕이라고
> 누구 내 손 잡아 줘 식어가는 체온
> 다시 눈뜰 순 없어도 나 웃을 수 있다고
> (중략)
> 아직 뜨거운 내 심장 가져 가 … 안 녕 ! (노래끝)[34]

---

34) 김정숙, 블루사이공, 서울 도서출판 모시는사람들 1997, 204쪽.

고엽병의 고통을 호소하며 죽기를 바라는 김문석, 결국 그는 병원으로 이송된다. 그러나 이 작품에서 병원이라는 구체적인 내부 시설 및 내부 공간, 사실성을 방불케하는 소품설계 작업은 완전히 배제되어 있다.

> 무대에 텅 넘어지는 남자. 급박한 응급차 사이렌 소리가
> 남자의 거칠게 몰아 쉬는 호흡으로 바뀌어
> 무대에 진동하는 사이로 침대와 병원 응급실 도구들을 가지고
> 들어서는 여자아이와 의사, 간호부들 소리가 병원 소음들과 함께
> 녹음되어 들린다.
> 간호부들, 거칠게 남자를 침대 올린 뒤
> 남자를 싸고 있는 껍데기를 벗겨 버린다.35)

병원 상황을 알리는 어나운스멘트, 응급 환자 치료를 상징하는 간호사들의 발빠른 움직임, 의사들의 날렵한 구급치료 상황, 이를 위해 먼저 병원 응급침대 움직임, 기타 양식화된 소품의 설정 상황이 그대로 노출된다. 이는 환상을 차단시켜 준다. 몰입을 방지하여 준다. 연극한다는 과정, 연극을 극장에서 보고 있다는 객관적 태도를 유지시켜 준다.

무대장치 이동의 의도적 노출은 몰입을 차단시켜 객관적 성찰과 인식자세 그리고 문제 극복을 향한 창의적 사유를 유도하는 데에 기여한다.

2) 김문석의 병원 침대는 그가 젊은 파월병사역할로 변신함에 따라 카퍼레이드를 위한 상징기호로 전환된다.

일렬 횡대로 늘어선 군인들, 맹호부대 군가를 부르다가 카퍼레이드 행렬에 동참한다.36) 그들은 침대를 카퍼레이드 차로 생각하고 군가에

---

35) 위의 책, 204-205쪽.

맞추어 전진하는 움직임을 탄력적으로 만들어간다. 이런 반사실주의극
적 처방은 무대 도구를 연극의 상징이자 기호로 간주하려는 변증법연
극 강령이라 볼 수 있다.

죽어가던 김문석도 맹호부대 군가가 울려 퍼지자 침대에서 일어나
과거 시절로 되돌아간다. 당시의 지휘관이 나타나 김문석에게 총과 철
모를 준다. 김문석은 맹호를 외치며 파병 명령에 복종한다. 당시 파월
장병들이 나타나 함께 군가를 부른다. 마침내 침대는 퍼레이드용 쩝차
가 된다. 쩝차에 탔다는 기분으로 배우들은 반응 연기를 한다. 실제
사실주의극 환상 장면과는 너무도 다른 상징 그림이라 볼 수 있다. 관
객은 최소한의 극적 장치 즉 상징그림을 마주할 뿐이다. 몰입 대신 일
종의 거리감을 갖고서 관객은 무대 위의 사건을 냉철하게 인지하고 마
주할 뿐이다.

'연극한다는 행위' 그 자체를 객관적으로 인식토록 유도하는 전형적
인 변증법 연극 처방이라 할 수 있다.

2.5. 상징 기호로서 배우 및 소품 활용

1) 삶과 죽음 영역 사이의 경계선, 이를 상징하는 무대 뒤 휘장 구조
물이 있다. 이 휘장 구조물이 들어 올려지고 주인공 김문석은 휘장 뒤
의 공간으로 사라진다. 휘장 구조물 사이에서 빛이 쏟아져 나온다. 휘
장을 들어올리는 자들은 이미 죽은 자들이다. 이들은 죽은 자들이기
에 실루엣으로 나타날 뿐이다. 휘장이 내려지면서 죽은 자의 역할을
담당했던 배우들 역시 휘장 뒤로 사라진다. 무대엔 김문석의 딸인 신
창이만 홀로 남겨져 있다. '아빠, 아파, 나 아퍼, 아빠 가지마!', 이 같은
신창의 외침만이 무대를 가득 메운다.

---

36) 위의 책, 206쪽 참조.

죽어가는 아빠의 시신을 잡고 오열을 터트리는 실제 그림, 이런 사
실적 장면을 이 작품은 거부한다. 피안의 영역, 죽음의 영역으로 나아
가는 과정이 휘장으로 대표되는 상징 기호로 처리되어 있다.

죽어가는 사람의 내면을 클로즈업시켜 이 같은 상징기호로 표현하는
방식, 이는 반환상극적 처방이지만 오늘날 표현주의 연극에서 볼 수
있는 주요 심미적 표현 방식이기도 하다.

2) 비닐 안에서 허우적거리는 사람들, 이는 실제 현실이 그렇다는 게
아니라 노동자들의 구속 상태, 감금상태를 알리는 상징 기호라 할 수
있다.37)

가면을 쓴 폭력배들이 구속된 노동자들을 구타한다. 그러나 실제 신
체를 향한 구타는 이루어지지 않는다. 비닐을 향해 가격이 이루어진다.
퍽 소리를 내는 비닐, 그러나 비닐 안의 배우가 고통스러워하는 반응
을 보인다. 최소한 약속된 장치, 최소한의 양식화된 상징기호 만이 선
을 보인다. 이는 반환상극적 장치이지만 상징주의 연극의 주요 표현방
식이기도 하다.

비닐이라는 상징기호의 활용을 통해 연극적 환상은 여지없이 깨진
다. 반환상극적 장치, 환영으로부터 깨어나야 한다는 처방, 이를 통해
몰가치한 현실이 변화되어야 한다는 변증법연극 강령이 실현된다. 객
관적 인식 및, 비판적 사유자세는 자연스레 유발된다.

관객은 철저히 극장 안에서 변화되어야 할 세계를 인지, 성찰하게
된다.

3) 김문석의 죽음 장면 역시 초현실 그림으로 구성되어 있다. 병으

---

37) 김정숙, 연극 *블루사이공* (권호성 연출), 광주문예회관 소극장, 1996년 3월
공연 참조.

로 죽어가고 있던 주인공이 과거로의 여행을 다한 뒤 총으로 자신의 머리를 쏘는 장면이 있다.[38] 이는 실제로 권총자살하기 보다는 그 스스로의 능동적 의지에 의해 삶을 마감함을 상징한다.

이런 반 현실적 장면은 변증법적 성찰을 향한 상징 기호로서 톡톡히 역할을 한다고 볼 수 있다.

4) 죽음을 맞이한 현재의 김문석과 어린 시절의 소년 김문석, 이 두 인물의 무대 공존[39], 이 두 인물의 만남과 대화 역시 현실적으로 있을 수 없다. 굴렁쇠를 기꺼이 건내받는 행위 역시 대단한 상징이다[40]. 레드 콤플렉스에서 해방되어 그의 내면이 상징되는 대목이다.

빨갱이로 낙인찍힌 김문석은 그 누구와도 굴렁쇠 놀이를 할 수 없었다. 아무도 그와 놀아주지 않으며 굴렁쇠 놀이 파트너 역할을 하려 하지 않았다. 굴렁쇠는 그 동안 김문석에게 빨갱이 콤플렉스에 대한 상징으로 작용하여왔다. 임종 직전 굴렁쇠를 어린 소년 김문석으로부터 건네 받는 현재의 김문석, 이는 현재의 자아와 과거 어린 시절의 또 다른 자아와의 만남, 참 화해를 상징한다.

이런 반현실적 무대 그림은 환상 파괴, 거리감 유발로 이어지면서 관객의 변증법적 성찰을 야기시키는 데에 기여한다.

5) 기자의 전화보고 행위를 의미하는 타이프라이터 소리 효과, 이는 그가 신문사에 사건내용을 타전하고 있음을 알리는 상징기호이다. 실제 타이핑하는 그림은 무대에서 찾아볼 수 없다. 타이핑 소리와 더불어 보고하는 그림이 핀 조명으로 투사될 뿐이다.

---

38) 김정숙, 블루사이공, 서울 도서출판 모시는사람들 1997, 239쪽 참조.
39) 김정숙, 블루사이공, 서울 도서출판 모시는사람들 1997, 210쪽 참조.
40) 위의 책, 239쪽 참조.

아버지의 나라를 찾은 월남인 2세 김북청, 그러나 그는 불법노동 탄압에 대항하는 과정에서 우발적 살인을 저지른다. 경찰 싸이렌, 위기감, 긴박감, 스릴 및 서스펜스, 이런 극적 상황은 그 다음 장면에서 더 이상 찾아볼 수 없다. 무대는 기자의 객관적 보고 상황만이 클로즈업된다.[41] 다시 말해 시공간의 건너뛰기가 이루어진다.

몰입구조는 자연스레 차단된다. 여기서 실제 타이프라이터나 타이프 치는 행위, 관련 책걸상 도구의 설정이 생략되어 있다. 그럼에도 불구하고 관객은 그 상황을 상징하는 소리만으로 문제된 사건의 주요 내용을 객관적으로 인식하게 된다.

6) 위정자와 미국 비서와의 협상 장면을 살펴보자. 월남파병의 조건으로 경제원조 및 군사원조를 약속하겠다는 장면, 그러나 이 장면 역시 실제 테이블 협상 그림으로 구체화되어 있지 않다.

> 위정자: (멋지게 포즈를 취하며) 파병 동의 안을 표결하기에 앞서 우리
> 는 미국에 한미상호방위조약을 개정할 것을 강력히 요구하는 바
> 입니다. (중략) 개발차관 1억 5천만 달러를 제공할 것과 미국의
> 한국내 군수물자 구매, 월남시장에 대한 우선권 보장이 해결되
> 지 않는 한 파병은, 파병은 …
> 비서: 문서번호 729-22. (중략) 파병의사에 감사. 선물로 … 모든 지원을
> 한국에 약속, (위정자에게 새끼손가락을 들어 보이며) 약속?
> 위정자: (힘차게) 파병!
> 가수여자: 약속![42]

비서 역의 배우들은 미국인 복장을 한 채 무대 뒷면에 일렬횡대로 서서 조그만 종이 서류를 읽어 나가고 있다. 위정자는 무대 우측 전면

---

41) 김정숙, 블루사이공, 서울 도서출판 모시는사람들 1997, 198쪽 참조.
42) 김정숙, 블루사이공, 서울 도서출판 모시는사람들 1997, 206-207쪽 참조.

에 서서 마치 백구두에 흰색 상하양복 차림 그리고 중절모를 착용하고
있다. 그는 건달 같은 자세를 취하고 있다. 이들의 대화는 마치 뒷골목
건달들의 거래 장면으로 희화되어 있다. 비서나 위정자의 이름, 성격
그리고 그들의 실제 상황을 방불케 할 복장이나 언어, 주변 소품 설정
등 사실성을 겨냥한 설계 방식은 철저히 거부된다.

단지 문제 투성이의 뒷거래 상황, 몰가치한 당대의 정치적 흥정 상
황, 이를 관객은 객관적으로 인식하면 된다. 구체적 몰입 구조, 환상 창
출 과정이 배제된다. 결국 문제 투성이의 상황을 알리는 상징기호 만
이 무대에 선을 보일 뿐이다. 이를 통해 변증법적 성찰작업이 실현될
수 있다.

3. 맺는 말

한편의 드라마가 실제 공연을 통해 어떤 미학적 파장과 결실을 얻어
냈는가를 살펴보는 것은 당대의 사회상 및 세계관 그리고 실제 풍미한
공연 기법과 양식을 점검, 확인하는 데에 대단한 도움을 준다. 97백상
예술대상, 작품상, 희곡상을 수상한 김정숙의 뮤지컬 <블루사이공>은
우리 공연예술문화의 위상을 한 차원 높게 격상시켜 놓았다는 드라마
학계 내지 연극학계의 주목을 받아오고 있다.

뮤지컬 <블루사이공> 공연은 록, 랩음악 등의 브로드웨이 뮤지컬 풍
을 일단 벗어나 있다는 점에서 일단의 관심을 자아낸다. 그 동안 윤조
병의 <모듬내뜸부기> 공연에서 우리다운 노래극의 새로운 발전 가능성
을 예고한 바 있다. 뮤지컬 <블루사이공>의 선율은 철저히 드라마의
서사성과 회상성이라는 공존하기 힘든 부분들을 동시에 담아내는 쾌거
를 이루어내고 있다. 이 작품에서 노래는 각 인물들의 내적 몸부림을
암시하여 줄뿐만 아니라 경우에 따라선 앞으로 일어날 일을 예고하여

주기까지 한다. 아울러 죽음의 전령이라 할 수 있는 여가수의 '블루사이공' 선율은 기괴하고 음산한 이미지를 통해 김문석의 비틀린 과거, 아픈 과거 사연을 떠올리게 하는 데에 기여한바 크다.

이 작품에선 특히 인물의 내면 및 주관이 강조된다. 죽음의 전령이 죽어 가는 인물 김문석의 침대 위에 걸터앉아 그와 대화를 나누는 장면, 특히 어린 시절의 귀여운 모습을 눈앞에 놓고 이야기 나누는 장면은 대단히 반사실적이라 할 수 있다. 다시 말해 이 같은 표현 수법은 초현실주의 내지 표현주의 연극양식이라 볼 수 있다. 이 밖에도 현실과 환상, 객관과 주관은 마구 뒤섞이어 나타난다. 어린 소년 김문석과 죽음 직전의 김문석이 서로 대화를 나누는 장면, 죽음이란 피안의 영역이 무대 뒷면 휘장 안으로 표현된 점, 그리하여 배우가 휘장 틈새를 지나 휘장 뒤쪽으로 사라지도록 만든 구성법 등은 가장 연극적인 맛을 불러일으키는 장면으로서 표현주의 연극 및 변증법연극의 백미라 할 수 있다.

한편 '선율이 마음속의 과거와 미래를 하나로 흘러가게 만든다'[43]는 장 파울의 낭만주의 예술강령이 힘을 발휘함으로써 이 뮤지컬은 회상극의 지평을 활짝 열어 놓았다고 볼 수 있다. 이런 심미적 힘을 얻어 낸 배경과 요인을 분석 규명하는 일은 차후의 연구작업으로 미루고자 한다.

지금까지 우리는 뮤지컬 <블루 사이공>에서 변증법 연극의 묘미와 그 효능 그리고 그 요인을 고찰하여 보았다.

이 작품의 가장 큰 변증법연극으로서의 특징은 몰가치한 세계의 반복, 변조로 요약할 수 있다.

'실수의 축적이 진정한 영향을 미친다'는 변증법 연극 강령이 완전

---

43) Jean Paul, *Nachflor und Spätlinge des Taschenbuchs. Sämtliche Werke.* XXXII Berlin 1842, 316쪽.

무결하게 실현됨으로써 자기 각성과 깨달음의 효능은 극대화될 수 있었다. 이 공연의 매력은 변증법 연극의 약점이라 할 수 있는 관념성으로의 함몰을 적시에 차단시켰다는 데에 있다. 성적 욕망을 주체 못한 파월병사들의 희극적 해프닝, 미제 샴푸에 눈멀어 우쭐대는 공일병의 어머니, 이에 대한 희화적 표현방식은 휴식과 활력을 자아내 준다.44) 건조함, 지루함으로 빠져들 위험이 자연스레 차단되고 있다.

아울러 장면의 독자성 내지 독립성, 사건의 미해결 구조는 이 작품의 주된 구성 방식으로서 변증법연극의 주된 효능을 발휘하는 데에 크게 기여한 바 있다. 이 밖에 반환상극적 효능을 겨냥한 무대 장치로서 앙상한 무대 내지 최소한의 양식 무대가 선을 보였고 무대장치 설치의 의도적 노출 역시 몰입차단에 기여한 바 크다.

배우나 소품 역시 사실성 창출과는 거리가 멀게 설계되기도 한다. 이 것들이 상징 기호로 활용되어 몰입을 차단시키는 데에 기여하였음을 고찰한 바 있다. 상징성을 겨냥한 이런 처방은 제한된 시공 영역을 무한대로 확장시키는 데에 기여하고 있다.

변증법연극 효능의 발현 과정과 그 배경, 원인 등을 규명하면서 우리는 이 처방이 상징주의 및 표현주의 극양식과 무관치 않음을 고찰할 수 있었다. 양질의 연극성, 그 심미적 파장과 효능은 다양한 극양식과 이론이 상호 유기적인 조화를 이룰 때 실현될 수 있음을 우린 확인할 수 있었다.

변증법 연극의 효능이 올곧게 우러나온 뮤지컬 <블루사이공>, 이를 위해 도입된 다양한 극양식의 활용은 연극 설계자들에게 창의적인 극작 이미지를 만들어 가는 데에 도움을 주었을 뿐만 아니라 시간, 공간의 문제로 고민하는 공연 설계자들에게 상징의 극공간, 창의적인 극기

44) 김미도, 월남전의 비극을 심도 있게 극화한 뮤지컬. In: 한국연극협회, 1996 한국대표희곡선, 서울 도서출판 예음 1996, 267쪽 참조.

호 창출에 대한 해법 마련을 가능케 했다는 점에서 지대한 기여를 하였다고 볼 수 있다.

참 고 문 헌

Brecht, Bertolt: Die dialektische Dramatik,. In: *Gesammelte Werk Bd. 16*, Werkausgabe edition suhrkamp. Hg. v. Suhrkamp Verlag in Zusammenarbeit mit Elisabeth Hauptmann. Frankfurt a.M. 1967.

Brockett, Oscar G.: *The Theatre An Introduction*, New York 1979.

Brooks, Cleanth and Heilman, Robert B.: *Understanding Drama*, New York 1961.

Esslin, Martin: *Anatomy of Drama*, 원재길 옮김, *드라머의 해부*, 청하 서울 1987.

Hauser, Arnold: *Methoden moderner Kunst betrachtung*, München 1974.

Iser, Wolfgang: Die Wirklichkeit der Fiktion - Elemente eines funktionsgeschichtlichen Textmodells. In: Rainer Warning, *Rezeptionsästhetik*, München 1972, 277-324쪽.

Klotz, Volker: *Geschlossene und offene Form im Drama*, München 1976.

Lewis, Allan: *The Contemporay Theatre. The Significant Playwrights of Our Time*. New York 1975.

Paul, Jean: *Nachflor und Spätlinge des Taschenbuchs. Sämtliche Werke*. XXXII Berlin 1842.

Selden, Samuel: *The Stage in Action*, 김진식 옮김, *무대예술론*, 현대미학사, 서울 1993.

Styan, J.L.:*Modern Drama in theory and practice 2 - Symbolism, Surrealism and the Absurd*, 원재길 옮김, *상징주의와 초현실주의 부조리연극*, 예하 서울, 1992.

Szondi, Peter: *Theorie des modernen Dramas(1880-1950)*, Stuttgart 1981.

Willet, John: *Brecht on Theatre. The Development of an aesthetic*. London

1978.

김길수, 몽따쥬와 침묵을 통한 섬뜩한 성찰극:<블루사이공>. In: 김길수, *우리시대 삶과 연극의 조망-해체극, 상황극, 희비극*, 현대미학사 서울, 1997, 246-248쪽.

김미도, 월남전의 비극을 심도있게 극화한 뮤지컬. In:한국연극협회 편, *1996 한국대표희곡선* 도서출판 예음 서울, 1996년, 265-267쪽.

김정숙, *블루사이공*, 도서출판 모시는사람들 서울, 1997년.

민희식, *라퐁텐우화*, 을유문화사, 서울 1971.

이재명, 김정숙 희곡집 <블루사이공>해설. In: 김정숙, *블루사이공*, 모시는사람들 서울, 1997년. 243-253쪽.

Zusammenfassung

Eine Untersuchung über die dialektische Theaterästhetik im Stück 〈Blue Saigon〉

Kim, Kil-Soo

Die vorliegende Arbeit zielt darauf, für das Verständnis vom Stück <Blue Saigon> den Sinn und die Funktion der dialektische Theaterästheik herauszuarbeiten.

<Blue Saigon> ist ein dialektisches Drama. Das Stück ist nicht dem Muster der aristotelischen traditionallen Theorie gebaut. In diesem Stück wird die Situation nicht als bekannt vorausgesetzt, sondern sind die Gegenstand der Untersuchung. Also wird die entfremdte und widerspüchliche Zustände auf der Bühne vorgetreten vor allem in provozierender Weise, die das Publikum dazu auffordern will, seiner eigenen Entfremdung bewußt zu werden und dementsprechend sein Bewußtsein und Leben zu verändern.

Die Szene im Stück <Blue Saigon> ist Ausschnitt, herausgebrochene Stück aus einem großen, komplexen Geschehnisganzen, das größer und umfassende ist als die im Drama erscheinende Handlung. Dieses große

Geschehen begann, ehe der Vorhang am Anfang sich öffnet, und es dauert meist noch fort, wenn der Vorhang am Schluß des Dramas gefallen ist. Die Szenen stehen isoliert und getrennt voneinander als herausgerissene Stück des großen Ganzen.

Dieses Stück hilft besonders dort, wo das Publikum durch die Kommunikationsmittel ein entstelltes Bild des Vietnamskrieges besitzt, eine Korrektur dieses Bildes herbeiführen. Das Stück <Blue Saigon> vermittelt nicht nur Geschichtskenntnis, sondern hilft ein Geschichtsbewußtsein zu entwickeln. Die Mitteln der dialektische Theaterästhik im Stück <Blue Saigon> sind geeignet, die dramatische Phantasie zu wecken, ohne dabei ein freies, ideologieahängiges Spiel der Phantasie zu lassen.

Hier tritt eine Sängerin als Erzähler und Gespräc, dann kann sie sich selber verfremen und auch kann das Spiel in seiner Ganzheit verfremdet werden. Die Bühne verwickelt also nicht den Zuschauer in eine Aktion, sondern macht ihn zum Betrachter.

G.B. Shaw 극의 음악적 구성원리

김 순 자 *

Ⅰ. 서론

G. B. Shaw에 대해 우리가 가장 먼저 떠올리는 것은 "예술을 위한 예술"이 아닌 인간의 도덕적 진보와 사회개선을 위해 극을 쓴 작가라는 것이다. 그는 리얼리스트로서 교화적인 글을 쓴 것도 사실이다. 그러나 Shaw의 주요 극과 많은 작품 등에서 음악적 요소가 나타나는 것을 볼 수 있는데 이것은 예술을 바탕으로 한 극이야 말로 진실로 대중들에게 쉽게 그리고 강렬하게 공감을 줄 수 있다는 것을 바로 깨닫고 있었기 때문이다. Shaw는 자신의 극작품과 음악과의 관계가 깊다는 것을 다음과 같이 이야기하면서 자신의 극작품을 이해하기 위해서는 오페라나 심포니를 공부해야 한다고 말한 적이 있다.

> My method, my system, my tradition, is founded upon music. It is not founded upon literature at all. I was brought up on music. I did not read plays very much because I could not get hold of them, except, of course, Shakespeare, who was mother's milk to me. What I really interested in was musical development. If you study operas and

* 경상대학교

symphonies, you will find a clue to my particular type of writing.[1]

　　나의 방법, 체재, 전통은 음악에 기초를 둔 것이다. 이것들은 결
코 문학에 기초한 것이 아니다. 나는 음악 속에서 성장했다. 나는
극작품을 많이 읽지 않았는데 이것은 극을 이 해할 수 없었기 때문
이다. 물론 나에게 어머니의 젖과 같은 셰익스피어는 제외한다. 내
게 정말로 흥미 있었던 것은 음악의 발전이었다. 만일 여러분이 오
페라와 심포니를 연구한다면 나의 작품의 특별한 형태의 단서를 찾
을 수 있을 것이다.

　Shaw의 음악에 대한 관심과 애착은 아주 어릴 때부터 소년기, 청년
기를 거치는 동안에 음악으로 가득 찬 가정에서 자라나면서 가지게 된
것이다. Shaw는 어린 시절 내내 훌륭한 합창음악과 이태리 오페라에
젖어서 살았다.

　　At the end my schooling I knew nothing of what the school
professed to teach; but I was a highly educated boy all the same. I
could sing and whistle from end to end leading works by Handel,
Haydn, Mozart, Beethoven, Rossinni, Bellini, Donizetti and Berdi.[2]

　　학업이 끝날 무렵 나는 학교가 가르쳐 준 것을 아무 것도 몰랐
다; 그러나 동시에 나는 고도로 교양 있는 소년이었다. 나는 헨델,
하이든, 모짜르트, 베토벤, 루시니, 벨리니, 도니게티, 그리고 베르디
의 주요 작품들을 연결시켜 노래부르고 휘파람을 불 수 있었다.

　Shaw는 음악, 특히 보컬과 오페라 음악은 그의 소년시절에 있어서

---

1) Robert F. Rattray, *Bernard Shaw: A Chronicle*, (London, 1951) reprinted in
   Warren S. Smith (ed). Bernard Shaw's Plays, (New York, W. W. Norton &
   Company, Inc., 1970)
2) Warren. S. Smith (ed). *Bernard Shaw's Plays*, (New York, W. W. Norton &
   Company, Inc., 1970), p.304.

아일랜드의 황량함을 증오했던 그를 구하여 주기에 충분한 종교로서 좁은 아일랜드에 있어서의 유일한 힘이었다고 공언한다. 그의 예술적 감각은 그의 극작에서 최후의 열매를 맺었다고 볼 수 있다. Shaw자신도 자신의 음악적 유산이 자신의 예술적 발전에 얼마나 중요한 역할을 했던가 하는 것을 다음과 같이 밝히고 있다.

> My musical heritage is so important in my development that nobody can really understand my art without being soaked in symphonies and operas, in Morzart, Verdi and Meyerber, to say nothing of Handel, Beethoven, and Wagner, far more completely than the literary drama and its poets and playwright.[3]

> 나의 음악적 유산은 나의 예술적 발전에 매우 중요해서 모차르트, 베르디 그리고 메이어벌 그리고 헨델, 베토벤, 와그너는 말할 것도 없이 문학드라마에서나 시인이나 극작가보다도 더욱 완벽하게 심포니와 오페라에 빠져들지 않고서는 아무도 나의 예술을 진정 이해하지 못할 것이다.

이러한 말은 그의 작품에 나타난 직접적이고도 명확한 오페라의 영향이 사실임을 입증하는 보기인 것이다. Shaw의 연구가인 에릭 벤트리는 Shaw의 극 작품들이 동시대의 다른 작가들의 작품들보다 뛰어난 이유를 열거하면서 무엇보다도 음악적 기교를 최상위에 놓고 있다.[4]

본 논문에서는 이러한 근거를 바탕으로 Shaw의 극작품에 나타난 음악적인 구성을 살펴보려 한다. 그의 극작품 중 오페라적인 특징이 가장 두드러진 것은 Man and Superman의 제 3막 꿈의 장면인데, 이 극

---

3) St, Hohn Ervine, *Bernard Shaw: His Life, Work and Friends,* (London, Constable & Company Ltd., 1956), p. 555.

4) Eric Bentley, *Bernard Shaw,* (New York, W. W. Norton & Company Inc., 1976), p.131.

은 3막 전체가 모짜르트의 오페라 Don Giovanni의 구조와 인물을 그대로 답습하고 있으며, 두 작품의 구조는 평행을 이루고 있다. 이 꿈의 장면에 모짜르트의 오페라 음악을 배경으로 깔고 테너격인 돈 주앙, 바리톤 격인 데빌, 베이스격인 석상, 그리고 소프라노에는 안나를 등장시켜 문학적인 합주를 시켰다. 이 장면의 묘사는 연극적으로나 문학적으로나 음악적인 처리와 지적인 토론, 그리고 꿈의 환상을 요령 있게 융화시켜 다른 어떠한 희곡에서도 찾아볼 수 없는 Shaw특유의 면모를 보여 준다. 이것은 꿈의 장면에 미친 모짜르트의 영향을 두 작품의 구조를 비교하여 살펴보고 그의 극에 이용된 오페라의 배경을 주제적 효과와 연극공연의 개념에 끼친 영향을 살펴본다.

II. 본론

1. *Man and Superman*에 적용된 오페라적 구성원리

Bernard Shaw의 작품구성에 가장 큰 영향을 준 사람은 바로 위대한 작곡가 모짜르트이다. Shaw는 모짜르트가 그에게 작품구상의 기교를 가르쳐 주었다고 다음과 같이 말했다.

"In a certain sense, Morzart must always have been a model for me. Throughout the entire period of my career as a critic of music, I always thought and wrote of Mozart as a master of masters. The dream of a musician is to have the technique of Morzart. It was not his divine melodies but his perfect technique that profoundly influenced me. What a great thing to be a dramatist for dramatists, just as Morzart was a composer for composers!"[5]

"어떤 의미에서, 모짜르트는 나에게 항상 하나의 모델이었다. 음악비평가로서의 나의 전 경력을 통하여, 나는 항상 모짜르트를 대가 중의 대가라고 생각했다. 음악가의 꿈은 모짜르트의 테크닉(기법)을 가지는 것이었다. 이것은 신과 같은 그의 멜로디가 아니라 나에게 깊숙이 영향을 미친 완벽한 기법이다. 극작가로서 위대한 극작가가 되는 것은, 마치 모짜르트가 작곡가중의 작곡가였던 것과 같다."

소년시절에 돈 지오반니를 알고서부터 Shaw는 항상 그 오페라를 그의 멋진 작품의 모델로서 생각하고 있었다. Shaw에게 끼친 모짜르트의 기교의 영향에 대한 언급은 *Man and Superman*의 제3막 꿈의 장면6) 에서 찾아볼 수 있다. 여기에 모짜르트의 오페라 돈 지오반니는 주제, 인물, 그리고 작품의 구조 자체를 제공해주고 있다. 꿈의 장면은 모짜르트의 오페라의 인물을 이용하고 있을 뿐만 아니라 오페라 제1막의 순서인 독창, 이중창, 삼중창, 사중창까지도 사용함으로써 관중들이 인생의 목적에 대한 긴 토론에도 계속 흥미를 가지도록 유도하고 있다. 이 꿈의 장면에 모짜르트의 음악을 배경으로 깔고 테너격인 돈주앙, 바리톤격인 데빌, 베이스격인 석상, 그리고 소프라노격인 안나를 등장시켜 문학적인 합주를 시켰다.

꿈의 장면을 구성하고 인물을 배치하는데 돈 지오반니를 모델로 삼았던 Shaw는 실제로 어떤 음악적 기교를 사용했을까? 어떠한 것이 기교적으로 오페라의 극으로의 전용이 가능했을까? 음악 비평가에 따르면 모차르트의 조화로운 구성을 비롯한 인물배치의 기교는 특별한 효과와 특정인물을 위해 정해진 특정한 조음과 함께 특별히 조음들을 끊

5) Stanley Weintraub, SHAW: *The Annual of Bernard Shaw Studies, Volume Eight*, (The Pennsylvania State University Press, University park and London), p.39.
6) Bernard Shaw, *Man and Superman*, Don H. Laurence, Penguin Books, (New York)

임없이 조절하는 것이다. 예를 들면 D단조는 "극적인" 단조로서 서곡
이나 마지막 파멸과 같은 중요한 장면을 위한 것이고 F장조는 레포렐
로(Leporello)의 소개와 특징적인 "Buffo"의 독백으로 사용된다. 오페라
의 꿈의 장면간의 관계를 명확히 하기 위해서 Shaw는 모짜르트의 음악
을 장면과 행동, 그리고 성격의 발전을 돕기 위해 그대로 이용하였다.
지오반니 서곡의 단편들은 장면과 돈나안나를 소개해주고 석상의 특색
있는 트럼본 화음은 그의 출현을 알려준다. 악마는 지오반니의 아리아
를 부르면서 술과 여인을 환호하고 맞이하고 주앙의 비사교적인 태도
를 꾸짖는다. Shaw는 모짜르트의 오페라에서 구조적인 면에서의 질서
의 앙상블- 독창, 이중창, 심중창, 사중창 -에 매우 밀접하게 의존하고
있는데 이것은 생명력(lifeforce)과 죽음의 힘에 대해 논쟁하는 긴 토론
에 있어서 관중의 흥미와 즐거움을 계속 유지시키려는 목적을 위한 것
이다. 이러한 구조 패턴은 오페라의 음성그룹과 꿈의 장면을 비교함으
로써 가장 쉽게 나타난다.

　돈 지오반니(Don Giovanni)의 첫 장면의 시간은 밤, 서곡이 흐르면서
레포 렐로가 혼자 서성인다. 지오반니처럼 신사가 되고 싶다는 내용의
아리아를 독창으로 부른다. 꿈의 장면에서도 첫 장면의 시간은 역시
밤이며 돈 지오반니의 서곡이 흐르고 안나 혼자 대화한다. 오페라[7]에
서는 가면을 쓴 지오반니가 등장하는데 안나에게 쫓기고 있다. 안나는
지오반니에게 자신을 죽이기 전에는 도망갈 생각을 말라고 하는 이중
창이 이어지고 연극에서는 안나가 주앙을 우연히 만나 그녀 자신이 지
옥에 와 있는 것을 알고 낙담하면서 그녀가 생전에 행했던 착한 업적
이 모두 소용없게 되었다고 한탄하는 이중창을 부른다. 연이은 이중창
에서 기사장은 딸 안나를 구하기 위해 등장하여 지오반니에게 결투를

---

7) Wolfgang Amadeus *Mozart Don Giovanni*, (New York, 1964) 앞으로 본문에서
　의 오페라가 지칭하는 것은 Don Giovanni를 말한다.

청한다. 연극에서는 석상이 지옥에 내려와 주앙에게 회개를 했는지 물어보는 장면으로 오페라에서의 육체적인 결투와 석상과 주앙간의 언쟁이 서로 평행을 이룬다. 최초의 극적 순간은 기사장이 결투에서 죽는 것과 석상이 영원히 떠났다고 주앙에게 대답하는 것이다. Don Giovanni와 꿈의 장면의 구조를 비교하면 다음과 같다. 왼쪽은 모짜르트의 돈 지오반니이고 오른쪽은 Shaw의 꿈의 장면이다.

Don Giovanni	구조비교	꿈의 장면
Scene I Overture		Don Giovanni Overture
Night. Leporello		Night. Anna alone,
alone, pacing.	독창	wandering
Aria about his		
desire to	(little noises)	
be a gentleman.		
(hide)		
Enter masked		
Giovanni,		Anna encounters Juan
persued by Anna.		
Anna: Do not expect		
me to ever let	이중창	Anna: Execuse me... this
you escape		place is so awful.
unless you kill me.		
Giovanni: Foolish woman!		Juam: A newcomer?
You shall not know		
who I am.		Anna: Yes···· Where are we?
		Juan: In Hell····
		Anna: All my good deeds
		wasted!
(repeats)		
Enter Commander	이중창	Enter Statue
Commander: "Leave her		Statue: "Have you repented

be and deal with me
Giovanni:"I will not stop 육체적인
to fight with you." 결투와
　　　　　　　　　　언쟁의 대조

　　　　　　(duel) 최초로 절정에
　　　　　　　　　　이르는 순간
Commander dies. 이중창
Anna:Let me die too!
Ottavio You have a
husband and 독창
father in me.

yet" ?
Juan: "You would have
no excuse for coming here
from Heaven to
argue with me..."
Statue: "I have left Heaven
forever."
Anna: Why doesn't every
body go to heaven?

Devil: It is a question of
Temperament....

안나, 옥타비오, 지오반니의 삼중창에서는 지오반니가 기사장을 죽인 원수인줄도 모르는 두 사람은 지오반니에게 우정을 보여 달라고 호소하다가 안나는 그가 원수라는 것을 알고 실신한다. 이와 구조가 평행되도록 그에서는 주앙과 안나, 그리고 데빌이 삼중창으로 인생에 관에서 논한다. 지오반니와 엘비라 그리고 안나와 옥타비오의 사중창으로, 지오반니와 앨비라는 서로를 사기꾼, 미친 여자라고 주장한다. 극에서는 주앙, 석상, 그리고 데빌과 안나가 여자와 예술에 관해서 논한다.

안나의 침실에 지오반니가 침입했던 상화를 옥타비오에게 설명하는 이중창과 극에서는 안나와 주앙이 여성의 정조에 대해 말하면서 안나는 12명의 남편을 가지되 자녀는 한 명도 안 가질 수 있었다고 말한다. 이 부분은 정숙에 관한 주제로서 평행을 이룬다. 이하에는 오페라에서는 사중창인데 비해 극에서는 삼중창의 구조로 되어있다. 돈 지오반니의 마지막 부분을 꿈의 장면의 시작부분으로 도입하면서 Shaw는 플롯을 내세로 옮겨 오페라와 비슷하게 되도록 논리적인 연속성을 발전시켜나갔다. Shaw는 인물들을 그의 목적에 맞게 변환시키면서 기본적인

인물들인 돈주앙과 석상 그리고 안나를 채택하였고 정조유린보다 우생
학적인 주제를 강조하면서 엘비라는 제외하였다.

지오반니의 성격에서 광란적인 요소는 제거하고 거기에 레포렐토의
희극적인 역할을 덧붙였으며 레포렐로와 유사한 데빌을 창조해내어 주
앙에게 복종하도록 했으며 레포렐로의 성격을 위선적인 것으로 만들었
다. 그러나 오페라에서 바람둥이 기질의 주앙을 꿈의 장면에서 철학가
와 같은 수준으로 바꾸기 위해서는 어쩔 수 없이 주앙의 성격의 폭이
좁혀진다. 그는 더 이상 모짜르트의 전통적인 돈주앙의 기본적인 요소
인 관능의 화신은 아닌 것이다. Shaw는 가능한 한 모짜르트의 세 가지
주요한 희극적 요소를 적용시켰다. 첫째, 레포렐로가 돈 주앙처럼 신사
로 행세하려는 속물근성적인 욕망은 드라마에서는 악마로 바뀐다. 둘
째, 레포렐로가 지니고 있는 명단에는 돈주앙이 정복한 여자들의 이름
이 적혀있는데 이것은 데빌의 죽음의 예술에 대한 연설과 "내가 알고
있는 가운데 가장 둔한 개들"[8] 이라고 하는 데빌의 친구들에 대한 주
앙의 연설에 이용되고 있다. 세 째, 관객의 예상을 뒤집는 수법을 매우
자주 사용한다. 예를 들면 지옥은 실재로 존재하지 않는 안락과 기쁨
의 일곱 가지 큰 미덕 (deadly virtues)의 고향이라고 표현한 것과 등장
인물의 배역을 설정 한 것에도 나타나 있다. 예를 들면 오페라에서 돈
주앙은 여자들을 쫓아다니지만 드라마에서 주앙은 안나에게 그를 추적
하지 말라고 말하는 것 등이다.

Shaw가 모짜르트의 기교 중 가장 중요하게 취급한 것은 구조이다.
돈 주앙 전설은 일단 별문제로 하고 그는 돈 지오반니 1막의 구조를
따랐으며 독창, 이 중창, 삼중창, 사중창의 기교를 적용시켜 적절히 배
열함으로써 그의 목적을 달성하는데 이용했다. 그러나 모델을 세밀하

---

8) Stanley Weintraub, Shaw: *The Annuual of Bernard Shaw Studies, Volume Eight*
(The Pennsylvania State University Press), p.51.
Juan이 악마의 친구들을 "the dullest dogs I know" 라고 연설하는 부분

게 따르면서 오페라와 같은 흥미와 전개를 이룩했다.

Shaw는 그의 극에 곡을 지정하여 음악의 연출지시를 명확하게 하는데 그 의 음악에 대한 관심이 크고 조예가 깊음을 엿볼 수 있다. Shaw 는 모든 예술 표현 가운데서도 오페라를 유일한 열정의 드라마로 생각하였으며 음악은 그 열정을 관객들의 가슴속에 전해주는 것으로 그것은 언어로는 꿈도 꾸지 못 한다고 생각하였다. Shaw는 모짜르트의 작품에서 사용된 음성군과 리듬 등을 적절히 이용함으로써 자신의 진지하고 심각한 사상을 관객에게 전할 뿐 아니 라 즐거운 공상을 제공하기도 하였다. 돈 지오반니는 Shaw의 작품이 20세기 초의 극작품이 문학과 음악적 기술이 합치된 보다 폭넓은 연극으로 발전할 수 있도록 그 방법과 기틀을 제공해 주었다.

2. 극예술에 나타난 음악과 오페라적 배경

Shaw는 그가 어릴 때부터 배웠고 런던에서 음악 평론가로 활약할 때에 dlrgusTes 오페라 , 심포니, 소나타, 오라토리오 등 음악의 여러 형식을 극작 품의 구성에 이용하였다. Shaw의 극에 있어서 음악과 오페라적인 배경은 최소한 네 가지로 분류된다. 첫째로, 그는 직접적으로 오페라의 구조를 이용하는데 이것은 앞에서 살펴본 것처럼 *Man and Superman*에 잘 나타나 있다.

Shaw의 극예술에 오페라가 끼친 두 번째 영향은 등장인물의 배역을 형성 하는데 있다. 오페라에서는 등장인물의 부류와 등장인물의 균형은 보통의 일 반적인 극에서처럼 주로 나이나 신분이나 희극적 또는 비극적 자질에 의하여 결정되는 것이 아니다. 목소리가 가장 중요한 기준이 된다. Shaw는 등장인물 들의 배역을 짤 때는 목소리의 균형을 가장 중시한다. 자신의 모든 극에서 개 개의 배역과 개개의 장면을 생기와 조화라는 관점에서 가능한 판 최선의 목소 리의 범위와 균형을 짜임새 있게 짜 맞추려고 한다. 자신의 극을 연출하는 연 출자에게 Shaw는 배역을 고르는데 있어서 배우가 그 극을 충분히 이해하고 있느냐의 여부는 큰 기준이 안된다고 말한다. 그들의 나이와 개성은 그 배역 에 들어맞아야 하지만 각 배역을 맡은 배우들의 목소리는 같아서는 안된다고 강조한다.

> In selecting the cast no regard should be given to whether the actors understand the play or not <players are not walking encyclopedias>; but their ages and personalities should be suitable, and their voices should not be alike. The four principals should be soprano, alto, tenor, and bass. Vocal contrast is of the greatest importance, and is indispensable for broadcasting.[9]

> 배역을 고르는데 있어서 그 배우가 그 극을 충분히 이해하고 있느냐 그렇지 않느냐는 고려되지 않는다. <배우들은 걸어 다니는 사전이 아니다> 그러나 그들의 나이와 성격은 적합해야 하고 그들의 목소리는 비슷하면 안 된다. 4개의 기본은 소프라노, 앨토, 테너, 그리고 베이스가 되어야만 한다. 음성적 대조는 가장 중요한 것이며 그리고 방송에 있어서 필수 불가결한 것이다.

그리고 연출자는 모든 대사가 속도나 ,어조, 어투, 음조의 고저 등이 가능한 한 대조적인 것이 되도록 연출해야 한다고 충고한다. 그래서 [연극적 대사](dramatic dialogue)가 [서사적 서술](epic narrative)과 다르게 해야 한다는 것이다.

Shaw는 인물의 배역을 정하는데 있어서 모든 극에서 소프라노, 앨토, 테너, 그리고 베이스의 주도적인 4중창으로 정확하게 맞추지는 않

---

9) Martin Meisel, *Shaw and the Nineteenth-Century Theater*, p.309.

왔다. 비록 몇 편의 그의 극들은 사전에 잘 준비된 것도 있다. 그들 극 중 명확한 오페라의 4중창으로 이루어진 작품은 *Major Barbara* (Barbara, Lady Britomart, Cusins and Undershaft), *Heart break House* (Ellie, Hesione, Hector and Shotove) 그리고 The Dark Lady of The Sonnets (the Dark Lady, Queen Elizabeth, Shakespeare, the Warder)등이다. 그러나 거의 모든 극의 각 배역과 각 장면에서 Shaw는 활력과 조화를 위해서 목소리의 음역과 조화를 최대한 달성하려고 하고 있다.

Shaw의 극예술에 나타난 음악과 오페라적 요소가 갖는 세 번째 특징은 장면의 구성과 편성 및 그 연속성에 있다. 장면의 조직과 편성에는 목소리가 균형이 잡히고 배열이 고른 배역이 요구된다. 대사는 또 음악처럼 흘러 나와야 한다는 것이다. 언젠가 한번은 Shaw가 여러 사람 앞에서 Saint Joan의 대사를 읽어준 적이 있는데 그때 사람들은 악보를 보고 연주하는 법을 직관적으로 아는 훌륭한 연주자의 음악을 듣는 것 같다고 생각했다. 각각의 대사들은 모두 음악처럼 흘러나왔고 각 인물들은 오케스트라의 각각의 악기와 같다고 느껴졌다. Shaw는 이 극의 모든 장면을 오페라처럼 구성했기 때문에 오케스트라의 연주처럼 대사를 읽었던 것이다. Shaw는 자신의 극의 음악적 기교에 대해 다음과 같이 말한 적이 있다.

> Opera taught me to shape my plays into recitatives, arias, duets, trios, ensemble finales, and bravura pieces to display the technical accomplishments of the executants, with the quaint result that all the critics, friendly and hostile, took my plays to be so new, so extraordinary, so revolutionary that the Times critic declare they were not plays at all as plays had been defined for all time by Aristotle. The truth was that I was going back atavistically to Aristotle, to the tribune stage, to the word music of Shakespeare, to the forms of my idol Morzart[10)]

오페라는 나에게 나의 극을 연주가의 기교적 완성을 나타내도록
레시타티브, 아리아, 듀엣, 트리오, 앙상블 피날레, 그리고 부라보 작
품으로 형태 짓는 것을 가르쳐주었다. 이것은 별난 결과를 가져왔는
데 모든 비평가들은, 우호적으로 그리고 적대적으로, 나의 연극을
매우 새로운 것, 예외적인 것, 아주 혁신적인 것으로 생각했다. 타임
지의 비평가는 평하기를 그 연극들은 아리스토틀이 정의 내렸던 연
극들이 결코 아니라고 했다. 사실은 나는 격세 유전적으로 아리스토
틀에게 돌아가고 있는 것이었고 연단으로, 셰익스피어의 언어음악,
나의 우상 모짜르트의 형식으로 돌아가던 것이었다.

Shaw는 종종 필요한 목소리의 자질에 따라서 자기의 극의 배역을
정했을 뿐만 아니라 극의 장면들을 오페라의 서창조(recitative)와 아리
아, 그리고 목소리의 앙상블을 위하여 구성하였던 것이다. 그는 셰익스
피어 극도 음악적 형태와 오페라적 형식으로 이해하려고 하였다. Shaw
의 기교는 소단원에서의 주역이 다른 사람에게 주역을 넘겨주기 전에
말의 반복된다는 패턴을 통해서 등장인물이 주역을 되찾도록 허락하는
것이다. 그 실례가 Mrs. Warren의 제2막 시작 부분으로 와렌 부인은 네
가지 목소리를 모두 이끈다. 4중주의 목소리는 목사의 힘없는 베이스,
크로프트의 비음 섞인 바리톤, "강인한 체격에 기대했던 것 보다 더
높고 날카로운" 프랭크의 테너 그리고 와렌부인의 앨토이다. 프랭크
가 주역으로 되면서(p.197) 대화는 특색을 을 이루는 양상으로 변한다.

> BASS 깜짝 놀라 일어선다.
> Baritone (동의)
> Tenor 매력적이고 조용함
> Alto 사려 깊게

---

10) Vincent Wall, *Bernard Shaw, Ann Arbor:* The University of Michigan Press,
1973 p.25.

BASS 놀라서
  Bariton [동의]
  Alto 화가 나서
  Bass [슬프게-주역을 잃는다.
ALTO 도전적으로
  Bass 어쩔 수 없이 의자에 주저 않는다.
  Tenor [계속해서 동요하지 않으며]
  Baritone 일어서서 결심한 듯이 눈살을 찌푸린다.
ALTO 그에게로 재빠르게 돌아서며
  Tenor 그의 가장 멋지고 열광적인 억양으로
  Baritone [주역 자리에 대한 그의 도전을 정당화하며]
  Bass (바리톤을 지지하며) - 와렌 부인 얼굴을 떨군다.[11]

    Shaw는 음악과 오페라의 개념상의 구조에 있어서 음성, 배역, 그리고 장 면 뿐만 아니라 장면의 연결이 일체가 되는 연극을 구상했다. 극예술에 끼친 Shaw의 음악과 오페라적 경험 중 네 번째 것은 연극공연의 개념에 대하여 끼친 영향이다. 1920년까지 Shaw는 그 자신이 연출가였다. 그가 쓴 작품 속에서 인물의 광범위한 묘사와 거의 모든 대사에서 삽입구를 사용한 성격묘사가 나타나있는 것은 Shaw가 연출가로서 극을 공연하려던 것을 독자를 위해 다시 제작하려고 시도했기 때문이다. Shaw가 참으로 애석해 하는 것은 그가 소망했던 대로 후손에게 물려줄 수 있는 그의 극작품들은 음악적 수사기법이 부족하다는 것이다. 비록 Shaw는 적당한 수사적인 기법을 발전시키고자하는 소망은 가지고 있지 않았지만 그가 연기자들에게 지시 할 때는 음악 용어을 사용했다. "Shaw는 Superman의 제 3막 꿈 장면에서 돈주앙에 주석을 달았는데 책의 여백은 4분 음표들, "점점 세게"라는 지시 그리고 2분 음표들로 가득 차 있었다. G음자리표, F음자리표, 그리고 "매우 부드럽

---

11) Martin Mesel. p.313.

게"라는 지시 등으로 가득 차 있었다"라고 Winifred Loraine은 연기자인 그녀의 남편의 전기에서 기술하고 있다. 그는 공연할 메 기본이 되는 필요한 음악 아이디어를 빌렸고 필요로 하는 장면과 대화에 필요한 행동을 채워 넣었다. 이것을 Shaw는 다음과 같이 말하고 있다.

> It is only when a thought interpenetrated with intense feeling has to be expressed, as in the Ode to Joy in the Ninth Symphony, that coherent words must come with the music.[12]

> 긴밀하게 결합된 언어는 반드시 음악과 함께 라야 한다는 것은 강렬한 감정이 이입된 생각을 표현할 때뿐이다.

Shaw의 작품에 나타난 음악적 요소는 곳곳에서 발견할 수 있으며 그의 사상의 주제와 멜로디로 표현하고 있는 주제가 항상 일치하고 있음을 알 수 있다. 이러한 음악요소들은 그의 음악적 재능을 작품에 나타내고자 한 열의의 실례가 아닌가 추측한다. Samuel Beckett 또한 그의 작품에서 음악적 요소를 매우 중시하고 있음을 알 수 있는데 Shaw에게서 어떤 영향을 받았는지 연구해 볼 만하며 드라마와 음악과는 불가분의 관계로서 극에 알맞은 음악이야말로 극적 효과를 증대시킬 수 있을 것이다.

---

12) Martin Meisel, *Drama and Opera*, p. 319.

Ⅲ. 결론

Shaw는 모짜르트의 오페라 돈 지오반니를 들은 이후로 음악이 없는 드라마는 장래성이 없다고 말할 정도로 오페라에 심취했으며 특히 모짜르트에게 반해 그 영향이 Shaw의 작품에 그대로 나타나 있음을 살펴보았다.

*Man and Superman*의 제3막 꿈의 장면의 구조와 인물은 모짜르트의 오페라 돈 지오반니의 구조와 인물과 평행을 이루고 있고 배경음악도 모짜르트의 곡을 사용하고 있다. Shaw는 극을 창작할 때 음악적인 기교와 오페라적인 면을 개발하여 이를 자기의 극에 활용하였다. 그는 극에서 배역을 짜는데 있어서 뿐만 아니라, 장면을 구성하고 대사를 만들어 내는데 있어서도 오페라적인 목소리와 오페라적인 구성의 개념을 도입하였다. 뿐만 아니라 오페라 공연에서 기본적으로 바탕에 깔린 음악적 아이디어를 오페라에서 빌려와서 자기 극의 극중장면과 대화가 요구하는 공연에 주입시켰다. Shaw가 음악을 자신의 극작에 많이 이용했다는 사실은 그의 예술에 대한 설교적 이론이 단순히 어떤 메시지를 전할려는 욕구만이 아니라는 것들 나타낸다. 순전히 음악만으로는 Shaw가 전하고자하는 메시지를 전달할 수는 없으나 음악은 여러 가지 열정과 격정을 관객과 청중의 가슴속에 생생하게 불어 넣을수 있다. Shaw의 극에 있어서 음악과 오페라적인 배경은 네 가지로 분류된다.

첫째로 그는 오페라의 구조를 직접적으로 사용했다.

두 번째의 영향은 등장인물의 배역은 목소리를 가장 중요한 기준으로 삼은 점이다.

세 번째 특징은 장면의 구성과 편성 및 연속성에 있다.

네 번째, 연극공연의 개념으로 인물의 광범위한 묘사와 거의 모든 대사에서 삽입구를 사용한 성격묘사가 나타나 있다.

Shaw는 자기의 딱딱하고 지루하기 쉬운 사상극(drama of idea)을 재치있 고 깊이 있는 대화와 흥미 있는 토론과 더불어 이러한 음악적인 요소와 오페라적인 기법을 통하여 멜로디의 주제와 사상의 주제를 일치 되게 하여 극을 볼 수 있게 하였다.

BIBLIOGRAPHY

Warren S. Smith, *Bernard Shaw's Plays*, New York: W. W. Norton & Company, Inc.,1970.

Stanley Weintraub, *Shaw/The Annual of Bernard Shaw Studies, Volume Eight*, The Pennsylviania State University Press, University Park and London. 1985.

_____, *The portable Bernard Shaw*, The Viking portable Library, Pengin books, 1963. Shaw, George Bernard, *Man and Superman*, New York: Penguin Books. 1965.

_____, *Arms and the Man*, New Yok: Penguin Books 1965.

_____, *Major Barbara*, New York: Penguin Books. 1963.

_____, *Mrs.Warren's Profession*, New York: Penguin Books. 1963. Bentley, Eric, *Bernard Shaw*, New York: W.W.Norton & Company Inc., 1976.

Wall Vincent, *Bernard Shaw,* Ann Arbor: The University of Michigan Press, 1973.

Wolfgang Amadeus Morzart, *Don Jiouanni*, translated and introduction by Ellen Bleiler(New York, 1964)

Robert F. Rattray, *Bernard Shaw: A Chronicle*, (London,1951) reprinted in Warren S. Smith(ed). Bernard Shaw's Plays, (New York, W. W. Norton & Company, Inc.,1970)77

St.,John Ervine, *Bernard Shaw : his Life, Work and Friends* (London, Constable & Company Ltd.,1956)

Martin Meisel, *Shaw and the Nineteenth-Century Theater*

_____, *Drama and Opera.*

A Study on The Musical Composition in G.B. Shaw's Plays

Kim soon-ja

The Purpose of this study is to demonstrate Musical elements in some of Shaw's plays. According to Shaw nothing could carry the passions into the heart more vividly than music. It was quite natural, then, for him to try to bring the world of music to his playwriting.

The Third act, the dream scene, in Man and Superman is the most typically Shavian in this regard, for which he used Mozart's Don Jiouanni in theme, characters, and structure. The third act not only utilizes Morzart's characters but also follows the opera's Act I sequence of solos, duets, trios, and quartets. And he sustains audience interest in the long debates on the purpose of human life.

It is clearly seen that the relevance of Shaw's operatic background in his drama is fourfold. First he uses direct operatic allusion, by way of attacking on romantic sentiment. He exploits operatic conceptions in producing scene and dialogue, forming them as overtures, arias, ensembles, and duets. The second aspect of his operatic background was in the forming of his casts of characters. In opera, range of character and character balance were not decided, as in drama, chiefly with reference to age, station, and comic pathetic quality; they were rather concerned with voice. The third influence was in the composition, instrumentation, and succession of scenes. The composition and instrumentation of scenes was the first practical consideration which required that cast be vocally ballanced and distributed. The forth was the effect on his notions of acting or performance. Mozart's varied structure-his vocal groupings and rhythms-helped provide a vehicle conveying Shaw's ideas in a serious but entertaining fantasy. And in Shaw's some other works there are various music words, musical notes and directions which reflect his passion for music. Don Jiouanni provided both the methods and framework to Man and Superman's dream scene.

Shaw's entire playwriting career was directed toward the creation of a drama of impassioned thought, a heroic drama of ideas.

현대 연극에서의 고전과 신화의 의미

김 상 교*

Ⅰ. 개요

데이비드 콜(David Cole)은 그의 책 『연극이벤트의 미학』(The Theatrical Event: A Myths, A Vocabulary, A Perspective)에서 "우리 시대의 연극은 연극이라는 유형의 사건을 수용하지 않으려는 반발적 태도에 의해 특성화된다"[1]고 주장하였다. 이 같은 콜의 주장은 20세기의 가장 지배적이면서 영향력 있는 연극 형태는 한 가지의 관습이나 형식으로 그 범위를 규정할 수 없다는 '다양성'에 근거하고 있음을 반영한다. 이 '다양성'은 오늘날 우리 사회의 한 단면을 보여주는 것이기도 한데, 20세기 중기 이후의 연극에서 그 다양성의 방향은 과거에로의 복귀 내지는 제의와 연관되어진 방향으로 집중되고 있다.

제의는 연극의 근원적 시발점으로서, 태초의 연극은 사실 어떤 국가나 민족을 막론하고 제의적 종교 행사로부터 시작되었다는 것이 일반적인 견해다. 원시적 종교 행사를 통해 신화가 만들어지고 제의로 발전하면서 이 제의는 다시 연희의 형태로 자리 잡게 되었다. 즉 인간 조

*동아방송대학 연극영화과 교수
1) 데이비드 콜(허동성), <u>연극이벤트의 미학</u>(서울: 현대미학사), 1995, p.193.

직의 발전과 더불어 신화적 세계가 우의적이고 비유적인 것으로 자리 잡기 시작하면서, 제의는 신화로부터 멀어지게 되고 오락으로 예술의 형태로 변화되면서 연극이라는 것이 탄생하게 된 것이다. 이처럼 제의 적 종교 행사로부터 탄생한 연극은 인류의 발전과 더불어 놀이적 형태로 발전하면서 그 시대적 특성에 맞는 고유의 관습과 형태를 가지기 시작했고, 이 고유의 관습과 형태는 '형식'을 만들게 되었다. 이 '형식' 이라는 것은 최소한 20세기로 접어들기까지는 일정 기간 그 시대적 특성과 함께 하면서 독특함을 유지해 왔다.

그러나 20세기-특히 20세기 중·후반기-로 접어들면서 연극은 복합적인 사상과 형식들이 동시에 나타나면서 20세기 이전보다 다양하고 복잡한 형식으로 발전되었다. 즉 단계적인 발전을 보여왔던 이전과는 달리, 20세기 이후의 극 형식의 발전은 복합적이고 다양한 형식들이 동시다발적으로 나타났다가 사라지곤 했다. 문학적 연극(언어 연극)을 대안하려는 신체 중심의 연극, 서양 중심의 연극을 대안하려는 동양 문화와 동양 각국의 민속 연희의 재평가, 이를 바탕으로 한 상호 문화적 공연(inter-cultural performance) 개념의 등장, 편협적 개념의 연극적 틀을 '공연 이벤트'(performing event) 또는 '사회극'(social drama)이라는 포괄적 개념으로 확대시키기 위한 '공연학'·'인류학'적 접근들, 전통적인 수용 미학의 자세를 거부하고 공연자 자신의 의식 발전을 도모하는 '심리 치료학'적 공연들, 일관된 스토리의 흐름보다는 윌슨(R. Wilson) 의 연극에서와 같이 의미의 여백-해석의 다양성-을 강조하는 '다음적'(multivocal) 공연들, 연극의 원형적 개념들을 회복하기 위한 원시문화와 원시종교에 대한 새로운 연극적 접근, 고전 작품(특히 고대 그리스 연극과 셰익스피어의 연극들)의 재평가를 통한 고전의 현대적 해석 또는 고전의 제의적 접근 등은 20세기 이전의 연극 형식 전체보다 더 많은 형식-개념-들이 20세기의 연극에서 나타나게 되었음을 의미한다.

이 연구에서는 이렇게 많은 20세기 연극의 다양한 특성들 중 고전극의 현대적 수용에 대한 방법과 특성을 중심으로 현대 연극의 특성을 고찰해 보고자 한다. 그것은 현대 연극, 특히 기존의 연극들에 대해 수없이 많은 문제를 제기하고 이를 통해 새로운 개념을 연극을 탐구했던 선구적 연극 실천가들의 공통적인 관심사가 '종교'·'신화'·'제의'라는 개념에 집약되는 현상을 보여주었고, 이러한 개념들을 탐색하는데 있어서 고전 작품의 수용은 고전적 신화를 현대적 제의로 회복하려는데 있어서 중요한 수단이 되었다고 판단하기 때문이다. 즉 세기 전환기의 주된 연극적 사건은 고전적 연극이나 원시 제의적 연극으로 회귀하려는 경향을 보여주고 있다는 것이다.2) 이를 위해 고전 드라마 속에 숨겨져 있는 신화적 의미와 해석의 다양성은 현대의 많은 연극인들이 미래 연극이 나가야 할 방향성을 정립하고 실험할 때 초미의 관심을 가지는 부분이었다. 그러니까 현대 연극의 중요한 특성 중의 하나가 고전극에서와 같이 종교 내지는 제의와 연관되어진 것인데, 이것을 실험하기 위해서는 필연적으로 자연 법칙의 환경적 속성에 기인했던 근세기의 연극보다는 신화와 종교적인 속성과 연관되어 있었던 고전 드라마에서 그 활력을 되찾고자 한다는 것이다. 하지만 이 연구에서 모든 고전극을 탐색할 수는 없는 일이다. 따라서 고전극 수용의 일반적 특성을 우선 살펴 본 후, 현대의 연극 실천가들이 가장 큰 관심을 보여왔던 희랍 극과 셰익스피어 극에 한정된 몇 편의 작품들을 통해 고전과 신화의 현대적 수용 방법과 특성을 고찰하고자 한다.

---

2) 여기에 관한 논의는 이미 많은 연극실천가들과 연극학자들에 의해서 연구된 바 있다. 아르토·그로토우스키·주네·빅터 튜너·셰크너·피터 브룩 등의 작품과 저술에서 '제의'·'종교'·'신화'라는 용어는 중요한 연극적 개념으로 자리 잡게 된다.

II. 고전작품 수용의 일반적 특성과 유형

1) 일반적 특성

현대연극에서, 특히 일반적으로 아방가르드라는 영역으로 분류되는-분류되었던-일군의 작가들과 작품들에서 보면, 고전 작품들은 최초의 작가들이 묘사한 방법들을 그대로 받아들이지 않는 경향을 보여왔다. 이들은 고전의 순수한 재현을 목적으로 하기보다는 현대적 감각으로 포장하고자 한다. 그들은 줄거리의 뼈대나 핵심적 사상의 변용, 또는 콜라주 기법을 통해 해체 구성 내지는 번안적 형식으로 수용하는 경향을 보이고 있다. 따라서 이들의 고전작품 수용은 원작 자체의 충실한 재현에 목적이 있는 것이 아니라, '현대적 변용' 방법으로 이용한다. 고전의 변형자들은 고전 작품이 가지고 있는 여백미와 깊이를 자신들의 특수한 목적을 위해 변용하고 때론 기본적인 줄거리·인물 성격·플롯의 연결·테마성 등에 있어서 원작이 가지고 있는 의미와 무게를 부분적으로 변용 하거나 아예 무시해 버리기도 한다. 즉 고전을 단순히 인물의 이름, 극의 시대적 배경만을 변화시켜 원작의 의미는 살려두되 전체적인 공연의 감각을 현대화하는 경우가 있고, 아예 원작 자체의 의미와 극적 무게가 완전히 변질되어 버리는 경우도 있다.

예를 들면, 브레히트의 「코리올라누스」(*Coriolanus*, 1952)의 번안이나 톰 스토파드(Tom Stoppard)의 「로젠크렌츠와 길덴스텐은 죽다」(*Rosencratz and Gildensten Are Dead*, 1966)와 같은 작품들은 당대의 정치적·철학적 문제를 반영하기 위하여 번안의 방법을 취하였다. 반면 <리빙씨어터>(Living Theatre)의 「안티고네」(*Antigone*)와 같은 작품들은 원작의 구조는 물론 인물들까지도 거의 새롭게 창조된 것이나 다름없다. 따라서 구조적 문제에 있어서는 그것이 단지 당대의 사회적·철학적 문제만을 반영하기 위해 본질은 변화되지 않은 채 외형적인 부분-예를 들면 인물의 이름, 극의 시대적 배경 등-만이 변화되어지는 경우와 고전의 의미가 거의 새롭게 재 탄생되어지는 경우로 구분해 볼 수 있다.

하지만 그 목적은 구조적 문제보다 훨씬 복잡하다. 목적의 측면에서 고전 작품을 수용하는 유형들을 개략적으로 고찰해 본다면 아래와 같이 분류해 볼 수 있을 것이다.

첫째, 당대의 정치적 배경을 반영하려 한다는 점,
둘째, 문화적 차이에 따른 새로운 해석 또는 상호 문화적 관점을 반영하려 한다는 점,
셋째, 인간의 원형·본질 또는 원초적인 것에 대한 접근 방법으로 활용한다는 점,
넷째, 고전의 수용을 통해 현대적 제의와 신화적 문제에 접근하고자 한다는 점,
다섯째, 개인의 의식 발전을 위한 '자아반영' 또는 '자기 성찰'의 수단으로 활용한다는 점[3],
여섯째, 당대의 철학적 기반을 반영하려 한다는 점으로 구분해 볼 수 있다.

그러나 위의 다양한 목적들은 상호 보완적이어서 단 한 가지만의 목적을 위해 고전이 수용되는 경우는 드물다. 그것은 고전의 수용이 정치적인 동시에 인간의 원형에 대한 탐구가 동시에 이루어지는 경우가

---

3) 특히 Corrigan은 미국의 아방가르드 또는 '대안연극'을 분석하면서, 이들이 이전의 연극과 가장 큰 차이점을 보이고 있는 것 중의 하나가 "공연자 자신의 의식을 확장시키기 위한 수단으로서 연극을 이용한다"는 점을 지적하고 있다. Robert W. Corrigan, "The Search for New Ending: The Theatre in Search of a Fix", Theatre Journal Vol 36(1984), p.156.

있고, 당대의 철학적 기반을 반영하는 동시에 상호 문화적인 공연이 있으며, 상호 문화적인 동시에 원시적이고 제의적인 공연도 있기 때문이다.

크리스토퍼 인네스(Christopher Innes)는 현대 연극에서 고전 작품을 수용하는 다양한 목적을 크게 두 가지의 관점으로 함축해서 관찰하고 있다. 인네스는 그의 『Avant-Garde Theatre: 1892-1992』에서 셰익스피어를 대상으로 금세기 중반 이후에 진행되었던 셰익스피어의 번안물들을 관찰하면서, 현대 연극에서 셰익스피어 극을 수용하는 첫 번째 이유를 소위 '셰익스피어 극의 현대화'에 두었고-루비 콘(Ruby Cohn)의 주장을 인용함-두 번째 이유로는, 원시적이거나 신화적 요소들을 강조하기 위해 셰익스피어를 수용한다고 주장했다.4) 인네스가 주장하는 셰익스피어의 현대화 또는 원시적이고 신화적인 것의 강조는 비단 셰익스피어극에만 해당되는 것이 아니다. 이런 현상은 현대 연극에서 수용되고 있는 많은 고전 작품들에서 공통적으로 나타나고 있는 특성이기도 하다. 즉 현대 연극에서 고전작품을 수용하는 많은 유형들은 대부분 이두 가지의 범주 속에 통합된다. 동시에 현대성과 원시·신화적 속성역시 한 가지의 영역에서 통합될 수도 있다.5) 루비 콘 역시 고전적 신화가 현대 연극에서 수용되고 있는 이유를 "무용(無用)하고 무정부적인 거대한 파노라마와 같은 현대 역사에 위해 신화는 질서와 통제 그리고그 모양과 의미를 부여하는 간단한 방법"6)이라고 하면서 현대성의 의미와 신화의 의미가 상호 관련성이 있음을 주장하기도 했다.

---

4) Christopher Innes, Avant-Garde Theatre: 1892-1992, 1st(London: Routledge, 1993), p.193. 參照.
5) 그것은 현대 연극에서의 '현대성'의 개념 속에는 인간의 원형·본질에 대한 탐구와 제의적인 개념이 포함되는 경우가 많기 때문에 자연스럽게 현대성과 원시·제의적 요소는 한 영역에서 통합될 수 있다.
6) Ruby Cohn, Current in Contemporary Drama, 1st(London: Indiana Uni-Press, 1971), p.86.

우선 고전의 깊이와 개방성은 현대성과 신화적 차원을 동시에 관찰할 수 있도록 하는 원동력이 된다. 대부분의 고전 작품들은 그 깊이감으로 인해 다양한 관점으로 해석되어질 수 있다. 대부분의 고전극들은 근대극들에 비해 개방적이며 다의적(多意的)이다. 고전 작품 속에 등장하는 신화적이고 영웅적인 인물들은 현대 사회에서 또는 전 인류의 역사를 통해 인류의 가장 근원적인 문제들에 대한 철학적 접근 가능성(인간의 원형적 본성들에 대한 접근 가능성)을 열어 놓고 있다. 예를 들면, 살인·근친상간·권력 투쟁·윤리와 도덕·제도적 테두리와 본능적 특질들의 대립 등에 대한 다양한 접근이 가능하다. 뿐만 아니라, 무대 기법이나 구조적인 문제에 있어서도 다른 시대, 특히 근세기의 작품들에 비해 소위 변형의 가능성을 폭넓게 열어놓고 있다. 다시 말해, 고전 작품 속의 신화적이고 영웅적 인물들은 어떤 유형으로든 변화되어질 수 있고, 구조적 문제에 있어서도 어떤 형식으로든 변경되어질 수 있다는 것이다. 따라서 고전 작품을 수용하는 현대의 연출가들은 고전 작품을 복합적인 동시에 다층적으로 열려있는 작품으로 관찰한다. 고전은 세대에 따라 그 의미의 변화 가능성을 항상 열어놓고 있으며, 고전을 이미 확정된 걸작으로 생각하거나 폐쇄된 서가용 작품으로 인정하지 않는다. 대신 현대적으로 철저하게 생각하고 다시 해석해야 될 시발점으로 파악하게 된다. 즉 현대 연극에서의 고전은 현대 사회를 이해하고 정의하고 평가할 수 있는 수단으로써, 연극과의 관계 속에서 당대의 사회를 시험할 수 있는 수단으로 이용된다. 이러한 고전 작품의 개방성으로 인해 고대의 희랍 비극이나 셰익스피어의 많은 작품들은 사실 아르토 이전에 이미 잔혹적이며 베케트 이전에 부조리적이었고 브레히트 이전에 이미 서사적이어서 어느 시대의 어떤 사상과도 융화될 수 있다.

2) 고전 작품 수용의 유형

앞서 인네스의 관찰을 통해 현대 연극에서 고전 작품을 수용하는 목적을 크게 현대화의 개념과 원시적이고 신화적인 것의 강조로 구분하였다. 이것은 고전의 수용이 크게 동시대성의 개념(여기에는 사회적·정치적·철학적 문제가 동시에 포함될 수 있다)과 제의적 개념(여기에는 현대적 개념의 종교·신화 등의 문제가 포함된다)으로 구분된다는 것을 의미하는데, 때로 이 두 가지는 앞의 설명처럼 한 가지의 영역-특히 인간의 어떤 원형에 대한 영역-으로 통합되기도 한다. 이 글에서는 이 두 가지의 개념을 몇몇의 구체적인 작품을 통해 구분해 보고자 한다.

(1) 동시대성-원형-제의적 신화

동시대성의 관점에서 고전을 관찰할 경우, 당대의 사회·정치·철학·문화적 배경과 고전이 어떤 측면에서 상호 관련성을 가지게 되는가가 중요한 문제로 등장한다. 동시대성의 관점에서 보자면 고전은 시대에 따라서 또는 사회 문화적 환경에 따라서 그 의미가 다르게 나타나게 되는데, 아마도 19세기말부터 20세기의 연극에서 최초의 영향력 있는 고전의 수용은 셰익스피어의 「맥베드」를 토대로 재구성되어진 자리(Alfrad Jarry)의 「위비대왕」(*Ubu Roi*)으로 거슬러 올라갈 수 있을 것이다.

자리는 셰익스피어의 「맥베드」를 초안으로 갖가지의 아이디어와 표현방식을 동원해서, 황당하고 조롱적인 무대를 통해 당대의 사회를 풍자했다. 극의 기본적인 이야기는 셰익스피어의 「맥베드」에서 덩컨 왕을 살해한 맥베드가 권력을 잡지만 결국은 반군에 의해 파멸하는 것처럼, 「위비대왕」에서도 우둔한 위비가 왕을 살해하고 왕좌를 차지한 뒤 절대권력을 이용하여 자신의 동물적인 탐욕과 잔혹한 학살 행위를 즐기다가 반군에 의해 왕좌에서 쫓겨나 도망간다는 이야기이다. 하지만 극의 표현은 현대적 무의미성을 위해 꼭두각시 같은 인물이 등장하는가 하면, 시종 일관 상스럽고 걸쩍지근한 욕설들이 난무하며, 막(幕) 대신 플랜카드를 이용하기도 했다. 천박하고 백치 괴물 같은 모습으로 표현된 위비왕은 잔혹성의 개념과 더불어 부조리극의 인물들처럼 의미의 공백, 즉 무의미성을 반영하고 있었다. 이 작품은 의미의 공백과 잔혹한 위비의 행동을 통해 "논리라는 것과 인간들이 깊은 의미를 부여하는 사회적 행위들은 일종의 위장된 놀이일 뿐, 세계는 여전히 야만성이 지배하고 있다"[7]는 사상을 반영한 극이었다.

셰익스피어의 「맥베드」에 다양한 아이디어와 형식들을 대입시켜 탄생한 「위뷔대왕」은 20세기 아방가르드 연극의 선구적 작품으로 꼽히고 있다. 위뷔왕의 행동을 통한 의미의 공백은 베케트나 이오네스코의 부조리성을 이미 반영하고 있었으며, 플랜 카드나 가면 등을 이용해 성격을 창조하기보다는 이미지를 창조하려 한 점은 아르토가 연극의 임무를 "심리학적이거나 도덕 또는 사회적 제도 및 인습적인 단계를 뛰어 넘어선 형이상학적인 것"[8]이라는 논리를 구축하는데 있어서 토대가 되었다. 자리의 「위비대왕」은 비록 몇몇 악동들의 아이디어를 「맥베드」에 대입시킨 것에 불과하지만, 고전의 수용을 통해 그가 실험한 많은 것들은 20세기 아방가르드 운동의 시발점이 되었다는 점에서 중요한 의미를 가지는 작품이었다.

세기의 중반, 독일의 극작가이자 연출가인 브레히트(B. Brecht)는 현대적이면서 사회적 합리주의에 바탕을 두고 희랍의 고전 신화를 수용

---

7) 신현숙, 20세기 프랑스 연극, 문학과 지성사(1997), p.47.
8) Leonard Cabell Pronko, Avant-Garde: The Experimental Theatre in France, 4th(Boston: California Uni-press, 1966), p.14.

하였다. 한 예로써 「안티고네」에 대한 브레히트의 접근은 그의 서사적 연극과 연결되어, 운명에 의해 결정되는 전통적 방법이 아니라 사회적 합리주의와 '이성적 인간의 자유의지'에 바탕을 두고 있었다.

희랍 비극에서의 주인공들은 대부분 신탁에 의해 인간의 의지와는 상관없이 비극적인 삶을 살게 된다. 우리가 흔히 그리스 비극을 운명 비극이라고 하는 이유도 여기에 있다. 그러나 브레히트의 번안에서 중시되는 것은 이성적 인간의 자유의지이다. 브레히트의 안티고네는 자유의지를 가지고 있었다. 이런 관점은 브레히트가 배우들의 객관성 유지를 위해 시적으로 간략하게 기록한 「안티고네의 이야기」에서 쉽게 찾아볼 수 있다.

> "누가 나를 추방합니까?. 내 권리를 주장할 수 없는 곳은 내 나라가 아닙니다. 당신이 왕권을 쥐고 있는 한 테베시에서 살아남을 자는 한 사람도 없을 것이요. 젊은이들과 병사들, 그들이 돌아오지 않습니까?. 그토록 많은 사람들을 저버리고 당신 혼자만 돌아왔군요."9)

위의 인용문에서 '내 권리'에 대한 문제와 '당신이 왕권을 쥐고 있는 한 살아남을 자가 없다'는 안티고네의 대사를 통해 우리는 폭력과 저항이라는 양면이 모두 인간의 의지에 의해 결정된다는 것을 알 수 있다. 결국 안티고네는 과거의 신화적 인물이 아니라 현대인 중의 한 사람인 것이다. 그것이 안티고네의 입장에서든 크레온의 입장에서든 현대의 많은 것들은 신탁에 의해서라기보다는 인간의 의지에 의해서 결정된다는 사회성을 반영하기도 한다. 루비 콘도 모이라(moira) 또는 운명에 대한 인간의 자유의지를 반영한 극이라는 측면에서 브레히트의 「안티고네」를 다음과 같이 평가하기도 했다.

---

9) 윌리엄 캐니(허은), 가까이서 본 브레히트의 걸작들, 예니(1996), p.222.

"고대인들의 모습에 따르면 그들은 운명에 대해 다소 맹목적으로 다가선다. 그 운명을 극복하기 위한 힘이 주인공에게는 없다. 그러나 베르톨트 브레히트의 번안에서 안티고네라는 인물은 인간 스스로에 의해 인간의 운명이 결정된다는 관점을 부여한다"[10]

안티고네라는 인물은 브레히트가 고대 그리스로부터 차용한 유일한 여 주인공이며, 그는 안티고네를 '위대한 저항적 인물'이라고 평가했다. 그의 작품에서 안티고네의 신화는 당시 유럽의 사회 정치적 환경과 관련된다. 1945년의 공연에서 브레히트는 안티고네와 이스메네(Ismene)에게 현대적 의상을 착용토록 하여 동시대성의 의미를 부여하려 하였고, 크레온의 폭군정치에 대한 이미지는 나치 군대의 폭력성과 연관되어 있었다. 특히 브레히트의 서사적 연극에서 중요시되는 '이성적 판단'의 문제는 크레온의 폭력정치와 안티고네의 저항 사이에서 중요한 가능을 하였다.

고전의 동시대성이라는 측면에서 셰익스피어의 수많은 작품들을 지속적으로 현대화하려고 시도한 대표적인 현대 연출가 중의 한 사람은 피터 브룩(Peter Brook)일 것이다. 그는 수많은 셰익스피어의 작품들을 연출하였을 뿐만 아니라 다양한 관점으로 접근하기도 했는데[11], 초기의 셰익스피어에 대한 접근에 있어서 브룩은 극단적인 아방가르드 연출가들과는 달리 셰익스피어를 전적으로 무시하지 않았다. 비록 원형을 그대로 답습하지는 않았지만 해석의 다양성을 발생시키는 고전의 깊이감은 브룩이 셰익스피어에 관심을 가지게 되는 근원적인 이유였다. 셰익스피어의 접근 방식에 있어서 브룩은 과거의 단순한 재현보다

---

10) Ruby Cohn, 앞의 책, p.86.
11) 브룩의 셰익스피어에 대한 다양한 접근에 관해서는 Richard Proudfoot, 'Peter Brook and Shakespeare', Themes in Drama, Vol 2(Drama & Mimesis), Cambridge Uni-Press(1980)를 참고 바란다.

는 동시대 관객과 배우들을 위한 것이어야 한다는 점을 분명히 하였다.
이미 1948년에 "셰익스피어 희곡의 그 어떤 것이라도 그것이 커뮤니케
이터하기 위해서는 오늘날의 관객들을 위한 것이어야 하며, 현대 연출
가들은 그의 텍스트의 처리에 있어서 현대 연극의 모든 재원(財源)을
받아들일 준비를 해야 한다"[12]고 하면서 고전의 동시대성을 지향했다.

이런 경우 원작이 지니고 있는 작품의 가치는 크게 변하지 않을 수
도 있다. 오히려 오리지널 작품의 깊이와 느낌을 현대인들에게 보다
쉽게 접근시키기 위해 현대적 감각으로 번안하여 재창조했다. 특히 브
룩의 초기 연출 작품들에서 셰익스피어에 대한 새로운 해석은 셰익스
피어의 의미를 '왜곡'하기보다는 그의 작품 속에 숨겨져 있었던 새로운
의미들을 '발견'했다는 점에서, 비평가들로부터 '셰익스피어의 새로 발
명된 명작, 기적'이라는 평가를 받기도 했다. 한 예로써 폴란드의 연극
학자 얀 코트(Jan Kott)가 브룩의 「티투스 안드로니쿠스」(1955)의 제작
을 통해 "브룩은 오랫동안 잃어버린 셰익스피어의 전율하는 스펙터클
을 다시 발견했다"[13]고 본 것처럼, 그는 전통적으로 여겨져 온 셰익스
피어에 대한 관념들-특히, 셰익스피어에 대한 낭만주의적 해석-에 일대
혁신을 일으켰다.

20세기 중반을 지나면서 「리어왕」(1962)과 같은 작품들을 통해 브룩
은 동시대성의 측면에서 셰익스피어를 탐구하기 시작했다. 「리어왕」
은 얀 코트의 셰익스피어에 대한 현대적 해석판인 『Shakespeare Our
Contemporary』에서 영향을 받았다. 코트는 이 책에서 "모든 셰익스피어
의 작품들은 병기(兵器)들의 울림과 군대의 행렬·이중성·축제와 취
기(醉氣)의 흥겨움·레슬링 경기·광대의 익살·바람과 폭풍·육체적

---

12) David Richard Jones, <u>Great Director at Work</u>, 1st(London: California Uni-Press, 1986), p.202.
13) Jan Kott, <u>Shakespeare Our Contemporary</u>(tr, Bolesaw Taborski), 3rd(New York: W. W. Norton and Company, Inc, 1966), p.315

사랑과 잔혹 그리고 고통이 풍부한 거대한 스펙터클이며"14) "셰익스피어는 강렬하고 잔혹하며 야만적"15)이라고 간파했다. 이러한 코트의 주장은 브룩이 현대의 정치 사회적 문제와 고전을 결합시키는데 있어서 중요한 지침이 되었다. 원시적인 왕국을 암시하는 리어의 각료실, 권력에 미친 독재자에게 어울리는 장식품들과 함께 브룩의 해석은 우주는 무관심하며 인간은 홀로 떨어져 격리되어있는 부조리 투성이라는 점을 부각시켰다.

브룩과 마찬가지로 찰스 마로위츠(Charles Marowitz)도 해석의 다양성과 해체구성의 측면에서 고전에 접근한 적이 있다. 그의 「햄릿」이 가지고 있는 특질들은 이미 1950년대부터 시작되었던 그의 실험의 한 결과물이라고 볼 수 있다. 1950년대 후반부터 마로위츠는 리얼리즘 연극과 스타니슬랍스키 시스템을 극복할 수 있는 방법을 찾고자 하였다. 이 과정 동안에 그는 완성된 작품보다는 초기의 「햄릿의 콜라주」처럼 단편적인 형태의 장면들을 자주 실험하였으며16), 이러한 일련의 실험 과정들을 통해 마로위츠의 「햄릿」이 탄생하게 된 것이다. 따라서 이 작품은 근본적으로 문학적 측면으로서의 '희곡' 개념에 의해 만들어진 것이라기보다는, 일련의 실험들을 축적하는 과정에서 그 실험의 결과들에 대한 일종의 '기록'이다. 마로위츠의 「햄릿」이 셰익스피어의 그것과 근본적으로 다른 점은 '강박관념'과 '의식의 흐름'이라는 차원에서 장면이 진행된다는 점에 있다. 즉 햄릿의 '의식의 내적 흐름'에 '강박관념'이라는 행위의 모티브를 제공하여, 이 속에서 벗어나지 못해 결국은 분열되고 파괴된 자아를 보여주게 된다. 이 '의식의 흐름'이라는 문제

---

14) 위의 책, p.348.
15) 위의 책, p.352.
16) 예를 들면, 마로위츠는 1963년의 한 실험에서 「로미오와 쥴리엣」의 발코니 장면에 햄릿을 등장시켜, 햄릿의 시각에서 로미오 대사를 말하게 하기도 했다.

로 인해 이 작품에서 실존하는 인물은 사실 햄릿 혼자 뿐이다. 나머지 인물들은 햄릿의 의식 속에 나타났다가 사라지는 인물일 뿐이다. '의식의 흐름'에 입각해서 사건이 전개되기 때문에 장면의 분할이 영화의 시나리오 이상으로 복잡하여 장면은 수시로 변화된다. 그러나 이 복잡한 장면들은 공연을 통해서는 그 경계를 구분하기가 어렵다. 그것은 햄릿의 내적 의식의 흐름이 일반적인 극에서처럼 막과 장의 개념에 의해서 구분되는 것이 아니기 때문이다. 콜라주 기법을 통해 햄릿의 '의식의 편린'(片鱗)들이 모여졌다가 흩어지면서 이미지의 충돌이 일어나게 된다. 이 이미지의 충돌을 위해 마로위츠는 현대 영화의 거장 에이젠슈테인의 '충돌몽타주'(montage of collision) 기법을 차용했다. 에이젠슈테인의 충돌 몽타주는 헤겔의 변증법적 사고와 같이 A와 B는 서로 연관성이 없지만 두 대상의 이미지 작용에 의해서 새로운 C의 개념을 만들어내는 것이다. 에이젠슈테인의 영화적 기법은 햄릿의 의식의 편린들이 모아지고 흩어지는 과정에서 작품 전반에 깔려 있다. 한 예로써, 극중의 왕비(A)-햄릿의 어머니-와 오필리어(B)는 엄연하게 다른 정체성을 가지고 있음에도 불구하고, 햄릿은 왕비를 바라보는 시각으로 오필리어를 관찰함으로써 '부정한 여인상'(C)에 대한 이미지를 창조하게 된다.[17]

마로위츠는 원작의 충실한 재현보다는 소위 '해체 구성'에 초점을 두었다. 이것은 금세기 초부터 끊임없이 제기되었던 문학적 텍스트로부터 자유로울 수 있는 '공연텍스트'의 정립문제와 현대의 미니멀리즘을 반영한 편린들과 긴밀한 관련을 가지고 있었다. 그것은 마로위츠의 「햄릿」에서와 같이 동시적이고 단속적인 장면들은 대부분의 현대인들

---

17) 국내에도 몇 년 전에 「마로위츠 햄릿」이 번역되어 몇몇 극단과 대학에서 공연된 적이 있다. 이 글에서의 「마로위츠 햄릿」에 대한 분석은 다음의 자료에 근거하였다. 이윤철 편역, 현대희곡선 4: 마로위츠 햄릿, 현대미학사 (1996).

이 당대의 현실을 단편적이고 단속적으로 경험하고 있는 모습을 반영하고 있기 때문이다. 결국 마로위츠의 「햄릿」은 관객의 마음속에 잠자고 있을 '이미지의 흐름'을 이용해서, 또 그런 극적 구성을 통해 관객을 잠재 의식적으로 끌어들이려는 것에 목적을 두고 있었다.

자리와 브레히트, 브룩과 마로위츠의 접근에 있어서 고전과 신화는 현대화의 개념 속에서 용해된다. 자리는 「맥베드」를 토대로 19세기말의 혼란기를 부조리성과 야만성으로 재창조하고자 하였다. 브레히트는 안티고네의 신화를 나치정권에 비유하여 운명보다는 이성적 인간의 자유의지에 바탕을 두고 재해석했으며, 브룩은 「리어왕」을 통해 현대적 스펙터클과 잔혹성을 강조했다. 마로위츠는 현대 사회에서의 억압 의식과 미니멀리즘을 토대로 「햄릿」을 재창조했다. 이들은 이념적으로는 차이가 있을지라도 그들의 동시대에 적합한 개념을 창조하기 위해 고전을 수용했다는 점에서는 동일한 목적을 가지고 있었던 것이다.

사실, 동시대성의 관점에서 고전을 관찰한 사례는 너무 많아서 그 수를 헤아릴 수가 없다. 국가적 환경이나 시대적 배경에 따라서 많은 사람들이 고전을 차용하여 현대성의 개념을 강조했기 때문이다. 이오네스코가 셰익스피어의 대표적 비극 「맥베드」를 부조리극의 관점에서 소극(笑劇)적으로 해석하여 위엄성 있는 영웅적 주인공이 아니라 우스꽝스럽고 희극적인 관점으로 번안한 것이나, 마로위츠가 동일 작품을 번안하면서 덩컨 왕의 살해를 '신의 살해'로 표명하고, 맥베드가 왕을 죽이는 것이 아니라 그런 행위가 보여주는 황홀감을 맛보기 위해 살해하는 것으로 본 것, 그리고 세크너가 덩컨 왕을 다양한 성격의 자식들을 둔 근원적 아버지로 해석하고, 마녀들을 어디에서나 볼 수 있고 만물에 편재하는 전지 전능한 존재로 관찰한 것[18] 등은 맥베드의 폭력과 몰락을 통해 고전을 보다 현대적 감각으로 고찰하고자 한 것이었다.

---

18) Innes, 앞의 책, pp.195-6. 參考.

마로위츠, 셰크너 그리고 이오네스코의 「맥베드」에 대한 접근은 우리가 고전에 대해 원형적 인간 또는 인간의 본성에 접근하고자 할 때 분명한 관점을 만들어 준다. 위의 설명에서처럼 '신의 살해', '살인적 행위에 대한 황홀감', '근원적 아버지로서의 덩컨 왕', '전지전능한 존재로서의 마녀들'에 대한 해석은 일반적인 극에서처럼 갈등의 요인으로서 그러한 사건 그 자체가 중요한 것이 아니다. 인간의 본능 속에 내재되어있는 근원적 의식들에 대한 고찰이 보다 중요한 개념으로 자리잡기 된다. 즉 고전의 영웅들과 신화적 인물들은 우리들의 잠재의식 속에 내재되어있는 인간 본능 또는 원형의 표현을 위해 현대 연극에서 수용되고 있다는 것이다.

이런 점 때문에, 고전 작품을 수용하는 유형에 있어서 현대성과 원형적 개념 그리고 신화 제의적 요소들은 그 경계를 명확하게 구분하기가 어렵다. 그것은 브룩의 「리어왕」이나 마로위츠의 「햄릿」에서의 '의식의 흐름', 그리고 「맥베드」에 대한 마로위츠·셰크너 그리고 이오네스코의 해석에서는 현대적 제의 문제와 원형적 개념이 긴밀한 관계를 맺고 있었기 때문이다.

이미 금세기의 연극들은 원래 형식으로의 복귀, 즉 고대 그리스의 디오니소스 제전이나 원시 종교적 연희들과 같은 형식으로의 복귀 현상이 주도적으로 나타났고 또 현재도 그렇게 진행되고 있다. 인네스는 현대 아방가르드 연극의 중요한 특성이 원시주의(primitivism)에 있다고 보았는데[19], 그의 주장 대로 이 원시주의는 현대성과 연계되어 상호 보완적인 양면성을 가지고 있다. 즉 신화나 원시주의는 외적 리얼리티의 개념보다는 내적 진실(inner reality)의 개념과 긴밀한 관계를 가지고 있다. 이 내적 진실에서는 꿈의 상태라든가 환상 또는 본능적이고 잠재적 심층을 탐구한다. 뿐만 아니라 종교적 측면에서는 공연을 제의식

---

19) 위의 책, p.14.

적인 상태에서 '원형'과 '본질'에 대해 탐구한다. 고전 작품의 영웅적이
고 신화적 인물들은 이런 내적 진실의 개념을 충족시키는데 있어서 중
요한 역할을 하게 된다. 심리적 원형의 표현들로써, 그들은 현대인들의
본능 속에 잠재하고 있는 무의식의 개념을 상징하기도 하고, 고전 속
의 신화적 사고(思考)는 리얼리티의 근원적 측면들을 드러낸다. 앞서
설명한 「맥베드」에 대한 해석들-'살인적 행위에 대한 황홀감'·'근원적
아버지로서의 덩컨' 등-은 바로 내적 진실 속에 존재하는 우리들의 원
형의 한 부분이기도 하다. 따라서 앞서 설명한 작품들을 참고해 볼 때,
방법론에 있어서는 다소의 차이가 있을지라도 고전에 대한 현대화의
개념은 신화나 제의적인 현상과 깊게 맞물려서 20세기를 살고 있는 인
간들의 어떤 원형에 대한 탐구로 이어진다는 점에서 공통점을 찾을 수
있다.

 (2) 상호문화적-제의적-재료로서의 고전

 앞서 설명한 마로위츠의 「햄릿」은 일종의 해체구성으로 구분해 볼
수 있는데, 이런 경향은 20세기 중반을 지나면서 더욱 극단적인 모습으
로 나타나게 된다. 오늘날에 와서는 그렇게 새로운 것은 아니지만 그
로토우스키(J. Grotowski)나 리빙씨어터의 공연들, 해프닝 집단들은 문
학적 연극을 대안하는 신체 중심의 연극을 지향하게 되었다. 이들의
고전 작품 수용은 외형상으로는 현대화된 고전이라는 근원적 패러다임
을 함축하고 있지만, 고전을 단지 그들의 특수한 연극적 목적을 위해
'재료'로서 '이용'한다는 점도 중요하게 관찰해야할 부분이다.
 이런 경향에는 물론 자본과 합리적 사상에 바탕을 둔 서구 세계에
대한 냉소 내지는 극복의 방안으로서 인간 외형보다는 원형적이고 본
질적인 부분으로서의 내면 세계에 대한 탐구나 '서구주의'의 한계를 극

복하고자 하는 '우주주의'에 대한 관심도 중요한 요인으로 작용한다. 서구 연극인들이 동양 연극에 관심을 갖게 된 중요한 이유 중의 하나는 바로 '우주적 신비주의에 대한 오리엔털리즘적 해석'에 있기도 하다. 그들이 가지지 못한 오리엔털리즘의 신화·종교·제의적 현상들은 서구적 합리주의의 한계를 극복하고자하는 연극인들에게는 **훌륭한 연구 대상**이 되었다. 따라서 몇몇의 연극실천가들은 고전을 해체하여 동양 연희의 사상과 기법을 접목시킴으로써 서구의 고전은 동양의 제의적이면서 양식화된 기법과 어우러져 새로운 차원의 연극을 만들어내게 되었다.

상호 문화적 관점에서 동서양의 접목을 시도한 작품들은 많지만, <태양극단>의 아리안느 뮤느슈킨(Ariane Mnouchkine)이 제작한 「아트레스의 후손들」(*Les Atrides*)은 동서양의 상호 문화적 관점이 반영된 대표적인 작품으로 꼽을 수 있다. 에우리피데스의 「이피게니」와 에이스킬러스의 「아가멤논」·「제물을 바치는 여인들」·「복수의 여인들」과 함께 총 4부작으로 구성된 이 작품은 선대(先代)의 저주와 연쇄적 복수로 인해 열 한 명의 죽음을 초래한 살육의 드라마이다. 이 공연은 서구의 고전적 신화와 동양적 기법이 융합된 대표적인 경우로, 동양 전통극에서의 제시적 기법들이 사용되었다. 제 1부 「이피게니」에서 코러스들의 움직임과 무대 기법은 전형적인 동양 연극의 이미지들을 관찰할 수 있었다. 첫 등장에서 코러스들은 발리 또는 인도의 전통 춤사위가 교묘하게 섞인 춤을 추기도 하고, 이어서 무대 양 옆 가장자리에 있는 담 기슭으로 흩어져 꼼짝 않고 등장인물들을 주시하는 것이나, 텅빈 무대상에 의자나 소품 등을 자유롭게 들고 나왔다가 다시 가지고 나가는 등의 행위들은 부분적으로 제시적이면서 관습화된 동양연극의 기법들을 차용한 것이었다.

이 공연을 두고 많은 비평가들이 '서양과 동양이 만난 신비의 스펙터클' 또는 '동서양의 길목이 교차된 작품' 등으로 평가하기도 했는데, 그것은 동양 연극의 기법을 차용한 다른 연출가들과 마찬가지로 뮤느 슈킨 역시 일찍이 일본과 인도 등을 여행하면서 동양의 제의와 민속 또는 전통 연희들에 대한 감각을 익혔던데서 기인한다. 비단 뮤느슈킨의 동양적 사고는 이 작품에서 뿐만이 아니다. 이미 1968년 현대적 시각으로 고전을 해석하고자 「한 여름밤의 꿈」을 제작한 이후, 셰익스피어 극의 연작 공연들을 통해서는 셰익스피어를 일본의 전통 연극 가부끼의 형태로 연출하기도 했다.

뮤느슈킨과 같이 상호문화적 관점으로 고전을 관찰하는 경향은 아르토 이후 서구의 많은 연극인들이 동양의 민속과 전통 연희를 새로운 관점으로 관찰함으로써 나타난 산물이기도 하다. 문학적 틀에 얽매이지 않고 행위가 중시되는 동양의 연희 형태들은 근세기 문학적 연극들에 대한 대안으로써 '걸작으로서의 문학'을 '이용'하게 되는 결과를 초래하기도 했다. 이런 경우 고전 작품으로서의 희곡들은 파괴되고 해체되어 원작의 외적 틀이 유지되기는 하나(또는 전혀 유지되지 않기도 하지만) 그 목적과 방법은 전혀 다른 의도로 사용된다. 스토리텔링의 순서가 바뀌는 것은 예삿일이며, 인물의 기본적 성격·극 형식 등 거의 모든 것이 바뀌어 버린다. 그래서 때론 전혀 다른 작품이라는 느낌을 만들어 내기도 한다. 한 가지 예로서 하이네 뮐러(Heiner Muller)의 「햄릿 머쉰」(Hamlet machine)[20]과 같은 작품은 셰익스피어의 원작을 해체하여 전혀 새로운 차원의 「햄릿」을 만들어 내기도 했다. 이런 해체주의의 발전은 소위 고전의 해석으로써 또는 고전의 현대적 수용의 개념보다는 단지 그들의 예술적 목적을 달성하기 위해 고전을 재료로서 활용하게되는 단계로 발전하게 된다.

현대의 정치적 비유·단편성·통합성 등을 위해 고전 작품들은 무참

---

20) 「햄릿머쉰」은 1977년에 완성되었으나, 1982년 파리에서 초연 되었다.

히 그 형식과 내용이 변화되고 파괴된다. 물론 이런 경향은 산업혁명 이후 지속적으로 발전되어오던 산업사회라는 개념이 붕괴되고 현대적 삶의 형태가 미니멀 하면서도 동시적이고 통합되는 현상을 반영하는 것이기도 하다. 한때의 유행병처럼 스쳐지나간 포스트모던적인 사고의 발전은 이런 경향을 더욱 부채질하였다. 1965년의 한 인터뷰에서 존 케이지(John Cage)가 주장한 다음의 말은 포스트모던적 사고와 연계되어 고전을 수용하는 현대 예술의 한 단면을 보여주게 된다.

> "……우리들에게는 현재 고전 작품들을 공연할 많은 기회를 가지고 있다. 그러나 나는 과거의 관점으로 그것을 표현하고자 하는 것이 아니다. 우리들이 현재 진행하고 있는 그 무엇을 위해 '이용 가능한 재료'로서 고전에 접근하고자 한다. 콜라주의 측면에서 고전들은 다른 작품 속으로 투입되기도 한다……재료로써 현재 고전은 다른 것들과 함께 놓여질 수 있다. 고전은 우리들이 관습적으로 그것을 이해하고 있는 예술과 연결되지 않는 것일 수도 있다."21)

포스트모던적 사고에 있어서 과거의 현존(presence of the past)은 과거의 유산들에 대한 '현대적 인용 시스템'을 수용함으로서 가능해 지는데, 그 결과가 때론 저속하기도하고 스타일과 시대 그리고 연결성에 있어서 콜라주가 불일치하기도 한다. 이런 경향에서 고전은 근본적으로 완성된 작품으로서가 아니라 하나의 재료로서 관찰되어질 뿐이다. 그 기본적인 사상에 있어서 '재료로서의 고전'이라는 관점 앞에서는 희랍의 비극도 셰익스피어 작품도 파괴되어지고 분해되어진다.

재료로서의 고전에 대한 접근에 있어서 현대 아방가르드 계열(요즘은 주류일수도 있지만)의 연출가들은 개인적인 예술적 취향을 달성하

---

21) Michael Kirby and Richard Schechner, "An Interview with John Cage", TDR, Vol 10, No 2(1965), p.53.

기 위해 고전을 '이용'한다. 리빙씨어터의 줄리앙 벅과 쥬디스 말리나, 리처드 세크너와 같은 연극 실천가들은 그 접근 방법에 있어서 '재료로서의 고전 작품'이라는 관점을 유지하고 있다. 이들은 원작의 가치에 대한 부분적인 번안보다는 단지 그들의 예술적 노선을 달성하기 위한 부분적인 재료로서 고전 작품을 차용하고 있다. 하지만 이들의 고전 작품 수용에서도 양식상의 차이는 있겠지만, 앞서 설명한 현대성의 개념에서와 같이 고전적 제의나 신화의 문제는 중요한 실험 대상이 되었다.

소포클레스의 원작을 횔더린(Holderlin)이 번역하고 브레히트가 번안한 것에 기초하여 재창조되어진 리빙씨어터의 「안티고네」는 우선 "아르토의 연극성 · 브레히트의 변증법 · 희랍의 고전주의 · 리빙씨어터의 철학과 윤리를 조화시키려한 것이었다."22) 리빙씨어터가 이 공연을 통해 추구한 것은 대본에 내재된 사상에 현대적 의미를 부여하고자 하였다. 하지만 「안티고네」에서 이들은 희랍비극의 정통성을 재현하기보다는 그들 고유의 억양을 갖춘 스타일과 고전주의를 충돌시킴으로서 이들이 반동적이고 불합리하다고 생각한 고전주의 양식을 아이러니컬하게 논평하고자 하였다. 이 공연에서는 희랍 비극의 웅장미나 영웅적 인물들에 대한 인상은 거의 받을 수 없었다. 다만 관객들은 마임적 행동과 통곡으로 테베의 전제 정치를 소개받게 된다. 배우들은 공연을 위해 특별한 의상을 착용하기보다는 일상적이고 평범한 의상을 착용할 뿐이다. 극의 언어도 주문(呪文)과 같은 대사와 일반적인 화법 대신 분절된 듯한 단순한 소리들로 채워졌다. 크레온과 인티고네 역을 맡은 줄리앙 벅과 쥬디스 말리나의 연기는 너무나 일상적이어서 고전 비극의 주인공으로서의 숭고미, 즉 고전 비극의 장중함은 찾아볼 수 없었다.

---

22) 마가렛 크로이튼(송혜숙), <u>현대연극의 개론</u>, 한마당(1984), p.141.

아르토와 리빙씨어터의 정신을 계승하면서 셰크너는 그의 환경 연극이라는 개념에 근간을 둔 상태에서 고전극을 수용하였다. 그의 <퍼포먼스 그룹>(Performance Group)과 함께 작업한 「디오니소스 69」(*Dionysus* 69)는 에우리피데스의 「박코스의 여인들」(*The Bacchae*)에 대한 현대적 해석의 의미보다는 셰크너가 실험하고자 하는 특수한 목적을 위해 '이용'되어졌다. 셰크너가 생각한 '환경연극'은 공간의 파괴라는 점에서 원시 제의식과 연관된다. 제의식은 마을 전체가 무대로 펼쳐지거나 광장 또는 거리나 운동장, 창고 등에서도 벌어질 수 있다. 「디오니소스 69」에서 셰크너는 현대의 환경적인 상황 속에서 제의식을 바탕으로 한 연극을 구상하기 위해 에우리피데스의 비극을 재료로 이용한 것이었다. 즉 셰크너에게 있어서 고전으로서의 「박코스」는 전체적으로 새로운 창조를 위한 기초적 재료로 이용된 일종의 즉흥적 제의극으로 재 탄생되어진 것이었다. 따라서 원작의 대사는 단 몇 가지만으로 축소되고, 공연의 전체적인 인상은 극장의 다양한 영역에서 발생하는 복합적인 행동을 만들게 되었다. 극의 언어는 전통적인 방법이 아니라 단순한 음성 사운드-투들거림·외침·신음·속삭임-를 통해서, 그리고 행동은 때론 평온하면서도 때론 광적이었으며, 황홀경에서 주신제에 이르기까지의 집단적 행동을 통해 모의적인 제의 살인으로까지 이어지게 되었다. 때문에 셰크너의 「디오니소스」는 에우리피데스의 「박코스」에 의미를 두기보다는 심리확장술, 아르토와 그로토우스키의 이론들을 통해 환경에 대한 개념을 탐색하는 도구 이상은 특별한 의미를 가질 수 없었다. 그는 고전을 수용하여 환경과 원시 제의식의 상호관계를 탐구하면서 비문학적인 연극의 수용·관객과 배우간의 인위적인 분절의 극복·연극 이벤트에 대한 확장된 관념을 위해 소위 '걸작으로서의 문학작품'을 수용하여 '비문학적인 공연'을 수행하고자 하였다.

피터 브룩의 경우는 너무나 많은 형식적 실험을 경험한 연출가이기 때문에 한 가지의 범위로 그가 고전을 수용하는 형태를 규정할 수 없다. 가령, 「티투스 안드로니쿠스」와 같은 작품들에서는 현대성의 의미를 부여하는 반면, 「리어왕」에서는 원시 제의와 현대성이 동시에 부여되기도 하고, 「오이디푸스 왕」과 같은 작품에서는 현대적 삶의 형태와 제의와의 관계를 탐구하기 위해 고전을 재료로 차용하는 경우도 있었다.

「오이디푸스 왕」23)에서는 20세기의 삶과 거대한 추상, 주로 시각화될 수 없는 무형의 형질들-예를 들면, 속도·공간·광란·에너지·잔인성-과 관련된 비 개인적이고 제의화된 반응들을 관찰하고자 하였으며, 인류가 가지고 있는 잔혹성의 개념을 드러냄으로써 즉각적으로 표현되어지는 원형의 상황을 추구하였다. 이 공연에서 크레온(Creon) 역을 맡았던 콜린 브래클리(Colin Blakely) 역시 브룩의 현대적 제의성에 대한 접근을 다음과 같이 고백하고 있다.

> "원시사회에서 원시인들은 의식상의 목적과 그들의 신에 대한 숭배를 위해 어떤 특별한 호흡법과 소리들을 사용한다는 것을 발견했다. 이러한 모든 것들은 브룩의 제의로서의 연극에 대한 생각과 정확하게 들어맞는 것이었다……그러나 우리는 원시 제의를 그대로 복사하려 하지는 않았다. 때문에 우리는 우리 자신들의 (현대적)제의를 만들었다."24)

23) 피터 브룩이 연출한 「오이디푸스 왕」은 소포클레스의 작품이 아니라, 세네카의 작품이었다. 그러나 전체적인 내용은 희랍 비극으로부터 이어받은 것이다. 차이가 있다면 소포클레스의 작품에서는 무대상에 폭력적인 장면이 보이지 않는 반면, 세네카의 작품에서는 그것을 여과 없이 보여줌으로써 인간의 비이성적 측면이 강조되었다는 점이다. 브룩의 「오이디푸스 왕」에 관한 기본적 설명은 다음의 자료를 참고 바란다. 졸고. '피터 브룩의 연출 특성에 관한 연구', 경성대학교 연극영화과 석사학위논문. pp.36-38.

24) Margaret Croyden, Exploration of the Ugly: Brook's Work on Oedipus(An Interview with Colin Blakely), TDR, Vol 3, no 1(1969), p.120.

그러나 중요한 것은 앞서 설명한 리빙씨어터의 「안티고네」나 셰크너의 「디오니소스 69」 그리고 브룩의 「오이디푸스 왕」과 같은 작품들은 현대성의 관점으로 고전을 해석하기보다는, 대부분 그들의 특수한 목적을 위한 재료로 이용되어졌으며, 그들의 연극적 실험에 있어서 중심은 종교적이고 제의적인 방법을 통해 고전적 신화가 수용되었다는 점에서 공통점을 찾을 수 있다.

Ⅲ. 硏究結果

지금까지 현대의 몇몇 연극 실천가들을 중심으로 셰익스피어 극과 희랍비극에 대한 고전과 신화의 현대적 수용 문제를 고찰해 보았다. 결국 현대 연극에서 고전 작품을 수용하는 가장 첫 번째 문제는 동시대성의 개념이었다. 단 그 동시대성이라는 개념은 어떤 측면에서 해석되어지는가에 따라서 다양한 양상으로 나타나게 되었음을 알 수 있었다. 어떤 경우는 고전의 의미를 더욱 잘 이해할 수 있도록 하기 위해 현대화하는 반면, 또 다른 경우는 현대의 사회와 정치 그리고 철학적 의미를 반영하기 위해 고전을 수용하며, 때로는 완성된 예술작품이기보다는 현대적 의미를 반영하거나 단지 특수한 연극적 실험을 위한 '재료'로 차용하는 경우도 있었다.

그러나 고전의 현대화에 있어서 현대 연극이 가장 큰 관심을 갖는 것은 소위 '원형' 또는 '본질'에 대한 개념과 '제의적이고 종교적'인 개념으로 압축할 수 있을 것이다. 셰익스피어의 「맥베드」에 대한 셰크너, 이오네스코, 마로위츠의 해석은 원형에 대한 탐구의 한 예를 제공해 주었다. 물론 고전적 신화에 대한 원형적 접근은 다양한 의미로 재해석되어질 수 있는 고전의 깊이감이 바탕이 되고 있음은 두말할 필요가 없다.

현대적 제의나 종교적 관점을 반영하기 위한 고전의 수용은 비문학적 공연을 탐구했던 많은 연극인들에게서 찾을 수 있다. 이 연구에서는 셰크너의 「디오니소스 69」, 리빙씨어터의 「안티고네」, 그리고 브룩의 「오이디푸스 왕」과 같은 작품에서 비문학적이면서 제의적인 공연의 예를 찾을 수가 있었다. 특히 비문학적이면서 제의성을 탐구했던 작품들은 원작의 가치를 현대성의 개념에서 관찰하기보다는 어떤 특수한 목적을 위해 재료로 이용되어졌다는 것이 가장 큰 특성으로 나타난다. 따라서 현대 연극에서 고전 작품과 고전적 신화는 현대적 제의 개념을 실험하기 위한 재료로 활용되기도 하고, 고전의 신화적 인물들은 전 인류의 역사를 관통하는 원형적 본성과 의미들을 구축하기 위해 수용되었음을 알 수 있었다.

다시 새로운 천년을 맞이해야 하는 20세기말의 연극은 태초의 연극으로 회귀하려는 경향을 보이고 있다. 고전적 신화와 영웅들이 현대연극에 자주 등장하는 이유도 근원으로의 회귀성과 무관할 수는 없는 일이다. 그러나 분명하게 경계해야 할 것은 고전과 신화를 수용한 모든 연극이 바람직한 방향으로 나아간 것이 아니라는 점이다. 개인의 특수한 취향을 만족시키기 위해 지나치게 개인화되거나 공유될 수 없는 미미한 실험으로 그친다면, 그것은 어떤 의미도 부여할 수 없을 것이다. 따라서 고전과 신화에 대한 새로운 접근은 지속되어야 하겠지만 분명한 목적도 없이 미미한 실험으로 그치거나 지나치게 개인화되는 것은 신중하게 고려해야 할 것으로 생각한다.

〈參考文獻〉

1. 졸고, Peter Brook의 연출 특성에 관한 연구, 경성대 연극영화학과 석사논문(1993. 2)
2. 데이비드 콜(허동성), 연극 이벤트의 미학, 현대미학사(1995)
3. 마가렛 크로이든(송혜숙), 현대 연극의 개론, 한마당(1984)
4. 신현숙, 20세기 프랑스 연극, 문학과 지성사(1997)
5. 이윤철(편역), 현대희곡선 4(마로위츠 햄릿), 현대미학사(1996)
6. 허 은(역), 가까이서 본 브레히트의 걸작들, 예니(1996)
7. Cohn, Ruby, *Current in Contemporary Drama*(London: Indiana Uni-Press, 1971)
8. Corrigan, Robert W. The Search for New Ending: The Theatre in Search of a Fix, Part Ⅲ, *Theatre Journal* Vol 36(1984)
9. Croyden, Margaret, Exploration of the Ugly: Brook's Work on Oedipus(An Interview with Colin Blakely), *TDR*, Vol 13(1969)
10. Innes, Christopher, *Avant-Garde Theatre: 1892-1992*, 1st(London: Routledge, 1993)
11. Jones, David Richard, *Great Director at Work*, 1st(London: California Uni-press, 1986)
12. Kirby, Michael & Schechner, Richard, "An Interview with John Cage", *TDR*, Vol 10(1965)
13. Kott, Jan, *Shakespeare Our Contemporary*(tr, Bolesaw Taborski), 3rd(New York: W.W.Norton and Company, Inc, 1966)
14. Pronko, Leonard Cabell, *Avant-Garde: The Experimental Theatre in France*, 1st(Boston: California Uni-Press, 1966)
15. Proudfoot, Richard, "Peter Brook and Shakespeare", *Themes in Drama Vol 2: Drama and Mimesis*(London: Cambridge Uni-Press, 1980)

〈Abstract〉

The Study on Significance of Classic Drama and Myth in Contemporary Theatre

Kim Sang Gyo

The purpose of this article is study on significance of the classic drama and myth in modern theatre. Since the mid 20c, the tendency of world theatre has shown sign of accepted many classic drama. To be without question, modern theatre was accepted classic drama for various aim. We can innumerably observe this phenomenon through the modern theatre.

However, in contemporary theatre, the most obvious reason for adapting classic drama is to modernize or to emphasize primitive and mythic elements. Specially, Greek dramas and Shakespeare works in order to this aims made modernize by many contemporary directors.

In this paper, modernizing of classic drama was to be separated two manner based on following works. First, investigated on ①contemporary ②prototype ③ritualistic myths elements through Alfrad Jarry's *Ubu Rio,*

Bertolt Brecht's *Antigone,* Peter Brook's *King Lear,* Charles Marowitz's *Hamlet.* And Ionesco, Marowitz, Schechner' *Mecbeth.*

Jarry's *Ubu Rio* based on Shakespeare's Mecbeth. In *Antigone*, Brecht to emphasize human right and socialistic element better than moira. In *King Lear*, Brook searched for not only the abstraction and natures in our contemporary but ritualistic element. Marowitz too searched for contemporary's minimalism in adapting Shakespeare's *Hamlet*. In *Mecbeth*, Ionesco, Marowitz, Schechner investigated human's prototype.

Second, investigated on ①intercultural ②ritualistic ③classic as material through Ariane Mnouchkine's *Les Atrides*, Heiner Muller's *Hamlet machine*, Living Theatre's *Antigone*, Performance Group's *Dionysus 69*, Peter Brook's *Oedipus*. Mnouchkine's *Les Atrides* representative work based on intercultural performance in since mid 20c. *Hamlet machine, Dionysus 69*, Living Theatre's *Antigone* accepted as material for special aim.

In short, classic drama and mythic elements in modern theatre has depended on the toward life of contemporary, not it form of past. This is very important. Because, classic drama and mythic elements will be continuously study in the theatre of 21c.

『햄릿』의 'Word-Play'에 재현된 해체적 담론

박 성 만*

I

셰익스피어의 『햄릿』비평은 17세기에서 현재에 이르기까지 수많은 비평가들을 통해 그들의 다양한 접근 방법론 속에서 연구 되어왔다. 『햄릿』비평은 18세기말에 이르러 콜리지의 철학적인 시각의 낭만주의 비평에서 본격화되고 있다. 콜리지는 햄릿이 뛰어난 지력과 지나칠 정도의 감수성으로 행동할 힘을 상실한 인물로 보았으며, 이로 인하여 복수가 지연된다고 보았다.[1] 해즐릿도 햄릿의 의식을 적극적인 행동력이 아니라 철학적 思辨으로 지배되고 있다고 말했다.[2] 이와 같이 인물의 성격이나 심리를 분석하는 것이 19세기 『햄릿』비평의 일반적 경향이라 할 수 있겠다.

따라서 20세기 초반의 『햄릿』비평은 햄릿의 결단력의 결여는 부조리

---

1) Samuel Taylor Coleridge, *Essays and Lectures on Shakespeare*, Everyman's Library(London: Dent, 1926), pp. 135-6. Cf. D. F. Bratchell, ed. *Shakespearean Tragedy* (London: Routledge, 1990), pp. 92-5.
2) William Hazlitt, *The Round Table: Characters of Shakespeare's Plays*, Everyman's Library, (London: Dent, 1957), p. 234. Cf. D. F. Bratchell, ed. *Shakespearean Tragedy*. pp. 90-92.

한 현상에 대한 시각에서 발단된 심각한 우울증(melancholy) 때문이라
는 브래들리3)의 설명은 미학적 해석의 시작이었다. 이러한 해석은 그
와 반대되는 여러 학설이 등장한 이후에도 여전히 그 권위를 인정받고
있음을 알 수 있다. 또 햄릿의 복수 지연의 원인을 오이디푸스 콤플렉
스라는 유아기적 현상을 통하여 설명하고 있는 프로이드4)도 역시 성격
비평의 영역을 벗어나지 못하고 있음을 알 수 있다.

스톨은 복수 지연의 문제를 그리스 시대부터 있어왔던 서사시적 전
통으로 보는 역사적 비평가로서, 햄릿의 심리를 분석하는 성격 비평을
전적으로 부정하는 대표적인 비평가다.5)

그러나 역사 비평 이후의 전반적인 비평의 추세는 점차적으로 복수
지연 이외의 문제에 관심을 보이기 시작하였으며, 1930년대에 이르러
나이트는 클로디어스를 건전하고 유능한 인물로 간주하는 한편, 햄릿
이야말로 허무적 존재이며 '죽음의 사자(embassy of death)'로서 결코
온전하다고 볼 수 없으며, 유령의 복수 명령 때문에 덴마크 사회의 독
소적 존재가 된 것이라고 주장했다.6) 윌슨은 *What Happens in Hamlet*
(1935)에서 특히 플롯을 면밀히 분석하고, 인간의 우주에 대한 신비적
환상을 나타낸 것이라는 견해를 제시했다. 그리고 스퍼전은 심상
(imagery) 비평을 통해『햄릿』에 대해서 이 극이 복수와 관련된 활동력
을 무력하게 하는 정신에 그 초점을 모으고 있는 것이 아니라, 모든 생
명을 파괴하는 내적 부패를 반영하고 있는 덴마크 사회의 부패에 집중

---

3) A. C. Bradley, *Shakespearean Tragedy*, 3rd ed.(1904; London: Macmillan, 1971), pp. 101-7.
4) Cf. Norman N. Holland, *Psycho-Analysis and Shakespeare* (New York: Octagon Books, 1976), p. 59.
5) Elmer Edgar Stoll, *Hamlet: An Historical and Comparative Study* (1933; New York: Gordian, 1968), p. 55.
6) G. Wilson Knight, *The Wheel of Fire*, (1930; London: Oxford Univ. Press, 1983), pp. 17-46

되는 것이라고 주장하여7) 셰익스피어 비평에 새로운 방향을 제시했다.

그러나 『햄릿』이 수세기에 걸쳐 이렇듯 수없이 많은 학자들의 논의를 자아내게 했을 뿐만 아니라, 여전히 이에 관한 논평이 쏟아져 나오고 있는 이유는 삶과 죽음, 사랑과 결혼, 우정과 배신, 야망과 격정, 살인과 복수, 외양과 진실 등, 그야말로 폭넓은 상황과 제재를 배경으로 보편적인 인간성이 창출되어 있는 劇이기 때문에 시대와 인종과 문화적인 배경을 초월해서 모든 인간이 이 작품에 대해 깊고 넓은 공감을 느끼게 되는 것이다.

따라서 필자는 이 劇의 비평적 연구를 극 속에 내재하고 있는 상호 텍스트성에 基調하고 있는 무가치적인 양상을 해체적 담론을 통하여 설명하고자 한다.

II

『햄릿』을 읽거나 극을 보고 난 뒤에 독자들의 머리에 남는 인상은 주인공 햄릿의 복수지연으로 인하여 주변의 여러 사람들까지 목숨을 희생시키는 결과를 초래했느냐 하는 것이다. 브래들리의 설명처럼 셰익스피어 비극의 주인공들의 성격은 비극의 動因인바, 햄릿의 경우에도 순전한 지연과 산만함, 금방 알아차릴 수 있을 만큼 결정적인 것을 드러내지 않는 빈 공허와 같은 성격이 운명을 결정지었다고 말할 수 있을 것이다.

따라서 햄릿은 자신이 경험하는 심대한 상실감에서 오는 부정적 비판 때문에 생겨난 無(nothingness)를 텍스트적 구조의 중심에 놓고, 그

---

7) Caroline F. E. Spurgeon, *Shakespeare's Imagery and What It Tells Us* (1935; Cambridge: Cambridge Univ. Press, 1982), p. 135.

無가 행동의 대상이 아니라 행동의 주체가 되는 것이다.

『햄릿』의 세계는 극의 처음부터 두드러지게 의문의 분위기에 쌓여있
다. 선왕 햄릿의 죽음이 가져온 혼돈은 햄릿으로 하여금 심한 정신적
인 혼란을 겪게 하는데, 선왕 햄릿의 모습으로 출현한 유령은 그 존재
자체가 현존(presence)하면서도 부재(absence)하는 것처럼 보이는데 이는
이분대립(binary oppositions)적인 존재이기 때문이라 하겠다.

> *Mar.* Peace, break thee off. Look where it comes again.
> *Bar.* In the same figure like the King that's dead. (I. i. 43-4)
> *Bar.* 'Tis here.
> *Hor.* 'Tis here.
> *Mar.* 'Tis gone. (I. i. 145-7)[8]

즉, 존재하고 있는 정체(identity)같아 보이면서도 순식간에 사라져 버
리는 유령은 현존하는 것으로서의 실체라기보다는 '현존과 부재의 상
호작용인 흔적(trace)'[9]으로서 보이는 것이라 할 수 있다. 흔적은 하나
의 환영이기 때문에 실체가 될 수 없음을 이미 알고 있듯이 흔적이 본
질일 수는 없다. 흔적은 로고스중심주의와 로고스적 현존의 해체와 동
시에 생긴다.

다음의 장면에서, 햄릿은 마치 소추하는 변호인처럼 공격적인 상호
간 캐묻기의 심문조의 질문을 해댐으로써 해체주의자의 태도를 보이고

---

8) The Arden Shakespeare, *Hamlet*, ed. Harold Jenkins (London: Methuen, 1982), P.
   175. ※ 이하 Text에서의 인용은 이 판에 의거하며, 인용문 뒤에 막, 장, 행
   만을 표시하겠음.

9) Gayatri Chakravorty Spivak, 'Translater's Preface', Jacques Derrida, *Of
   Grammatology*, p. lvii.: For Derrida, however, a text, as we recall, whether
   "literary," "psychic," "anthropological," or otherwise, is a play of presence and
   absence, a place of the effaced trace. ("If it is to be radically conceived, [the
   play] must be thought of before the alternative of presence and absence")

있다 할 수 있을 것이다. 또한 유령을 아버지의 혼령이 아니라 아버지
의 모습을 한 귀신으로 대하고 있으며('Be thou a spirit of health or
goblin damn'd' (I. iv. 40), 실체가 불완전한 환영의 모습으로 나타난 유
령이기에 유령을 부르는 호칭으로 '너'라는 하대를 하면서 왕자로서의
권위를 상실한 채, 현존과 기원 등에 관해 유령에 대하여 질문하고 있
다.

성 위의 흉벽에서 불완전한 현존인 '유령'10)을 만났을 때 유령은 햄
릿에게 'Revenge his foul and most unnatural murder'(I. v. 25)라고 말하
며, 어머니 거투루드의 근친상간의(incestuous)결혼에 대한 죄의 본질을
확인하게 한다. 이에 햄릿은 젊은 시절의 모든 것에 대한 기억들을 버
리겠다며,

> *Ham.* Yea, from the table of my memory
> I'll wipe away all trivial fond records,
> All saws of books, all forms, all pressures past (I. v. 98-9)

햄릿이 지녔던 기존의 가치관은 뒤틀린 상태('The time is out of
joint.' I. v. 196), 즉 無秩序라는 시각으로 이 세상을 관조하게된다. 사
개가 물러난 세상을 바로잡기 위해 'I was born to set it right'(I. v. 197)
라며 한탄하는 햄릿의 자아는 자신이 거부하는 시각에 전적으로 기생
하고 있으므로, 유별나게 강한 그의 자아는 어떤 것이든 일일이 부정
할 뿐이다. 햄릿도 이아고처럼 자기자신의 실체는 아니라고 말할 수
있을 것이다.

---

10) Nigel Alexander는 유령이 과거에 일어난 사건과 이야기의 전달자뿐만 아니
    라, 지금은 사라져 버린 과거의 'military honour'와 기사도의 이상을 일깨워
    주며, 그가 부여하는 명령은 미래의 행위를 한정시켜 주는 역할마저 담당하
    고 있다고 밝히고 있다. (Poison, Play and Duel: A Study in Hamlet. London:
    Routledge & Kegan Paul, 1971), p. 2.

204

햄릿에게서 현존하는 유령은 'This bodiless creation ecstasy / Is very cunning in.'(III. iv. 140-1)라 말하는 거트루드에게는 부재하고 있는 것이다. '부재하는 현존(absent presence)'[11]의 모습인 유령을 다음에서 확실하게 알 수 있다.

> *Queen.* To whom do you speak this?
> *Ham.* Do you see nothing there?
> *Queen.* Nothing at all; yet all that is I see.
> *Ham.* Nor did you nothing hear?
> *Queen.* No, nothing but ourselves. (III. iv. 131-5)

그러므로, 흔적으로 현존하는 유령의 의미는 처음엔 정체불명의 사물을 지칭하는 'this thing' (I. i. 24)이었고, 'this portentous figure' (I. i. 112), 'the king your father' (I. ii. 190), 'apparition' (I. ii. 211), 'poor ghost' (I. v. 4), 그리고 'th'incorporeal air' (III. iv. 118) 등과 같이 고정되지 않고 여러 이름으로 불리면서 다양화되고 있다. 여기서 데리다가 말하는 하나의 기호가 무한히 다른 기호로 轉移하는, 즉 언어의 모든 것은 나머지 모든 것들의 흔적을 담지 하고 있음을 볼 수 있다.

햄릿은 'Thou com'st in such a questionable shape'(I. iv. 43)라며 유령을 불확정한 모습으로 말한다. 유령은 보이기도 하고 보이지 않기도 하고, 남에게 영향을 미치기도 하고 미칠 수 없기도 한데, 이는 곧 유령의 상태라 하겠다. 따라서 이는 데리다가 말하는 기호 그 자체에는 드러나지 않는 다른 기호의 흔적이 이미 항상 깃 들어 있기에 '삭제하(under erasure)'의 개념, 즉 the being of a ghost로 해석할 수 있으리라 생각한다. Derrida는 어떤 한 개념이 문제시되거나 논쟁거리가 되어 불확정한 상태에 있을 때, 그것을 '삭제하[12]'에 둔다.

---

11) Jacques Derrida, *Of Grammatology*, p. 154.

햄릿이 경험하는 심대한 상실감에서 오는 그 유별난 부정적 비판 (negative critique)은 어머니 거트루드의 중대한 두 가지 실수, 즉 어머니로서 뿐만이 아니라 여성으로서의 수치를 드러냈다는 점이다. 또한 그 어머니의 욕망의 상대가 햄릿자신이 아니라 선왕을 살해한 클로디어스이기 때문이다. 햄릿-거트루드의 상상적 관계가 클로디어스-거트루드의 실재적 관계로 끊어지자, 햄릿은 상징적 질서(자신의 사회적 역할의 체계) 앞에서 머뭇거리게 됨으로써, 그 질서 속에서 일정한 위치를 차지할 수도 없고, 또한 원하지도 않는 모습이 된다. 여기서 햄릿은 기사적 연인, 충성스런 복수자, 장래의 왕, 사회가 부여하는 사회적·성적 지위를 모두 회피하는데 대부분의 시간을 쓰면서, 자신의 내적 존재의 비밀을 왕궁의 권력이 정보를 통해 알아내지 못하도록 기표를 바꾸어 word-play의 수수께끼 같은 말을 하여 주변 사람들을 속여넘기면서 세상을 무가치한 것(nothingness)으로 해체하고 있는 것을 볼 수 있다.

> *Ham.* O that this too too sullied flesh would melt,
> Thaw and resolve itself into a dew, (I. ii. 129-130)

햄릿은 선과 악에 대에서도 이분법적인 방법으로 구분하고 있다. 선왕 햄릿과 클로디어스의 초상화 비교에서, 아버지에 대해, 'Hyperion's curls, the front of Jove himself, / An eye like Mars to threaten and command, / A station like the herald Mercury'(III. iv. 56-8)와 같이 여러 神들의 이름으로 묘사함으로써 선한 인간의 본보기로 이야기하고 있는

---

12) 삭제하: This is to write a word, cross it out, and then print both word and deletion.'(Since the word is inaccurate, it is crossed out. Since it is necessary, it remains legible.): Gayatri Chakravorty Spivak, 'Tranlater's Preface', *Of Grammatology*, pp. xiv-xv, 19 참조.

데 반해, 클로디어스를 'There's never a villain dwelling in all Denmark / But he's an arrant knave.'(I. v. 129-30), '... bawdy villain! / Remorseless, treacherous, lecherous, kindless villain!'(II. ii. 576-7)과 같이 惡漢으로 표현함으로써 선/악의 이분법적 대립의 논리는 확실함을 알 수 있다.

이렇게 선과 악의 이분적 대립으로 클로디어스의 악함을 드러내는 것은 선의 본보기인 자신이 클로디어스를 제거해야만 한다는 역설적 설명이기도 하다.

따라서 우리는 햄릿의 선과 악에 대한 이분법적 구별은 인간의 마음속에 내재하고 있는 선/악의 공존으로 확인할 수 있는 것이다. 햄릿은 '인간/짐승', '선/악'과 같이 이분적 대립관계를 설정해두고 '인간=선', '짐승=악'이라는 등식으로 인간이 짐승에 대해 우선된다고 생각했다. 그러나 그러한 분류를 가능케 하는 기준이 없음이 밝혀짐으로써 그의 가치관이 무너지는 것이다. 이분법적 대립은 세계를 시각하는 방식, 즉 이데올로기의 전형이다. 테리 이글튼은 '이데올로기는 존재의 실재적 조건에 대한 개인의 상상적 관계의 재현'[13]이라고 주장하고 있다.

해체는 이런 이분법적 대립의 논리가 부분적으로 적용될 수 없다는 것을 밝혀주는 비판적 작용을 일컫는 이름이다. 데리다는 모든 형이상학적인 대립개념은 궁극적인 지시로서 현재를 현존(presence)으로 보는 오류를 범하고 있다고 주장하면서, 우리로 하여금 형이상학적인 사유방식에 빠지도록 만드는 이분법적인 대립관계를 버리도록 제안하고 있다.[14]

---

13) "이데올로기는 '언어'의 문제라기보다 '담론'의 문제이며, 그러한 기호화보다는 어떤 구체적인 담론적 효과의 문제이다. 이데올로기는 권력이 어떤 언술에 영향을 주어서 그 내부에 암묵적으로 자신을 각인하는 지점을 대변한다." 테리 이글튼, 『이데올로기 개론』, 여홍상 (역) (서울: 한신문화사, 1994), pp. 193, 304.

14) A kind of general strategy of deconstruction is to avoid both simply neutralizing the binary oppositions of metaphysics and simply residing within the closed field

햄릿은 인간의 내부에 선과 악이 공존하고 있다는 사실을 알고는 '인간/짐승'. '선/악'의 구조가 아닌, '인간X짐승', '선X악'의 교차배어법 (chiasmus)의 구조로 인식하게 되는 것이다. 데리다 역시도 문자가 교차 배어법의 형식으로 이루어져 있음을 시인한다.

모든 것이 불확실한 상황에서 햄릿 자신이 믿어왔던 가치관의 붕괴 는 무엇이 참이고 진리인지를 결정하게 한다. 자신에게 나타났던 선왕 의 유령은 현존(presence)에 대한 회의를 강하게 불러일으킨 결과를 초 래하게 되었다.

클로디어스는 자신의 대관식에서 행한 첫 연설에서 다음에 행해질 몇 가지의 중대사에 대한 암시를 하면서, 인간의 사고와 객관의 세계 를 연결짓는 언어를 이용하여 다른 사람들을 자신의 상징적인 질서에 통합시키고 있다.

> *King.* Therefore our sometimes sister, now our queen,
> Th'imperial jointress to this warlike state,
> Have we, as 'twere with a defeated joy,
> With an auspicious and a dropping eye,
> With mirth in funeral and with dirge in marriage,
> In equal scale weighing delight and dole,
> Taken to wife. Nor have we herein barr'd
> Your better wisdoms, which have freely gone
> With this affair along. For all, our thanks.
> Now ... (I. ii. 8-17)

클로디어스는 자신의 모순된 언행과 덴마크내의 긴장상태에 관한 일 련의 역설적인 언술행위들을 통해 엘시노아궁의 대관식 참석자들에게

---

of these oppositions, thereby confirming it. ... To deconstruct the opposition, first of all, is to overturn the hierarchy at a given moment.: Jacques Derrida, *Positions*, Trans. Alan Bass, (Chicago: Chicago Univ. Press, 1981), p. 41.

'전에는 형수요 ... 지금은 왕비인 ...'라는 사실의 정당함을 인정하도록
유도하고 있다. 또한 그는 논리적인 담론을 이끌어 내는 과정에서 자
신의 사생활에 대한 축하 의식과 통치자로서의 가면을 쓰는데, 두 가
지 사실을 병치시켜 설명함으로써 질서의 중앙에 위치한 자신의 권위
에 대한 의심을 하지 못하도록 다른 사람들을 교묘하게 조종하고 있다.
다른 사람들에게 내재되어 있을지도 모르는 반감에 대해, '고맙소'라는
한마디로 일축하면서, 담론을 통해 현실의 모순들을 은폐해가며 참 모
습을 숨겨가며 살아가는 책략(이데올로기)을 통해 거대한 권위로서 자
리잡는다. 그의 이데올로기는 언어적인 질서 구축을 통해 여러 모순들
을 해소시키는 허위의식인 것이다.

　선왕의 죽음에 슬퍼하는 햄릿에게 격려하고 위안하는 클로디어스의
언행에서 자신이 밝힌 균형과 질서의 근원으로서의 왕의 모습은 "허울
만의 균형(semming balance)"[15]임을 알 수 있다.

> *King.* 'Tis sweet and commendable in your nature, Hamlet,
> 　　　To give these mourning duties to your father
> 　　　But you must know your father lost a father,
> 　　　That father lost, lost his — and the survivor bound
> 　　　In filial obligation for some term
> 　　　To do obsequious sorrow. But to preserver
> 　　　In obstinate condolement is a course
> 　　　Of impious stubbornness, 'tis unmanly grief,
> 　　　It shows a will most incorrect to heaven,
> 　　　A heart unfortified, a mind impatient,
> 　　　An understanding simple and unschool'd;
> 　　　For what we know must be, and is as common

---

15) Michael Mangan, *A Preface To Shakespeare's Tragedies* (New York: Longman, 1991), p. 126-7.

As any the most vulgar thing to sense —
Why should we in our peevish opposition
Take it to heart? Fie, 'tis a fault to heaven,
A fault against the dead, a fault to nature,
To reason most absurd, whose common theme
Is death of fathers, and who still hath cried
From the first corse till he that died today,
'This must be so'. (I. ii. 87-106)

클로디어스의 '균형'은 실제적 균형이 아니라 그의 연설을 전개하는 논증의 과정에 두 가지의 정반대의 입장들을 말함으로써 실제로는 다른 무게를 부여하고 있음을 볼 수 있다. 그의 논증의 첫 부분에서, 그는 햄릿의 감수성에 대해 햄릿을 칭찬하고 있다. '자상하고 칭찬할만한', '자손 된 도리', '상례에 어울리는 슬픔'이라는 단 세 어구로 조화시키고 있는데, 이는 모두 찬성의 의미로 포함하고 있다. 그러나, 논증의 부정적 입장에서, 햄릿의 지나친 哀悼에 대해 비난하면서 '한없이 애통해하고', '죄받을 옹고집', '사내답지 못한 비애', '하늘에 역행하는 태도', '약해빠진 심장', '조급한 마음', '사려분별 없는 이해력', '부질없는 반항', '하늘을 거역', '亡者를 배반', '자연을 거역', '가장 부조리한 논리'와 같은 말에 담아 햄릿에 대한 비난의 長廣舌을 늘어놓는다. 여기서 클로디어스가 비난의 말을 더 많이 하고 있음을 볼 수 있는데, 이는 자신이 만든 담론 속에서 스스로 균형과 질서는 허상에 불과함을 보여주고 있다고 할 수 있을 것이다. 클로디어스는 '자연의 법칙 (common theme — 아버지의 죽음의 당연성)'을 말하며, 햄릿이 아버지의 죽음에 대한 어떠한 의심도 하지 못하게 하기 위해 자신이 만든 틀 속에 햄릿이 통합되어 주기를 바라고 있다. 클로디어스의 담론은 현재의 권력 관계로서 과거와 현재를 해석하고 정의하는 '개인은 자신이 만든 틀 속에 종속되어야 한다'는 정치적인 이데올로기16)인 것이다.

햄릿의 외형은 자기의 표현 방법이다. 엘시노아궁의 모든 사람들이 겉으로 드러나는 언어와 그것에 내재된 의미의 불안정한 관계를 파악하지 못한 채 클로디어스의 상징적 체제 속에 통합되고 있으나, 초월적인 중심인 클로디어스에게서 벗어나려 하는 햄릿의 모습을 다음에서 볼 수 있다.

> *Ham.* Seems, madam? Nay, it is. I know noe 'seems'.
>   'Tis not alone my inky cloak, good mother,
>   Nor customary suits of solemn black,
>   Nor windy suspiration of forc'd breath,
>   No, nor the fruitful river in the eye,
>   Nor the dejected haviour of the visage,
>   Together with all forms, moods, shapes of grief,
>   That can denote me truly. These indeed seem,
>   For they are actions that a man might play;
>   But I have that within which passes show,
>   These but the trappings and the suits of woe. (I. ii. 76-86)

위 대사에서 보듯 햄릿이 'seem'과 'play'를 그의 존재양식으로 받아들이기를 거부함으로써 클로디어스가 만들어 놓은 체제에 대한 반항을 재현하고 있는 것이다.

햄릿은 유령이라는 불완전한 현존을 만나 엘시노아궁의 외형적 화려함 밑바닥에 흐르는 실상의 추악한 모습과 복수에 대한 부탁을 듣고는, 클로디어스의 허구적인 권위를 해체하려는 전략을 세운다. 클로디어스

---

16) "만일 모든 언어가 특정한 이해를 표현한다면, 모든 언어가 이데올로기적인 것으로 보일 것이다. 그러나 이데올로기의 고전적인 개념은 결코 '이해관계를 지닌 담론'이나 설득력 있는 효과의 생산에 국한된 것은 아니다. 이데올로기는 보다 정확하게 모종의 어떤 이해가 어떤 정치 권력의 이름 아래 위장되고, 합리화되고, 자연화되고, 보편화되고, 정당화되는 과정을 지칭한다. : 이글튼, *op. cit.*, p. 275.

가 자신의 담론 속에 통합을 시도하면 햄릿은 이를 '횡설수설(wild and whirling words, I. v. 139)'을 사용하여 클로디어스가 언어로 구축한 안정된 권위를 훼손하고 그가 형성한 틀을 해체하고 있다.

또 햄릿이 극의 중심 막들에서 'Turbulent and dangerous lunacy'(III. i. 4)와 'crafty madness'(III. i. 8)와 같이 말하고 있는데, 그의 행동들을 관찰한 사람들의 눈에도 결코 정상적인 정신상태가 아님을 알 수 있게 한다. 클로디어스의 권위와 질서에 대한 해체전략으로서 햄릿은 佯狂(madness)을 가장하는 것이다.

극 전체를 통해서 햄릿의 언어에 나타난 합리성과 강렬한 감정의 떼어놓을 수 없는 뒤섞임, 그리고 셰익스피어가 그에게 준 타락의 가장 불쾌한 형태로의 묘사나 혼란의 극치와 자기회의를 전달하는 은유들(metaphors)을 찾을 수 있게 한 그 능력은 분별력 없고 정당한 판단력이 모자라는, 기계적으로 사람에게서 영혼을 빼앗아버리는 담론에 관한 클로디어스의 절대적인 신념을 고수하지 못하도록 해체하고 있다.

게다가, 햄릿의 행동, 즉 그의 양광은 제정신과 혼란의 범주 이외에도 다른 범주들까지도 혼란시키고 있다. 그는 양광 전략으로 자신에게 일반적으로 왕실의 왕자에게서 기대되는 사회적 예절을 벗어나서 셰익스피어의 어떤 광대에 못지 않게 유창하게 자신의 담론을 말하면서 무자비하게 진실들을 쏟아내게 하는 바보의 특허를 얻는 극적 효과를 보이고 있다.

선왕의 죽음과 어머니의 근친상간적 성급한 재혼('The funeral bak'd meats / Did coldly furnish forth the marriage tables.' I. ii. 180-1)에 대한 햄릿의 아래 언급에서 보듯,

> *Queen.* Have you forget me?
> *Ham.*   No, by the rood, not so.
>   You are the Queen, your husband's brother's wife,

And, would it were not so, you are my mother. (III. iv. 12-5)

햄릿에게서 'father'—'mother'—'son'의 관계는 'uncle-father'—'aunt-mother'— 'son-cousin' 관계로서 언어의 호칭 기호 체계에 혼란을 가져와 햄릿에게 '정체성(identity)의 상실'17)을 경험하게 하는 것을 발견할수 있다.

선왕의 유령이 출현했다는 사실을 전해듣고 햄릿은 당시의 사람들이믿었던 유령의 출현은 감춰진 범죄의 폭로에 있다는 사실을 믿고, 막연하게 뭔가 악행을 의심하면서 그 악행은 밝혀질 것이라고 말한다.

> *Ham.*   All is not well.
> I doubt some foul play. Would the night were come.
> ... to men's eyes. (I. ii. 255-8)

햄릿이 의심을 하고 있는 부분은 바로 클로디어스가 word-play를 통해 구축한 절대적인 권위에 관한 의심이다. 클로디어스의 권위와 그권위가 만들어 온 질서를 의심해온 햄릿은 클로디어스의 권위에 통합되는 것으로부터 떨어져 나오려는 시도를 보여준다. 클로디어스가 검은 상복 차림과 침울한 표정을 한 햄릿의 위상을 조카이자 아들로 규정지어 말할 때, 친족으로서의 유대를 거부함과, 모순되는 것을 'and'로연결 지어 말하는 클로디어스의 담론을 거부하고 있음을 볼 수 있다.

> *King.* But now, my cousin Hamlet, and my son —
> *Ham.* A little more than kin, and less than kind.
> *King.* How is it that the clouds still hang on you?
> *Ham.* Not so, my lord, I am too much in the sun. (I. ii. 64-7)

---

17) Thomas F. Van Laan, *Role-playing in Shakespeare* (Toronto: Univ. of Toronto Press, 1978), p. 174.

햄릿은 'more'와 'less'같은 어원에서 나온 발음이 유사한 'kin'과 'kind'의 관계로 엮어내는 말장난(pun)과 word-play를 사용하고 있다. 또 'clouds'에 반대되는 'sun'을 말함으로써 클로디어스의 말의 흐름을 차단하고 왕의 시각에서 벗어나고 있다.

기표와 기의는 확정적인 것이 아니므로 언어는 그 영역과 유희를 한없이 확장해가는 것이다. 햄릿이 행하는 언술은 해체주의의 이러한 언어관과 맥을 같이하여 의미론적으로 풍부한 것으로서 자유유희(free play)를 가능하게 한다.

이점에 대해 셸던은 셰익스피어의 모든 등장인물들 중에서 햄릿이 가장 '모호한 말을 쓰는 명수(master 'equivocator')'[18]라 하였듯이, 배우들로 하여금 *The Murder of Gonzago*의 공연을 행하도록 시켜, 클로디어스의 도덕적 상상력을 자극하여, 그의 숨은 사악한 죄가 자신의 행위와 닮은 광경에서 반응하는지를 살피도록 호레이쇼에게 시키고 있던 햄릿과, 극을 보기 위해 여러 신하들과 시종들이 횃불을 든 왕의 근위병들과 함께 등장하던 클로디어스가 나눈 대화에서의, 햄릿의 word-play는 얼마나 혼란을 일으키는지를 알 수 있게 한다.

> *King.* How fares our cousin Hamlet?
> *Ham.* Excellent, i'faith, of the chameleon's dish. I eat the
>   air, promise-crammed. You cannot feed capons so.
> *King.* I have nothing with this answer, Hamlet. These
>   words are not mine.
> *Ham.* No, nor mine now. (III. ii. 92-6)

---

18) Raman Seldon, *Hamlet's word-play and the Oedipus complex in Critical Essays On Hamlet*, ed. Linda Cookson, Bryan Loughrey (Essex: Longman, 1988), p. 85.

햄릿은 내뱉어서 자기 밖으로 나간 말은 이미 자기 말이 아님을 示唆하고 있다. 비록 햄릿의 word-play가 자신에게 타자에 대한 지배력을 준다하더라도 그것은 결국 자신의 통제의 범위를 벗어난다는 것을 말하고 있음을 다음에서 볼 수 있다.

> *King.* How fares our cousin Hamlet?
> *Ham.* Excellent, i'faith, of the chameleon's dish. I eat the
>   air, promise-crammed. You cannot feed capons so.
> *King.* I have nothing with this answer, Hamlet. These
>   words are not mine.
> *Ham.* No, nor mine now. (III. ii. 92-6)

햄릿은 '일이 잘 되어가다(turn out)'의 의미를 지닌 'fares'를 'eat'로 변형시켜 클로디어스가 말하고자 하는 대화의 흐름에서 이탈하고, 자신을 'capon'으로 비유하여 클로디어스의 의도대로 되지 않을 것을 말하고 있다. 여기서 우리는 일단 발화된 말은 본래의 말의 정황이나 의도로부터 왜곡되어 다른 목적을 위해 사용될 수도 있다는 것을 알 수 있다.

햄릿은 'a king may go a / progress through the guts of a beggar' (IV. iii. 30-1)라 말함으로써 클로디어스의 정치적 야망을 조롱하고 있다.

클로디어스가 폴로니어스를 살해한 햄릿을 영국으로 급히 보내려하자 햄릿은 논리체계가 맞지 않는 삼단논법으로 왕을 어머니라고 부른다.

> *King.* So is it, if thou knew'st our purposes.
> *Ham.* I see a cherub that sees them. But come, for
>   England. Farewell, dear mother.
> *King.* Thy loving father, Hamlet.

Ham. My mother. Father and mother is man and wife,
man and wife is one flesh; so my mother. come, for
England. (IV. iii. 50-6)

햄릿은 짓궂은 익살로 클로디어스의 음모를 알고 있다는 암시를 주
며, 동시에 하늘이 클로디어스를 지켜보고 있음을 경고하고 pun의 사
용으로 클로디어스의 권위에 효과적으로 반항하고 있다.

묘파기꾼과 과거에 진짜 궁전의 광대였던 요릭의 운명에 대한 대화
를 나누는 5막에서는 햄릿이 제정신으로 돌아와서 관중들에게 훈계조
의 언술을 행하고 있는데, 햄릿의 진지한 희롱으로 가득 차 있다. 비록
살았을 때의 두뇌가 죽어 냄새나는 해골에 지나지 않는다 하더라도,
햄릿은 인생에서 사람의 정신적인 능력에 대한 시적, 정치적 중요성에
대해 강변하고 있다.

Ham.   let her paint an
inch thick, to his favour she must come. ... (V. i. 187-8)
Ham.   Why,
may not imagination trace the noble dust of
Alexander till a find it stopping a bung-hole? (V. i. 196-8)

알렉산더 대왕의 고귀한 몸이 결국 술통 마개로 쓰이게 되는 것을
상상하고 있다. 죽으면 신분의 고하를 막론하고 한줌 흙으로 변해 버
리는데 이 세상에서 선악이 무슨 의미가 있겠는가하고 자포자기의 심
리에 빠지고 있다.

햄릿이 마침내 선왕의 명령을 이행하지만 그 역시 계획에 없었던 일
이다. 여기서 햄릿의 담론을 통해 기표와 그것에 상응하는 기의의 관
계가 안정적이고 절대적이지 못하다는 것과, 기호는 기표/기의의 관계
로서가 아니라 의미화의 과정으로서 정의되어야함을 알 수 있다. 햄릿

은 언술 행위에 있어 요구되는 통합적이고 자연적인 연결관계를 의도
적으로 분열시켜 대화의 맥락과 상관없이 언술의 텍스트가 요구하는
흐름을 차단시키고 있는 것이다. 햄릿이 남긴 'the rest is silence.' (V. ii.
363)는 열린 결말로 자신과 작품『햄릿』을 영원한 해체의 공간에 남게
한다.

III.

결국 햄릿은 클로디어스라는 중심에 통합되지 않고 탈중심화하나,
햄릿은 복수의 명분, 수단, 힘, 의지를 갖고 있는데도 복수를 결행하지
못하는 자신의 우유부단함이, 망각과 결과에 대해 지나치리 만치 신중
함, 비겁함 등에 기인한 것이 아닌지를 자문하고 있는데(4막 4장의 독
백), 그의 복수지연은 유별난 자신의 성격에 기인함을 볼 수 있다. 언
어의 불안정성 때문에 야기된 행동으로의 실천력의 결핍과, 복수의 기
회에서 지니는 기의를 유일하게 해석함으로써 복수를 지연시키게됨을
볼 수 있었다.

셰익스피어는 햄릿의 해체적 태도를 통해 폐쇄와 획일이 아닌 열림
과 다양성을 강조하고 있다. 필자는『햄릿』의 word-play에 나타난 해체
적 담론과 셰익스피어의 언어사용의 유사성을 통하여 셰익스피어가 포
스트모더니스트의 한 사람으로 존재하고 있음과, 그와 그의 작품은 서
로 다른 상황과 시각 속에서 끊임없이 다시 해석되고 읽혀질 수 있는
상호텍스트성에 내재한 다양한 접근 방법적 해석의 토양을 남겨두고
있는 셰익스피어의 돋보이는 예술적 미학을 확인할 수 있었다.

Bibliography

Alexander, Nigel. *Poison, Play and Duel: A Study in Hamlet.* London: Routledge & Kegan Paul, 1971.

Bradley, A. C.. *Shakespearean Tragedy.* 3rd ed. 1904; London: Macmillan, 1971.

Bratchell, D. F.. ed. *Shakespearean Tragedy.* London: Routledge, 1990.

Coleridge, Samuel Taylor. *Essays and Lectures on Shakespeare,* Everyman's Library. London: Dent, 1926.

Derrida, Jacques. *Writing and Difference.* Alan Bass trans,. London: Routledge & Kegan Paul Ltd., 1978.

_____ . *Positions,* Alan Bass. Trans.. Chicago: The Univ. of Chicago Press, 1981.

_____ . *Of Grammatology,* Gayatri Chakravorty Spivak, trans.. Baltimore: Johns Hopkins Univ. Press, 1974.

_____ . *Speech and Phenomena And Other Essays on Husserl's Theory of Signs,* David B. Allison. Trans.. Evanston: Northwestern Univ. Prress, 1973.

Eagleton Terry , *Ideology: An Introduction,* 여홍상 (역), 『이데올로기 개론』(서울: 한신문화사, 1994), p. 193.

Grady, Hugh. *The Modernist Shakespeare.* Oxford: Clarendon Press, 1991.

Gurr, Andrew. *Hamlet and the Distracted Globe.* Sussex: Sussex Univ. Press, 1978.

Hassan, Ihab. *The Postmodern Turn..* Ohio: Ohio State Univ. Press, 1987.

218

Hazlitt, William. *The Round Table: Characters of Shakespeare's Plays*, Everyman's Library. London: Dent, 1957.

Jenkins, Harold, ed.. *The Arden Shakespeare, Hamlet*. London: Methuen & Co. Ltd., 1982.

Knight, G. Wilson. *The Wheel of Fire*, 1930; London: Oxford Univ. Press, 1983.

Mahood, M. M.. *Shakespeare's Wordplay*. London: Methuen & Co. Ltd., 1957.

Mangan, Michael. *A Preface to Shakespeare's Tragedies*. New York: Longman Group UK Ltd., 1991.

Moretti, Franco. *"The Great Eclipse: Tragic Form as the Deconsecration of Sovereignty" in Shakespearean Tragedy*, ed. John Drakakis. London: Longman Group UK Ltd., 1992.

Seldon, Raman. *Hamlet's word-play and the Oedipus complex in Critical Essays On Hamlet*, ed. Linda Cookson, Bryan Loughrey Essex: Longman, 1988.

Spurgeon, Caroline F. E.. *Shakespeare's Imagery and What It Tells Us.* 1935; Cambridge: Cambridge Univ. Press, 1982.

Stoll, Elmer Edgar. *Hamlet: An Historical and Comparative Study.* 1933; New York: Gordian, 1968.

Van Laan, Thomas F.. *Role-playing in Shakespeare.* Toronto: Univ. of Toronto Press, 1978.

Wilson J. Dover. *What Happens In Hamlet. London*: Cambridge Univ. Press, 1940.

ABSTRACT

An Analyzation on the Deconstructive Discourse of 'Word Play' in Shakespeare's *Hamlet*

Park Seong-man

In this dissertation, I wish to analyze the deconstructive discourse of 'word play' in Shakespeare's *Hamlet* through Derrida's deconstruction theory.

Deconstruction works to undo the idea — according to Derrida, the ruling illusion can somehow dispense with language and arrive at a pure, self-authenticating truth or method. Derrida's deconstructive strategy starts with the instability of language that a signifier is not corresponding exactly with its signified. One of the features of decontruction is to refuse the absolute authority or totalizing system.

Hamlet tells the story from the standpoint of nothing itself. The particular form of negativity which Hamlet experiences is melancholy, which, rather like paranoid jealousy, drains the world of value and dissolves it into nauseating nothingness. Hamlet's wordplay illustrates the deconstructive process to undermine the oppressive authority.

Claudius incarnates a mighty authority. He regards himself as origin or center and tries to unify all individuals, while Hamlet feigns madness and plays upon words in order to injure Claudius's power and preserve his individuality through decentering.

The instability of language in *Hamlet* functions on negative level, failing Hamlet's revenge.

Accordingly Shakespeare emphasizes the openness and multiplicity rather than closure and oneness through Hamlet's deconstructive practice.

『겨울 이야기』에 나타난 재생과 화합*

이 상 오**

I.

『겨울이야기』*The Winter's Tale*은 『페리클리즈』*Pericles*와 『심벌린』 *Cymbeline*류의 로맨스 희극 작품이다. 세익스피어 희극 중의 로맨스적 요소는 그의 초기 및 후기 작품에 공통적으로 나타나는 특징 중의 하나이다. 『실수연발』*The Comedy of Errors*에서부터 『십이야』*The Twelfth Night*에 이르기까지의 세익스피어의 희극들은 당대의 인본주의적 로맨스와 희랍 로맨스의 여러 가지 요소들을 내포하고 있다. 특히 세익스피어의 후기 로맨스 극들은 인생에 대한 성숙과 참회와 화합, 재결합 등을 그리고 있다. 따라서 세익스피어의 로맨스적 요소들은 그의 희극들 속에 편재되어 있었을 뿐만 아니라 후기극에서 뚜렷하게 체계화되어 극의 주제가 공통적으로 재생과 화합에 초점이 맞춰져 있다는 것이다. 본 연구는 세익스피어의 후기극 중 『겨울이야기』에 나타난 화합의 문제를 갈등과 분열과 화합이라는 기본적인 구조적 틀 안에서 살펴 보

* 본 논문은 1999학년도 원광대학교 교내 학술연구비 지원으로 쓰여짐.
** 원광대학교 교수

고자 한다.

II.

　Camillo와 Archidamus 사이의 짤막한 대화로 시작이 되는 극의 초반
부는 Bohemia의 단조로움과 Sicilia의 풍요로움이 대조를 이루면서, 전
도가 유망하고 젊음이 넘치는 희망찬 Mamillius 왕자에 대한 찬사와
Hermione의 출산에 대한 기대, Leontes와 Polixenes의 오랜 우정의 강조
로 사랑이 넘치는 분위기이다. 온세상이 사랑의 자연스러운 리듬에 맞
추어 조화롭게 움직이는 "great creating nature"(4.4.88)의 분위기이다.
　이러한 조화를 깨는 것은 돌연 의심과 질투의 감정을 표출하는
Leontes의 존재이다. Leontes는 친구인 Polixenes에게 Sicilia에 더 머무르
기를 권유하지만 거절한다. 그러나 Leontes는 아내인 Hermione에게
Polixenes에게 다시 한번 권유해 볼 것을 부탁하고, Hermione는
Polixenes에게 두 사람의 어린시절에 대해 회상하도록 만들면서 그들의
tricks를 pretty lordings로 간주하고 Polixenes의 체류를 강요한다. Leontes
의 권유에 응하지 않고 떠날 것을 고집하던 Polixenes가 Hermione의 요
청에 설득되어 머물 것을 승락하자 Leontes의 자존심은 상처를 입고 걷
잡을 수 없는 질투의 감정으로 발전하게 된다. 질투에 사로 잡히게
Leontes는 이 극의 비극적인 전반부의 주요한 원인 제공자가 되는데 이
러한 Leontes의 질투심은 King Lear에서 Lear의 질투심도 갑작스럽고
절대적인 것이지만 Leontes와 Lear의 질투심의 차이는 사랑이라는 감정
의 존재 유무에 있는 것이다.(Ted Hughes, 367) Leontes의 질투심에서는
Hermione에 대한 사랑의 감정은 전혀 찾아 볼 수 없다. 그래서 더욱 비
극적인 것이 될 수도 있는 것이다. Leontes의 이러한 질투심은 따라서

자신의 내재적인 특성이기 때문에 정서적으로 불안함을 반영하는 것
(Harold Goddard, 650)이며 Cymbeline에서의 Iachimo나 Othello에서의
Iago와 같은 인물의 영향없이 질투심에 사로 잡힌 Leontes는 결국 결말
부분에 Hermione와 화합할 수 있는 가치를 지닌 인물이 되는 것이
다.(Roger Trienens, 322)

자신은 청혼하여 석달이나 걸려 잡은 손을 마치 그것이 Leontes만의
소유가 아닌양 Polixenes에게 건네고 있는 아내의 모습에서 Leontes의
격렬한 질투의 감정은 폭발하는 것이다. 이러한 격렬한 질투심은 내면
의 고통과 불안을 불러 일으키고 그것은 곧 "insane suspicion"의 단계로
발전한다. Cymbeline에서 Posthumus가 분별력을 잃은 질투에 사로잡히
게 되는 것은 Iachimo의 책략과 속임수라는 외적인 요인에 의해서 였
지만 Leontes의 경우는 자신의 망상속에서 Hermione의 행위를 교정, 즉
"mingling bloods"(1.2.109)의 상태로 확대하여 해석하는 그의 말속에 내
적 고통으로 인한 Leontes의 심리상태가 잘 드러나 있다.(Fitzroy Pyle,
21)

Leontes의 병적인 질투심과 의심은 자신이 말하는 것처럼 "infection
of brain"(1.2.144)을 불러 일으켜 Polixenes에 대한 Hermione의 욕정을
확신하게 만든다. Leontes의 솟구치는 질투심은 강력하게 외형적으로
드러나는 감염으로 증가하고 - 거기에서 자기 자신의 현재의 중독된
사고를 반은 인정하면서 - 그리고 나서 "hardening of my brows"라는 표
현에서 볼 수 있는 것처럼 하나의 understress, 즉 거의 완곡어법으로 빠
져 든다.

Hermione의 부정은 물론 Leontes의 병적 의심과 질투에서 오는 것이
지만 남편에 대한 그녀의 사랑은 정결하다. 하나의 실상과 허상사이의
이러한 긴박감을 토대로 Shakespeare는 Hermione의 인간적 사랑에 내재
하는 창조의 힘을 Leontes의 망상이 낳은 악에 맞서게 하는 것이다.

Leontes는 충실하게 창조의 기능을 수행한 임신한 Hermione에게 부정한 여인의 이미지를 부여한다. 이러한 이미지가 단지 Leontes의 "diseas'd opinion"에서 기인함을 주장하는 Camillo에게 그는 대노한다. Leontes에게 있어 Hermione의 실체는 거짓이고, 지금까지의 삶이 거짓 실체와의 생활이었다고 단정짓자 그의 망상은 더욱 심화된다. Leontes의 이러한 점증하는 강박관념은 일련의 질병의 이미지들을 통해서 묘사되고 있고 혐오와 쓰레기, 중독을 표출하는 이미저리들과 관련이 되어 빈번하게 등장한다. Camillo는 Leontes에게 "cured of this diseased opinion"(1.2.297)이 되도록 요청한다. 그리고 "who does infect her?"(1.2.307)라고 그의 부정한 아내에 대한 Leontes의 잘못된 생각을 반박한다. 이러한 질병의 이미저리 는 부패의 개념과 날카로운 사물들과 연결되는 것이다. Leontes의 언어의 발작적인 경련들은 그의 정신적 불안을 반영하는 것이고 말하자면 그는 병에 걸린 것이다. 중독을 야기하는 그리고 지금은 더욱 강력하게 증가하고 있는 병, 그가 소화하고 吸收하는데 실패해 버렸던 어떤 병에 걸린 것이다. 그래서 메스꺼움을 상징하는 이미지들이 쏟아져 나온다. 그의 결혼은 두꺼비처럼 더럽혀졌고 그리고 이러한 부정은 그에게는 "goads, thorns, nettles, tails of wasps"인 것이다. 이러한 질병의 이미저리는 4막에서는 거의 볼 수 없지만 5막에서는 다시 Leontes의 소망속에서 이제는 대조적인 의미로 이러한 질병의 이미저리의 반향이 나타나는 것을 목격할 수 있다. Leontes의 대사에 나타나는 이러한 이미저리에 대해 Clemen은 Leontes 자신의 점점 고립되어 가고 있는 현실과 그의 어리석음을 드러내는 것이라고 못박고 있으며 (198), E.M.W.Tillyard 역시 Leontes의 세계는 그가 사용하는 왜곡된 언어에 의해서 표현되고 있다고 주장한다.(76)

Leontes는 거의 악에 가까운 의심으로 가득찬 성숙한 열정의 세계에서 생존한다. 더우기 그의 의심은 그 자체가 하나의 악인 추한 일이다.

그리고 실질적으로 이것은 죄나 다름없다. 이렇게 볼 때 *Winter's Tale*
에서 선과 악의 가장 심오한 논쟁들은 바로 Leontes와 Hermione의
관계를 통해서 표현되고 있는 것이다. Shakespeare에게 있어서 완전한
사랑은 희극과 비극에서 모두 거의 최상의 선, 특히 악의 상징으로서
의 Iago와 신성의 상징으로서의 Desdemona와 더불어서 *Othello*에서 명
백하게 드러나는 체계이기도 하다.(Wilson Knight, 79) 위대한 시는 그
들 자체의 이익을 위하여 보편적인 사상들을 거의 직접 이용하지는 않
는다. 위대한 시의 사상들은 살과 피속에 저장되어 있는 것이다. 그리
고 육체에서 육체에 이르는 하락과 피의 접촉이라는 구체화된 사상의
논리가 존재하고 그것은 반드시 일일이 어떤 개념적인 연쇄와 일치하
지는 않는다. 성적인 질투심은 Camillo에 의해서 "which to reiterate
were sin as deep as that, though true"(1.2.283)라는 말에서 매우 적절하
게 "sin"으로 지칭이 됨으로써 악으로 발전하고 있는 열등의식과 소유
욕의 집중으로 드러나고 전체의 논쟁은 선과 악의 문제로 인식이 되고
있다.

Leontes의 이성을 상실한 잘못된 정열인 질투의 감정은 자기 자신과
Hermione의 관계를 파국으로 이끈다. Hermione와 Polixenes의 사이를 부
정하다고 보는 Leontes의 태도는 결과적으로 자기기만이다. 격렬한 분
노속에서 죄없는 아내에게 누명을 씌운 죄를 알면서도 애써 부정하려
는 Leontes의 자기 방어적 태도는 바로 "sickness"(1.2.385)이고 "diseas'd
mind"(1.2.387)임을 드러내고 이러한 Leontes의 상태는 점차 "winter
bitterness"(F. C. Tinkler, 344)를 행동으로 옮기게 되는 것이다. 질투의
감정에서 발단이 된 Leontes의 잔인성은 Hermione을 공식적으로 부정한
여인으로 그리고 Camillo를 Polixenes의 도주를 도와준 반역자로 선포한
다. 그럼에도 불구하고 Hermione는 역경이 자신의 "better grace"(2.1.
122)를 위한 것이며 자신의 명예는 회복될 것임을 강력히 시사하는데,

이것은 "She is spread of late, into a goodly bulk. Good time encounter her."(2.1.19)라는 시녀의 말에서 처럼 창조적인 시간의 면에서 이해할 수 있으며 후반부의 Hermione의 재생을 강력히 암시하는 것이다.

이제 Leontes의 비애는 극에 달하고 차라리 아내의 부정에 대한 예측이 빗나간 것이기를 바라는 그는 자신의 질투를 정의하는데 사용한 오염의 이미저리를 사용해서 그녀의 잘못을 전염성의 독으로 표현하는 아이러니를 보인다. 여기에서 "disease, poison, stinging"이라는 이미지들의 배열은 더욱 명백해 진다. 즉 Cordelia를 추방한 Lear처럼 Leontes는 사랑의 유대관계를 부인함으로써 그의 지옥같은 고뇌는 시작된다. Leontes의 이러한 행위는 자연법칙에 역행하는 것이며 도덕적 질서를 파괴하는 것이다. 이때 Leontes의 정신상태를 극명하게 드러내 주는 "spider"라는 이미지가 등장한다. "spider" 자체만으로는 전혀 해가 없는 것이다. 그러나 이것이 파괴적이거나 치명적이라는 것은 전적으로 인간의 상상력에 속하는 문제인 것처럼 Leontes의 정신상태를 극명하게 드러내 주는 이미지라고 볼 수 있는 것이다. Shakespeare는 독자들에게 첫번째 막에서 목격했던 것을 상기시키고 Leontes가 지금은 완전히 의심의 차원을 넘어서 버린 그의 질투심에 지배당하고 있다는 것을 드러내는 강력한 수단으로서 이러한 이미지를 선택했던 것이다.

*The Winter's Tale*에서는 처음 Leontes가 아내와 딸을 죽이려 함으로써 도덕적 질서를 위협하자 Paulina는 사랑과 생성의 자연질서를 주장하며 Perdita에 대한 그의 도덕적 의무를 촉구한다. Perdita가 태어나자 Paulina는 덮개를 벗겨 Leontes에게 보여 주며 그녀를 "print"(2.3.98)라고 언급하고 있다. 그렇지만 Leontes의 반응은 "Faith"에 대한 거부로 드러난다. 그는 Perdita를 자연의 산물로 제시하는 Paulina에 대해 "a mankind witch"(2.3.67)라 비난하며 화형시키겠다고 위협한다. 기성세대의 재생의 원동력이 새로운 세대에 존재한다고 보는 Tiyllard는 Leontes

의 죄와 오견은 Shakespeare가 만들어낸 가장 아름다운 등장 인물들중 하나며, 동시에 창조적인 힘을 나타내는 이극의 가장 주요한 상징이기 도 한 순수성의 상징인 Perdita를 자신의 결혼과 재생의 상징으로 볼 수 없는데에 기인한다고 주장한다.(44) 이처럼 Leontes는 Perdita와 그녀 가 구현하는 생성과 사랑의 질서를 "witchcraft"의 산물로 취급하여 그 관계를 부정함으로써 자신에게 새로운 삶을 가져올 수 있는 위대한 자 연의 법칙과 과정으로 부터 자신을 소외시킨다.

Sicilia궁을 감도는 암울한 죽음의 분위기는 Hermione의 죄를 공식적 으로 밝히려는 재판정으로 변한다. 질투심으로 눈이 멀어 아내에 대한 "present vengeance"(2.3.22)를 요구하는 Leontes를 향해 Hermione는 말한 다.

> You speak a language that I understand not:
> My life stands in the level of your dreams,
> Which I'll lay down
> (3.2.80-82)

Hermione는 자신과 Leontes의 관계가 더 이상 같은 개념의 언어 사 용이 불가능한 완전한 단절의 상태임을 인식하고 자신의 삶이 남편의 병든 망상에 예속되어 있음을 느낀다. 남편의 비난에도 불구하고 Hermione는 그의 잔인성을 수용하는 성자와 같은 태도를 보인다. Hermione는 그들의 결혼의 의미와 남편에 향한 사랑을 아름답게 표현 한다. Hermione는 그녀 몸의 "first fruit"인 Mamillius를 "second joy"로, 새로 낳은 아이를 "third comfort"로 비유하며, 그녀의 가장 큰 슬픔은 남편의 사랑을 상실한 것임을 호소한다. Leontes와 마찬가지로 Hermione에게 있어 그들의 결합은 "commodity"이며, 그 결합의 와해는 세상의 와해를 의미한다. 여기서 "first-fruits"와 "milk"라는 어휘가 가지는 생생하고 자연스런 느낌에 주목해 볼 필요가 있을 것 같다. Hermione이 하는 침착하지만 비난에 가득찬 냉소는 Henry *VIII*의 재판 장면에서의 Queen Katharine의 대사에서 그 등가물을 발견할 수 있다. Hermione와 Queen Katharine은 둘 다 타향에서 고통받고 있는 위대한 왕의 딸들이다. Hermione은 이미 앞에서 "a great king's daughter"(3.2.40) 이고 "daughter of the emperor of Russia"(3.2. 120-4)라고 언급이 된다. 그녀는 Queen Katharine과 유사한 기후적인 효과를 가지고 가장 고귀한 권위자 즉, Queen Katharine이 Pope에게 하듯이, Oracle에게 호소하는 것 이다.

*The Winter's Tale*의 주제라고 할수 있는 중요한 플롯인 사랑의 파괴 와 회복은 바로 결혼관계의 파괴와 회복의 문제와 연관되어 나타나 있 다. 자연과의 화합에서 분리됨으로써 혼돈상태에 빠진 Leontes의 세계 는 성적 질투심과 그로 인한 전적인 신념의 상실로 인해 더욱 불완전 해진다. 사랑의 유대관계를 단절함으로써 자연법칙에 역행하게 된 Leontes는 Hermione의 부재의 긴 겨울을 맞게 된다. Paulina는 Leontes를 "devil"에 비유하면서(3.2.193), 혹독한 아이러니가 내포되어 있는 대사 로 그의 죄목을 열거하면서 Hermione의 죽음을 알리고 Heaven의 복수 를 요구한다. Leontes의 강박관념이 증가하는 순간부터 실질적으로 그 의 양심으로서의 역할을 수행하고 있는 그녀는 이제 완전히 그의 양심 이 된 듯 하다. Paulina는 Leontes의 질투가 몰고 온 절망의 겨울을 다 음과 같이 말한다.

> But, O thou tyrant!
> Do not repent these things, for they are heavier
> Than all thy woes can stir ; therefore betake thee
> To nothing but despair. A thousand knees
> Ten thousand years together, naked, fasting

Upon a barren mountain, and still winter
In storm perpetual, could not move the gods
To look that way thou wert.

(3.2.207-214)

Leontes의 삶은 폭풍우가 몰아 치는 불모의 산에 벌거 벗은 채로 버려져 있다. 즉, 겨울이라는 계절에 둘러 싸여 있는 것이다. 4막 이후에 등장하게 될 Florizel과 Perdita의 세계가 꽃들로 둘러 싸여 있는 것과는 날카롭게 대조되는 부분이다. 그래서 겨울은 Paulina에 의해서 실질적으로 참회와 관련이 되고 있고 그녀가 끌어 들이는 겨울의 장면은 Leontes에게 그의 부정한 아내를 받아들이기 위해서 적절한 참회의 정신적 상태를 지향하도록 충격을 주기 위한 것이다.(William Scott, 412)

한편 신탁에 의해 Hermione와 Polixenes의 누명은 벗겨지고 Leontes는 아이를 되찾기 까지 후계자를 가질수 없는 "a jealous tyrant"(3.2.133)임이 드러 난다. 그러나 불명예스럽게 "there is no truth at all in the orcale"(3.2.140)이라고 말하면서 신탁을 거부하던 Leontes를 즉각적인 참회의 자세로 변모시키는 것은 충격적인 아들 Mamillius의 죽음의 소식이다. 후계자인 Mamillius의 죽음은 곧 Leontes 자신의 죽음을 의미하기에 그의 정신적 방향은 완전히 전환된다. 아들의 죽음에 의해 갑자기 이성의 눈을 뜨게 된 Leontes는 뒤이은 아내의 죽음의 소식에 접하자 이 재앙을 자신에게 내리는 신의 벌로 간주하고 진심으로 참회한다. 그러나 그의 질투가 초래할 모든 재앙이 그것만으로 치유될 수는 없는 것이었다. J.H.P.Pafford가 Leontes가 지니고 있던 그런 질병이나 이 질병이 야기하는 재난은 즉각적으로 치유될 수 있는 것이 아니라고 지적하면서, 이 질병에 대한 저주와 치유는 시간을 필요로 하는 것이다라고 말하는 것처럼 오랜 고통과 회개와 기도가 요구되는 것이다.(Ixiii) 자연이 허용하는 한은 참회하겠다는 Leontes의 모습과 더불어서 우리가 주목해야 할 부분은 질투라는 망상으로 부터 깨어난 후 그가 구사하는 언어가 간결하고 소박하다는 점이다. 즉, G.Wilson Knight가 지적하고 있는 것처럼 "calm and lucid"한 그의 대사를 통해서 Leontes는 전과는 결코 다른 진정한 왕의 모습으로 돌아 오는 것이라고 볼 수 있다.(96) Tinkler도 역시 다음과 같이 말하면서 Leontes의 질투의 대사와 참회의 대사의 변화에 주목하고 있다.

> The difference may be seen in comparing the verse of the Jealousy Speeches with that of the repentant ones. Whereas the former were jerky, broken, and excessively elliptical, the later verse is smooth, the curves are more regular and longer,....(361)

Tinkler가 말하는 것처럼 질투의 대사들이 "jerky, broken, elliptical"한 반면 참회의 대사들은 한마디로 "smooth"한 것이다.

질투로 인해 Leontes가 초래한 혼돈의 상태는 또 다른 상실을 가져온다. 그것은 Antigonus의 죽음이다. Polixenes를 독살하라는 Leontes의 명령을 양심을 앞세워 거역한 Camillo와 달리 Antigonus는 Perdita를 유기하는 임무를 수행한다. Antigonus는 "chance may nurse or end it"(2.2.132)이라고 말하고 "remote and desert place"(2.3,175)에서 Perdita를 자연의 자비에 던져 버린다. 폭풍은 시작되고 그는 황폐한 자연 안에서 인생의 불안전성을 암시하는 곰에 의해 희생이 되지만 버려진 Perdita가 재생의 원동력으로서 Leontes의 새로운 삶의 단초가 되기에 그의 죽음은 무의미한 것은 아니다. Antigonus는 Bohemia로 항해를 했고 그리고 거친 해변가에 노출될 Perdita와 함께 그의 배를 남겨둔다.

3막 3장에서 폭풍우가 치는 장면은 이 극에서 주목해야 할 의미있는 장면이다. 그것은 이 장면이 두가지의 완전히 다른 각도에서 관찰될 수 있기 때문이다. Mariner의 "the skies look grimly/And threaten present

blusters..... The heavens...... frown upon's."(3.3.4) 와 Antigonus의 이와 유
사한 "The storm begins:... The day frowns more and more .... I never
saw/The heavens so dim by day......."(3.3.49,54,55)는 일반적인 폭풍우의
상징주의를 의미하는 것이지만 반면 Clown의 폭풍우에 관한 산문적인
관찰은 훨씬 더 사실주의적인 관점을 표현하는 것이다. 여기서 폭풍우
들은 "creatures of prey"와 관련이 되었다. 그러나 Antigonus와 Mariner
의 운명에 대해서는 유감스러움이나 혹은 연민이라는 감상적인 태도를
전혀 볼 수가 없는데, 왜냐하면 처음부터 거의 희극적인 암시가 연민
이라는 감정을 방해하고, 그리고 그 이상으로 Shakespeare의 강조는 폭
풍우 자체와 그 결과로 나타나는 새로운 삶에 놓여 있었기 때문이다.

G.Wilson Knight는 bear를 Shakespeare의 습관적인 이미지의 연상들로
부터 구체화된 하나의 모호한 상징이라고 말하면서 Shakespeare가 지속
적으로 폭풍우를 비극적인 상징으로서 사용하고 있으며 또한 야생동물
들, 특히 곰이 종종 그들과 관련이 되고 있음을 지적한다.(98) 그러나
Tillyard가 이것은 Shakespeare가 하나의 현실로 부터 또 다른 하나의 현
실로 극의 분위기를 반전시키기 위한 것이라고 말하고 있는 것(77)처럼
Dennis Biggins도 이 bear-scene을 전 후반부를 훌륭하게 연결하는 하나
의 상징적인 행위로 해석하면서 다음과 같이 지적하고 있다.

> The apparent anomalies in the symbolism here are only
> apparent;Shakespearian symbols, in common with those of many other
> poets, often operate in several different directions at once, so that the
> bear her is, like Antigonus, at once an emblem of divine retribution and
> an embodiment of Leontes' savage cruelty.(Dennis Biggins, 13)

즉, bear는 Leontes의 야만적인 잔인함의 구현일 뿐만 아니라 신의 징
벌을 상징하는 것이다.

III.

Shakespeare 비극의 주인공의 행위는 비록 그가 궁극적인 인식에 도달한다고 해도 반드시 파멸하게 되지만, 후기극의 세계에서는 진정한 참회를 통한 화합의 기회가 주어진다. 질투로 인해 Desdemona의 살해라는 돌이킬 수 없는 죄를 저지른 Othello의 파괴행위가 자살로 막을 내리는 것과는 달리 *Winter's Tale*에서 극의 움직임은 Perdita가 자라난 Bohemia로 이동하여 젊은 세대의 순수한 사랑의 힘을 통한 Leontes의 재생이 준비된다. Leontes의 질투가 몰고온 황량한 불모의 겨울은 버려진 Perdita가 양치기의 손에 넘겨지면서 따뜻한 봄으로 대체되는 것이다. The Winter's Tale에서 3막 까지의 비극적 상실감은 폭풍우 장면을 전환점으로 해서 마지막 4막과 5막에서는 희극적 분위기로 전환된다.

왕의 신분을 숨긴채 아들과 농부 소녀와의 사랑을 방해하기 위해 축제에 참가한 Polixenes가 변장을 버리고 참 신분을 드러낸 것은, 평화로운 축제의 분위기에 임박한 파멸과 극적인 긴장감을 유발시킨다. Polixenes가 Perdita에게 Florizel과의 교제를 끊을 것을 명령하며 잔인하게 죽음의 위협마저 하는 분노는 16년전 거칠고 난폭한 Leontes의 질투의 분노를 상기시키고 있는데, 결국 Polixenes 자신도 Leontes와 마찬가지로 겨울로 둘러 싸여 있는 세대 즉, 화합의 대상이 되는 셈이다.(William Scott, 412) 전원의 평화와 대조되는 거칠고 난폭한 Polixenes는 궁정의 포악성을 반영함과 동시에 그 자신의 말과 행동사이의 놀라운 아이러니를 불러 일으켜 젊은 세대의 순수성과도 대조를 이룬다. Polixenes의 이러한 말과 행동 혹은 이론과 행동 사이의 불일치는 희극적일 뿐만 아니라 젊은 세대에 대해 가해지는 그의 위협이 야기하는 긴장감을 경감시키는 반어적인 형태이다. Joan Hartwig는

Polixenes의 이러한 반어적인 언어가 결말 부분의 등장 인물들의 화합을 예견케 하는 것이라고 주장한다.(32)

이상적인 로맨스 세계와 사실적이고 과감하게 표현된 시골 생활과의 혼합과 대조는 상이한 분위기의 단순한 배열 이상의 것이며 실제로 독자를 이 극의 핵심적인 문제로 좀 더 가까이 이끌어 가는 더욱 심오한 의미를 내포하고 있다. Shakespeare는 4막에서 Perdita와 Florizel의 사건에 의하여 상징화되고 있는 타락한 세계의 재생과 부활이 견고한 현실과 시골생활의 소박함 뿐만 아니라 더욱 더 세련된 "court-world"에 뿌리를 두고 있음이 틀림없다는 것을 보여 주기를 원했던 것이다. Bethell은 "Shakespeare는 시골과 궁정의 생활은 서로에게 필수적인 것이며 전자의 진실한 미덕들과 후자의 우아함은 완벽한 세계를 합성해 내는 것임을 나타내고자 한 것처럼 보인다"라고 지적하고 있다.(27) 그리고 이 필연적인 결합은 또한 동시에 극적인 아이러니를 내포하는 이미저리에 의해 암시가 되고 있는데 왜냐하면 화자 Polixenes가 그의 아들에 대한 일련의 행동에 의해 스스로 그가 여기에서 유기적인 법칙으로 권유하고 있는 절차로 부터 이탈하고 있기 때문이다.

이 목가적인 분위기 속에서 주로 등장하는 꽃들은 - "marigold, primrose, oxlip" - 다른 어떤 곳에서 보다 두드러지게 인간적인 특징과 감정들을 부여받았다. 이것은 전체 장면의 의미를 검토한다면 단순히 분위기를 만들어내는 것 이상의 역할을 하고 있다. 왜냐하면 이것은 그런 완전히 다른 국면에 처해 있고 이런 유쾌한 소란의 한가운데에서 계속되는 Florizel과 Perdita사이의 사랑만들기(love-making)에 대한 의미 있는 대조를 형성하고 있기 때문이다. Polixenes의 격렬한 분노에도 불구하고 의연한 자세로 왕궁에 비치는 해는 초가집에도 비침을 Florizel에게 말하는 Perdita의 모습은 소박한 전원에서의 그녀의 타고난 가치를 말해 준다. 그러나 Perdita는 축제의 여왕으로서의 꿈을 깨고, 다시 그녀의 신분에 맞는 일상의 삶으로 돌아가려고 하는 반면, Florizel은 보다 확신에 찬 태도로 자신의 뜻에는 변함이 없음을 Camillo에게 밝힌다. Florizel이 왕위의 왕자가 되기 보다는 차라리 "heir to my affective"(4.4.477)가 되길 맹세한 것은 그가 Perdita와의 사랑의 맹세를 저버리지 않을 것을 말해 준다. Perdita와의 사랑을 유지하기 위해 Bohemia와 부왕과, 옥좌의 모든 영화를 버리고 Sicilia로 떠나는 Florizel 의 태도는 여러가지를 시사해 준다. 즉, Sicilia 궁정에서 Bohemia 전원 으로의 전환은 "노령과 겨울"에서 "젊음과 여름"으로의 전환 뿐 아니라 "Leontes 의 질투심과 사랑의 파괴"로 부터 "Perdita와 Florizel의 사랑의 성취"로의 전환이다. 사랑의 시련을 극복함으로써 더욱 신뢰가 굳어진 Perdita, Florizel의 순수한 사랑은 Sicilia에서 이루어질 화합과 재생을 가능하게 한 촉매역할을 담당하게 된다.

자연의 거대한 질서안에서 Sicilia와 Bohemia 양 세계의 조화를 가져오게 될 Camillo는 두 젊은이에게서 그들의 부친들이 내던진 자연의 가치와 화합의 가능성을 확인한다. Florizel은 Perdita와 함께 바다로 가기로 결정하고, 그들이 알지 못하는 곳으로 가고 있을때 Camillo에게 다음과 같이 말한다.

> we profess
> Ourselves to be the slaves of chance and flies
> Of every wind that blows.
>
> (4.4.540-542)

5막이 시작되면, Leontes는 자신을 "a jealous tyrant"(3.2.132)로 선포한 신성한 신탁을 거부했다가 Mamillius를 잃자 즉각적인 회개의 자세로 변한 이후 16년 간의 참회를 거친 성숙한 인간의 모습으로 등장한다. Leontes의 참회는 Florizel과 Perdita의 신의에 대한 확신과 Hermione의

명예회복에 관한 정당한 관심과 동일한 체험의 질서에 속해 있으며 이
것은 모두 절대적인 인간 가치의 인식이라 볼수 있는 것이다.
(L.C.Knights, 70) 이제 Leontes는 자신이 파괴한 결혼 관계의 가치와, 그
의 잘못이 초래한 문제들을 정확하게 인식하게 된 것이다. 계승자없는
왕국을 초래한 지난 날의 과오를 기억하며 괴로와 하는 Leontes의 모습
은 전에 보였던 그의 포악한 태도와 대조를 이룬다. 즉, 그는 1막에서
볼수 있었던 자신의 겨울과 같은 상태로 부터 봄과 여름이라는 대조되
는 상태로 되돌아 온 것이다. 그는 지난 16년간 자신의 죄를 참회하고
마음속에서 아내를 새롭게 진실로 사랑하게 되었다. 버려진 Perdita가
아름다운 대자연에서 성숙하는 동안 그의 정화된 마음속에는 Hermione
에 대한 새로운 상이 자리잡은 것이다. Leontes가 Florizel과 Perdita를
보자 "Welcome hither, As is the spring to th' earth." (5.1.150-151)라고
하며 다음과 같이 말한다.

> The blessed gods
> Purge all infection from our air whilst you
> Do climate here! You have a holy father,
> A graceful gentleman;against whose person
> (So sacred as it is) I have done sin,
> For which, the heavens (taking angry note)
> Have left me issueless:and your father's blest
> (As he from heaven merits it) with you,
> Worthy his goodness. What might I have been,
> Might I a son and daughter now have looked'd on,
> Such goodly things as you!
>
> (5.1.167-177)

16년이라는 긴 세월을 참회하고 정신적으로 성숙해진 Leontes의 말

은 "blessed", "holy", "graceful", "sacred" 라고 하는 자비와 경건함의 이미저리로 가득 차 있다. 또한 극의 초반부에서 Leontes 자신이 질투로 가득 차 있을 때 자주 등장했던 질병과 감염의 이미저리가 이제는 완전히 대조적으로 사용되고 있다는 것 또한 눈에 띄는 대목이다. Leontes는 이제 그가 단절시킨 모든 관계가 주는 의미를 이해한다. 그는 자손을 갖는 것이 진정한 하늘의 축복임을 인식하는 능력을 얻은 것이다.

Leontes가 Florizel이 전하는 Polixenes의 사랑을 기꺼이 받아들이자 두 왕국의 유대관계는 회복된다. Leontes가 자연의 질서를 파괴시켜 혼돈을 초래한 것은 신념의 결핍을 통해서 였다. 이제 그 원래의 신념이 회복되자 혼돈의 상태로 부터의 회복이 가능해 진것이다. 이후 Polixenes가 도착해서 Perdita가 공주가 아닌 천한 목자의 딸이며 Florizel은 상속권도 버리고 사랑을 위해 도피한 왕자라는 사실이 드러나면서, 연인들에 의해 구축된 사랑의 세계의 조화는 반대, 냉담, 좌절의 불협화음에 의해 일소되려고 한다. Leontes는 그의 젊은 시절을 생각해서라도 자신을 옹호해 줄 것을 간곡히 부탁하는 Florizel의 청을 Hermione를 향한 사랑을 상기하고 받아들인다.

Perdita에게 "too much youth"(5.1.224)가 보인다는 Paulina는 Leontes에게 Hermione를 상기시키며 그는 부드럽게 "I thought of her, softly, even in these looks I made"(5.1.227)라고 대답한다. 처음 대면한 Florizel에게서 Polixenes를 상기했듯이 Perdita에게서 Hermione를 상기한 그는 아내에 대한 "affection"을 기억하게 되는 것이다. 또한 자신이 사랑의 관계를 부인함으로써 초래한 혼돈상태가 Polixenes에 의해 반복되려고 하자 Leontes는 젊은이들의 결합을 촉진시킨다. Hermione에 대한 불신으로 그녀의 명예를 더럽힌 Leontes는 이제 젊은 연인들의 명예를 보호해 주려는 것이다. 이것은 시간이 흘렀음에도 젊은 시절의 아내의 모습이 그의 가슴속에 살아 있음을 나타낸다.

Leontes와 Perdita의 결합은 Gentlemen의 대화를 통해서 간접적으로 전해지게 된다. 이 장면은 믿을수 없는 사건들이 재현되기 이전에 견고한 기초를 놓는 이미 잘 알려진 Shakespeare적인 수법으로서 이들의 대화는 잘 짜여져 있고 사실주의적인 산문체의 대화로 구성된다. 게다가 조금은 장식적이고 예절에 의해 나중에 있을 클라이막스의 형식적이고 제의적인 특성들을 미리 알려주는 역할을 하는 것이다.(Wilson Knight, 116) 이들은 Perdita의 타고난 본성과 그녀의 양육이상으로 실질적인 왕족적인 분위기를 강조하고 "old tale"에 대한 초기의 사건들과의 대조가 등장한다. 이들은 다음과 같이 말한다.

> But O! the noble combat that 'twixt joy and sorrow was fought in Paulina. She had one eye declined for the loss of her husband, another elevated that the oracle was fulfilled.
>
> (5.2.72-74)

Gentlemen들이 이야기 하고 있는 것처럼 이 마지막 5막의 분위기는 정확하게 "joy" 와 "sorrow"가 혼합되어 있는 것이다. 딸을 찾은 기쁨의 순간에도 "O, thy mother!"(5.2.52)라고 외쳐야 하는 Leontes의 슬픔과, 신탁의 성취를 고대하면서 기다리던 Perdita가 돌아 왔음에도 Antigonus의 죽음에서 오는 Paulina의 슬픔이 있는 것이다. Perdita의 신분이 밝혀지면서 신탁의 성취가 전해진다. 이제 파괴된 것이 아닌 화합을 지향하는 세계가 됨으로써 Leontes의 세계는 과거의 구속으로 부터 해방된 것이다.

이제 무대는 "grave and good Paulina"(5.3.1)의 집으로 옮겨 가게 된다. 이 장면은 Leontes가 Hermione의 죽은 시신을 마지막으로 목격했던 2막 2장에서의 죽음의 "chapel"을 상기시키는 곧 그녀의 "chapel"인 것이다. Paulina가 제시하는 이 작품의 주요한 주제인 삶의 재생을 위한 상징적 역할을 역할을 하는 Hermione의 석상은 Leontes의 슬픔을 강화시킨다.(L.C.Knights, 72) Leontes는 그녀가 얼마나 "infancy and grace"처럼 부드러웠던 가를 상기하면서 자신을 꾸짖어 줄 것을 애원하며 다음과 같이 말한다.

> O! thus she stood,
> Even with such life of majesty - warm life
> As now it coldly stands - when first I woo'd her.
> I am asham'd:does not the stone rebuke me
> For being more stone than it? O, royal piece!
> There's magic in thy majesty, which has
> My evils conjur'd to remembrance,
>
> (5.3.34-40)

아무리 달콤하다 하더라도 이 석상은 차갑고 생명없는 목석일 뿐이다. Leontes의 슬픔은 너무나 큰 것이어서 Camillo는 그가 16번의 겨울과 여름을 지나면서도 아직까지도 그의 영혼에서 슬픔이 마르지 않았음을 말하며 Paulina조차도 동정을 느껴, 그에게 석상을 보인 것을 후회한다. Leontes는 Hermione를 석상으로 만든 자신의 죄를 뉘우치며 눈물을 흘린다. Leontes는 감각적인 세상을 멀리하고 그의 여생의 전부를 Hermione가 정말로 살아 있다는 상상속에서 살고자 한다. Leontes의 석상에 대한 강렬한 심정을 인식하게 된 Paulina는 커튼을 걷을 것을 제안한다. 꿈과 희망의 세계가 사실적인 경험의 세계와 정확하게 일치되는, 또한 모든 이성적 판단과 논리가 중지되어 버리는 듯한 일이 일어남과 동시에 화합의 기쁨들이 흘러 넘치게 되는 것이다. Cymbeline에서의 Posthumus와는 달리 Leontes의 질투심은 스스로 자초한(self-inflicted) 죄였기 때문에, 더우기 16년이라는 오랜 시간 동안을 참회한 그가 화합이라는 그가 지은 죄가에 대한 보상을 받는다는 것은 필연적인 것이다.

예술과 현실의 경계를 응시하며 석상이 움직일 것 같은 열망과 흥분 속에 영원히라도 서 있을 것같은 Leontes의 사랑이 Hermione의 석상을 회복시키는 것이다. 석상이 회복됨으로써 예술은 자연이라는 거대한 힘의 한 단면에 불과한 것이고 화합이라는 문제 또한 인간들이 조작할 수 있는 범위를 초월하는 것으로서 인간이 선택한 것에 불과할 뿐 전적으로 자연의 한 기능임을 드러냄으로써 "Art"와 "Nature"에 관한 논쟁도 끝맺게 되는 것이다.(Stephen Miko, 273) Paulina가 Hermione의 생명을 부르는데는 또한 음악이 사용된다. Shakespeare의 후기극에서 종종 음악이 하는 여느때의 역할과 마찬가지로 이 장면에서도 음악은 특별한 해방의 대행자로의 강력한 역할을 하고 있는 것이다. 이러한 Hermione의 부활은 죽은 시신에 생명력을 다시 불어 넣음으로써 형상화되었다. Hermione의 부활은 초월적인 것이 아니며 이것은 인간의 따뜻한 현실에 존재하는 것이다. "'Tis time"이라는 Paulina의 말속에는 Hermione을 가상의 죽음으로 부터 삶으로 복귀시키는 시간, 그리고 그것이 실현되는 시간의 의미가 들어 있는 것이다.

*Winter's Tale*에서 음악은 이전 작품인 *Cymbeline*에서 보다 중요한 기능을 한다. 여기서 음악은 유기적이고 특히 희극적 후반부의 극의 분위기 조성에 중요한 역할을 한다. 음악을 재창조 또는 화합의 힘을 가진 것으로 파악하는 Shakespeare의 새로운 인식은 여기서도 명백하게 드러나고 있는 것이다. 이 극을 비극적 전반부와 희극적인 후반부의 두 부분으로 나눌때 음악은 주로 후반부에서 사용되고 있고, 그 주요한 기능은 Leontes의 질투심이 지배하는 혼란의 시간으로 부터 Perdita가 지배하는 화합의 시기 사이의 구분으로 특징지워 진다. Nosworthy는 *Winter's Tale*에서의 음악의 역할에 대해 다음과 같이 말하고 있다.

In the first of these, music finds no place. Its first appearance in the play is, appropriately, at the precise point where the process of winning order out of chaos is begun, when the winter of the tale looks towards spring, and the future is seen in terms of "the sweet o' the year". (67)

Pericles와 Cymbeline에서와 마찬가지로 여기서도 인간의 격렬한 운명을 암시하는 "tempest"와 "death"의 동시성, 그리고 잃어버린 것으로 간주되었던 어린 아이의 발견은 또다시 강조되고 있다. Leontes에게 16년이라는 시간은 죽은 것으로 여겼던 Perdita와 Hermione와의 재회를 준비하는 시간이었고, 16년전 Sicilia 궁정에서의 "passion", "winter", "death"가 16년 후의 Bohemia 전원에서의 "pure love", "spring", "rebirth"가 대조되듯이 이 극의 전반적인 분위기는 겨울과 같은 비통함, 폭풍, 난파선, 그리고 상실로부터 봄과 같은 축제, 젊음, 사랑, 그리고 화합과 음악으로 변화하는 것이다.

IV.

F. R. Leavis는 Shakespeare의 후기 극에 대해 논평하면서 거대하면서도 복잡한 리듬을 지닌 우리 개개인의 인생을 한편의 연극에 비유한다면 그것은 "birth, maturity, death, birth"라는 리듬을 지니고 있는데 이것은 마치 Shakespeare의 후기 극의 상징적 체계와 흡사하다고 말하고 있다.(341) The Winter's Tale에서 Sicilia와 Bohemia의 평화스러운 분위기 가운데 Leontes의 맹목적 질투라는 분열을 조장하는 힘이 등장하고, 이러한 Leontes의 파괴적인 힘은 점증적으로 증가하여 결국 Mamillius와 Hermione, 그리고 갓 태어난 Perdita까지 유기하는 상실의 형태로 나타

나게 된다. 그러나 극의 결말은 결국 분열을 조장하는 파괴적인 힘과 이 힘으로 인한 여러 가지 형태의 상실의 아픔을 극복하고 이루어지는 화합인 것이다. 조화와 화합을 유도하는 음악의 상징적인 이용을 통해서 Shakespeare는 Paulina에 의해 Hermione의 재생까지 이루어내고 있는 것이다.

위대한 비극을 통해서 완성되었던 Shakespeare의 비극관은 후기 로맨스 극에 이르러서 그의 예술적인 성숙함과 보조를 맞추게 되었다. Shakespeare의 후기 로맨스 극들은 일반적으로 Othello에서 표현되었던 어둡고 암울한 분위기로부터 빠져 나와 점점 밝은 곳을 지향하여 나아가고자 하는 위대한 예술가 Shakespeare의 하나의 인생 과정을 마무리하는 단계이었을 수도 있다. 그런 측면에서 본다면 The Winter's Tale 과 같은 그의 로맨스 극에서 볼 수 있는 화합, 특히 기성세대의 부정과 악을 치유하는 젊은 세대의 등장과 역할을 부각시키는 화합이라는 주제는 더할 나위없이 좋은 주제였을 것이다.

Works Cited

Bethell, S. L. "Shakespeare's Imagery: The Diabolic Images in Othello", SS Vol 5(1952).

Bethell, S. L. The Winter's Tale: A Study. London: Staples Press Ltd., 1947.

Bieman, Elizabeth. William Shakespeare: The Romances. Boston: Twayne Publishers, 1990.

Biggins, Dennis. "Exit Pursued by a Bear: A Problem in The Winter's Tale", SQ   13(1962).

Clemen, Wolfgang. The Development of Shakspeare's

Imagery. London: Methuen, 1977.

Goddard, Harold C. *The Meaning of Shakespeare*. Chicago: Chicago UP., 1951.

Hughes, Ted. *Shakespeare and the Goddess of Complete Being*. New York: Faber and Faber Ltd., 1991.

Knight, G. Wilson. *The Crown of Life*. London: Methuen, 1948.

Knight, G. Wilson. *The Shakespearean Tempest*. London: Methuen, 1953.

Knight, G. Wilson. *The Wheel of Fire*. London: Methuen, 1949.

Knights. L. C. *Explorations*. New York: George W. Stewart, 1947.

Leavis, F. R. "The Criticism of Shakespeare's Late Plays", *Scrutiny* Vol 10(1942).

Miko, Stephen J. *"Winter's Tale"*, *SEL* Vol 29(1989).

Nosworthy, J. M. "Music and Its Function in Shakespeare's Romances", *SS* 11(1958)

Pyle, Fitzroy. *The Winter's Tale: A Commentary on the Structure*. London: Routledge & Kegan Paul, 1969.

Scott, William O. "Seasons and Flowers in *The Winter's Tale*", *SQ* 14(1963).

Tillyard, E. M. W. *Shakespeare's Last Plays*. London: Chatto and Windus, 1958.

Tinkler, F. C. *"The Winter's Tale"*, *Scrutiny* Vol 5(1937).

엘리엇의 희곡작품에 나타난 연옥적 비전*

여 형 구**

엘리엇은 『시와 극』("Poetry and Drama", 1951)에서 자신이 시극작가로서 거쳐온 수련의 결과를 반성하였다. 이 에세이의 서두에서 그는 자기의 과거 비평활동을 회고하면서 다음과 같이 말하고 있다.

> 지난 30여년의 세월동안의 나의 비평적 생산을 돌아다 볼 때, 놀랍게도 나는 끊임없이 극으로 되돌아왔다는 사실을 깨닫게 된다. 셰익스피어의 동시대인들의 작품을 연구하거나, 미래의 가능성들을 숙고하든지 간에.

> Reviewing my critical output for the last thirty-odd years, I am surprised to find how constantly I have returned to the drama, whether by examining the work of the contemporaries of Shakespeare, or by reflecting on the possibilities of the future (*OPP* 75).

그는 이처럼 극에 대한 자신의 관심이 처음부터 일관된 것임을 밝히고 있다. 1951년 하버드에서 행한 이 강연은 특별한 흥미를 끈다. 왜냐

---

*본 논문은 1999년도 호원대학교 교내 학술연구조성비 지원에 의한 것임.
**호원대

하면 엘리엇은 여기서 자신의 극을 검증할 수 있을 뿐만 아니라 시극의 이상을 내다볼 수 있기 때문이다.

그의 이러한 극에 대한 관심은 극의 고전 형식이나, 또는 과거 영국에서 전성을 누리다가 소멸해 버린 시극에 대한 회고적 동경에서 나온 것은 아니었다.

그의 최초 비평집인 『성스러운 숲』(*The Sacred Wood*, 1920)에 수록된 「시극의 가능성」("The Possibility of a Poetic Drama")에서 이미 그는 현대에 시극을 어떻게 부활시킬 것인가를 고찰하였고, 「시극에 관한 대화」("A Dialogue on Poetic Drama", 1928)에서 그 문제를 다시 취급하였다.

이 두 번째의 에세이는 드라이든(Dryden)의 『극시에 대해서』(*Of Dramatic Poesie*)의 서문으로 쓰인 것으로, 다섯 사람의 가상인물의 대화를 통하여 시극에 관한 여러 관점을 대변케 하고 있는 이색적인 에세이이지만, 여기에서 취급한 주제는 화자 C의 말처럼 시극의 가능성이라는 문제를 다루고 있다고 보아야 할 것이다 (SE 56).

사실주의에 입각한 현대적 견해로는 시와 극은 두 개의 별개의 것으로 보여지고, 어쩌다가 그 양자가 결합되는 경우에는 시와 극의 두 입장으로부터 다 같이 이질적인 것으로 간주되고, 이 둘이 어떤 특이한 천재작가에 의하여 결합된 우연의 결과라고 간주된다. 이러한 입장은 근대극의 사실주의를 옹호하는 아처(William Archer)에 의하여 대표되고 있는데, 엘리엇은 시와 극은 본질적으로 불가분의 관계에 있는 하나의 실체라고 보기 때문에 아처의 시극에 대한 부정적 입장에 정면으로 맞서게 되는 셈이다.

오늘날 시는 극이 가져야 하는 정서의 범위와 현실성을 한정하기 때문에, 시극에 있어서의 시적 요소는 극에 과해진 제한이라고 생각되고 있어서, 현실에 대응할 수 있으려면 현대적 감정을 충분히 표현할 수 있는 산문에 의지해야 된다고 믿어지고 있다. 그러나 이스퀼루스(Aeschylus)이래로 인간의 감정에는 큰 변화가 없으며 모든 극적 표현은 원래 인공적인 것이기 때문에, 더 엄밀한 사실주의를 노린다는 것은 허구에 불과하다고 엘리엇은 보는 것이다. 때문에 그는 피상적인 것이 아니라 근원적인 것을 추구하려면 산문이 아닌 시에 의지해야 된다고 주장한다.

> 강렬한 정서 속에 있는 인간의 영혼은 그 정서를 시로 표현하려고 애를 쓴다. 이것이 왜 그러하고, 감정과 리듬이 왜 그리고 어떻게 관련되어 있는가를 발견하는 것은 내가 아니라 신경전문의들이다. 아무튼 산문극의 경향은 일시적이고 피상적인 것을 강조하는 것이다. 우리가 영속적이고 보편적인 것을 얻고자 한다면, 우리는 자신을 운문으로 표현하는 경향이 있다.

> The human soul, in intense emotion, strives to express itself in verse. It is not for me, but for the neurologists, to discover why this is so, and why and how feeling and rhythm are related. The tendency, at any rate, of prose drama is to emphasize the ephemeral and superficial; if we want to get at the permanent and universal we tend to express ourselves in verse (*SE* 46).

이러한 견지에서 엘리엇은 가장 위대한 극은 시극이며 극적 결함은 시적 우월성에 의하여 보충될 수 있다고 보고 있다.

엘리엇은 자신의 시를 시 이외의 다른 장르에까지 확대하려는 시도를 했다. 시와 가장 가까운 장르는 희곡이고 희곡 가운데서도 시극이다. 엘리엇은 『애곤의 단편』(*Fragment of an Agon*)등의 예비적인 시도를 한 후 시극 창작에 몰두했다. 『성당의 살인』(*Murder in the Cathedral*, 1935)을 발판으로 하여 본격적인 시극 창작에 착수하였고,

이후 두 편의 시극, 『가족의 재회』(Family Reunion, 1935)와 『칵테일 파티』(Cocktail Party, 1945)에 이어 『비서』 (The Confidental Clerk, 1953), 그리고 그의 최후의 작품인 『원로정치가』 (The Elder Statesman, 1958)를 남겼다.

엘리엇의 희극 내지는 승리로 끝나는 비극들인 5개의 극작품들은 그의 "煉獄"의 비전에 속한다. 희극이란 말은 행복한 결말을 가진 이야기에 적용된다. 젊은 남녀가 서로 사랑하는데, 그들의 사랑이 방해를 받다가 플롯상의 어떤 전환점에서 그들이 결합하게 되고 부모들이 화해하거나 악한의 정체가 드러나고 행복한 사회가 나타나 희극이 끝나는 순간부터는 그러한 사회가 시작된다고 가정된다. 희극의 종말 속에 그 시초가 있는 셈이다. 그 종말은 그 희극을 관람하는 동안 시종 관객이 바람직한 상태로 생각한 것을 회복시켜 준다. 따라서 희극의 시초 속에 그 종말이 있는 셈이다.

이러한 종류의 희극은 엘리엇의 두 개의 내적 세계로 국한되어 있기는 하지만 순환적인 성격을 띠고 있다. 젊은 세대는 통상적으로 늙은 세대를 극복하고 연극 속에 있는 경험의 세계로부터 자라나는 일종의 재생의 느낌과 순수의 상태를 느낀다. 또 다른 종류의 비극이 있는데 여기서는 행복한 결말 이전의 갈등이 비극적인 것이 되고 결과적으로 희극이 비극을 회피하는 것이 아니라 그것을 포함하게 된다. 기독교적 신화에서는 그리스도가 그의 "아버지"의 진노하심을 진정시키고 "신부"이자 새로운 사회라 할, 그가 구원한 교회의 "신랑"이 되는데 그것은 인간의 타락과 "십자가의 고난"이라는 가장 큰 두 개의 비극을 에피소드로 하는 "신의 희극"이다. 셰익스피어의 후기극같은 심오한 희극도 비극적 행동을 회피하지 않고 그것을 포함하고 그 중점을 행복한 결말에 두기보다는 화해와 용서에 두고 있다. 어떤 그리이스의 비극들은 평온한 혹은 행복하기조차 한 느낌으로 끝나는 보다 큰 극적 행동

속에 비극적인 행동을 포함시키고 있다. 그리이스 극에는 4개의 그러
한 비극, 즉 이이스킬러스의『복수의 세 여신』(*Eumenides*), 소포클레스
(Sophocles) 의『콜로누스의 이디푸스』(*Oedipus at Colonus*), 유리피디이
즈(Euripides)의『알케스티스』(*Alcestis*), 유리피디이즈의『이온』(*Ion*)이
있는데 그것들은 각각 엘리엇의 극작품에 대하여 중요한 영향을 끼치
고 있다.

『성당의 살인』에서는 기독교적인 "희극적" 행동의 변증법적, 연옥적
측면이 가장 뚜렷하게 나타난다. 표면적인 극적 행동은 비극이지만 그
속에서 주인공은

> …만사가
> 기쁜 종말을 향해서 간다.

> …all things
> Proceed to a joyful consummation (*CPP* 272).

는 것을 알리고 있다. 이 작품에서 엘리엇의 4개의 세계 중의 장미
동산이 들어설 자리는 없다. 우리는 코러스가 나타내는 경험의 세계에
서 시작한다. 코오러스는 경험이 지옥으로 들어가는 문이라는 사실을
더욱 깨닫게 되고 자객들이 접근해 옴에 따라 캔터베리의 여인들은 맹
수와 오물과 부패의 형상에 시달리고 마침내 "지옥의 권세들이 왔다"
고 소리 지른다. 한편 베켓은 곧 일련의 시험을 받는다. 코오러스는 그
를 "망령들 속에서도 태연자약"하다고 표현하고 그 자신은『연옥편』
(*Purgatorio*)의 "허상들을 하나의 실질 있는 것으로 취급하며"라는 시행
을 방불케 하는 말로

···우리의 첫 행위의 실질은
환영일 것이며 환영과의 투쟁일 것이리라.

···the substance of our first act
Will be shadows, and the strife with shadows (*CPP* 246).

라고 말한다. "그대로 놔두는 것이 상책"이라고 말하는 제1의 유혹
자는 베켓이 할 수는 있으나 그가 이미 도달한 심경으로서는 도저히
굴복할 수 없는 시험을 내놓는다. 그러나 그 시험의 목적은 베켓이 그
의 신념을 버리도록 설득하는 것이 아니라 단순히 그의 마음속에서 미
감의 근원으로 남아서 중대한 순간에 그를 혼란케 하는 것이다.

잠결에 듣는 음성일지라도 죽은 세계를 일깨워
마음이 현재에 온전치 못하게 되리.

Voices under sleep, waking a dead world,
So that the mind may not be whole in the present (*CPP* 248).

타협과 음모의 시험도 뒤따르지만, 가장 위험한 시험은 끝까지 지조
를 지켜 영광스러운 순교자로서 죽는다는 "옳은 행위를 그릇된 동기로
서 하는" 것을 유혹하는 예기치 않던 제4의 시험이다. 이 시험은 사실
하느님의 은혜로서 주어지는 행위이며 베켓 혼자로서는 극복하기는커
녕 대결하지도 못할 행위이다. 제4의 유혹자의 극 속에서 베켓이 맨 처
음 한 말을 한마디 한마디 그대로 되풀이한다는 사실은 베켓이 이 시
점에서 "이중의 역을 취하여" 그의 진실된 영원불멸의 자아를 그 자신
의 부정한 부분에서 분리시키고 있다는 것을 의미한다. 이러한 테마와
언뜻보아 악마적인 어떤 것이 나중에는 신의 은혜의 작인으로 화하는
테마는 엘리엇의 다른 극작품들 속에서 자주 나타난다.

『성당의 살인』은 두 부분으로 나뉘어 각각 관객을 향하여 말하는, 산문으로 된 연설로 끝나는데 이것은 아리스토파네스(Aristophanes)의 극작품 속에 있는 퍼래버시스와 좀 비슷하다. 첫째 연설은 베켓이 그의 마음속의 갈등을 극복하고 순교를 기다리고 잇을 때의 설교이며 둘째 연설은 베켓의 살해에 관한 자객들의 변명이다. 전자는 계시를 인간의 귀에 맞춘 이성의 음성이며 후자는 범죄 행위를 여론에 맞춘 변론의 음성이다. 베켓이 시험과 싸우는 제1부는 본래의 의미에 있어서의 극적 행동이며 베켓과 그의 자객들과의 외적 갈등을 다룬 제2부의 극적 행동은 제1부의 극적 행동을 완성시키고 있다.

『가족의 재회』에서 만첸시 경인 해리는 그의 모친이 살고 있는 고향의 집— 그 고향은 의미심장하게 윗쉬우드라고 불린다—으로 돌아와 모친과 모친의 생일에 모인 친척들과 만난다. 해리는 캔터베리의 여인들처럼 그의 삶의 뒤에 숨어있는 잠재적인 죄악의 의식으로 고통을 받는다. 그의 부인은 바다에서 익사했는데 그는 자신이 그녀를 배에서 밀어서 바다 속으로 빠뜨렸다고 말하지만 그의 말을 믿는 사람은 없다. 그의 그러한 느낌의 "세부에 대하여서는 표현할 수 없다"고 그는 말한다. 그러한 느낌은 오직 죄책감의 상징적 표현으로써만 표현될 수 있으나, 그 자체는 "불행의 근원" 내지는 원죄에 가깝다고 그는 말한다. 만약 시간 속에 변화가 없다면 우리는 과거의 경험을 반복할 수 있을 것이며 해리는 고향의 소년시절 속에 있는 다른 그 자신, 장미동산에 있는 그 자신의 다른 한 짝을 찾을 수도 있을 것이다. 그러나 그의 숙모 아가다가 예견한 대로 그의 자기 인식은 헨리 제임스의 소설 『즐거운 모퉁이집』(*The Folly Corner*)에서 보는 바와 같은, 아이러니컬한 종류의 것이며 아가다 자신이 이 소설을 언급하고 있다. 실지로는 기대와는 정반대되는 일이 일어난다. 해리를 괴롭히는 죄의식은 윗쉬우드에서 "복수의 세 여신"의 형태로 객관화한다. 그가 자신의 장미동산의 세계로 돌아왔을 때에는 바로 이들을 피해서 온 것이었으나, 이들은 그의 "에덴동산"에서 위협하는 천사로서 나타나 그의 바로 앞에 있는 것이다. 이제 그는 이들을 추적하여야만 한다는 것을, 또한 이들이 상징하는 죄책감을 피할 수는 없고, 광범한 이해의 기초로서 그 죄책감을 받아들여야 한다는 것을 알게 된다. 그는 "그들이 저기 있다"고 생각하는 것이 아니라 "이들이 여기 있다"고 생각하여야만 한다. 이리하여 "복수의 세 여신"은 베켓의 마지막 시험과도 같이 사실은 은혜의 선물이며 또한 하늘의 사냥개 내지는 어두운 밤의 작인이다. 그들은 "찬란한 천사"로 변하고 그는 미지의 운명을 찾아 집을 떠난다.

해리는 매력적인 인물온 못되고 후에 엘리엇이 말하고 있는 바와 같이 좀 까다로운 친구일 것이다 (OPP 84). 그는 한 종류의 자아 속에 몰입했다가 다른 종류의 자아 속에 몰입하며 밖에서 보아서는 그가 성자인지 이기적인 인간인지를 분간하기 힘들다. 특히 왜 그의 깨달음이 그를 윗쉬우드에서 떠나게 만드는가 하는 점이 뚜렷하지 않다. 『칵테일 파티』를 예상케 하는 "선교사"라는 말이 암시적으로 사용되고 있으나 전개되고 있지는 않다. 그렇다면 『오레스테이야』(Oresteia)를 상기시키는 어떤 극작품에서도 그렇듯 여기서도 극작가는 의무적으로 집안의 "저주"의 테마를 도입하여야 한다. 이러한 테마가 도입되기는 하였지만 마지막의 극적행동에 대하여 별로 뚜렷한 윤곽을 주지는 못하고 있다. 그러나 해리의 행동은 그의 윗쉬우드를 재생하기 위하여 죽어야 하는 또하나의 "위험당"으로 만든다. 본래의 "위험당"에서는 성배를 추구하는 기사가 밤샘을 할 동안 교회당의 불이 하나씩 꺼져가는데 이러한 의식은 해리의 모친 에이미의 생일 케이크에 꽂은 촛불을 끄는 행동에서 나타난다. 그러나 해리가 고향에서 살지 않겠다고 말함으로써 그녀가 윗쉬우드에 걸었던 모든 소망이 깨어지자 에이미는 무대 밖에서 죽어가고 있는 것이다.

이 작품 안에는 엘리엇의 모든 극작품들의 주된 테마들이 들어 있다. 극이 진행되는 동안 다른 인물들과 대다수의 관객과는 관계 없이 홀로 연옥의 정신적 시련을 겪으며 엘리엇의 4개의 세계의 비전에 이르는 중심인물이 있다. 『투사 스위니』(Sweeney Agonistes)에도 이러한 테마가 약간 들어 있으며 엘리엇은 다른 곳에서 그러한 테마가 드라마에 대한 그의 관심의 핵심을 이루고 있다고 말하고 있다. 엘리엇의 5편의 극작품 중 3편에서 이러한 깨달음으로 인해 중심인물의 결혼생활이 파탄지경에 이르고 있으며, 다른 두 작품 속에서는 결혼의 문제는 나오지 않는다. 또한 부차적 인물들이 있는데 이들은 완전한 깨달음에 이르지는 않지만 진실한 삶을 살기에 족한 초탈의 경지를 성취하며 이 차원은 결혼 내지는 이미 결혼한 사람들간의 새로운 이해에 해당되는 차원인 듯하다. 이러한 차원에 속한 인물들은 『칵테일 파티』의 챔벌린 부부, 『비서』의 멀해머 부부와 그들의 자식들, 『원로 정치가』의 모니카와 찰스 헤밍튼이다. 『가족의 재회』에서는 메어리만이 이 차원에 속하며 해리가 먼 지평선을 응시할 때 결혼의 전망을 잃은 메어리는 어떤 여자대학의 특별 연구원이 되는 것으로 만족해야 한다(하기는 겉으로만 그렇게 보일 뿐이다). 아들이 그의 아버지의 생애의 모든 점을 그대로 모방하는 테마는 3개의 극작품 속에서 나타나고 있으며 아가다와 같이 신비한 신화과 같은 말을 하는 정신적 보호자의 역은 『칵테일 파티』에서 축복의 잔을 드는 습관에서도 반복되고 있으며 『비서』의 거자드 부인에서는 소극적으로 반복되고 있다. 위험당은 『칵테일 파티』와 『원로 정치가』의 "요양원"으로 나타난다.

『칵테일 파티』에는 유리피디이즈의 『알케스티스』가 한 언급이 몇 개 있는데 이것은 "요양원"의 죽음의 집으로서의 알레고리와 유리피디이즈의 작품속의 헤르쿨레스에 해당하는 역을 하는 정신병의사 하아코트라일 리가 제1막에서 주정뱅이처럼 노래 부르고 제2막에서 죽음과 지옥의 열쇠를 가지고 있는 사제와 같이 말하는 이유를 설명하여 준다. 처음에는 부인 라비니어가 집을 나가버린 상태에서, 취소의 연락을 미처 보내지 못한 손님들을 상대로 에드워드 챔벌린은 마음에 없는 연회를 베푼다. 그는 유리피디이즈의 작품 속에 나오는 아드메투스와 같이 이기적인 인물이지만 라비니어는 결코 엘케스티스는 아니다. 파티를 엉망진창으로 만들어 놓은 라일리는 부인이 없으니 얼마나 행운아냐고 말하는 식의 단순한 술책으로 에드워드로 하여금 라비니어가 반드시 돌아와야 한다는 생각을 갖게 만든다. 사정 없는 어떤 유희요법을 사용하여 이 부부의 정신적 질환의 치료가 완성되며 마지막 장에서 그들은 자의에 의한 행동으로써 또 한번 칵테일 파티를 연다. 이리하여 칵테일 파티는 단테의 『신곡』, 제 3곡의 세계에서 일상적인 햇빛의 세계로 나오는 엘리엇식의 덜 깨달음(lesser initiation)을 상징한다.

여주인공 시일리어는 깊은 원죄의식과 이에 수반하는 정신적 고독감을 가지고 있다. 이러한 관점에서는 어떠한 인간의 공동체도 존재치 않는다. 각 개인은 홀로 외롭게 있으며 신으로부터도 소외되고 있다. 개인적이기도 하고 초개인적이기도 한 죄의식은 시일리어의 경우는 너무나 고통스러운 것이 되고 있어 챔벌린 부부와 같은 인간 상황에 자신을 화해시키지 못하며 마침내 그녀는 정신적인 편력의 길을 떠나 규율이 엄한 어떤 종교적인 구호기관에 들어가고 여기서 다시 아프리카로 가서 십자가에 걸려 순교하게 된다. 이러한 편력은 『코우머스』(Comus)의 "부인"을 방불케 하는 말로 표현되고 있으며 시일리어의 겸허와 순수함은 끔찍스러운 그녀의 육체적인 죽음에도 불구하고 정신적으로는 그녀를 불가침의 존재로 만든다. 시일리어가 참사를 당하리라는 것을 예감으로써 알고 있었다고 하아코트 라일리는 말하고 있는데, 중요한 문제는 그녀가 죽음의 순간 과연 어느쪽 자아에 의지하였는가 하는 점이다. 순교는 특히 참혹한 순교에는 어딘지 모르게 논란할 수 없는 절대적인(그리고 아마도 부당할 정도의) 권위 같은 것이 있으며 시일리어가 십자가에 걸려 죽었다는 소식이 다른 사람들에게 전해졌을 때 에드워드는 이렇게 말한다.

> —만일 이것이 시일리어에게 마땅한 일이라면—
> 무엇인가 세상에는 몹시 잘못 된 것이 꼭 있을 겁니다.
> 그리고 나머지 우리들은 어떻게든 그러한 잘못에 관계하고 있습니다.

> —If this was right for Celia—
> There must be something else that is terribly wrong.
> And the rest of us are somehow involved in the wrong (*CPP* 438).

"모든 순간은 새로운 시초"라는 대답은 『네 개의 사중주』를 반향하는 말이다.

『비서』는 남자 주인공과 여자 주인공이 오랫동안 잃었던 부모를 찾는 인식의 장면을 이용하는 고래의 방법에 의존하고 있다. 7명의 인물 중 늙은 세대에 속한 4명의 인물은 클로오드 멀해머 경, 그의 부인인 엘리자베스 부인, 그의 "비서" 에거슨—극적 행동의 축이 되고 있다—그리고 『피나포어』(*Pinafore*)의 버터컵과 같은 역을 하는 거자드 부인이다. 이들 4명이 테이블을 둘러싸고 앉아 세 사람의 자식을 찾아내려고 하는데, 그 세 사람의 자식은 이 극의 주인공이며 에거슨의 비서직 후계자인 코울비 심프킨과 여자 주인공인 루카스터 에인젤, 그녀와 결혼하는 B. 케이건이다. 이 기묘한 포우커 게임의 카아드를 나눠주는 사람격인 거자드 부인은 심프킨을 자기 자식이라고 하지만 클로오드 경과 엘리자베스 부인은 각각 그를 그들의 전의 결혼생활에서 얻은 자식이라고 생각하고 클로오드 경은 에거슨과의 양자 관계를 끊는다. 이렇게 극 속의 늙은 세대에 속한 사람들은 그를 자기네들의 자식이라고 주장하지만 그의 진짜 아버지인 거자드씨는 정작 나타나지 않는다. 엘리자베스 부인의 아들은 케이건이며 루카스터는 클로오드 경의 딸이다.

이 극 전체를 통하여 점잖은 소극의 분위기가 지속되고 있으며 주인공이 어안이 벙벙하여 말하고 있는 바와 같이 모든 사람들은 황금의 마음을 가지고 있는 듯이 보인다. 플롯의 갈등은 『이온』에 가깝다기보다는 미낸다식의 신희극에 가깝고 오스카 와일드의 『어니스트가 되는 일의 중요성』과는 한층 더 가깝다. 그러나 와일드의 거침없는 표현 같은 것은 그곳에선 찾아볼 수 없다. "소극"이란 말은 엘리엇이 그의 드라마에 관한 평론들에서 소극을 고도로 존중하는 태도로 취하고 있다는 사실을 상기케 한다. 그는 라벨레(Rabelais), 디킨즈(Dickins), 그리고 말로우(Marlowe)의 작품에서조차도 소극이 비틀어진, 그러나 조리가 정연한 세계를 만들어 내고 있는 것을 볼 수 있다고 말한다 (*SE* 123). 두드리는 듯한 재즈의 리듬과 기묘한 표현주의적 기법을 가지고 있는 「투사 스위니」도 이런 의미의 소극이다. 『비서』는 이와는 다른 종류의 소극이며 극의 구조가 의도적으로 과도하게 복잡하게 꾸며져 통속적으로 잘 꾸며진 연극보다는 한수 더 떠 그러한 연극의 패러디가 되고 있는 희극이다.

이 희극의 이미지는 정신적인 세계들에 국한되고 있으며 그것들은 여기서는 교외의 정원과 "도시"로 상징되고 있고, 결혼에 의하여 하늘의 세계로 들어가는 것으로 되어 있다. 클로오드 경은 그의 "은밀한 동산"으로 도공이 되려던 이루지 못한 욕망을 가지고 있다. 심프킨도 오르간 연주가가 되는 것이 그의 포부이지만 그 자신이 클로오드 경의 아들이라고 믿고 있는 한은 클로오드 경과 같은 인생의 패턴 속으로 들어간다. 마블(Marvell)과는 달리 심프킨은 그의 정원 속에 혼자 있는 것에 만족하지는 않는다.

내가 신앙이 깊다면 신이 내 정원에서 걸으실 것이고
그러면 그 밖의 세상도 진실되고
뜻에 맞는 것이 될 것이라고 생각됩니다.

If I were religious, God would walk in my garden
And that would make the world outside it real
And acceptable, I think (*CPP* 474).

이러한 말을 보면 그가 더 성장할 가능성이 있다는 것을 알 수 있다.
그는 자기가 일류 오르간 연주가로 되지 못하는 것이 한이 되나, 그의
친아버지도 뜻을 이루지 못한 오르간 연주가였다는 것을 알게 될 때
그의 마음에 겸허가 찾아와 위로가 되고 그 나름대로의 오르간 연주가
로 된다. 그는 해리처럼 하나의 자아에의 의탁에서 다른 자아에의 의
탁으로 전환하고 따라서 루카스터가 다음과 같은 말을 할 수 있게 된
다.

    …당신은 아주 이기주의자,
아니면 우리하고는 아주 딴 사람이예요.
그래서 우린 당신을 어떻게 보아야 할지 몰라요.

…You're either an egoist
Or something so different from the rest of us
That we can't judge you (*CPP* 502).

『원로 정치가』는 그 직전의 작품처럼 7명의 배우로 상연할 수 있는
연극인데, 여기서 우리는 가정적인 낯익은 배경과 『성당의 살인』의 모
형으로 다시 돌아간다. 이제는 일선에서 은퇴하여 죽음에 가까운 원로

정치가 클래버튼 경은 그의 평생을 사회활동에 바친 사람이며 그 본래
의미에 있어서의 위선자이고 그 진짜 생활이 그의 페르소나 속에 있는,
탈을 쓴 연기자이다. 그는 자신만만한 사람이지만 그의 약점은 자기
딸 모니카와 아들 마이클을 독점하려는 태도 속에서 나타난다. 그의
과거로부터 나타난 두 사람, 이제는 고메즈라고 하는, 옥스퍼드 대학시
절의 동료이며 위스키에 얼음을 넣어 마시는 저열한 유형의 인간과,
카아길 부인이라고 하는 그의 옛 정부가 그에게 전일에 저지른 나쁜
짓을 상기시키며 그를 꾸짖는 유령으로서 나타난다. 그 여인은 자기의
어떤 친구를 인용하면서 클래버튼 경이 정말 악덕을 피한 것은 보들
레르의 『악의 꽃』의 "독자"처럼 덕행 때문이 아니라 정말 악덕과는 대
조되는 나태와 비겁이라는 악덕 때문이었다고 클래버튼 경에게 말한
다.

> "그 사람은 속이 텅 비어 있어." 그 여자는 그렇게 말했어요.
> 아니면 "비겁해"라고 했던가요? 어느 쪽인가는 확실치 않아요.
>
> "That man is hollow." That's what she said.
> Or did she say "yellow"? I'm not quite sure (*CPP* 549).

그들의 흡혈귀적인 우정의 표명("내가 살아 있다는 느낌을 갖기 위
해선 말이야, 딕크, 자네가 필요해." 라고 고메즈는 말한다)에는 거의
악마적인 데가 있으며 마치 극적 행동이 죽음 후에 오는 어떤 물 없는
곳에서 일어나고 있다는 느낌을 준다. ―그런데 제 2장에서 또다시 나
타나는 요양원의 원장이라는 여자는 텔레비전을 "침묵실"이라는 방에
두고 있어서 『칵테일 파티』의 하아코트 라일리보다도 지옥에 사는 것
이 더욱 제격이 될 사람이라는 사실에서 그러한 느낌은 더 한층 강화
된다. 그러나 클래버튼을 꾸짖는 인물들은 악마가 아닌, 단지 자기를

합리화하는 인간들이며 마치 해리를 괴롭히는 복수의 세 여신처럼 은 혜의 수단이다. 마침내 원로 정치가의 페르소나는 부서지고 그는 자기 의 악행을 모니카에게 고백한다. 그의 악행은 흉악하게 보이지 않는데 그것은 아마도 그가 말하듯

아무도 믿지 않는 죄를 고백한다는 것은
모든 사람이 인정하는 범행의 고백보다 힘드는 일.

It's harder to confess the sin that no one believes in
Than the crime that everyone can appreciate (*CPP* 573).

이기 때문일 것이다. 여기서 우리는 해리를 상기하지만 그가 고심하 여 과거를 청산하는 모습은 엘리엇의 헤이우드론의 표현을 사용하여 윤리적 현실을 감정적 현실로 대치하는 인상을 좀 준다. 또한 고백을 한 후에 오는 해방된 느낌에 관한 사설이 많은데 그것은 윤리적 현실 을 말하고 있다기보다는 도덕적 재무장을 말하고 있다는 기분이 든다. 아마도 원로 정치가는 그 자신의 홀가분한 기분에서 페르소나의 중요 성을 과소평가하고 있음에 틀림없다.

마이클이 인생의 새로운 출발을 하기 위하여 클래버튼을 꾸짖는 두 사람과 함께 떠나게 될 때 이 극의 대단원은 성립된다. 마이클은 이중 의 역을 취하는 클래버튼이 그를 괴롭히는 자들에게 넘겨줄 준비가 되 어 있는 그 자신의 부분을 상징한다. 그것은 "그[마이클]가 버리는 나 의 부분을 나도 버리고 있어"인 것이다. 그러나 그는 마이클을 버리고 있는 것은 아니다. 비록 고메즈의 보호하에 그렇게 하는 것이 마음에 내키는 것은 아닐지라도 마이클이 새로운 생애를 시작하는 것을 보고 싶어한다는 것은 클래버튼이 그의 이고우를 멸하는 일의 일부가 되고 있다. 대단원의 나머지 부분은 모니카의 결혼인데, 아마도 그것은 안티

고네가 아버지를 위해서 자신을 희생시키려는 뜻을 이루지 못하도록 은근한 방법으로 끝맺고 있는 『콜로누스의 이디푸스』의 결말을 연상시키고 있음이다. 원로 정치가는 요양원 밖의 정원으로 나가 너도밤나무 밑에서 혼자 죽음을 맞는다.

프루프록과 제런티언의 극적 독백은 자신을 이상화하는 이고우에 관한 탐구이며 이들은 이들의 삶 속에서 간헐적으로 이고우보다 더 큰 어떤 존재를 의식한다. 프루프록의 머리에서는 그리스도의 능력을 증언하는 부활한 나자로와 순교한 세례자 요한에 관한 생각들이 희미하게 떠오른다. 보다 이지적인 인간인 제런티언은 "말속의 말"과 그의 친구들의 육체 속에 감추어져 있는 신의 존재를 보다 또렷하게 느낀다. 이러한 독백들은 극적인 명상시로서, 낭만적인 환상이 비전을 가진 양심을 질식케 하는 형태를 취하고 있다. 그러나 엘리엇의 희극들에서는 이러한 형태는 거꾸로 된다. 그것들은 명상적 드라마로서, 처음에는 호감이 가는 자기 기만적인 이고우들이 나타난다. 후에는 이러한 희극들이 위로는 남녀 주인공으로부터 아래로는 당황하는 코오러스에 이르기까지 깨달음의 정도가 다른 사람들의 계층을 형성하며 일종의 정신적인 엘리트의 에피퍼니가 되고 있다.

1920년대 이후로 비평가들은 영국 낭만주의 전통의 계속성과 그 속에서의 엘리엇의 위치의 문제를 더욱 의식하게 되었다. 우리가 엘리엇을 밀튼과 낭만주의 작가들을 관류하는 영국의 문학적 전통의 주류에 속하는 시인이라고 생각한다면 이러한 극작품들은 낭만주의적인 제반 가치와 복음주의적인 제반 가치간의 긴장을 나타내고 있다. 일련의 시험을 내포하고 있는 『성당의 살인』은 그 착상에 있어서 그리이스 비극 속에 있는 그 어떤 것보다도 『투사 삼손』(Samson Agonistes)에 더 가깝다. 까다로운 친구이든 그렇지 않던 간에 해리는 오늘날 드라마의 한도 내에서 있을 수 있는 바이런적 인물이다. 나중의 희극들은 셰리던

의 문체와 존 웨슬리의 문체를 섞어 놓은 것같이 세련된 언어와 열성
적인 언어가 엇갈리고 있어 동일한 긴장을 반영하고 있다. 우리 자신
이 하나의 전통을 수용하는 입장에서 동시에 그 본질을 객관적으로 평
가할 수는 없는 법이다. 엘리엇의 드라마, 그리고 아마도 그의 시의, 영
문학에 있어서의 참된 위치를 평가하기 위해서는 「리들 기딩」에서 제
의되고 있는 죽은 자들에 대한 용서의 태도는 별로 효과적인 것은 못
된다. 엘리엇은 "인간의 행동과 말의 의도가 되는, 극적인 질서와 음악
적 질서의 양면을 동시에 포함하는, 시극의 완성이라는 일종의 신기루"
를 좇으면서 실천으로 이를 회상시키고 이론으로 이를 정립하려는 노
력을 경주하면서 시극의 가능성을 광범위하게 타진한다 (OPP 241,
243). 엘리엇이 이룩한 업적의 성취의 위대성은 궁극적으로 그가 택한
전통의 맥락 속에서가 아니라 그를 택한 전통 속에서 이해될 수 있을
것이다.

Works Cited

Ackroyd, Peter. *T. S. Eliot*. London: Hamish Hamilton, 1984.

Baker, George Pierce. *The Development of Shakespeare as a Dramatist*. New York: The Macmillan Company, 1907.

Brooks, Cleanth. *Modern Poetry and the Tradition*. Chapel Hill: Univ. of North Carolina Press, 1939.

Brooks, Harold F. *T. S. Eliot as Literary Critic*. London: Faber & Faber, 1987.

Eliot, T. S. *Elizabethan Dramatists*. London: Faber and Faber, 1963.

_____. "Intruduction," *The Wheel of Fire: Interpretation of Shakespearian Tragedy*. G. Wilson Knight. London: Methuen & Co. Ltd., 1968.

_____. *On Poetry and Poets*. New York: Farrar, Straus and Cudahy, 1957.

_____. *Selected Essays*. New York: Harcourt, Brace & World. Inc., 1950.

_____. *The Complete Poems and Plays of T. S. Eliot*. London: Faber and Faber, 1969.

_____. *The Sacred Wood*. New York: Alfred Knopf, 1930.

Frye, Northrop. *T. S. Eliot*. Edinburgh and London: Oliver and Boyd, 1963.

Hough, Graham. "The poet as Critic," Ed. David Newton-De Molina. *The Literary Criticism of T. S. Eliot*. London: Univ. of London, 1977.

Knight, G. Willson. *The Wheel of Fire Interpretation of Shakespeare Tragedy*. London: Methuen & Co. Ltd., 1968.

Lucy, Sean. *T. S. Eliot and the Idea of Tradition.* London: Cohen & West, 1960.

Schwartz, Delmore. "The Literary Dictatorship of T. S. Eliot," Ed. M. D. Zabel. *Literary Opinion in America.* New York: Harper & Brothers, 1951.

Spur, David. *Conflicts in Consciousness: T. S. Eliot's Poetry and Criticism.* Urbana: Univ. Press of Illinois, 1984.

_____. Ed. *T. S. Eliot: The Man and His Work.* London: Chatto & Windus, 1967.

Webster, Grant. *The Republic of Letters.* Baltimore: The Johns Hopkins Univ. Press, 1979.

Wellek, René. *A History of Modern Criticism: 1750-1950.* New Haven: Yale Univ. Press, 1988.

Zabel, M. D. Ed. *Literary Opinion in America.* New York: Harper & Brothers, 1951.

햄릿의 무의식의 텍스트: 광기의 담론

I

햄릿이 양광(antic disposition)을 하고서 행하는 대사는 표면상 거의 광기에 가까운 극적 언어로서의 발화행위이며 셰익스피어는 이런 광기의 담론을 연극적인 대사로 재현해 놓고 있다. 광기의 담론이 가지는 극적인 중요성은 그 나름의 일관된 담론세계를 형성하고 있는 점이다. 양광을 한 햄릿의 대사가 주는 인상은 앞뒤가 맞지 않는 비코기토적인 언어에 가깝다. 정신분석학에서 광기의 담론은 무의식의 내면세계를 밝혀주는 역할을 하며, 이런 담론의 분석은 가장 근접한 텍스트에 대한 이해를 하도록 도와준다. 햄릿에 대한 정신분석학적 접근은 Freud에서 시작되어 Ernest Jones에 의해 발전되고 1960년대 이후 포스트모더니즘이 대두되면서 Lacan에 의해 수정 보완되어 새로운 접근법으로 새로운 해석이 가해지고 있다.

인간의 행동 속에서 무의식을 연구하는 학문으로 여겨지는 정신분석학은 원래 환자의 정신치료를 목적으로 생겨났으나, 환자의 억압된 부분을 찾아내어 해결해 주어야 하기 때문에 환자의 행동과 언술행위에

동시에 주목하면서 환자의 무의식에 대한 치밀한 분석을 요한다. Freud
는 'Psychopathic Characters on the Stage'(1905)라는 글에서 햄릿에다 정
신분석학의 대상이 되는 무의식을 적용시켜 햄릿이 이디프스 콤플렉스
를 겪고 있는 인물로 간주하고 억압된 감정이 표면으로 되살아나면서
햄릿의 비극은 시작된다고 보고(*Art and Literature*(1905), pp. 119 - 27)
있다. Ernest Jones가 Freud의 견해를 문학비평에 직접 응용한 *Hamlet
and Oedipus*(1949)에서 햄릿과 클로디우스의 관계를 그의 어머니의 사
랑을 빼앗으려는 경쟁자인 아버지에 대한 햄릿의 적대감정으로 표현된
다고 하듯이 햄릿 자신의 무의식적인 동기는 그의 부친을 살해하고
어머니와 근친상간 하고자 하는 것이다. 이런 자신의 억압되었던 동기
를 숙부인 클로디우스가 행하였기 때문에 심리적인 의미로 볼 때 클로
디우스를 죽인다는 것은 자기 자신을 죽이는 것이므로 햄릿은 클로디
우스에게 쉽게 복수를 할 수 없다고 한다. 따라서 Ernest Jones는 햄릿
에게 있어 이디프스 콤플렉스의 문제는 햄릿의 성격상 뚜렷한 여자 싫
어하기와 잠재된 성욕도착증으로 결론지어버린다.

이와 같은 햄릿에 대한 Freud와 Jones의 견해는 20세기 후반에 와서
극중 인물의 정신역학관계를 조명하는 데 응용하였지만, 주인공을 마
치 실제인물로 취급함으로써 텍스트에 대한 포괄적인 이해를 방해하는
해석으로 간주되었다. 따라서 정신분석학적 문학 비평은 Lacan과 그 추
종자들에 의해 포스트모더니즘의 맥락에서 재구성되었다. 라캉의 정신
분석학적 글들은 비평가들에게 새로운 주체이론을 제공했는 데. 이는
파악하기 힘들고 불안정한 인물의 분열된 주체로서의 성격을 분석하는
도구로 이용되고 있다. 유아가 주체성이 형성되기 전에는 오로지 성적
충동에 의한 쾌락의 법칙만이 관심의 대상이다. 그러나 현실은 궁극적
으로 어머니를 향한 남자어린이의 이디프스적인 욕망을 거세(castration)
하고자 위협하는 아버지의 모습으로 개입한다. 욕망의 억압은 남자아

이가 아버지의 위치 그리고 남성적인 역할을 자신의 것과 동일시하게 한다. 그러나 억압된 욕망은 사라지지 않고 무의식 속에 남게됨으로써 근본적으로 분열된 주체가 생겨난다. 이 억압된 욕망의 힘이 바로 무의식인 것이다. 이런 무의식은 억압된 소망들을 담고서 여러 증상들, 즉 과실, 농담, 정신적 상처의 형태로 변형되어 언어로 표출되면서 의식의 틈새에 개입하게 될 때 비평가의 해석을 통해 그 의미가 파악될 수 있게된다. 여기서 무의식이 상당부분 언어와 직·간접적으로 관련되어 있음을 알 수 있는 데, Lacan은 이점을 포착하여 "무의식은 언어와 같이 구조화되어있다(The Unconscious is structured like a language)"라는 결론에 이르게 된 것이다. Lacan은 언어적 접근을 통해 무의식을 해석할 수 있는 길을 열어둔 것이다. 이런 점에서 Lacan의 정신분석적 비평은 "무의식에 대한 과학적인 수사학(the scientific rhetoric of the unconscious)"(R. Selden and P. Widdowson, *A Reader's Guide to Contemporary Literary Theory*, p. 140)으로 생각된다.

햄릿이 양광을 통해 보여주는 비코키토적인 광기의 담론세계에서 일관된 의미를 찾는 다는 것은 불가능한 처럼 보인다. 햄릿에서는 이런 욕망의 힘 즉 햄릿의 무의식이 농담과 말장난이라는 그의 언어유희을 통해 그 모습을 드러낸다. 햄릿 자신은 느끼지 못하는 것 같지만 극이 진행되면서 자신의 언술행위를 통해 이것을 비추고 있다. 이같은 햄릿의 비코키토적인 담론세계를 이해하기 위해서는 전통적인 극적 언어의 정상적인 전개과정과 극적 상황의 관점이 아닌 새로운 접근방법이 필요하게 된다. 광기의 담론세계에 대한 새로운 탐구는 Lacan의 무의식의 텍스트에 대한 연구에서 시작되었다.

본고에서는 *Hamlet*에 나타난 광기의 담론을 통해 주인공 햄릿의 무의식의 텍스트를 읽어내려는 시도로 외견상 부조리하고 무의미한 것처럼 보이는 햄릿의 광기의 언술행위들 속에서 그의 억압된 욕망의 실

266

체를 찾고 그것이 극 전개와 극적 상황에 어떤 영향을 끼치는 지를 살펴보겠다.

햄릿의 광기는 거짓광기이니 만큼 가장 효과적인 광기가장은 주변인물들과 의도적으로 대화규칙을 깨뜨리는 것이다. 이점에서 햄릿이 클로디우스, 게르투르드, 폴로니우스 등 주변 인물들과 주고받는 대사는 H. P. Grice의 대화규칙인 협동의 원리를 위반하는 좋은 보기가 된다. Grice는 'Logic and Conversation'이라는 글에서 대화 규칙으로 네 개의 격률(maxim), 즉 현재 대화목적에 맞는 양만큼의 정보량으로 대화를 하라는 '양(quantity)의 격률', 거짓이라 믿는 것과 충분한 증거가 없는 것은 말하지 말고 진실한 대회를 하라는 '질(quality) 격률', 시의 적절한 대화를 하라(Be relevant)는 '관계(relation)의 격률', 그리고 표현의 모호성과 의미의 이중성을 피하고 간결하고 대화순서를 지켜서 대화를 행하라는 '방식(manner)의 격률' 등이다. Grice의 대화규칙은 햄릿의 주변 인물들과의 대화를 분석하는 데 유용하며, 대화규칙을 깨뜨림으로서 화자의 억압된 욕망의 실체를 드러내 주는 데 중요한 실마리를 제공한다. 대화규칙을 위반한 광기의 담론 속에서는 마음과 마음이 통하는 것이 아니고 언어가 마음을 겉돌게 됨으로써 극 진행을 방해하기도 한다. Danson의 지적대로 "언어적 차원의 극 진행과정이 극의 행위를 반영하고 있는"(*Tragic Alphabet: Shakespeare's Drama of Language, p. 178*) 점에서 광기의 담론은 햄릿의 복수지연의 이유가 될 수도 있음을 알게될 것이다.

Ⅱ

햄릿의 광기의 언술행위를 분석하는 데는 세 가지 측면이 있는 데, 하나는 다소 Freud 적인 것으로 등장인물의 억압된 욕망을 찾아내어 표출시키는 일종의 '억압된 욕망의 회귀(the return of the repressed desires)'적 성격을 분석하는 것이고, 나머지 두 개는 현대 심리언어적 연구결과에서 나온 것으로 '관념의 비약적 연상(wild association)'과 '집착관념(Idea fixed)'의 두 측면이다. 관념의 비약적 연상은 광기의 담론이 표면과는 달리 그 나름의 논리를 지니고 있음을 보여주는 것이고 그 논리를 형성해 주는 것이 등장인물의 집착관념이다. 햄릿의 억압된 욕망의 회귀가 가장 잘 드러나는 부분은 극 초반에 선왕의 유령이 등장하여 선왕이 살해되었음을 듣고서(I. v.) 이다. 이 장면에 대해 Ernest Jones는 *Hamlet and Oedipus*(1949)에서 클로디우스가 선왕의 살인자임을 듣는 순간 햄릿은 지금까지 억압된 어머니에 대한 근친상간의 이디프스적인 욕망이 되살아나게 되고 유년시절 아들로서 아버지인 선왕에게 무의식적으로 품었던 부친살해 욕망을 클로디우스가 대신 해 주었으므로 자신을 클로디우스와 동일시하게 되어 클로디우스를 죽이는 것은 자신을 죽이는 것과 같은 것이기 때문에 복수를 망설이게 된다고 한다.

선왕의 죽음이 클로디우스의 계략에 의한 것임을 알게된 햄릿은 클로디우스를 "O villain, villain, smiling, damned villain!"(I. v. 106) 이라 욕하고 어머니 게르투르드를 향해서도 "O most pernicious woman!"(I. v. 105)이라 한다. 이어서 호레이쇼에게 자신이 "양광을 할 것임(To put an antic dissposition on)"(I. v. 173)을 밝힌다. 그리고는 복수의 막중한 책임을 지게된 자신의 불쌍한 처지를 한탄하면서 이렇게 외친다.

> 햄 릿　세상이 혼란에 빠져버렸구나. 내가 그것을
> 　　　바로잡아야 할 운명이라니, 이 무슨 고약한
> 　　　인연인가! 어서 들어가 보게
> Hamlet.　…
> 　　　The time is out of joint, O cursed spite,

That ever I was born to set it right!

Nay come, let's go together.

(John Dover Wilson's *The New SHAKESPEARE:*

HAMLET Ⅰ. ⅴ. 188 - 89. 이하 작품 인용은 막. 장.

만 표기함)

Lacan의 접근법을 통해 이 장면을 분석해 보면 실제 의식의 세계와 억압된 욕망의 세계 즉 무의식의 세계라는 두 세계가 중첩된 겹친 그림으로 보여진다. 이 겹친 그림을 이해하기 위해서는 평면적 관찰이 아닌 햄릿의식의 이면에 억압되어 있는 욕망인 무의식의 텍스트에 대한 분석을 요한다. 햄릿의 억압된 욕망은 바로 유년시절에는 이디프스적인 갈등에서 오는 부친살해였고, 그것이 지금에 와서는 선왕을 살해한 클로디우스에 대한 살해욕망으로 대치된 것이다.

2막 2장 폴로니우스와의 대면장면에서도 햄릿의 억압된 욕망이 회귀하고 있음을 보여준다.

폴로니우스. 왕자님 저를 아시겠습니까?

햄릿.　　　알고말고, 생선장수가 아닌가?

폴로니우스. 아니옵니다. 왕자님.

햄릿.　　　그렇다면 생선장수 만큼 정직한 사람이라면 좋겠어.

폴로니우스. 정직한 사람이라뇨?

햄릿.　　　요즈음 세상에 정직한 사람이 만에 하나라도 될까.

폴로니우스. 하긴 그렇습니다, 왕자님.

햄릿.　　　죽은 개에게 태양이 입을 맞추어 구더기를 들끓게

　　　　　　한다면 썩은 살에 키스를 해도 무방하다는 격이

　　　　　　되나니 ------. 그런데 그대에겐 딸이 있는가?

Polonius. Do you know me, my lord?

Hamlet. Excellent well, you are a fishmonger.

Polonius. Not I, my lord.

Hamlet. Then I would you were so honest a man.

Polonius. Honest, my lord?
Hamlet. Ay sir, to be honest as this world goes, is to
be one man picked out of ten thousand.
Polonius. That.s very true, my lord.
Hamlet. For if the sun breed maggots in a dead dog,
being a good kissing carrion .... have you a daughter?

(II. ii. 173 - 82)

폴로니우스가 햄릿에게 자신이 누구인지를 아는지에 대한 물음에 햄릿이 '생선장수(fishmonger)'라고 하고, 이 세상에 정직한 사람은 만 명 중에 한 명 정도라고 하며, 죽은 개와 구더기에 관한 필요 이상의 말들은 표면상 대화 상황에 맞지 않는 엉뚱한 것처럼 보이지만 햄릿의 담론 대상은 선왕을 살해하고 왕좌를 빼앗아 왕위에 앉아 있는 클로디우스의 거짓을 가리킨다. 이것은 의미 층의 전이현상으로 한 의미 층에서 다른 의미 층으로 옮겨가는 언어기법이다. 이 두 의미 층은 서로 전혀 다르지만 클로디우스의 선왕 살해와 거짓이라는 의미소에 연결되고 양광을 한 햄릿에게는 그런 의미 층의 비약과 이동이 조금도 비논리적이지 않은 것이다. 이 대화상황에서 두 사람은 Grice의 대화 규칙 가운데 '현재 대화의 교환목적에 맞게 필요한 양만큼만 하지 필요 이상의 정보 양으로 하지 말라'는 양(quantity)의 격률을 위반하고 있다.

햄릿의 광기의 담론에서는 발화자와 응답자 사이에 논리적인 대사가 오고가지 않는 부조리한 희극적 상황이 벌어지기도 한다. 클로디우스와 햄릿 사이의 다음 대화를 살펴보자.

왕. 요즈음 어떻게 지내느냐?
햄릿. 네, 기운이 넘쳐있습니다. 카멜레온처럼 공기만 마시면서
요. 속에는 거짓 약속으로 가득 채우고 있지만, 실은 텅텅
비어 있거든요. 이런 모이로는 닭도 살이 오르지 않을걸
요..

왕. 무슨소리를 하느지, 그건 내 말과 상관이 없는 말이다.
햄릿. 그건 이미 제 말이 아닙니다. 입밖에 나와 버렸으니까요.
King. How fares our cousin Hamlet?
Hamlet. Excellenti'faith, of the chameleon's dish, I eat
    the air, promise-crammed -- you cannot feed capons so.
King. I have nothing with this answer, Hamlet. These
    words are not mine.
Hamlet. No, nor mine now.   (III. ii. 90 - 5)

클로디우스가 햄릿에게 요즈음 어떻게 지내느냐는 물음에 햄릿이
'카멜레온 처럼 공기만 마신다'는 등 '이런 모이로는 닭도 살이 오르지
않는다'는 답변에 대해 그것은 자신의 말과는 상관없다면서 무슨 소리
인지 이해를 못하겠다고 한다. 이에 햄릿도 그건 입밖에 나와버렸으니
자신의 말이 아니라고 답변하다. 이런 상황은 대화자 서로가 각자의
집착관념 속에서 대사를 꾸며낼 뿐이므로 상호간의 의사소통은 단절되
는 것이다. 클로디우스는 최근 햄릿의 일련의 행동들에 대한 의구심을
가지면서 던진 말이지만 햄릿은 클로디우스의 죄악으로 먹을 것도 없
이 부패해 버린 덴마크를 암시하고 있다. 이런 점에서 대화 당사자는
적절한 상황에 적절한 말을 하라는 Grice의 '시의 적절하라(Be
relevant)'는 관계(relation)의 격률을 위반하고 있는 것이다.

또 정상적인 대화는 발화자와 응답자가 상호 교대로 대사를 주고받
는 데, 햄릿의 광기의 담론에서는 한 쪽이 말을 끝내기도 전에 다른 한
쪽이 말을 가로채는 대화차례(turn taking)를 위반하거나 질문에 대한
대답을 피하고 딴전을 피우는 경우가 있는 데, 이 때 대화는 진전되지
못하고 교착상태에 놓이기도 한다. 극중극이 진행되는 도중에 클로디
우스가 화가 나서 연극을 중단시키고 서둘러 퇴장하자 잠시후 로젠크
렌츠와 길든스턴이 다시 등장하여 폐하의 심기가 불편하다는 얘기를
전하자 햄릿은 길든스턴의 말을 가로채고 '과음하셨나?(With drink,

sir?)'(Ⅲ. ii. 303) 하면서 엉뚱한 소리로 너스레를 떨자 '옆길로 빠지시지 말고 좀더 조리있게 말씀해 달라(put your discourse into some frame, and start not so wildly from my affair)'(Ⅲ. ii. 309 - 10)면서 길든스턴이 다그치는 듯이 말한다. 이 대화는 Grice의 방식(manner)의 격률 가운 데 표현의 모호성을 피하고 대화순서를 지켜라는 규칙을 위반한 것이다.

이렇게 햄릿의 양광에서 나오는 관념의 비약적 연상, 의미층의 전이 현상, 대화차례 어기기, 너스레 떨기 등은 모두 햄릿의 의도적인 언어 유희이며 정신분석학적인 용어를 빌리면 대화자의 억압된 욕망의 회귀의 언어적 표출이라 하겠다. 광기의 담론 속에서는 관념들이 표면상 전혀 무관한 것처럼 보이나 비약적 연상 작용으로 상호논리적 고리를 연결시켜 두고 있으며, 그 연결고리 역할을 하는 것이 인물들의 집착 관념이다. 즉 햄릿은 클로디우스에 대한 복수에 집착해 있고 클로디우스를 비롯한 다른 주변 인물들은 햄릿의 'madness'의 원인을 규명하려는 데 집착해 있다.

정신분석학적 관점에서 햄릿의 언어유희는 햄릿 자신의 무의식 속에 감춰진 생각을 드러내 주는 역할을 한다. 무의식적 욕망이 언어로 기호화되어 표출되는 것이다. Raman Selden의 다음 설명은 이를 잘 뒷받침 해주고 있다.

> --- 심리분석적인 관점에서 볼 때 햄릿의 언어유희는 주변 다른 사람들의 위치를 위협할 뿐 아니라 더 중요한 것은 햄릿 자신의 무의식 속의 생각을 드러내 준다는 점이다.
> ..., from a psychoanalytic viewpoint, we must add that Hamlet's word-play not only undermines the position of other people, but, more importantly, it reveals Hamlet's own unconscious thoughts.
> ('Psychoanalytic Criticism: William Shakespeare, Hamlet' in *Practising Theory and Reading Literature: An Introduction*, p. 83. 이하 본 책에서의 인용은 *PTRL*로 표시함)

Lacan이후 정신분석학적 문학비평은 언어의 유희적 특징들을 파악하기 힘들고 불안정한 인물의 분열된 주체로서의 성격을 분석하는 도구로 이용하고 있다. Lacan은 분열된 주체로서의 인간을 강조한다. 주체로서 'I'는 기표와 기의의 축에 "분열된 존재(a split being)"로 서 있어서 완전한 현존(presence)으로 그 실체를 파악하기는 어렵다고 한다. Lacan에 의하면 자아(ego)란 거울에 반사된 것과 같은 굴절되고 허구적인 영상에 불과하며 인간주체는 이디프스 콤플렉스를 거치면서 생겨난다는 것이다. 따라서 주체는 항상 'I'라는 기표로 존재하지만 이 기표의 영역을 Lacan은 대문자 'O'를 지닌 '타자(the Other)'로 표시한다. 주체는 항상 이 타자 속에서 존재하게 되고 그 속에서 자신을 깨닫게 된다. 햄릿이 정상적인 의식을 가진 'I'의 상태가 아닌 양광을 통한 광기의 담론 속에서 즉 타자 속에서 억압된 무의식이 언어적으로 표출되는 것은 이 때문이라 하겠다.

결국 Freud가 인간을 욕망의 억압에 의해 의식과 무의식으로 분열시킨 데 이어 Lacan은 다시 언어에 의한 주체를 분열 시켰으며 햄릿의 광기 담론은 무의식의 언어적 표출로 Lacan류의 분열된 주체상을 보여준다. 이것은 다음 두 가지 대화상황에서 분명히 드러나고 있는 것으로 보여진다.

> 왕. - - -
> 그건 그렇고, 참 내 조카요. 이제는 내 아들이 된 - - -
> 햄릿. 숙질이상의 관계가 되기는 했지만, 아들 취급을 하는
>   것은 싫다.
> King.   ---
>   But now, my cousin Hamlet, and my son -
> Hamlet. A little more than kin, and less than kind.
>   (I. ii. 64 - 5)

왕비. 햄릿, 너 때문에 아버님께서 몹시 화가 나셨다.
햄릿. 어머님 때문에 우리 아버님도 몹시 화가 나셨습니다.
왕비. 아니, 애야, 그런 터무니 없는 대꾸가 어디있느냐.
Queen. Hamlet, thou hast thy father much offended.
Hamlet. Mother, you have my father much offended.
Queen. come, come, you answer with an idle tongue.

(Ⅲ. iv. 8 - 10)

여기서 클로디우스, 게르트루드, 햄릿은 '나', '너', '당신' 그리고 '아버지', '어머니', '아들'이라는 주체적 입장의 기표들이 불안정한 언어체계 속에서 분열되어 있음을 보여준다. '나', '너', '당신' 등은 단지 언어가 규정하는 주체입장들에 불과하다. 내가 말할 때 나는 나 자신을 '나'라고 하고 나와 말하는 사람을 '당신' 또는 '너'라고 지칭한다. 반대로 상대방이 말할 때는 인칭들이 역전되어 '나'가 '당신'이 되는 등등으로 바뀐다. 인칭의 역전을 받아들일 때에만 정상적인 의사소통이 가능하다. 위의 대화 상황에서 게르트루드의 'thy father'는 클로디우스를 가리키고 있는 반면 햄릿의 'my father'는 살해된 선왕을 지시한다. 햄릿의 억압된 무의식으로 어머니와의 대화가 제대로 이루어지지 않고 있다. 서구사상은 오랫동안 하나의 통합된 주체를 강조해왔고 의식적 담론을 조작하는 이는 언제나 '주체'였다. 여기서 햄릿은 부왕의 죽음으로 인한 정신적 혼란과 어머니의 숙부와의 재혼으로 인한 자신의 정체성 상실에 대한 혼란이 가중되면서 기호체계의 혼란을 겪고 있다. 근친상간 결혼으로 어머니 Gertrude는 '어머니-숙모'가 되고 숙부였던 Claudius는 '숙부-아버지'가 되어버리고 자신은 '조카-아들'로 된 것이다. 'Mother-father-son'이 동시에 'aunt-uncle-cousin'으로도 불려지게 되었다. 이는 햄릿의 주체로서의 위치가 불확실함을 나타낸다. 햄릿의 총체적인 정체성과 주체성은 이디프스적 욕망을 억압하는 데 달려있었는데, 이 억압된 욕망은 사라지지 않고 무의식 속에 남아있음으로써 근본적으로 분열된 주체가 된 것이다.

Freud는 꿈을 억압된 욕망의 주요 배출구로 생각한 반면, Lacan은 Freud의 꿈의 이론을 하나의 텍스트 이론으로 재해석하였고, 그 텍스트는 상징적 이미지들 속에 본래의 의미를 숨기고 있는 무의식의 텍스트이다. 꿈의 이미지들은 여러개의 이미지들이 결합하는 '축약(condensation)'과 의미가 하나의 이미지로부터 인접한 이미지로 전이되는 '전위(displacement)'로 나타나는 데, Lacan은 전자의 과정을 '은유(metaphor)'라 하고 후자의 과정을 '환유(metonymy)'라 부른다. 앞에서 Lacan이 '무의식은 언어와 같이 구조화 되어있는 것이다'라 했을 때 그것은 의식의 언어가 은유와 환유를 통해 그 의미가 창출되듯이 무의식도 마찬가지로 같은 과정들 속에서 자신의 의미를 드러냄을 의미한다. 따라서 분열된 주체로서 햄릿의 광기의 담론은 무의미한 농담이나 언어실착이 아니라 그 나름대로 햄릿의 무의식을 언어적으로 표출함으로써 광기의 담론은 바로 햄릿의 무의식의 텍스트라 하겠다.

이 극에서 햄릿의 무의식의 텍스트는 극 전개와 극 상황 연출에 영향을 끼치고 있고, 햄릿이 광기의 담론 속에서 펼치는 언어유희는 정신분석학적 차원에서 이 극을 이해하는 데 중요한 기능을 하고 있 는 것이다. Lacan의 'Desire and the Interpretation of Desire in *Hamlet*'이라는 글에서 다음 주장은 그 기능을 잘 설명해주고 있다고 본다.

> 햄릿의 극적 역할 중의 하나는 적절한 행위의 기준을 위배하지 않고서는 솔직히 얘기할 수 없는 숨겨진 동기나 성격을 찾아내기 위해 끊임 없는 농담, 언어유희, 이중적 의미를 사용하는 데 --- 즉, 애매모호한 말장난을 하는 데 --- 혈안이 되는 데 있다. 그것은 단순한 무례함이나 모욕의 문제가 아니다.
>
> One of Hamlet's functions is engaged in constant punning, word play, double-entendre -- to play on ambiguity. ... to uncover the most hidden motives, the character traits that cannot be discussed frankly

without violating the norms of proper conduct. It's not a matter of
mere impudence and insults. (p. 11)

결국 광기의 담론 속에서 드러나는 주체의 분열 그리고 농담, 언어
실착, 은연중 야비한 의미가 담긴 어구의 사용 등은 햄릿의 억압된 욕
망의 자유로운 발산이고 공개적으로 표현할 수 없는 햄릿의 무의식을
표출시키는 "언어적 증상들(linguistic symptoms)"(*PTRL*, p. 87)이며, 햄릿
의 무의식의 텍스트를 분석하는 데 중요한 열쇠가 되는 것들이다.

III

햄릿이 양광을 하고서 클로디우스를 비롯한 주변인물들과 벌이는 대
화 속에는 햄릿 자신의 무의식 속에 내재하던 억압된 욕망이 자유롭게
표출되고 있고, 표현 방식상 정상적인 언어 표현방식이 아닌 발언자와
응답자 사이의 대화규칙(Grice의 대화 격률)을 깨뜨리면서 농담, 언어실
착 등의 비코키토적인 언어유희(word-play)로 표출됨으로써 주변 사람
들을 혼란스럽게 만들어 버리는 광기의 담론임을 알 수 있었다. 하지
만 햄릿의 광기의 담론은 공허한 헛소리가 아닌 부조화 속의 조화처럼
분열된 주체 속에서 자신의 자아와 욕망을 표현하는 수단으로 이용되
고 있음이 드러났다. 따라서 분열된 주체로서 햄릿의 광기의 담론은
무의미한 농담이나 언어실착이 아니라 그 나름대로 햄릿의 무의식을
언어적으로 표출함으로써 바로 햄릿의 무의식의 텍스트라 하겠다.
극작품의 주 텍스트로서 극적 언어인 대사는 등장인물들의 발언과
응답 사이에서 의사소통 행위가 일어나기 전에 존재하는 발언 행위의
근거가 되는 사실인 '전제(presupposition)'와 등장인물간의 발언행위에
서 겉으로 드러난 표층구조에 나타나는 발언, 즉 '말해 진 말(the

spoken language)' 또는 '말해 지는 말(the spokenable language)'인 '명시적 내용(denotive content)', 그리고 등장인물 간의 표면으로 드러난 말해진 말 속에 내재해 있는 '말해지지 않은 말(the unspoken language)' 또는 '말해질 수 없는 말(the unspokable language)'로 문맥에 관련되어서 암시되는 새로운 의미인 함축적 의미(connotive meaning)등 세 층위로 구성되어 있다(L. Kane, *The Language of Silence*, p. 17)고 볼 때, 이 중 전제와 명시적 내용은 표면으로 드러난 표층 구조란 점에서 의식의 텍스트라 하겠고 함축적 의미를 나타내는 말해지지 않은 말과 말해 질 수 없는 말은 심층구조로서 텍스트 속에 내재되어 있다는 점에서 무의식의 텍스트라 하겠다.

무의식의 텍스트는 주로 은유나 환유의 형태로 드러나는 데, 햄릿의 언술행위는 거기에다 광기의 언술행위로 표현되어져 있다. 햄릿의 광기의 담론은 대화규칙을 깨트리게 됨으로써 발화자와 응답자 사이의 의사소통은 실패로 돌아가게 되고 희극적 상황이나 부조리한 극적 상황이 연출되어 짐을 알 수 있었다. 이렇게 거의 광기에 가까운 발화 행위를 연극적인 대사로 재현한 것은 극작가 셰익스피어를 다른 작가들과 구분 지워주는 특징들 중의 하나라 하겠다.

참 고 문 헌

1. 작 품

Wilson, J. D.. *The New Shakespeare: Hamlet*. ed. by Lee Dae-suk. Seoul: Hanshin Publishing Co., 1983.

2. 기 타

Danson, L.. *Tragic Alphabet: Shakespear's Drama of Language*. New Heaven & London: Yale University Press, 1974.

Freud, S.. *Art and Literature*. Harmondsworth: Penguin, 1985.

Grice, H. P. 'Logic and Conversation', *Syntax and Semantics 3: Speech Acts*. N. Y.: Academic Press Inc., 1975.

Jones, E.. *Hamlet and Oedipus*. N. Y.: Norton, 1949.

Kane, L.. *The Language of Silence*. Associated University Press, 1984.

Lacan, J.. *The Four Fundamental Concepts of Psychoanalysis*. Tr. by Charmaine Lee. Baltimore: Johns Hopkins University Press, 1978.

_____. 'Desire and the Interpretation of Desire in *Hamlet*', in *Literature and Psychoanalysis*. Yale University Press, 1980.

Selden, R.. *Practising Theory and Reading Literature(PTRL): An Introduction*. N. Y..: Harvester Wheatsheaf, 1989.

Selden, R. & Widdowson, P.. *A Reader's Guide to Contemporary Literary Theory*. N. Y.: Harvester Wheatsheaf, 1993.

ABSTRACT

The Textual Unconscious of Hamlet: Discourse in Madness

by Ahn, Jong-hun

This paper is supposed to illuminate the textual unconsciousness of Hamlet, particularly emphasized with Hamlet's discourse in madness. This is a kind of psychoanalytic criticism, but somewhat different in that its main concern is with the unconscious of the text, mainly dramatic hero Hamlet's textual unconscious, not that of the author or the reader. Hamlet's dramatic language is seemingly illogical and out of the normal language expression, but it includes Hamlet's unconscious mind or intention which otherwise cannot be expressed. Especially, to make sense of Hamlet's discourse in madness, H. P. Grice's four conversational rules(maxims) — maxims of quantity, quality, relation and manner — are exploited. Grice's maxims are useful to analyze Hamlet's language in madness and expose his repressed desire, namely his unconscious mind.

As Lacan says in 'Desire and the Interpretation of Desire in Hamlet', one of Hamlet's functions is to play on ambiguity by punning and word play. His purpose is to uncover the most hidden motives and the character traits which cannot be discussed frankly without violating the norms of proper conduct. We should not consider his language as a matter of mere impudence, insults or madness. Therefore, Hamlet's punning and word play are a kind of linguistic symptoms which shows Hamlet's repressed desire in public and are key elements to analyze his textual unconscious.

오스카 와일드 문학의 중요성에 관한 연구
—— *The Importance of Being Earnest*에서 '이중적 의미의 이름'을 중심으로

이 상 민

Ⅰ. 서론

영국의 빅토리아 시대의 오스카 와일드(Oscar Wilde, 1854-1900)는 *The Importance of Being Earnest* (진실의 중요성)이라는 장막극을 farcical comedy [소극적(笑劇的) 희극]라 부르고 있는 바와 같이, 그것은 오스카의 재담을 십분 과시한 환상적인 plot(플롯)의 희극이라 하겠다.

일반적으로 오스카는 어떤 장면에서 그의 극(劇)을 심각하게 받아들여야 하는가를 우리들에게 보여주기 때문에, 그의 극은 위대하다. 아리스토텔레스로부터 시작한 심각한 문학의 전통인 비극은 운명에 의해 지배를 받은 인물, 즉 비극적인 주인공이 미리 정해 놓은 것처럼 통일된 주관성을 가지고 논리적으로 통일된 행동을 모방한다. 소포클레스이든, 아리스토텔레스이든, 프로이트이든, 역사적으로 Hence Oedipus와 작중 인물을 연결시켜 일관성을 생각할 필요가 있다. 아리스토텔레스

에 대해서 말해보자면, Oedipus(오이디푸스)가 완전히 비극적인 객관성
과 완전히 비극적인 주관성을 가졌다는 이유를 이러한 통일성으로 설
명할 수 있는 것처럼, 아리스토텔레스의 가장 철학적인 Poetics(詩學)를
문학적인 장르의 측면에서 생각해보면, 비극을 중요시하는 것은 바로
이러한 통일성이 있기 때문이다. 이와 반대로 소극(笑劇, 익살 광대극)
은 비극적인 것을 모방한 것이며, 행동 이상의 어떤 것을 모방하는 모
방적인 행동으로 나타난다. 이러한 이중성을 다시 이중화시킨 결과는
모방에 의존하는 비극의 통일된 논리가 자신의 이중성에 의해서 의문
을 제기하며 표현되는 것이다. 이것은 역설적으로 들릴지 모르지만, 첫
째, 그것을 이론적으로 Jakobson(재콥슨)이 묘사한 것과 같이, 그것을
단지 문학적인 기능, 즉 문학의 필수적인 구조의 특징, 반복적인 반사
성의 특성을 나타낼 뿐이다. 둘째, 그것은 단지 점점 자의식이 강한 형
태와 주제, 즉 대개 모방적으로 흉내내는 기법을 위해서 문학적인 전
통이라는 측면에서 보면, 실제적이고 역사적인 관습의 특성을 나타낼
뿐이다. 문학적인 수단으로 그리고 규칙적으로 관습에 주의를 기울이
면서 그 자체를 회복시킨다.

예를 들면 오스카 극의 대부분이 그런 것처럼 The Importance of
Being Earnest의 방법은 오스카 극 안에서 근원의 타당성을 만들고 멜
로드라마(감상적인 통속극)를 통해 방해를 받은 연인들, 가짜 아이, 결
말을 미리 예상하고 근원을 알게 되는 것을 풍자한 것이다. 한편, 소
극(笑劇, 익살 광대극)은 전통을 모방한 모든 시적인 장르 가운데서 가
장 중요하지 않은 이유를 설명하고 있다. 왜냐하면 비극은 심각한 무
엇인가를 모방하기 때문에, 소극(笑劇)은 중요하지 않은 것을 모방하기
때문에, 평범하다. 이것은 유미주의 의미의 또 하나의 다른 원칙이 모
방으로 대신 된다 할지라도 평범하다는 것이다. 왜냐하면 중요성에 대
한 어떤 생각도 저절로 하게 될 때 중요한 것 같지 않기 때문이다. 그

러나 이것은 또한 그의 극이 비극적 익살이기 때문에, 익살맞은 Jack-Ernest는 아리스토텔레스의 비극처럼, 오이디푸스와 관련된 요소를 가지고 있기도 하다. 그런데 아리스토텔레스와 오이디푸스의 극적인 유머 안에서는, 재미있는 것이라곤 아무것도 찾을 수 없다고 오이디푸스는 설명하고 있다 — 예를 들면 Shaw(쇼)는 위트가 중요하지 않다고 생각했기 때문에 극을 싫어했다 — 또는 더 일반적으로 말하면, 극은 완전히 소극(笑劇)이기 때문에, 그렇게 말할 수밖에 없는 한계점이다.

심각한 비극과 사소한 소극(笑劇)과의 관계는 철학과 문학과의 관계와 같다. 문학이 철학을 흉내내는 방법으로 또는 플라톤이 더욱더 중요한 진리를 모방하지 않고 문학을 반대하는 방법으로, 플라톤이 궤변적인 수사학(修辭學)을 비난한다는 것을 우리가 생각해보면, 비극과 소극(笑劇)과의 관계는 역사적으로 이 경우와 같다는 것을 우리는 알게된다. 만일 어떤 비극이 완전한 소극(笑劇)이라면, 철학은 완전한 모방이 된다는 것을 어떻게 거부할 수 있겠는가 이다. 예를 들면, Gorgias(고오기아스)가 Parmenides(파메니데스)에 대해서 풍자한 것은 "아무것도 존재하지 않는" 명목상의 부정적인 존재에 관한 것을 통해서 "입증하는" 것이다. 따라서 오스카의 소극(笑劇)은 문학적인 형태 안에서 철학을 가진 문학에 대한 전통적인 투쟁을 재연한다고 나는 단지 생각하고 있지 않을 뿐이다. 첫째, 오스카 극의 주제는 풍자적인 방법을 객관화시키는 것이라고 나는 확실히 주장할 수 있다; 둘째, 철학은 역사적으로 고유명사의 타당성을 따지면서 위선을 용납하지 못한다고 이름들의 타당성을 주장한다. Gorgias(고오기아스)의 존재론적인 이름 극(劇)(name-play)이라고 하는 것은 수사학(修辭學)이 철학을 모방한 것이다. "웃음으로 상대방의 심각성을 없애게 하고, 심각성으로 웃음을 짓지 못하게 하기 위해서" 라고 오스카가 극의 개봉 첫날 인터뷰를 할 때 말한 것처럼, 오스카의 '사소한 것에 대한 철학'을 심각하게 만드는

'Earnest'에 대한 진실과 같다. 필자가 여기서 개괄하고자 하는 것은 오스카의 4편의 장막극이자 희극인, *Lady Windermere's Fan* (윈더미어 부인의 부채), *A Woman of No Importance* (하찮은 여자), *An Ideal Husband* (이상적인 남편), *The Importance of Being Earnest* (진실의 중요성) 중에서, *The Importance of Being Earnest* (진실의 중요성)를 중심으로, '이 작품의 중요성'에 초점을 맞추어 연구해 보고자 한다. 특히 오스카의 소극(笑劇, 익살 광대극)에 있어서 "The Self in Writing" (글 속에서의 자아)에 관한 문제를 정확히 생각하는 방법에 초점을 맞추어 살펴보고자 한다.

Ⅱ. 본론 : 오스카 문학의 중요성

1. Jack—Ernest의 이중적인 자아(Self)

"The Self in Writing(글 속에서의 자아)"에 관해 공개 토론회를 하기 위해, Modern Language Association(현대 언어회)에서 1979년 문학관계 대표자들이 모였다. 이 모임에서는 *The Importance of Being Earnest* 덕택에 각 문학작품 속에서 오스카에 관한 내용을 많이 쓰고 있다. 극(劇)의 주인공인 Jack-Ernest는 Victoria Station (빅토리아 역전)의 휴대품 보관소와 관련지어 생각해볼 때, '대개 쓸쓸하며 감상적인' 존재로 묘사되며, 그가 유아(幼兒) 시절 때, 정신이 멍한 여성 가정 교사가 잘못하여 책을 쓰기 위한 원고는 유모차에, 아이는 핸드백 속에 장소를 바꾸어 넣었다는 사실을 그가 알고는, 자신이 이중성으로 만들어 놓은 Ernest가 진짜 이름이라는 것을 극의 주인공인 Jack-Ernest가 알게 된 것을 여러분은 아마 기억할 것이다.

MISS PRISM. Lady Bracknell, I admit with shame that I do not know, I only wish I did. The plain facts of the case are these. On the morning of the day you mention, a day that is for ever branded on my memory, I prepared as usual to take the baby out in its perambulator. I had also with me a somewhat old, but capacious hand-bag in which I had intended to place the manuscript of a work of fiction that I had written during my few unoccupied hours. In a moment of mental abstraction, for which I never can forgive myself, I deposited the manuscript in the bassinette, and placed the baby in the hand-bag.

Jack [In a pathetic voice.] Miss Prism, more is restored to you than this hand-bag. I was the baby you placed in it. ‥‥‥ my name was Ernest, didn't I? ‥‥‥ [Isobel Murray, *Oscar Wilde: The Importance of Being Earnest* (New York: Oxford University Press, 1989), pp. 534~7.]

프리즘양. 브랙넬 부인, 부끄럽게도 나는 모릅니다. 내가 알고 있다면 좋을 털데요. 여기에 대한 명백한 사실은 다음과 같습니다. 당신이 말씀하신 그날 아침에, 내 기억 속에 영원히 남아있는 그날, 나는 여느 때와 다름없이 유모차 안에 아이를 태울 준비를 하고 있었습니다. 또한 약간 낡았으나 크기는 큰 핸드백을 나는 가지고 있었는데, 나는 그 안에 한가한 시간에 써 놓은 소설작품의 원고를 넣어 놓으려고 생각하고 있었습니다. 정신이 멍한 순간에, 돌이킬 수 없는 실수를 저질렀습니다. 나는 유모차 안에는 원고를 놔두었고, 핸드백 안에는 아이를 넣어 두었던 것입니다.

잭 [슬픈 목소리로.] 프리즘양, 이 핸드백 보다도 더 귀중한 것을 당신은 다시 찾았습니다. 내가 바로 그 핸드백 안에 넣어진 아이였습니다. ‥‥‥ 내 이름이 바로 Ernest였지 않은 가요?

그 결과 Jack-Ernest는 이러한 방법으로 그의 다른 자아(other self)가

문학 속에 매우 독특하게 그리고 명확하게 표현되기 때문에, 그의 존재는 문학 속의 자아 이상으로, 문학 속에서 분명한 몇 명의 자아나 주제들 가운데 하나인 것이다. 즉 말하자면 그의 형체는 이름과 그것이 의미하는 것 사이의 차이를 없앨 만큼 그의 진의 속에서 직접 내재하는 것이다. 그리고 그의 일시적인 운명은 그의 종말을 자연적인 문제로 만들만큼 전체적으로 조화를 이룬 구조이다 — 왜냐하면 Lady Bracknell이 말한 것처럼 그의 근원에 대해서 종착역의 상징으로 Ernest에 대한 원래 생각을 바꾸어 말하기 때문이다.

만약 Jack-Ernest가 이처럼 글을 쓰는 데 있어서 자아의 관계에 이상적이 이미지라면, 그 자신이 문학작품이며, 문학, 즉 허구적인 자아를 문학적으로 표현한 것이다. 만일 소극(笑劇)이 아니라면, 이러한 이유를 믿을 수 없다. The Self and Writing(자아와 글)은 분명히 다른 것 속에서 각각, 심지어는 다른 것 속의 상호간의 구성분과 관계를 맺으면서, 동시에 완전함과 안정을 손상시키면서, 어떤 사실을 알 수 있는 것이다. 이러한 것은 The Self in Writing(글 속에서의 자아)이라는 섬세한 어구에서도 볼 수 있는데, 전치사의 모호성으로 의미 없는 'in'에 대한 확실치 않고 넓은 의미의 은유는 — "The Self *in Writing*(글 속에서의 자아)" — 자체로 타당성이 있는 문학적인 범주에 속하며, The Self *and Writing*(자아와 글)은 그것을 말할 때조차도, 의문이 있는 용어에 대한 특이성과 글자대로의 해석을 원하는 수식적인 대화 속에서 함께 연결되어 있을 뿐이라는 사실을 입증한다. 물론 엄격히 말해서 "The Self in Writing"은 틀린 어법이다. 왜냐하면 글을 쓸 때, 우리는 표현을 하지 않고 자아를 발견하지 못하기 때문이다. 그리고 문학적인 형태로 특성 있게 비논리적으로 표현한다면, 의미가 있고 지시의 대상이 되는 단어를 맞추어 보려고 할 뿐이기 때문이다. 지시 대상은 한편으로는 책을 직접 읽은 자아와, 다른 한편으로는 책 속에서 다른

사람에 의해 읽혀지는 자아에 대한 문학적인 변화 사이에서, 원래의
본질적인 차이를 잊거나 통하지 않게 되는 과오를 우리는 범하게 된다.
　이것은 문학에 대한 자신의 관계가 문학 자체의 관계는 아니며 감상
적이고 문학적으로 읽은 것은 단어, 의미가 있는 것, 또는 문학적인 영
상이 있는 자아와 어떤 사물을 이상할 정도로 일치시키는 사실만을 주
장하는 것이다. 이러한 것은 또한 독서를 할 때 극단적으로 단순한 변
증적인 즉, 이중적인 설명을 피하는 것이다 — 신원을 확인하든, 신원
을 확인하지 않는 암시적인 것이든지 간에 — 그러한 기계적인 대칭
은 프로그램처럼 자아를 이상하게 낮춘다: 소위 '이상적인 독자'의 응
답을 우리는 너무 늦게 듣게 된다는 의미이다. 그 대신에 그것이 우리
스스로에 의해 쓰여진 글이라는 것을 우리가 알게 되는 글 속에서, 글
에 대한 자신의 관계에 대해서 말하려고 한다면, 또는 이렇게 익숙하
고 진부한 표현을 일정한 양식에 맞추면서 그것이 의미하는 것을 알
수 있는 말에 대한 자신의 관계에 대해서 우리가 말하려고 한다면, 그
때 존재와 의미, 사물과 단어 사이의 의미상 엉뚱한 내용과 모순을 기
록한 비판적인 이야기로 표현해야 하고, 따라서 존재와 상징적인 구조
속에서 그 자체로 의미를 전달하는 표현 속에서, 언어에 잘못을 저지
르면서 자신의 위치를 밝히고 비판적인 대화 속에서 잘못을 알게 되는
것이다. 조금만 더 생각해보면, 존재는 의미를 음미하면서 생각해야하
기 때문에, 그 자체에 대한 자아의 존재조차도 존재가 단지 그 자신이
없는 상태에서 이야기되는 것처럼, Heidegger(하이데거)가 — Derrida(데
리다)는 아니다 — 우리들에게 가르친 것처럼, 그 자체로 의미가 있는
것 속에서 그 자체를 발견하면서 자아가 있는 무의미한 표현이 될 것
이다.
　잘 알고 있는 것처럼 그것은 정신 분석학의 전통에 대한 인내심 있
고 수고를 아끼지 않는 혹독한 노력의 덕택이다 — 정신 분석학의 전

통은 프로이트(Freud)로부터 시작해서 아마 라깡(Lacan)이 결론을 내린 전통으로 — 자기 존재와 자기 표현 사이의 거리감 속에서 이론적으로 타당성이 있는 정신 분석학의 전통이다. 그렇지만 이러한 전통을 살펴보면 개괄적인 것을 알 수 있는데, 첫 번째로 이러한 문제를 우리가 명료하게 표현하고 은유적인 *in* 안에서 "The Self in Writing"의 자아의 위치를 우리는 정할 수 있다. 말하자면 오스카가 — 그의 극은 주제의 장소에 관한 이러한 문제를 주제로 만들 것이다 — *Importance*의 중요성과 *Earnest*라는 문학적인 익살 사이에 Being을 놓는 것과 같이 바꾸어 놓은 장소인 것이다 — The importance of Being Earnest (진실의 중요성) — 자신의 슬픔에 잠긴 두 뜻으로 해석되는 말로서 차례로 단호한 *Being*을 의미하며 불확정성처럼 보인다.

그렇지만 여기서 내가 하고 싶은 말은 정신 분석의 전통에 대한 이론과 어휘가 자극하는 감수성과 확실하지 않은 많은 사람들을 위한 것이라는 것을 알면서, 오늘날 우리가 영미(英美)의 확실하지 않은 전통이라 부르는 것에 좀더 접근하기 쉽고 친근한 용어로 이러한 대화를 바꾸는 것이다. 우리가 지금 '문학의 주제'로 말하고 있는 것에 대해서 끝에 가서 정신 분석학에 대해서 그 윤곽을 간단히 말할 것이며, 1908년 Kurt Grelling(커어트 그렐링)이 처음으로 명확히 말한 논리적인 관련성에 대해서 잘 알려진 역설(逆說)을 나는 자세히 말하고 싶다. 그러나 철학에 관심이 있는 사람들은 Russell(러셀)로부터 시작해서 Quine(퀸)에 이른다.

역설 그 자체는 상대적으로 솔직한 것이다. 다시 말해서 역설은 스스로 묘사하고자 하는 일련의 말이 있다는 것이다. 예를 들면 polysyllabic(다음절(多音節)) 이라는 단어는 그 자체로 다음절(多音節)이고 short는 그 자체로 짧다. 그리고 English는 그 자체로서 영어이고 영국말이다. 나는 그 자체로 스스로 설명되는 말들을 '자기 논리적인 것'

이라고 부르겠다. 왜냐하면 그런 말들은 스스로에 대해서 말하기 때문이다. 그 외에도 그 말의 스스로를 설명하지 못하는 다른 일련의 말들이 많이 있다는 것을 말하고자 한다. 예를 들면 monosyllabic(단음절)이라는 단어는 그 자체로서 단음절이 아니다. long은 그 자체로 길지 않다. 이러한 두 번째의 일련의 단어들을 '이종(異種) 구조적'이라고 부르는데 동의하겠다. 왜냐하면 이러한 것들은 그들 자체 외의 것들에 대해서 말하는 단어들이기 때문이다 ─ 풍자적인 말들이다. 왜냐하면 그러한 것들을 다른 것, 또는 라깡(Lacan)의 말로 이성애(異性愛)를 하는 사람들의 심벌 마크로 말하기 때문이다. 이러한 두 가지 종류, 즉 '자기 논리와 이질 논리(the autological and the heterological)'를 규정한 후에 의문이 생긴다. 'heterological(이질 논리)'라는 단어는 그 자체로 '자기 논리(autological)'인가 그렇지 않으면 '이질 논리(heterological)'인가? 그리고 여기서 우리는 역설을 발견한다. 왜냐하면 단지 질문만을 하면서 우리는 다음과 같은 이상한 결론에 이르기 때문이다. 만일 'heterological(이질 논리)'라는 단어가 저절로 '이질 논리'가 된다면 그때 그것은 '자기 논리(autological)'인 것이다. 반면에 그것이 '자기 논리(autological)'가 된다면 그때 그것은 '이질 논리(heterological)'인 것이다. 다시 말하면 논리에 대한 정의와 고전적인 구조를 생각해보면, '이질적인 논리(heterological)'는 실제가 아니고 조건에 의해서 결정될 뿐이다. 그리고 그것은 실제로 알맞은 조건 속에 있지 않을 뿐이다.

2. Earnest로 인한 오스카 극의 중요성

확실히 믿을 수는 없지만 논리적인 내용과 구조로 오스카의 소극(笑劇)과 관련시켜 생각해 보고자 한다. 또한 이런 식으로 *The Importance* *of Being Earnest*의 구조(plot)를 간략하게 말하고자 한다. 왜냐하면 Ernest는 실제 있을 때에는 진실적이지 않게 보이듯이, 그 자신이 없을 때에만 진실할 것 같기 때문이다. 일반적으로 극(劇)의 겉에 나타난 표시를 Bunburyism에 맞추지만 라깡(Lacan)은 이것을 *auto-différence*(자동 차이)라 부른다. 주제와 관련시켜 알아보자면, Ernest가 아버지의 이름이 있는 책을 참고적으로 보다가 자기의 이름은 "당연히 Ernest이다"는 것을 알고 놀랐는데, 극(劇)의 끝에 가서 이런 사실은 해결된다. "그의 모든 인생은 단지 진실을 알아내는 것이었다."

Jack. Algy! Can't you recollect what our father's Christian name was?

Algernon. My dear boy, we were never even on speaking terms. He died before I was a year old.

Jack. His name would appear in the Army Lists of the period, I suppose, Aunt Augusta?

Lady Bracknell. The General was essentially a man of peace, except in his domestic life. But I have no doubt his name would appear in any military directory.

Jack. The Army Lists of the last forty years are here. These delightful records should have been my constant study. [Rushes to bookcase and tears the books out.] M. Generals . . . Mallam, Maxbohm, Magley, what ghastly names they have — Markby, Migsby, Mobbs, Moncrieff! Lieutenant 1840, Captain, Lieutenant-Colonel, Colonel, General 1869, Christian names, Ernest John. [Puts book very quietly down and speaks quite calmly.] I always told you, Gwendolen, my name was Ernest, didn't I? Well, it is Ernest after all. I mean it naturally is Ernest.

Lady Bracknell. Yes, I remember now that the General was called Ernest. I knew I had some particular reason for disliking the name.

Gwendolen. Ernest! My own Ernest! I felt from the first that you could have no other name!

Jack. Gwendolen, it is a terrible thing for a man to find out suddenly that all his life he has been speaking nothing but the truth. Can you forgive me?

Gwendolen. I can. For I feel that you are sure to change. · · · · · ·

Jack. On the contrary, Aunt Augusta, I've now realized for the first time in my life the vital Importance of Being Earnest.(*The Importance of Being Earnest*, pp. 537-8.)

잭. Algy! (앨지!) 우리 아버지의 세례명이 무엇이었는지 기억이 나지 않은가요?

앨저논. 이봐요, 나는 말도 하지 못하는 나이였습니다. 내가 1살도 되기 전에 그는 죽었습니다.

잭. 그의 이름은 그 시대의 군대기록 목록에 있을지도 모른다고 생각합니다. Aunt Augusta (안트 아우구스타)인가요?

브랙넬 부인. 그 장군은 가정생활을 제외하고는 근본이 평화로운 사람이었습니다. 그러나 그의 이름이 군대 명부에 있을 것이라는 것을 의심하지 않습니다.

잭. 지난 40년간, 군대를 기록한 목록이 여기에 있습니다. 이렇게 기분좋은 목록을 내가 끊임없이 기록했어야 했는데요. [책장으로 달려가서 책들을 잡아뜯어낸다..] M 장군들. . . Mallam(말람), Maxbohm(맥스보옴), Magley(매글리). 엄청나게 기분나쁜 이름들도 있습니다 — Markby(마르크비), Migsby(미그스비), Mobbs(맙스), Moncrieff!(몬크리이프!) 1840년 육해군위관, 육군대위, 육해군위관 임무의 육군대령, 육군대령, 1869년 장군, 세례명인 Ernest John(어니스트 존). [조심스럽게 책을 놓으면서 조용히 말을 한다.] 구엔들, 내 이름이 Ernest(어니스트)라고 내가 항상 당신에게 말하지 안했던가요? 결국 내 이름은 Ernest인 것입니다. 당연히 내 이름은 Ernest라는 것입니다.

브랙넬 부인. 그렇습니다. 그 장군이 Ernest(어니스트)로 불리워졌다는 것이 이제 생각이 납니다. 그 이름을 싫어하는 어떤 특별한 이유가 있다는 것을 알았습니다.

구엔달른. Ernest!(어니스트!) 내 자신의 이름인 Ernest! 당신은 다른 이름은 가질 수 없다고 나는 처음부터 생각했습니다!

잭. Gwendolen(구엔달른), 갑자기 사람이 일생동안 진실만을 말해왔다
는 것을 알아내기란 어려운 일인 것입니다. 당신은 나를 용서
해줄 수 있습니까?
구엔달른. 당신을 용서할 수 있습니다. 왜냐하면 당신은 확실히 바뀌
었다고 나는 생각하기 때문입니다.
잭. Aunt Augusta(안트 아우구스타), 반대로, 지금 나는 평생에 처음으
로 The vital Importance of Being Earnest(진실에 대한 매우 중요
함)을 느꼈습니다.

Ernest가 읽은 목록 속에서 아버지에 대한 모든 이름들은 어머니의
이름들, 즉 "Ma(어머니)" — Mallam(말람), Maxbohm(맥스보옴), Magley
(매글리), Markby(마르크비), Migsby(미그스비), Mobbs(맙스), Moncrieff
(몬크리이프)로 시작하는 이유를 설명하기 위해서, 음운론적이고 현상
학적인 분석을 하기를 원했다. 그리고 콧소리 자음에 대한 이러한 목
록은 Bunbury에 대한 순음(脣音, 입술음) 음소에 철자를 붙일 뿐만 아
니라, 명칭이 잘못 표기될 때는, 그것을 확인한 후 진실을 찾아내는 것
이다. 첫 번째 음소, 즉 labial[순음(脣音)]/papa/ 또는 /baba(럼주로 맛낸
건포도 과자)/ 그리고 nasal[비음(鼻音)]/mama/는 명확한 문학적인 주제
를 결정하는 구조에 따라 얻어진다고 나는 주장한다. 이러한 "Pa/Ma"
의 유형에 대해 Heidegger(하이데거)가 물어보는 것은 형이상학을 가능
하게 하는 의문이라는 점에서 음운론적인 설명이라 하겠다: "생각의
본질을 밝혀내는 것은 '논리적으로' 잃어버린 것의 근원을 찾아내는 것
이다." Heidegger의 alêtheia는 logos[이성(理性), 로고스]에 의해서 잃어
버린 것과 같이 '말은 생각이다' 라는 말을 하면서 the babbling(수다,
재잘거리기)/papa/는 첫 번째로 발음하는 순간에 잃는다. 또한 Heidegger
는 진리 속에서 감추어진 것을 밝히는 것은 죽을 때 문학 속에 다시
나타난다는 것과 같으며, The Importance of Being Earnest 속에서의 내

용과 같다: 즉, "Bunbury(번베리)는 죽었다. · · · 의사들은 Bunbury가 살아 있지 않다는 것을 알았으며, 그것은 내가 의미하는 것 ― 그래서 Bunbury는 죽었다는 것이다." 위에서 간결히 언급했듯이, 이것은 문학적인 성(性)에 대한 은유적인 것을 의미하는 것이다.

> Algernon [Stammering.] Oh! NO! Bunbury doesn't live here. Bunbury is somewhere else at present. In fact, Bunbury is dead.
> Lady Bracknell. Dead! When did Mr Bunbury die? His death must have been extremely sudden.
> Algernon [Airily.] Oh! I killed Bunbury this afternoon. I mean poor Bunbury died this afternoon.
> Lady Bracknell. What did he die of?
> Algernon. Bunbury? Oh, he was quite exploded.
> Lady Bracknell. Exploded! Was he the victim of a revolutionary outrage? I was not aware that Mr Bunbury was interested in social legislation. If so, he is well punished for his morbidity.
> Algernon. My dear Aunt Augusta, I mean he was found out! The doctors found out that Bunbury could not live, that is what I mean ― so Bunbury died. (*The Importance of Being Earnest*, p. 528.)

앨저논 [말을 더듬으면서]. 오! 아닙니다! Bunbury(번베리)는 여기에 살고있지 않습니다. Bunbury(번베리)는 지금 다른 곳에 있습니다. 사실 Bunbury는 죽었습니다.

브랙넬 부인. 죽었다고요! Bunbury씨는 언제 죽었습니까? 정말로 그는 갑작스럽게 죽었음에 틀림없습니다.

앨저논 [경솔하게] 오! 내가 오늘 오후에 Bunbury를 죽였습니다. 아픈 Bunbury는 오늘 오후에 죽었다는 것입니다.

브랙넬 부인. 그는 왜 죽었답니까?

앨저논. Bunbury요? 오, 그는 꽤나 감정이 격해 있었습니다.

브랙넬 부인. 그는 감정이 격해 있었다고요! 그는 혁명투쟁의 희생물이 되었는가요? Bunbury씨가 사회법에 관심이 있었다는 것을 나는 몰랐습니다. 만일 그랬다면 그가 건전하지 못하다고 처벌을 받았을 것입니다.

앨저논.   Aunt Augusta(안트 아우구스타), 그가 발각되었을 것입니다!
Bunbury는 살 수 없다고 의사가 말했습니다. 그것이 내가 말하
고자 하는 바입니다 — 그래서 Bunbury는 죽었다는 것입니다.

그렇지만 의심까지 하면서, 소극(笑劇)의 방향을 잘못 잡았을지라
도 자가 논리와 이종(異種) 구조에 관한 역설은 해결되었다는 것을 알
수 있다. 즉 그때 Ernest(어니스트)는 사실상 그의 이름인 것이다.

우리들은 이러한 부활, 의미하는 것과 표현되는 것에 대한 이러한
대등 관계를 문학적인 것이 암시하는 것으로 받아들이기를 원할 것이
다. 그러나 우리들이 이러한 기호에 대해서 문학 속에서 곡해나 비유
를 인식하기만 한다면 우리들은 그렇게 할 수 있다. 왜냐하면 Ernest
는 이종(異種) 구조적인 단어들 속에서 언어에 대한 역설적인 생각을
알게 될 때, Ernest는 단지 진실하게 될 뿐이며 이름과 사물 사이의 차
이점 속에서 그 자신과 그의 이름 사이의 역설적인 차이를 발견할 수
있기 때문이다. 따라서 Ernest는 중요성이 이름 때문에 제한 당하거나
증폭된다면 중요성은 의미되는 것(signified)이 아니라 의미하는 것
(signifier)이 될 것이다. 제목 속의 Earnest에 대한 익살은 모호한 뜻을
의미하지 않으며, 의미하는 것(signifier) 이상의 어떤 것을 의미하지 않
고 단지 그 단어 자체의 의미만을 우리가 알 수 있기 때문에, 이러한
것은 정말로 문학적인 언어의 전형이며 언어 자체에 관심을 갖는 언어
의 전형이다. 이것은 또한 이름 때문에 오스카의 극(劇)이나 소극(笑
劇)이 그 자체로서 매우 중요하다는 이유이다. 왜냐하면 보통명사처럼
고유명사가 확실히 타당성을 갖는 것은 소위 보통 사용하는 언어처럼
문학이 되어 있다고 우리는 말할 수 있기 때문이다 — "소위" 상상적
인 보어가 없이는 일상적으로 사용하는 언어가 있을 수 없듯이, 고유
명사에 대한 타당성을 생각하지 않고는 자연스러운 일상 언어가 있을

수 없는 것과 같기 때문이다.

단지 메시지처럼 그 자체를 강조하는 메시지로서 문학의 기능에 대해서 Jakobson(재콥슨)이 '구조 언어학자'를 정의한 것이 생각난다. 이름을 강조할 때에만 이름이라는 것이다. 의미 없는 고유명사와 의미 있는 말이 반대되는 것처럼 The Importance of Being Earnest 안에는 더 확실히 반대의 구조가 있는 한 예이다. 그런데 The Importance of Being Earnest에는 의미 있는 두 가지의 정반대가 있는데 완전함을 불완전하게 하는 방법으로, 사소한 것을 반대로 심각하게 다루면서 일관성있게 나란히 나열하고 있다. 이것은 The Importance of Being Earnest 의 명백한 주제인데, 소극(笑劇)을 만들기 위해서 사실을 반대로 이해될 수 있는 것은 무엇이든지 문제로 만들기 위해서, 오스카는 The Importance of Being Earnest에 A Trivial Comedy for Serious People(심각한 사람들을 위한 사소한 희극)이라는 부제(副題)를 붙였다. 오스카의 주제는 저절로 내부에서 반복적으로 소극(笑劇)의 형식을 언급함으로써 그 자체의 표현을 방어한다. 즉 이러한 것은 소극(笑劇)의 접근선(漸近線)의 높이인 것이다. 왜냐하면 Marx(마르크스)가 말한 것처럼, 소극(笑劇)은 장르적인 측면에서 봤을 때 문학적인 자의식이 강하다는 것은 주제적인 면에서 가장 무의미하기 때문에, 그리고 형식을 가장 중요시 다루는 장르이기 때문이다.

3. 문학의 중요성인 이종구조 (異種構造)

심각하면서 논리적인 말을 심각하지 않으면서 비논리적으로 반복되는 말과 구별하는 차이에 대해 이해하기 쉽게 설명한 어떤 논리가 있는데, Derrida(데리다)는 Searle(서얼)의 연설 가운데 재미있는 것을 행위 이론으로 만들었으며, 고유명사에 대한 생각을 행위 이론으로 만들었다; Derrida는 또한 'Searle-Sarl'의 이름을 재미있게 표현함으로써 그러한 점을 '입증한다.' 즉, 유형(有形)의 익명에 대하여 심각한 농담을 입증한다.

그러나 이러한 것이 아무리 일반적일지라도 글자를 강조한 문학이라면, 그리고 언어를 축소한 유형이라면, 문학과 반대되는 철학은 일반적인 종류의 언어와는 매우 다를 것이다. 그러한 내용은 더 높은 차원에서 언어의 질서를 만드는 "메타 언어(어떤 언어를 분석·기술하는 데 사용되는 보다 고차원적인 언어체계)"를 생각하면서, 문학이 이종(異種)구조의 역설에 의존하는 곳에서 철학이 그렇지 못하도록 금지시키는 이유가 될 것이다. 논리학자들은 강제적인 논리를 가지고 인위적인 체계에 일관성을 유지하기 위해, 필요한 것은 무엇이든지 소개한다고 한다. 그러나 이것은 심리적으로 필요한 것이 아니라, 단지 논리적으로 질서를 유지하는 것이다. 대화의 주제가 이종구조(異種構造)를 이룬다는 사실을 라깡(Lacan)이 인식하면서 "메타 언어"와 같은 것은 없다고 그는 말했다. 그러나 나는 언어 철학이 항상 자기구조(autological)였다는 것을 주장하고 싶다. 그리고 The Cratylus(크래틸러스)로부터 고유명사를 이용한 기원을 찾으면서 정확하게 문서로 근거를 증명할 수 있다고 주장하는 바이다. The Cratylus에서 이름을 표현하면서 사건을 모방하며 The Cratylus에서 이름을 Russell(러셀)과 Frege(프레쥐)가 사용하면서 사물을 복잡하지 않게 정돈하며 The Cratylus에서 지시 대상에 단어가 직접적인 관계를 갖으면서 언어 행위 이론을 통해 의미있는 단어처럼 직접적인 관계를 갖게 되는 것이다. 그리고 The Cratylus에서 단어는 복잡하지 않게 말하는 사람의 의도를 반영한다. 최근에 명목론(名目錄)에 대한 이러한 사실주의는 철학적인 명성, 예를 들면 이름에 관한 Searle(서얼)의 이론에 Saul Kripke(소올 크립케)가 압도당한 비평, 관련성에 관해서 말하자면 Searle이 표현할 수 있는 의도에 대해서 Derrida도 똑같이 압도당한 비평을 부인할 수는 없다. '나의 적에 대한 적은 나의 친구이다' 라는 생각에 입각해서, 대륙과 영미(英美)의 철학은 결국 이름에 대한 타당성이나 부당성을 이렇게 관찰하는 과정에서 서로 공통성을 발견할 수 있을 것 같다. 그렇지만 최근에 우리들은 진실한 언어, 즉 말하는 것을 항상 의미하는 언어를 제외하고는 어느 것도 의미하지 않게 된다.

Gwendolen과 Cecily는 둘다 진실한 말로 이러한 철학적이며 언어학상으로 이상주의적인 꿈에 대해 말을 한다: "나의 이상은 항상 Ernest라는 이름을 가진 어떤 사람을 사랑하는 것이었다. 완전무결한 신뢰를 불어넣어 준 그 이름에 무엇인가가 있다." 또는 "당신은 나를 비웃어서는 안된다. 그러나 이름이 Ernest인 누군가를 사랑하는 것이 나의 소녀다운 꿈이었다. 완전한 신뢰를 불어 넣어준 그 이름에는 무엇인가가 있다." 여기에서 우리는 이러한 신뢰 때문에 문제를 일으키게 될 것이라고 암시를 받게 될 것이다.

> Gwendolen. Yes, I am quite aware of the fact. And I often wish that in public, at any rate, you had been more demonstrative. For me you have always had an irresistible fascination. Even before I met you I was far from indifferent to you. [Jack looks at her in amazement.] We live, as I hope you know, Mr Worthing, in an age of ideals. The fact is constantly mentioned in the more expensive monthly magazines, and has reached the provincial pulpits I am told: and my ideal has always been to love some one of the name of Ernest. There is something in that name that inspires absolute confidence. The moment Algernon first mentioned to me that he had a friend called Ernest, I knew I was destined to love you. (*The Importance of Being Earnest*, 490.)
>
> Cecily. You must not laugh at me, darling, but it had always been a girlish dream of mine to love some one whose name was Ernest.

[Algernon rises, Cecily also.]   There is something in that name that seems to inspire absolute confidence.   I pity any poor married woman whose husband is not called Ernest.   (*The Importance of Being Earnest*, 514.)

구엔달른. 그렇습니다. 나는 그 사실을 잘 알고 있습니다. 아무튼 당신이 더욱 겉으로 마음을 나타내주기를 나는 바라고 있습니다. 당신은 항상 억제할 수 없는 매력을 나에게 주고 있습니다. 내가 당신을 만나기 전에도 나는 당신에게 무관심하지 않았습니다. [잭은 놀라서 그녀를 본다.] Worthing(워딩, 잭)씨, 당신이 알아주기를 내가 바라는 것처럼, 우리는 이상이라는 시대 속에서 살고 있습니다. 그 사실은 훨씬 더 비싼 월간 잡지 속에서 끊임없이 언급되고 있으며, 그 사실은 내가 전해들은 어떤 지방의 강단에 도달했습니다: 즉, 그 내용은 나의 이상은 항상 Ernest(어니스트)라는 이름을 가진 어떤 사람과 사랑하는 것이었습니다. 그 이름 속에는 절대적인 신뢰를 불어 넣어주는 무엇인가가 있는 것 같습니다. 앨저논이 자기에게 Ernest(어니스트)라 불리우는 한 친구가 있다고 처음에 나에게 말하자마자, 나는 당신(잭)을 사랑해야하는 운명에 있다는 것을 알았습니다.

세실리. 앨저논, 당신은 나를 비웃어서는 안됩니다. 그러나 Ernest(어니스트)라는 이름을 가진 어떤 사람을 사랑하는 것이 항상 나의 소녀다운 꿈이었습니다. [앨저논은 일어선다. 세실리도 또한 일어선다.] 그 이름에는 절대적인 신뢰를 불어 넣어준 것 같은 무엇인가가 있는 것 같습니다. 자신의 남편이 Ernest(어니스트)라 불리우지 않은 그런 불쌍한 기혼 여자에게 나는 동정을 표합니다.

이름에 대한 전통적인 말 — 예를 들면 Mill(물방앗간)이라는 말에서 명확히 알 수 있는 것처럼, 속에는 고유명사 언외(言外)의 함축적인 의미가 아닌 명시적 의미가 있다. 실제로 그러한 말들은 사물, 언어와 반드시 일치할 것이다. 즉 거기에서의 말들은 실제로 사람들이 말하는 것들이다. 이름이라는 철학에 대한 역사는 — 아리스토텔레스의

Categories(범주)에서 시작해서 Stoic(스토아 철학)의 문법 이론을 지나, 중세의 신호이론에 이르기까지 [Abelard(아벨라아드)의 초기의 명목론(名目論), 아기나스의 변형 사실주의, Ockham(옥햄)의 확실한 명목론(名目論)을 거쳐] 진실한 언어를 위해서 이러한 최초의 철학적인 욕망을 만족시키는 시도이다. Mill의 명시적 의미 이론에 대한 유명한 비평 속에, Frege와 Russell이 글을 썼을 때 보이지 않은 형이상학적인 생각이 깊이 내재되어 있었다. 첫째로 명시적 의미 이론은 부정적인 존재에 대해 실례(實例)가 있는데, 부정적인 존재는 이름이 나타내는 지시 대상물은 없다 (Odysseus, 황금산, 등등.). 두 번째로 명시적 의미 이론은 정체를 제안하는 실례(實例)를 가지고 있는데, 정체의 제안은 이름들이 똑같은 대상물을 가리키고 있다할지라도 정보를 발산해낸다. 이 때문에 이름과 '의미,' 그리고 제3의 용어인 지시 대상물 사이에서 언급되는 방법으로 부르기 위해서 이름은 의미를 가져야 하며, 이름은 의미를 만들기 위해서 다른 지시 대상물을 가질 필요가 없다고 나는 주장한다. 그 결과 사물의 원래 이름들은 더 이상 의미하는 것만은 아닐 것이다; Russell(러셀)의 말을 인용하자면, "이름은 설명의 일부를 생략하여 줄여쓰는 것이고, 이름은 지시 대상물에 관계가 있는 의미를 줄여쓰는 것이다."

의미는 이름을 만드는 본질이 되는 것이다. 무엇을 어떻게 의미하는지, 이름에 대한 몇가지 이야기가 있다. 첫재로 이름은 명시적 의미가 되어야하며, 지시 대상물을 결정하는데 가장 중요한 내용이 되어야 한다. 왜냐하면 두 사람의 이름이 완전히 다른 의미를 가졌으면서도 이름을 사용할 때 똑같은 사람을 말할지 모르기 때문이다. 또한 John과 같은 사람은 직관을 가지고 생각하는데 어려움이 있다. 사실 X는 의미를 가지고 있다; 이것은 우스꽝스러울 정도로 설명을 생략한 것이다. 철학적인 démarche(수단) 속에서 이름에 대해 고찰해보기 위해서,

또는 존재론에서 심리학에 이르기까지의 방법으로 이름을 다루기 위해서, Searle의 글을 읽어야 한다: 첫째로 이름은 가리키는 것이다. 그 다음에 사람들은 이름을 흉내내고, 그 다음에 사람들은 이름을 부르고, 그 다음에 사람들은 이름의 의미를 생각해보고, 그리고 그 다음에 언어 행위 이론에서 사람들은 이름의 '의미를 생각해 본다.' 이름과 관련된 이러한 어려움들은 최근 영미 언어 철학자들 가운데서 Donellan (도넬란), Putnam(푸트남) 그리고 가장 영향력 있는 Kripke(크립케)가 많이 논의를 했던 것이다. 그들은 주로 이름이 모든 세계에서 똑같은 것을 가리키는 방법으로 시작한다. 예를 들면, "일리아드(Iliad)의 저자는 태어나지 안 했을지도 모르고 일리아드(Iliad)의 저자가 아니었을 지도 모른다"는 일리가 있다. 그러나 "호머(Homer)는 태어나지 않았을지도 모른다. 그리고 호머(Homer)가 아니였을지도 모른다"는 일리가 없듯이, 이름을 설명으로 대신한다. 그러나 최근 이러한 이론은 철학을 고맙게 여기며, 대부분 명시적인 이름에 대해서 깊이있게 의미이론을 연구하는 것은 포기했다. 그 대신에 가능한 대안으로서 Kripke(크립케)는 역사에 호소함으로써 명시(明示)적인 세례 이름의 처음부터 모든 이름을 나열하면서, 명시적인 이름의 관계를 설명할 것을 제안한다. Kripke 의 허구적인 말은 미묘하며 널리 영향을 끼쳤다. 비록 최근에 그의 주장이 어려움에 직면했다 할지라도 그러한 시도의 결과는 중요한 일이다. 여기서 우리는 단지 어려움을 암시받는 것으로만 만족해야하며, 이제까지 우리들이 토론한 것에 관련된 두 가지 점을 말하는 것으로 만족해야 한다.

첫째로, 이름이 지시 대상물을 결정할 수 있는 의미가 없다는 것을 Kripke가 증명할 수 있다 할지라도, 그는 이름의 의미를 설명해야 한다. N. Salmon(살먼)이 제안한 것처럼, 이름이 뜻하는 유일한 의미는 이름 그 자체로서이다.

두 번째로, Kripke는 최근에 인과관계의 쇠사슬에 관한 이론을 역설했다. 왜냐하면 유일한 원인은 정당하게 지어진 이름의 상태를 상상하기 때문이다. 의심스러운 고유명사를 완전한 것처럼 부른다 할지라도, Kripke는 역설을 해명할 수 없다고 고백한다. 그리고 Putnam(푸트남)이 지적한 것처럼, 역설은 자연스러운 이론에 영향을 미친다는 것이다. Kripke(크립케)의 수수께끼는 Derrida(데리다)가 제안한 이름의 원인을 바꾼다. 또한 언어에 관한 영미(英美) 철학과 대륙의 현상학이 지금은 고유명사에는 부적당하다는 것을 알고 있다. 이것은 또한 상상적인 것에 견주어 존재론적인 상태에 관심을 가졌기 때문이다. 이와 같은 현상은 그 밖의 다른 곳에서도 볼 수 있는 점이다. 그렇지만 이름에 관한 철학적인 역사에 문학을 공부하는 사람들은 특별히 관심을 가져야 한다. 왜냐하면 첫 번째로 확장시켜서, 그 다음에는 표현해서, 그 다음에는 의도하는 대로, 그리고 마지막에는 일시적으로 생각할 수 있는 사실(事實)적으로, 명시적인 이름을 말하도록 철학적으로 잘라 말한다면, 유미주의적인 표현을 할 수도 없고 익살적인 표현도 할 수 없기 때문이다. 다시 말하면 오자(誤字)가 문학 속에서는 올바른 의미를 나타내는데, 철학은 단어와 사물을 대조시키면서 틀렸다고 한 것은 우리의 문학적인 전통에서 봤을 때는 옳지 않다는 것이다. 철학적으로 고찰해야 하는 것도 또한 있다. 예를 들면, 분석을 하고 종합을 해서 완전성, 내포적인 의미, 외연(外延)적인 진리를 찾아내는 일이다. 즉, 철학은 외부적인 환경에 부합한 작품이나 메시지를 전달하는 매개물이다. 그렇지만 철학적인 이름들과 문학적인 이름들 사이의 유사성보다는 차이성에 관심을 더 갖고자 한다. 왜냐하면 이러한 차이점은 그 자체의 특성을 지니고 있고 문학에 관한 의미와 구별되는 중요성이 될 수도 있기 때문이다. 모든 문학 작품들이 막연한 의미를 지니고 있다고 우리는 가끔 생각한다. "확실하지 않은 의미는 특별한 문학적인 중요성을 결정하는 요인이 된다"고 라깡(Lacan)은 말했는데, 나도 또한 그렇게 생각한다.

이렇게 전통적으로 차이가 있는 것은 연구할 가치가 있다. 왜냐하면 The Importance of Being Earnest와 관련하여 동종(同種) 구조적인 것 (the autological)과 이종(異種) 구조적인 것(the heterological)으로 나누면서, "The Self in Writing(글 속의 자아)" 속에서의 자아를 정의하기 때문이다. 다시 말하면, 자아는 사물에 관한 대화와 말에 관한 대화 사이의 차이점이 된다. 주제는 철학적인 주제와 문학적인 주제 사이의 중간에 있으며, 또한 주제는 일상적인 언어와 이상한 언어 사이에 있다. 다시 간단히 말하면, 주제는 Importance와 Earnest 사이에 있다. 언어를 의미를 나타내는 투명한 매개체로 만들기 위하여, 철학은 자가조직(autology)의 역할을 한다. 이와 반대로 문학은 이종(異種) 구조적인 중요성을 나타내기 위하여, 확실한 의미를 나타내는 단어를 사용하지 않은 쪽에 있다. 그들 사이의 자아는 차이가 있다. 그 결과 철학과 문학은 이처럼 글 속 자아의 실체에 관하여 의견을 달리하는데, '철학'과 확실히 의미하는 것(signified)과의 관계는 '문학'과 여러 가지를 의미하는 것(signifier)과의 관계와 같다. 그리고 '글 속의 자아(The Self in Writing)'는 철학과 문학 중 어느것도 관계가 없는 사실을 나타낸다. 라깡(Lacan)이 말하는 것처럼, "의미를 나타내는 것(signifier)은 또 다른 하나의 의미를 나타내는 것(signifier)에 대한 주제를 나타내는 것이다." 이처럼 문학과 철학은 서로간에 의미를 나타내는 것(signifier), 즉 이름들(names)이며, 이런 의미에서 이름의 '의미' 또는 '중요성'을 말하려고 한다면 그들 독자들이 어떠한가와 관계가 있다.

이와 같이 두 가지가 똑같이, 비인간적인 욕망 사이에 있는 '생략'과 '표시'가 있는 글 속에서, 자아는 엄격히 주위에 경계선을 긋는 그자신의 인간적인 욕망을 발견한 것이며, 이종(異種) 구조적인 것 속에서 동종(同種) 구조적인 것을 열망하는 특징의 욕망이고, 무엇인가를 바라는 욕망인 것이다. "나의 이상은 항상 Ernest라는 이름을 가진 누군가를 사랑하는 것이었다. 그러나 Bunbury(번베리)는 죽었다." 정신 분석적인 용어로서 이것은 자기애(自己愛)에서 굴절된 목적물 선택으로 또는 정신 분석적인 자아로 변화해 가는 것과 일치할 것이다.

> Gwendolen. · · · · · : and My ideal has always been to love some one of the name of Ernest. There is something in that name that inspires absolute confidence.
> Algernon. [Stammering.] Oh! No! Bunbury doesn't live here. Bunbury is somewhere else at present. In fact, Bunbury is dead. (*The Importance of Being Earnest*, p. 490, p.   528.)
> 구엔달른. · · · · · : 그리고 나의 이상은 항상 Ernest(어니스트)라는 이름을 가진 어떤 사람을 사랑하는 것이었습니다. 그 이름 안에는 절대적인 신뢰를 불어 넣어준 무엇인가가 있습니다.
> 앨저논. [말을 더듬으면서.] 오! 아닙니다! Bunbury(번베리)는 여기에 살고 있지 않습니다. Bunbury(번베리)는 지금 다른 곳에 있습니다. 사실, Bunbury(번베리)는 죽었습니다.

다시 생각해 보면 그러한 욕망이 언어의 효과라 할지라도, Eros(성애(性愛), 에로스)는 Logos(이성(理性), 로고스)의 결과이고, 우리가 역설적으로 말해보면, 무의식 속에서의 성(性)에 관한 프로이트의 예(例)를 만들어낼 것이다. 어원설명을 상기해 보면, 자가조직을 '동성연애'보다는 오히려 '자위행위'로 부를 수 있을 것이다. 똑같은 방법으로 우리들은 이종(異種) 구조를 이성연애로 재평가 할 수 있을 것이다. 이렇게 생각해보면 문학적인 독자의 기본적인 욕망은 이성연애를 하기 위한 동성연애의 욕망이라는 정신 분석의 결론을 우리들은 내릴 수 있을 것이다. 또는 이러한 추상적 개념으로 비유적인 구체화를 대신하고, 여자에 의해서 동성·이성에게 역할을 하지 못하는 남성의 욕망을 대신한다. 이것은 명확히 지나치게 신경을 쓰는 욕망이 될 것이다. *The Importance of Being Earnest* 속에서 또한 관심을 갖고자 하는 단어는 Algernon의 이중성인 'Bunbury'이다. 'Bunbury'는 '남성 매음굴'을 뜻하는 영국의 속어일 뿐만 아니라, '건포도 롤빵 속에 묻혀 있는 욕망'을 솔직히 표현하는 것을 의미하는 총체적인 의미이다.

Ⅲ. 결론

"The Uncanny(이상한 것들)"에 관한 프로이트(Freud)의 글에 대해서 정신분석적인 설명을 하면서 오스카와 관련된 결론을 내리고자 한다. 전통적인 정신 분석 형태 속에서, 서양 문학의 주제는 남성이며, 오스카가 익살로 공격하는 Being을 우리에게 보여주는 것과 똑같은 방법으로, 의문 속에 존재하는 대상은 여성이며, 따라서 계획은 욕망의 표현이라고 우리는 생각하게 된다. 여기서 문학적으로 성(性)에 대한 은유를 다루고 있으며 남성이 역사적으로 여성을 잘못 다루어서 성공을 거두지 못한 주제를 다루고 있다. 그러므로 우리의 제명(題銘)이나 오스카의 소극(笑劇)을 통하여 성(性)적인 멜로드라마(감상적인 통속극)를 되풀이한다. 표지에는 *Lady Lancing*이라 쓰여있다: 그러나 진짜 제목은 *The Importance of Being Earnest*"인데, *The Letters of Oscar Wilde* 속에 쓰여있는 1894년 10월 *George Alexander*(죠지 알렉산더)에게 보낸 편지이다. *Lady Lancing*(랜싱 부인)의 내용은 "남자와 여자 사이의 순수한 불꽃같은 사랑"으로, 유부녀의 서방질을 다룬 구조(plot)이다.

도덕(道德)은 상상적인 것이기 때문에 훨씬 더 많은 소극(笑劇)을 지

니고 있다. 이것은 옛날의 정신 분석적인 다의성(多義性)에 대해서 말
한다. 그것은 초자아(超自我)(자아를 감시하는 무의식적 양심의 전조)
는 자아 이상(개인이 도달하고자 노력하는 인간의 의식 표준)이라는 것
이다. 이것은 라깡(Lacan)의 정신 분석적인 국소 해부학에 대한 문제
를 제기한다. 그리고 이것은 라깡(Lacan)의 'Symbolic(상징적인)'은 그
자체가 'Imaginary(상상적인)' 것, 즉 'Imaginary(상상적인)' 것에 대한 마
지막 매력을 제시한다. 이러한 문제를 적절하게 토의하기 위해서 우
리는 반드시 다른 문학 장르를 생각할 것이다: 로맨스(연애 사건, 허구)
는 비극(悲劇)도 아니고 소극(笑劇)도 아니며 Oedipus(오이디푸스(Sphinx
의 수수께끼를 풀었고, 숙명 때문에 아버지를 죽이고 어머니를 아내로
삼은 Thebes의 왕))도 아니며 그의 고상한 웃음거리도 아니다.

우리가 항상 욕망의 로고스(이성(理性))에 묻혀 있다는 것을 발견하
고 죽음에 대한 암시를 가지고 있다는 것을 알 수 있으며, 프로이트
(Freud)가 죽음에 대한 충동을 Eros[에로스, 성애(性愛)]의 방랑에 비유
하는 것과 매우 밀접한 관계가 있다. 그러나 결론적으로 나는 도덕이
라는 말을 끌어내고 싶다. 이성연애가 동성연애와 비교되는 것처럼, 여
성이 남성과 비교되는 것처럼, 우리의 문학 속에서는 이종(異種) 구조
(heterological)는 동종(同種) 구조(autological)와 비교되는 말이다. 이것
은 각각 문학 속의 기호학(記號學), 구문론, 의미론을 설명한 것이다.
또한 윤리학도 그렇게 설명할 수 있다. 여성 가정 교사인 Miss Prism
은 말하기를 "선(善)은 행복하게 끝났고 악(惡)은 불행하게 끝났다. 그
것은 소설 속에서의 내용과 비슷하다." 라고 말했다. (Miss Prism. The
good ended happily, and the bad unhappily. That is what Fiction means.
The Importance of Being Earnest, p. 501.) 그러나 자아와 글(The Self
and Writing)이, 심지어는 오스카의 소극(笑劇) 조차도, 이처럼 원문을
분석하지 못하는 권위 있는 책과 일치하는 한, 상상을 표현한 책 속에

서 도덕을 깊이 생각한 것은 우리가 상상의 가치를 측정하는 것과 같다.

오스카의 거의 모든 문학은 The Importance of Being Earnest(진실의 중요성)에서 처럼 이종구조(異種構造)를 이루고 있다. 즉, 이중적인 의미를 나타내는 내용을 지니고 있다. 19세기 후반 빅토리아 시대의 억압적이고 인습적인 세계로부터의 해방을 성취한 것이다. 이중성을 표현한 것이 일반적인 의미에서 문학의 중요성이자, 오스카 문학의 중요성이라고 생각한다.

BIBLIOGRAPHY

Gagnier, Regenia. *Oscar Wilde : Critical Essays On British Literature.* New York : G. K. Hall & Co., 1991.

Beckson, Karl. *Oscar Wilde : The Critical Heritage.* New York : Hill Barnes and Noble, Inc., 1970.

_____ *Oscar Wilde : The Critical Heritage.* Routledge : Kegan Paul Press, 1970.

Epifanio Jr, San Juan. *The Art of Oscar Wilde.* Princeton : Princeton University Press, 1967.

Ericksem, Donald. H. *Oscar Wilde.* Boston : Twaine, 1977.

Ellmann, Richard. *Oscar Wilde : A Collection of Critical Essays.* New Delhi : Prentice-Hall of India, 1980.

_____ *Oscar Wilde.* Vintage Books, A Division of Random House, 1988.

Gagnier, R. A. *Idylls of the Marketplace : Oscar Wilde and the Victorian Society.* Ph. D. Dissertation, Univ. of California at Berkley, 1981.

Ganz, Arthur. *The Dandical Drama : A History of the Plays of Oscar Wilde.* Ph. D. Dissertation, columbia University, 1957.

Harris, Frank. *Oscar Wilde.* New York : Carroll & Graf Publishers, Inc, 1992.

Pearson, Heketh. *The Life Of Oscar Wilde.* London : Methuen & Co. Ltd, 1946.

Rodi, Edouard. *Oscar Wilde.* Norfolk : New Directions Books, 1947.

Schmidgall, Gary. *The Stranger Wilde.* Dutton : A William Abrahams Book, 1994.

Shewan, Rodney. *Oscar Wilde. Art and Egotism.* London : The

Macmillan Press Ltd, 1977.

Weintraub, Stanley. *Literary Criticism of Oscar Wilde*. Nebraska :
The University of Nebraska Press, 1970.

Wilde, Oscar. *The Plays of Oscar Wilde*. New York : Penguin Books
Ltd, 1954.

Woodcock, George. *The Paradox of Oscar Wilde*. New York : The
Macmillan Company, 1950.

Worth, Katherine. *Oscar Wilde*. London : The Macmillan Press Ltd,
1983.

ABSTRACT

Sang-min, Lee

British Victorian Oscar Wilde (1854-1900) calls *The Importance of Being Earnest* a farcical comedy. The pun on *Earnest* in the title possesses its literary effect precisely because it doesn't mean its double-meaning and thereby forces us to register the word as just a word, significant of just itself, with no meaning beyond its palpability as a signifier. This is also why Oscar's play of farce on names is itself so important.

We can define the self of "The Self in Writing" as both the cause and the consequence of the paradox subtending the autological and the heterological as words concerned with *The Importance of Being Earnest*. That is to say, the self becomes the difference between a discourse of things and a discourse of words, a subject situated midway between the subject of philosophy and the subject of literature, between ordinary and extraordinary language, in short, between *Importance* and *Earnest*. Where philosophy self-importantly commits itself to autology so as to make of language a transparent vehicle for the signifieds of which it speaks, literature, in contrast, "Earnestly" forswears signifieds altogether for the sake of the heterological materiality of its signifiers. The self between them constitutes the necessity of their difference, so that the quarrel between philosophy and literature thus takes place over the body of the self in writing, with philosophy wanting to do with its signifieds what literature wants to do with its signifiers, and with the self in writing testifying to the fact that neither can do either.

Oscar's almost literary works have the heterological, like *The Importance of Being Earnest*. That is, they have words representing dialectic. Oscar accomplished freedom from Victorian oppressive world in the late 19 century. I think that representing doubleness in general is the importance of literature and also the importance of Oscar's literature.

그리이스의 音樂美學的 思想研究

張 大 德

Ⅰ. 서 론

고대 그리이스의 철학자들은 "예술과 미"에 관한 고찰을 함께 하였다. 즉 예술과 미학이 혼합되었다고 하는 사상이 그것이다. 그러나 "예술"이 추구하는 "예술적인" 것과 "미"가 추구하는 "미적"인 것은 구별해야 할 것이다. 반면에 예술적인 것과 미적인 것은 내적으로 서로 연관이 되어있다. 따라서 예술적인 것은 미적인 것에서 형성되고, 미적인 것은 예술적인 것에서 출발된다고 볼 수 있다.

이러한 의미에서 원리상으로 이 양자를 분리한다는 것은 사실상 불가능할지도 모른다. 다시 말하면 "미"는 예술을 통하여 성립되는 내용이고, 예술은 미적인 것을 형성시키는 형식이기 때문에 예술과 미학은 반드시 같은 사실은 아닐지라도 같은 원리에 서있는 것이 사실이라 하겠다.

"미학"에 대한 학문적 기원을 살펴볼 때 미학이 하나의 독립된 학문으로서 출발하기까지는 18세기 중엽 독일의 미학자 Baumgarten (A. G. Baumgarten, 1714 - 1762)에서 그 어원을 찾아 볼 수 있다. 물론 그 이전에도 많은 철학자들의 관심은 진·선·미에 있었고, 그들은 진·선·미를 유기적 관계로서 고찰했지만, 여기서 Baumgarten을 논하는 것은 처음으로 "미학"이 인식의 학문으로서 성립하게 되었기 때문이다. 그의 저서 『미학』(Aesthetica)이란 것이 1750년에 제1부를, 1758년에 제2부를 내 놓음으로써 미학이 하나의 독자적인 "학(學)"으로써 그 첫 걸음을 내딛게 된 것이다. Baumgarten은 이 책의 서두에서 "미학은 감성적 인식의 학이다."(Aesthetica est Scientia Cognitionis Sencitivae)라고 했는데, 이는 미와 예술의 이론이 감성적 인식법의 이론이라는 학문적 체계를 구축하게 되었다.

그는 종래 철학에 있어서 무가치한 것으로 인정되어 온 감성적 인식에도 어떤 법칙성이 존재한다는 것을 주장하였으며, 감성적 인식 능력을 "유사이성"으로 보았다. 그리고 미학을 유사이성의 "학"이라고 명명했다. 이와 같은 미학은 앞서 언급한 바와 같이 "미와 예술"은 그 일부로 하는 감성적 인식 일반의 이론이기 때문에 그 고유한 영역을 한정시키기 위하여 완전성의 개념을 도입했다. 이로 인하여 미는 곧 "감성적 인식의 완전성"이라고 규정하였다. 완전성의 개념은 "다양함에 있어서의 통일"을 의미하기도 하는데, 즉 "다양함에 있어서의 통일"을 형이상학적인 원리로 함으로써 미는 "현상"의 완전성이 되고 "감성적으로 현상한 형이상학적 실체"가 되는 것이다. 그러나 이와 같은 Baumgarten의 입장과 달리하는 견해가 있는데 Kant(Immanuel Kant, 1724 - 1804)는 그의 3대 비판서의 하나인 "판단력 비판"의 제1부인 "미적 판단 비판"에서 미학적인 제(諸) 문제를 취급하고 있다. "미적 판단"내지 "취미 판단"은 하나의 직관적 판단으로서 대상의 표상을 객체로써가 아니라 주체의 쾌, 불쾌의 감정에 관계를 가지는 것으로 보았다.[1]

한편 이에 대한 학문의 명칭도 Kant는 미학이라는 말을 피하여 "판

---

1) F. Schiller Brief, "Uber die Asthetiksche Erziehung der Menschem", 1759. Verlesungen Uber.

단력 비판"이라는 이름으로 미학의 문제를 논하였고, Sckering(H. Sckering, 1877 - 1941)은 "예술철학"(Philosophie der Kunst)이라는 명칭을 제시했다. Hegel(1770 - 1831)은 그의 저서 『미학론의』(die Asthestik)에서 미에 대하여 논의하기 보다는 "예술과 예술사"의 문제를 다루었다.2) 이러한 경우 미학은 그 내용상 "예술철학"이 될 것이다. 여기서 "미학"이 추구하는 미적인 것과 "예술학"이 추구하는 예술적인 것과는 구별하여야 하겠으나 본질적으로는 관련시켜야 할 것이다.

이에 대하여 Utitz(Emil Utitz, 1883 - 1956)는 "미에는 미적인 것 이외의 것이 있다."라고 하였는데 이를 테면 종교적 그림에서 종교성을 제거할 수 없으며, 풍속문화에서 사회성을 제거할 수 없는 것과 같다. 따라서 종교성과 사회성이 그대로 곧 종교회화와 풍자문학의 예술적 내용은 아니겠으나, 이러한 이유로 인하여 미적인 것과 예술적인 것을 구별하는 것은 대단히 어려운 일이 될 것이다. 그럼에도 불구하고 미학은 "미적인 것"의 탐구를 바탕으로 하여 Schiller(Johann Cristoph von Schiller, 1759 - 1805)에 의해 널리 보급되어 오늘에 이르고 있다. 그는 "미학"이란 말을 사용함으로서 Asthetik이란 오늘의 명칭을 굳히게 한 것이다. 미학이란 "아름다움이 무엇이며, 아름다움에 대한 전반적인 문제", 즉 "미의식", "미적 범주", "미적 가치" 등을 포함하여 미에 대한 본질을 규명하는 학문이라고 하겠다.

이러한 의미에서 본고는 미학의 역사와 사상을 논할 때 맨 먼저 언급되는 그리이스의 미학적 사상을 고찰을 하고자 한다. 그리고 Pythagoras파의 미학론과 Platon, Aristoteles의 음악 미학적 사상을 구분하여 그들이 수용하고 있는 미적 의미를 규명해 보고자 한다.

---

2) H. J. Moser, "Musikastheik", Berlin, 1953. 참조.

Ⅱ. 고대 그리이스의 음악사상

Moser(Hans Moser, 1889 - 1967)는 그의 저서인 『음악미학』 제2장의 "음악미학의 역사"에서 유사이전(有史以前)을 "마법과 치료법으로서의 음악"과 고대를 "Ethos와 관능사이의 음악"으로 분류하고 있다.

초기 문화의 일반적인 경우처럼 고대 유럽의 음악은 "악귀를 몰아내기 위한 마법으로서의 음악"인데 그리이스어에 있어서 "Aeidein"(노래를 부르다)라는 말에는 "매혹시키다, 마술로써 고치다"라는 의미가 함께 들어 있으며, 라틴어의 "Cantare"(노래하다)는 "Incantare"(요술로써 매혹시키다)라는 어원이 들어있다. 그리고 "Orpheus의 신화"나 Aristoteles의 "Catharsis"(정화론)이나 다윗이 하프연주로써 사울왕의 정신병을 진정시켰다라는 성서 이야기는 모두 음악의 치료법으로서 기능을 말해 주고 있다.

그리이스의 음악사상 중에 "Mousike"라는 말이 있는데 오늘날 "Music"의 어원이 된 것은 사실이지만 그 의미하는 바가 많이 다르다는 것을 우선 주목해야 한다. 다시 말해서 Mousike는 학술의 여신인 "Mousai"가 주관하는 "문예, 음악, 철학, 천문학" 등 인간의 지적 활동의 총칭이며, 좁은 의미에서는 "시의 가창"이라고 할 수 있다. 즉 음악과 시가 유기적으로 일체가 된 것으로 이것을 "운문(韻文)"속에 포함되어 있는 음악적인 성분, 즉 "음악적으로 규정된 운문"이었던 것이다.

따라서 Lyric(서정적)적인 시는 Lyra(현악기)와 함께 불리어지는 시를 뜻하고, Tragedy(비극적)적이라는 말은 동사 "Aeidein"(노래한다)라는 말에서 유래하고 있다. 또한 Aulos(관악기)의 연주는 Mousike가 아니고 기예(Techne)로 취급되었다는 것은 고대 그리이스가 Mousike를 보다 높은 차원의 정신적인 가치로 이해했다는 증거가 될 수 있다. 이러한 의미에서 그리이스 음악미학관을 세 가지 측면, 즉 "우주론적 자연철학적 인식, 도덕과 사회교육, 미적 향수"의 측면으로 나누어 고찰해 보고자 한다.

1) 우주론적 자연철학적 인식의 측면

마술적, 주술적 음악관에서부터 벗어나 대표되는 사람은 아마도 Pythagors로서 우주론적 자연철학적 음악관에서 모든 것은 "Harmony와 수(數)"라는 초감각적 인식론 (Noetik)적 표현으로서 요약된다.

Harmony라는 말은 서로 성질을 달리하는 요소가 하나의 전체적 통일을 이루기 위해서 "묶다, 조정하다"라는 의미를 가지는데 이러한 것은 "수의 원리"와 밀접하게 연결되고 있다. "수는 만물의 근본 물질이고, 원형"이며, 만물이 질서있는 우주를 형성하는 것은 "수의 관계"에 의해서이다. 따라서 Mousike는 가청적인 음악영역에서만 존재하는 것이 아니라 우주의 형성원리고서, 더 나아가 "논리적 가치"로서의 의미도 아울러 가진다.

Pythagoras에 있어서 숫자와 수리적 관계는 모든 "정신적, 육체적 세계"를 이해하는 열쇠가 되는 것이다. 다시 말하면 음악은 바로 Rhythm의 수리적 조정에서 생기는 것이기 때문에 우주의 질서와 조화를 존중하는 것이 훌륭한 음악이라고 생각했다. 이러한 수의 법칙과 수의 비례로써 나타내는 조화를 공통원리로 해서 다음과 같은 세 가지의 분류법이 나타나게 된 것이다.

(1) Musica mundana.

흔히 "우주음악"이라고 하는 것은 조화있고, 질서있는 천체를 말하는 것이다. 자연, 우주의 근원적인 현상으로서의 천체 Harmony라는 것은 음울림이 없다 할지라도 이것은 우주음악이라고 이해해야 할 것이다.

(2) Musica humana.

Hans Moser는 "유기체로서의 인체의 조화"라고 해석하고 있다. 그러나 육체와 영혼의 조화라는 것을 강조하는 Platon의 입장에서 보면 이 Musica humana라는 것은 "인간의 음악" 혹은 "유기적, 영적음악"이라고 해석해도 좋을 것이다.

(3) Musica instramentalis.

Hans Morser는 "본래의 음악, 고유의 음악"이라고 해석하고 있으나 어원을 잘 검토해 보면 "기계음악"이 된다.

여기서 (1),(2)의 음악이 인식론적 도덕적 음악인데 반하여, (3)은 이른바 "미"를 추구하는 예술음악이 되는 것이고, 이 예술음악에는 음악이론, 작곡법, 연주법 등으로 세분되어질 수 있다. 따라서 Pythagoras학파의 입장은 Musica mundana에 해당되고, Platon학파의 입장은 Musica humana에 속하며, Aristoteles의 입장은 Musica instrumentalis를 위의 두 입장과 더불어 상당히 중요시했다. 그러나 이러한 경향은 나아가서 Aristoxenos(B.C. 330 - ?)와 Demokritos(B.C. 460 - 370)와 Sophist 등 음악에서 이론적인 면을 제거하는 경향이 점차 발전하였으나 Epikuros와 같은 쾌락설이 음악미학을 축조해 놓았다는 것은 당연하다. 그리고 Stoa학파가 대두되어 다시 윤리적 음 악관이 지배하였으나 여기서 음악이 정치적 이상에 봉사하는 것이 아니라 Stoa적인 개인주의적 도덕을 신봉하는 것으로 생각되었다.

2) 도덕과 사회교육의 측면

우주론적 자연철학적 입장에서 한걸음 더 나아가 "도덕과 사회교육"
이라는 측면에서 음악을 취급한 대표적인 인물은 Platon이었다. 음악은
영혼과 성격을 형성할만큼 그 힘이 크며, 따라서 좋은 음악은 질서있
는 사회를 보장하고 나쁜 음악은 위험한 상태를 초래한다고 Platon은
생각하였다. 그러기 때문에 음악의 의무교육과 국가통제가 필요하다고
보았던 것이다.

음악의 "선법(Mode)"에는 일정한 정신적, 도덕적 내용이 담겨 있으
며, 음악은 그 선법의 여하에 따라서 풍속의 파괴자도 보호자도 될 수
있다는 것이다. 이러한 선법의 윤리적 특성을 "Ethos론"이라고 부른다.
예컨대 Platon은 인격을 엄정하고 강건하게 하는 Dorsti조와 용감한 전
사답게 하는 Phrigisti조를 권장하고, 마음을 연약하게 하는 Lydisti조를
배척하고 있다.

모든 Melody와 Rhythm과 악기는 인간 및 국가에 독특한 효과를 지
니는 것이며, 따라서 좋은 음악은 국가공공의 복지를 촉진시키고, 나쁜
음악은 이것을 파괴한다고 생각했다. 그러기 때문에 좋고 유용한 음악
은 도덕적 규범과 밀접하게 연결되는데, 선율형을 의미하는 "Nomos"라
는 것이 또한 "도덕적, 사회적, 정치적 법칙이란 뜻"을 아울러 가졌다
는 것은 매우 의미있는 일이다. 그러므로 음악은 인간성격에 미치는
큰 영향력으로 말미암아 사회교육의 수단으로서 높이 평가되고 또한
이러한 목적에 이용되었다. 여기서 우리는 두 가지의 대립되는 음악관
의 특징을 살펴보자.

고대 그리이스에 있어서 "Apollo적"인 것과 "Dionysos적"이라는 두
개의 상반되는 예술이 있었다. 예술과 과학의 신성한 후보자인 Apollo

신은 "고원한 진실성, 단순 청명의 지성과 질서"를 나타내고 주신(酒神)인 Dionysos는 "흥분, 도취, 관능"의 격정을 대표로 한다. Apollo제전에서 사용되는 악기는 현악기인 "Lyra"이며, Dionysos신이 좋아하는 악기는 관악기인 "Aulos"였다. 현악기를 대표하는 Lyra의 진정작용과 관악기를 대표하는 Aulos의 흥분작용을 관련지워 여기서 살펴보자.

생리학적으로 볼 때 음악에는 두 종류의 대립되는 성격이 있다. 즉 흥분시키고, 매질하는 것이 그 하나이고, 진정, 억제하는 것이 다른 하나이다. 전자 는 호흡을 빼았고 맥박을 빠르게 하며, 후자는 이러한 것을 감퇴시키고 균형감을 준다. 따라서 Dionysos적이란 것과 Apollo적이란 대응에 있어서 그 고전적 표출을 오늘날도 찾을 수 있는 대립인 것이다. 따라서 Dionysos적 경향이라는 것의 "마술적 음악관"과 Aristoteles의 이른바 "고상한 향락"의 면을 포괄적으로 지니는 고전적 질서를 대표한다고 할 수 있겠다.

3) 미적 향수의 측면

Aristoteles에 있어서 대표되는 이른바 "고상한 향락"(Diagoge)이라는 고전적인 중도의 길을 걷는 음악관이 발견된다. Pythagoras학파는 음악을 추상적인 "Harmony와 수(數)"로 규정했고, Platon은 "도덕적 감화력으로서의 존재가치"를 인정하려 했다.

한편 쾌락주의적 경향이라는 것이 있는데 여기서는 음악을 유희와 오락으로서 생각했고, 수면이나 술(酒)과 마찬가지로 휴식과 노동, 괴로움을 고치는 약이라고 해석했던 것이다. 따라서 Aristoteles에 있어서 음악은 Pythagoras학파에서와 같이 다만 논리적 학문으로서 취급하지 않고, Platon과 마찬가지로 단순히 교육적, 추상적으로 생각하는 것도 아니면서도 그 감성적 기교적 특질을 인정하면서 미적 향락이 중심문제로 하는 새로운 개념을 찾아내었다. 이러한 사상은 오늘날 우리들의 예술관과 가까워져 있는 것을 느끼게 한다.

지금까지 그리이스 음악의 세 가지 측면을 고찰하였다. 그리이스 음악미학의 관계에서 보면, 그들의 음악관이 "마술적, 주술적 음악관"에 대한 반항과 진리의 인식, 도덕의 향상, 미의 향수라는 "인격적, 정신적 활동의 영역"으로서 이러한 것과의 유기적 관계를 이해, 해석하려 했던 것이다.

다음은 그리이스 음악에서 자주 언급되는 악기인 "Aulos와 Lyra"에 관련된 신화를 살펴보자. 이를 살펴보고자 하는 이유는 서양음악 미학의 기원에 바탕을 이룬 것이라고 볼 수 있는 두 기둥 즉, "Apollo적인 것과 Dionysos적" 음악적 사상의 탄생에 영향을 주었기 때문이다.

B.C. 6세기 후반부터 5세기 전반에 걸쳐서 합창단이 노래부르고 춤추는 서정시는 그 발전의 정점에 도달하였는데, 그 중 최고봉에 위치한 것이 Pindaros(B.C.522/518 - 440)였다. 이 Pindaros의 작품에 중심을 이루는 것은 경기 승리자에게 바치는 축첩가(祝捷歌)인데, 그 하나인「Pidia 축첩가」에는 Aulos의 성립에 관한 신화가 나온다.

Perseus가 아테네 여신의 지혜를 빌려서 Medusa의 목을 잘라 떨어뜨렸을 때 아테네는 Medusa를 애도하며 탄식과 슬픔으로 통곡하는 에우루알레의 처절한 모습을 보고 감동하였는데, 아테네는 그의 가슴이 찢어지는 듯한 강렬한 인상을 확고한 것으로 고정시켜 두기 위해 객관적인 형태를 부여하여 Aulos를 발명하였다고 한다. 그리고 B.C. 7 - 6세기부터 4세기에 이르는 동안에 만들어졌다고 하는 신의 찬가집인「Homeros 찬가」에는 Lyra의 성립에 관한 이야기가 나온다. 나면서부터 사술과 발명에 특출한 재주가 있었던 Homeros는 Apollo에게서 훔친 황소의 장(腸)의 근육과 거북의 등으로 악기를 만들면 어떤 소리가 날까 하는 생각을 하고 7현의 Lyra를 만들었다고 한다. 후에 Homeros는 그가 만든 이 Lyra를 Apollo에게 바쳤는데 그 이후로 Apollo는 항시 지니는 악기가 되었다고 한다.

여기서 첫 번째 신화는 관악기인 Aulos와 그 음악이 인간의 내면에 흐르는 처절한 감정을 표출하기 위해 만들어 졌다는 것을 알게 되었고, 그렇기 때문에 이 악기는 후에 Dithyrambos나 Dionysos제전에 사용하는 악기로 지정되어 황홀하고 열광적인 분위기를 고양하기 위해 쓰여졌다. 이 Aulos는 감정을 직접적으로 표출하는 것이 아니라, Aulos 음악은 격렬한 감정의 기술적이고 모방적인 표현인 것이다.

한편 현악기인 Lyra는 복수(複數)의 음이 동시에 울릴 수가 있는데, 말하자면 협화음이라는 화음 현상을 기초로 하는 악기이다. 그렇기 때문에 Lyra의 발명은 하나의 악기가 복합음(Klang)을 낼 수 있다는 점에 대한 놀라움의 표명이었다. 따라서 Lyra는 Homeros, Apollo와 연결지워 침착한 세계 관찰의 악기라고 여겨졌다. Lyra의 음악은 Aulos의 음악과는 달리 울부짖고 절규하는 표현과는 관련이 없고, 그 울림 자체로서 세계를 조화의 경지를 이루었다.3)

이와 같이 당시의 시인들은 악기의 기원에 관한 신화만을 이야기했던 것은 아니었다. 거기에는 중요한 미학적인 문제가 포함되어 있었던 것이다. 신화에서 이야기되는 Aulos와 Lyra는 오늘날에 이르기까지 서양음악의 두 기둥, 즉 우리의 내면 세계를 표출하는 음악과 우리를 에워싸고 있는 외부 세계의 재현으로서의 음악의 탄생을 의미하고 있다. 따라서 이는 서양음악 미학의 기원 또는 바탕을 이룬 것이라는 의미도 함께 포함하고 있는 것이다.

---

3) Medusa : 스텐노, 에우루알레와 함께 고른곤 2자매.

Ⅲ. Pythagoras파의 미학론

Pythagoras파는 수학을 중심으로 천문학과 음악연구에 종사했던 것으로 잘 알려져 있으나, 그것은 Pythagoras파의 한 측면에 지나지 않는다. Pythagoras파의 철학에는 "종교와 학문"이라고 하는 두 측면이 있는데, 종교를 실천한 사람들을 "Pythagoras교도(教徒)"라고 불렀고, 학문을 추구했던 사람들을 "Pythagoras파"라고 불렀다.

Pythagoras의 종교관은 "Dionysos", "Orpheus교(教)"의 혼의 윤회(輪廻), 전생(轉生)의 사상을 이어받아 혼은 본래부터 신성을 소유하고 있었으나 여러 육체들을 윤회하다가 차차 그 신성을 잃어 버렸다고 생각하였다. 그렇기 때문에 인간으로서 가장 중요한 과제는 혼이 전생으로부터 해방되어 신에게로 귀일(歸一)하는 것으로 보았다. Pythagoras는 이러한 입장으로부터 흔히 Catharsis(정화(淨化))를 무엇보다도 중시했다고 한다. 그래서 이러한 과제를 종교적 실천에 의해 수행한 것이 "Pythagoras교도"이다.

한편 Pythagoras파는 이것을 학문적으로 추구했던 것인데, 이 양자 모두가 음악을 중시하였다. 훗날 사람들은 다음과 같이 전하고 있다.

> "Pythagoras파 지식 중에서는 의술, 예언을 가장 존중하였다. 그래서 그들은 침묵 속에서 열심히 듣는 청중이었고, 잘 들을 수 있는 자가 찬양을 받았다. 그리하여 음악도 만약 그것을 적당히 사용하기만 하면, 건강에 크게 이바지한다고 생각하였다." 그리고 피타고라스파들은 의술에 의한 "신체의 정화"와 음악에 의한 "혼의 정화"를 믿었다고 전해진다.

Pythagoras파에게 있어서 음악은 인간 정진(精進)의 목표인 Catharsis

를 위한 수단이고, 음악은 그래서 무엇보다도 윤리적일 뿐만 아니라 종교적 작용을 갖고 있는 것이라고 믿었다. 그렇다면 왜! 음악은 혼의 Catharsis를 수행할 수 있는 힘을 갖고 있는 것이라고 믿었는가? 인간의 혼은 윤회, 전생하는 동안에 여러 원인에 의해서 오염되고, 훼손되지만 그것이 깨끗이 순화될 때 자유가 되는 것으로, 그들의 목적은 이러한 "혼의 순화와 자유화"이다. 그것은 혼의 조화(harmony)와 질서(Cosmos)를 구현함으로써 이루어진다고 생각하였다.

"Harmony란", 우주와 자연의 원리이고 Logos에 기초를 두고 있다. 우주나 자연은 서로 상반되는 것들이 서로 싸우는 싸움터이고, 그 본질은 서로 대립하는 것의 "조화, 협화" 그것이며 그것은 수직으로 구성되어 있다.

음악은 그 우주나 자연의 모상(模像)으로서 수적관계에 기초를 둔 Harmony를 혼의 중심으로 흡수하여 거기에 동화할 수 있는 것이며, 그렇게 함으로써 혼을 정화할 수가 있는 것이다.

흔히 Catharsis는 혼의 신비와 음악 속에 숨겨진 Harmony와 조응(照應)의 관계에 의하여 성립되는 것이다. Pythagoras는 혼의 Catharsis를 이루기 위해 종교적 실천과 아울러 음악과 Harmony의 연구는 필요 불가결한 것이라고 생각했다. 그리하여 그들은 수적 질서를 길이가 다른 현들이 발하는 음의 협화로서 파악하여, 음향학(音響學)적으로 고찰하는 것으로부터 Harmony의 현상을 수적 비(比)에 의해서 설명하였다.

Pythagoras파로서는 음악이란 귀에 들리는 "우주의 Harmony", 즉 우주의 가청(可聽)적 경지였으며, 우주 전체가 곧 하나의 음악이었다. 음악은 모든 존재의 내적 질서로서 Harmony였기 때문이다. 음악은 세계를 지배하는 법칙을 보여 주는 것이었기 때문에 Pythagoras학파의 음악론을 <우주론>, <Harmony론>, <수론(數論)>, <인식론>이라 하며, 이렇게 하여 음악미학의 역사는 음악을 인간의 역사를 뛰어넘는 우주의 문제로서 파악하는 것으로부터 출발하였던 것이다. 따라서 이러한 <우주론>은 후세의 음악관에 커다란 영향을 미쳤을 뿐만 아니라, 막다른 골목을 타개하고, 새로운 세계를 열어보려고 노력했기 때문에 많은 음악가들에게 하나의 지표가 되었다.

Ⅳ. Platon의 음악사상

고대 그리이스 문화에서 이상주의적 측면을 잘 나타낸 철학자는 Platon(B.C, 427 - 347)이라 하겠는데 그는 그의 스승 Socrates(B.C, 469 - 399)와 함께 Pythagoras학파(學派)로부터 많은 것을 배웠다는 것은 그의 음악관에서도 잘 나타나 있다. 그의 근본적 견해는 특히 음악사회학과 음악교육에 관한 내용이 그의 저서 『국가』제3권에 생생하게 나타나 있다.

Platon은 음악이란, "국가 목적에 봉사해야 한다"고 우선 앞세우고 있다. "전투, 부상, 죽음" 그밖에 어떤 재앙에 처해서도 굳건한 참을성을 가지고 자기를 지키는 용감한 목소리와 말투를 적절히 나타내는 곡조를 추천하고, 처량하고 연약한 Lydisti조와 Ionian조를 피해야 한다고 주장한다.

보전해야 할 곡조는 자진해서 평화스러운 일에 종사하며, 모든 일에 절도 있고, 분별있게 행동하여 그 성과에 만족을 느끼는 사람의 심정에 어울리는 곡조라고 하였다.

이러한 태도에서 그는 Lyra와 Kithara와 같은 단순한 현악기를 권장하고 있으며, Aulos와 같은 난음(亂音), 난무(亂舞)의 관악기를 배척하고 있다. 이러한 Platon의 견해는 "단순하고, 평화롭고, 명랑한 음악", 즉 Apollo적인 청명성을 존중한다는 것으로 요약할 수 있으며, 악기로서는 Lyra와 Kithara와 같은 현악기를 추천하고 있음을 볼 수 있다.

그리고 당시의 음악형태로 보아서 당연한 것이겠지만 단정하고, 용감한 생활을 나타내는 말에다 그 운율과 가락을 맞추어야 할 것이며, 반대로 운율(운각(韻脚))이나 가락에다 말을 즉, 가사를 맞추어 넣어서는 안된다고 주장한다. 음악이 인간의 정신과 감정에 미치는 영향에 대하여 그는 다음과 같은 음악심리학적 고찰은 우리들에게 많은 공감을 형성하기도 한다.

> "음악에는 선한 성격과 악한 성격이 있으며, 그것은 듣는이의 성격에 영향을 미친다. 장단과 곡조는 우아함을 지니면서 영혼 속에 깊이 파고 들어가야 하는데 바르게 교육받지 못한 사람은 반대의 것으로 되기 때문에 음악에 있어서의 육성(育成), 즉 교육적 성과는 매우 중요한 것이다. 그리고 올바르게 음악교육을 받은 사람은 아름다운 것 또는 아름답지 못한 것을 빨리 깨닫고 즐겁게 또는 불쾌하게 되는 것이다."

또한 음악가의 자질과 직능에 대하여 다음과 같이 말하고 있다.

> "음악가가 되기 위해서는 절제, 용기, 관대, 장대 및 그러한 모든 결합의 양상을 알아야 한다. 그리고 그 형태의 크고 작음에 구애됨 없이 이러한 것이 기술과 학구(學究)의 분야에 속한다고 믿고 노력해야만 참된 음악가가 된다고 했다."[4]

여기서 우리는 절제, 용기, 관대, 장대한 덕성뿐만이 아니라 그것과는 반대되는 여러 형태와 결합되어지는 양상을 알아야 한다는 것인데, 이것을 바꾸어서 말하면 "미"에 대한 추(醜)와 덕(德)에 대한 "부덕(不德)"도 총체적인 것으로 파악해야 한다는 뜻이 된다.

---

4) Platon저(이병길역), 『국가』, (서울: 박영사, 1977), P.P. 138 - 173.

다음은 음악교육과 체육에 관계를 알아보자. 플라톤은 "신체가 쓸 만한 것이라 해서 그것이 훌륭함으로써 영혼을 선량하게 만드는 것이 아니요 오히려 그와는 반대로 영혼이 선량하면 그 훌륭함으로써 신체를 될 수 있는데까지 가장 선량하게 하는 것이라고 생각한다." 그러나 이것은 영혼의 우위성을 강조 하려는데서 나온 일종의 수사(修辭)라고 보여진다. 왜냐하면 『국가』의 다른 부분에서는 다음과 같은 것을 밝히고 있기 때문이다.

"체육의 참된 임무는 단순히 체력을 강건하게 하는데 있는 것이 아니라 기개(의지력)를 단련하는데 있으며, 음악교육의 목적은 부드럽고 우아한 심장을 기르는데 있다고 했다." 그러므로 체육이란 기울려져 있는 사람들은 필요 이상으로 거칠어지고, 음악에만 기울어져 있는 사람들은 그들에게 적절한 것 이상으로 연약해진다."라고 한 것은 음악교육과 체육의 건전한 조화를 역설한 것이라 하겠다. 그리고 군사교육에 있어서도 이러한 두 개의 훈련이 조화를 이루어야 한다고 강조하고 있다. 왜냐하면 이러한 조화를 이룬 사람의 영혼이야말로 정녕 분별있고, 용감하다고 했다.

앞에서 살펴본 플라톤의 음악사상은 다음과 같이 결론 지워질 수 있다. 즉, 음악이 듣는이의 영혼에 깊이 파고 들어가 이들의 성격에 큰 영향을 끼친다는 것을 인정하기 때문에 "국가"가 요구하는 전사를 길러내는데 봉사하도록 하는 것이 "음악의 임무"라고 주장했는데, 그러나 탁월한 견해임에도 불구하고 전제주의적, 국가주의적 사상이 바탕으로 되어 있다는 것 또한 사실이라고 볼 수 있다.

V. Aristoteles의 음악사상

Aristoteles(B.C, 384 - 322)는 그의 저서 『국가론』 제8편에서 "교육과 유희"라는 두 극단 사이에서 "고상한 향락"(Diagoge)이라는 개념으로서 음악예술의 본질을 파악하려 했다. 사람을 교육하는 과목은 "읽고 쓰기와 체육, 음악, 미술" 대략이 네 가지인데 읽고 쓰기와 미술은 미적생활에 유용한 많은 목적이 있으며, 체육은 남자로서의 미덕을 갖추는데 있다. 그러나 음악은 무엇에 유용하며 어떤 역할을 하느냐에 우선 의문을 제기했다.

그는 스스로 대답하기를 여가를 보람있게 이용하는 것은 매우 중요한 것이며, 이런 뜻에서 음악은 "여가선용을 위한 고상한 향락"이라고 규정짓고 있다. 즉 지식과 교육은 그 자체가 목적이지만, 음악은 이와 달리 여가가 있을 때에 인생을 즐겁게 하는 자유인의 고상한 향락이라고 보는 것이다. 그리고 오락이 영혼에 주는 효과는 "긴장의 완화"이며, "쾌락에 의한 휴식"이라는 규정짓고 오락의 필요성을 인정한 것이었다.

이와 같이 그는 Platon적인 진지하고 엄격한 도덕적 음악관을 넘어서서 고상한 향락이라는 새로운 개념을 끌어넣었는데, 이러한 것은 근세적 예술이론과 매우 닮은 것으로서 뛰어난 견해라고 할 수 있다. 그 다음 그는 음악과 체육을 비교해 가면서 이 두 영역이 우리들의 소질을 형성하는데 미치는 바를 다음과 같이 설명하고 있는 것이다.

> "음악은 수면이나 음주처럼 휴식을 준다는 면이 있기도 하지만, 마치 체육을 일정한 소질로 키워나가듯이 음악도 올바르게 즐기는 습관을 가지게 함으로써 우리들의 품성을 일정한 소질로 만들어 가며 따라서 덕(德)의 추구가 이루어진다는 것이다."

또한 그는 음악의 연주 기술(技術)이 차지하는 위치를 다음과 같이 규정하고 있다.

"스스로 연주법을 배우지 않더라도 타인의 연주를 듣고 이를 즐기며 옳게 판단하면 되는 것이다." 예컨데 음악경연 참가를 위한 전문교육 따위는 일반적으로 배격해야 한다는 것이다. 왜냐하면 경연대회에서 연주하는 자는 자신의 덕성의 향상을 위해서가 아니라 청중의 저속한 쾌락을 만족시키기 위해서 연주하기 때문이다라고 말한다.

그러나 기술적 음악교육을 부정하지 않고 적당히 긍정하고 있다. 왜냐하면 자신이 직접 어느 정도 실습하고 경험하지 않는다면 이 방면에 우수한 이해자, 판단자가 되기 어렵기 때문이다. 그러나 실습은 올바른 판단력을 개발하는 정도에 그쳐야 하며, 따라서 소년시절의 교육 정도로서 족하다고 말하고 있다. 그리고 한 걸음 더 나아가서 그는 연주법의 연마는 그 방법 여하에 따라서 하나의 악공(樂工)을 만드는 수도 있기 때문에 음악교육은 장래의 활동에 장애가 되어서는 안되고 육체를 악공답게 만들어 국가와 전쟁에서 쓸모 없는 인간으로 만들어서는 안된다고 말한다.

따라서 통속적인 음악에서 뿐 만이 아니라 고상한 멜로디와 리듬에서도 즐거움을 느낄 수 있는 정도이면 족하다고 했다. 그리고 Kithara와 Aulos처 럼 고도의 기술을 요하는 악기여서는 안되며, 듣는이에게 교양을 증진시켜 주는 악기만을 사용해야 한다고 주장한다.

그러나 이와 같은 교육적인 차원에 있어서의 견해와는 달리 Aulos의 Dionysos적인 역할을 다른 각도에서 말하고 있다. 즉 Aulos로서는 덕성(德性), 형성의 효과보다는 오히려 인간을 흥분, 도취시키는 효과를 가지고 있으므로 이러한 음악은 실제로 학습하는 것이 아니라, 감상, 체험한다면 우리들의 감정을 정화 시켜준다는 이른바 Catharsis의 역할을

328

인정한 것이다.

따라서Aristoteles에 있어서 음악의 목적을 세 가지로 요약하여 결론 지어보면 다음과 같다.

첫째, "교육"을 위해서이다. 그러므로 가장 윤리적인 덕성을 높이기 위해서 음악교육이 필요하다는 것인데, 이 점에 있어서는 그의 스승 Platon과 같은 입장을 취하고 있다.

둘째, "고상한 향락", 즉 인생의 즐거움을 깨닫고 긴장, 완화와 노고로부터 휴식을 위하여 사용되어야 한다고 주장한다.

셋째, "Catharsis"를 준다는 것이 음악의 큰 역할로 손꼽히는 이것은 그의 저서 『시학(詩學)』에서 세밀히 논술된 바인데, 아무튼 흥분적, 감동적 예술체험이 종국적으로는 우리들에게 감정의 순화를 가져온다는 이론은 오늘날의 예술이론으로서도 생생한 생명력을 가지고 있다고 볼 수 있다.

참 고 문 헌

김상태저, 『음악미학』. 서울: 세광출판사, 1982.

E. Hanslick저, 『음악미론』. 서울: 삼호출판사, 1986.

Platon저(이병길역), 『국가』. 서울: 박영사, 1977.

Apel Willi, Harvard Dictionary of Music. Cambridge, Mass: Harvard University Press, 1944.

Blom eric(ed), Grove's Dictionary of Musicians. New York: G. Schirmer, 1992.

Brief F. Schiller, Uber die Asthetiksche Erziehung der Menschem. Verlesungen Uber, 1759.

Burney Chas, A General History of Music. New York: Dover, 1962.

Cattin Giulio, Music of Middle Ages. New York: Cambridge Univ. Press, 1985.

Fenlon Ian(ed), Early Music History. Cambridge, England: Cambridge University Press, 1981.

Grout Donald J, A History of Western Music. New York: W.W. Norton, 1988.

Hadow H. W, The Oxford History of Music. Oxford, England: Oxford Univ. Press, 1932.

Hawkins. J, A General History of the Science and Practice of Music. New York: Dover, 1962.

Moser H. J, Musikastheik. Berlin: Berlin, 1953.

Lang Paul Henry, Music in Western Civilization. New York: W.W. Norton, 1941.

Leichentritt Hugo, Music, History, and Ideas. Cambridge Mass: Harvard University Press, 1946.

Spiess Lincoln Bunce, Historical Musicology. Brooklyn: Institute of Medieval Music, 1963.

Strunk Oliver, Source Readings in Music History. New York: W.W. Norton, 1950.

Winnington Ingram R.P, Mode in Ancient Greek Music. Cambridge: Cambridge University Press, 1936.

Cymbeline의 美學構造

하 해 성*

I

Cymbeline을 처음 읽으면 극적 일관성 내지 구조적 형식이 없이 길게 늘어뜨린 작품이라는 것을 알 수 있다. 이 劇에는 The Winter's Tale의 단일성, 음악과 무도, 스펙터클에 의해 記述되는 The Tempest의 액션의 명료성, 혹은 The Pericles의 직설적 담론이 부재하다. 이 劇의 構造는 극도로 복잡하기 때문에 텍스트는 조화적·비조화적 유형으로 혹은 액션의 유형들로 쉽게 분류될 수 없다. 더욱이 후기의 다른 세 劇들에 있는 음악, 무도, 스펙터클의 분석에 근간을 둔 劇 액션의 토론은 Cymbeline에서 발생하는 희귀한 사건에 의해 방해를 받는다고 할 수 있다.

이 연구에서 필자는 劇本 Cymbeline의 분석을 간략한 가면극 형식의 토론으로 진행하고자 한다. 이 劇은 막간극 장면과 가면극 장면으로 분류될 수 있다. 막간 가면극은 가면극의 공연에서 보듯 조화적 대단원을 발견할 수 있는 무질서의 우주를 표출한다. 이 극의 구조는 최후기의 극들 중에서 가장 다양한 방법들로 각색된 셰익스피어 극본이라

---

* 경상대학교 영어영문학과 교수

할 수 있다. The Winter's Tale은 막간 가면극과 가면극 구조를 가장 명확히 반영하고 있다. 이 극은 레온티즈의 심리적 붕괴에 의해 발생된 무질서로부터 목가의 조화로운 극적 진전 과정으로 구성되어 있다.

극 액션의 구성이라는 측면에서 보면 The Tempest와 Pericles가 더욱 복잡한 조화적 장면들과 비조화적 장면들로 구성되어 있다고 생각된다. The Tempest에서 극의 액션은 조화적 해결의 시점까지 무질서와 질서 사이를 수없이 반복하는 극적 진전 과정으로 구조화되어 있다. 안티오쿠스 궁정에서 스스로 자초한 혼돈은 왕자와 테이사의 결혼을 수반하는 조화적 해결 때문에 사라진다. 제 2의 사건 진전 과정은 매음굴에서 자유의 몸이 될 때 매리너에게 극적 행동의 초점이 맞추어 지는데, 그녀의 아버지의 치료를 성공함으로써 이 극을 조화적 대단원의 해결하는 원인이 된다.

비록 Cymbeline의 극 액션에 대한 셰익스피어의 오묘한 조율에 의한 기본적 극 구조가 The Winter's Tale의 그것과 직접적으로 부합하는 The Tempest와 Pericles0에 있어서보다 훨씬 복잡하다 하겠다. 그러나 The Winter's Tale은 아주 균등한 대칭구조로 분류될 수 있는데 반하여, Cymbeline은 무질서의 확대된 연속이라 말할 수 있을 것이다. 이 무질서의 연속은 두 주인공들의 뚜렷한 행동들을 수반하는 양분된 극의 초점에 의해 더욱더 복잡한 플롯으로 형성된다. 음악, 무도, 스펙터클에 의해 수행되는 조화적 극의 해결은 이 극에서는 최후에 발생한다. 이 극 구조에 대한 유효한 이유들도 있겠지만 이 구조의 특수성들은 Cymbeline을 분석하는데 특별히 어렵게 하고 비평적 공격을 받기 쉽게 만든다.

이 극의 전통적 비평에서 극 구조의 다섯 가지 반대 이유들이 있는데; 첫째, '복잡한 플롯들과 부차적 플롯들이 극 행동의 초점을 흐리게 한다. 셰익스피어는 그의 극의 소재들의 조절을 소홀하게 한 것 같다.'

Johnson박사의 *Cymbeline*에 대한 유명한 劇評은 근세까지 이 극 구조에 대한 일반적 시각으로 많은 극 비평가들이 사용하고 있다:

> '이 극은 여러 가지 감상적인 것들, 몇 가지 자연스런 대화들, 어떤 청중을 즐겁게 하는 장면들이 있다. 이 픽션의 불합리성, 행동의 부조리, 극중인물들이 이름들의 혼돈과 여러 시대에 걸친 풍습들, 삶의 어떤 조직 속에 있는 사건들의 불가능성들을 억제할 수 없는 우둔 때문에 시간을 낭비하게되고, 탐구하기에는 너무 명료하고 공격하기에는 너무 거대한 극적 결점들 때문에 극을 비평하는데 시간의 낭비가 따르게 될 것이다.'(F.E.Halliday 276)

이 극의 통일성을 옹호하고자 했던 비평가들까지도 심지어 극 구조의 명시적 모순을 강조한다. 로만스극 형식의 예상 규칙에 이 극을 일치시키고자 하는 J. M. Nosworthy의 시도는 이러한 핵심을 설명하고 있다. 그는 희ㆍ비극의 영향의 의도적 표명으로서 또는 셰익스피어가 로만스극의 인습들에 익숙하기 때문에 오해에서 발단한 모순으로 설명하기도 한다. 극 형식에 관한 정당한 문학이론의 결과들은 이미 언급된 바 있지만 *Cymbeline*을 로만스극에 포함시키는 현대 비평가들은 이 극의 설명을 시도하는 동안 이 극은 구조적으로 모순이라고 지적한 기존 비평을 두둔한 셈이 되었다 할 수 있겠다. 비록 Nosworthy가 이 극을 극찬했지만 Johnson박사는 이 극을 혹평하였기 때문에 그는 가정된 모순이 이 극 속에 있을 수 있을 것이라는 극적 맥락을 단순히 제시하였다. 따라서 위에 언급된 두 비평가들은 실질적으로 이 극에 대한 극 구조의 동일한 평가를 하고 있음을 인지 할 수 있겠다:

> '둘째, Imogen을 제외하면 극중인물들은 정서적 심도가 없이 기술된 극 인습들의 전형이다.'

이 극의 특성에 대한 R. A. Foakes(276)의 논평은 위의 주장을 명시적으로 표출하고 있다:

'셰익스피어가 명확히 표출하고 있는 극 액션에 있어서 극중인물들에 대한 일관성 있는 환상을 만들어 낼 계획은 없으며 때론 조잡하게 시각되지만 극적 방법에 있어서는 액션의 복잡성처럼 보이기도 한다.'

더더구나 극 비평가들은 극중인물들이 장면마다 바뀌는 극적 진행들을 반대한다. 일 예로, 논쟁이 진행될 때 Cloten은 다른 장면에서 그가 외양적으로 훌륭한 애국적 감상으로 언급하는 동안 기본적 극 언어의 미숙함이 있을 수 있다. 이 극중 인물은 구조적 장애를 특별히 언급하고 있다.

'셋째, 비극적 주인공으로서 극적 계기를 구축한 後 Posthumus는 이 극의 절반까지는 등장하지 않는다. 5막이 시작될 때 그의 지연된 재등장은 극적 액션을 성공리에 통합될 수 없게 하며 극 구조의 외형 형식으로 축소된 특성을 강조한다.'

Posthumus는 셰익스피어적 시각에서 볼 때 비극적 주인공을 창안하고자 하는 그의 미숙으로 사료되었다. Granville-Barker(303)의 시각에서는 Posthumus는 셰익스피어의 비극적 영향과 비극 구조의 제어의 붕괴라 할 수 있겠다:

'넷째, 5막 4장—즉, 쥬피터의 하강—의 갑작스런 신의 하강은 시적으로 조잡하고 극적으로 불필요하다.'

대부분의 비평가들은 언어적, 구조적 근거에 기조하여 이 장면을 비

셰익스피어적인 것으로 시각하고 완전히 제거해 버렸다. 비록 보다 최근의 어떤 비평가가 이 극 언어의 신빙성에 대하여 확신을 가지고 주장하였지만 그러나 Wilson Knight(168)는 그것을 극 구조의 완전한 부분으로 이 장면의 사례를 제시하였다.

'다섯째, 복잡한 주 플롯들과 부차적 플롯들이 해결되는 마지막 장면은 인위적이고 부자연스럽다.'

이 마지막 장면에 대한 G. B. Shaw(177-99)의 태도는 아마 가장 극단적 표현이라 할 수 있다. 그는 쥬피터의 강생과 더불어 그것을 완전히 제거하였으며, Shaw 자신의 결론을 제공하였다.

많은 비평가들은 25개 내지 더 많은 플롯들과 부차적 플롯들이 해결되어지는 종막은 기술적 역작으로 지금 수용하지만 이 극의 처음 과반은 일반적으로 극 비평가들로부터 너무 오해를 받기 때문에 결론의 호의적 분석이 단절된다. 이런 의미에서 Cymbeline의 비평적 평가는 The Tempest의 그것과 너무 흡사하다 할 수 있겠다. 많은 비평가들이 각 극의 조화적 대단원을 인식할 뿐만 아니라 그들은 이 작품의 구조에 많은 극비평적 견해들을 가지고 있다.

Cymbeline은 구조적으로 혼란스럽게 생각되기 때문에 그의 희극 장르의 연구에 있어서 Northrop Frye를 제외하면 이 편견을 반영하지 않는 극 비평자들은 한사람도 없다고 생각한다. Frye의 비평(A Natural Perspective)은 전체적으로 후기 극을 이해하는데 중요하지만, 그는 각각의 극본들 속에 내재하는 선택된 장면들에 대한 간략한 분석만을 제공할 뿐이다. Cymbeline을 성공적으로 설명하려면 누구나 첫째로 극 구조의 의미를 전체로서 이해해야 한다. 분명한 모순은 극 액션의 맥락 속에 내재하고 있기 때문에 명료시 될 수 있다. 극 구조는 다음 장에 명시된 것처럼 다섯 단계의 극의 진전 과정들로 분류될 수 있다. 제 1

극의 진전과정(Ⅰ. i)에서 셰익스피어는 Cymbeline궁정의 붕괴를 寫實化하기 위하여 극적 액션을 산산이 단편적으로 분류한다. 제 2극의 진전과정 (Ⅰ. iii-Ⅱ. 2)에서 그는 Posthumus와 Imogen간의 극 액션의 초점을 분산한다. 이 극은 일련의 평행적 액션들—로마에 체류중인 Posthumus와 영국에 체류중인 Imogen—을 그들 상호간의 연결로서 Iachimo와 함께 전개한다.

Imogen이 살해되도록 시도한 Posthumus의 계획은 그들의 사랑의 굴레에 공헌한다. 이 시점부터 극중 두 인물들은 극 구조상에서 각각 분리되어 액션이 진행된다.

제 3극의 진전과정 (Ⅲ. iii-Ⅳ. ii)은 Imogen이 Wales에 체류중인 그녀의 실종된 두 사람의 오빠와 만나게 될 때까지 Imogen의 극적 액션을 상세히 설명한다. 그러나 비평가들은 Imogen이 Posthumus가 전투 중에 다시 등장할 때 직접적으로 후행하는 그러한 장면들에 부재하고 있다는 것을 인지하지 못했다. 첫 전쟁의 포성으로 시작되는 제 4극의 진전과정(Ⅳ. iii-Ⅴ. iv)은 Posthumus의 공훈 때문에 감옥으로부터 석방으로까지 극이 진행된다. 제 5극의 진전과정 (Ⅴ. v)에서 이원 구조는 Posthumus와 Imogen이 사랑의 결속으로 재결합되는 조화적 결말에 의해 해결되어진다. 다양한 플롯들과 부차적 플롯들을 위한 해결은 복잡한 제 1 극적 진전 과정의 조화적 대응부로 위상된다. 따라서 필자는 다섯 단계의 극의 진전과정을 미학적 구조로 說明하고자 한다.

Ⅱ

제1의 극의 진전과정의 1막 1장 서막에서 셰익스피어는 Cymbeline의 심리적 갈등을 표출하기 위하여 극 구조를 분절한다. 비평가들에 의해 자주 언급된 여러 가지 명시적 부조화들은 셰익스피어에 의하여 극적 행동으로 의도적으로 통합된다. 이 극 역시 *Pericles*의 개막처럼 청중이 寫實과 外樣의 차이를 판단하게 한다. 따라서 이 극의 개막장면의 극적 기능을 이해하지 못하면 全體構造의 이해를 왜곡할 수 있다. 셰익스피어는 3가지 기교적 고안들— 1) 併置的 言語들과 對位的 行動, 2) 극 행위에 내재한 이야기 행(line)을 압축, 3) 변화하는 청중의 시각—에 의해 단편적 인상을 만든다.

제 1 극적 기교—병치적 언어들과 대위적 행동의 기교—는 필자가 *Pericles*의 분석에서 이미 토론한바 있듯, 셰익스피어는 주제적으로 뿐만 아니라 구조적으로 동일한 효과를 달성하기 위하여 이 작품에서 그 기교를 사용한다.

이 극이 개막될 때 청중은 무질서를 상징하는 심상들을 직접 직면하게 된다. 제 2 신사에 의해 강조된 대사에서 제 1신사는 궁중의 분위기를 기술한다:

> You do not meet a man but frowns: our bloods
> No more obey the heavens than our courtiers
> Still seem as does the king's......

왕은 비탄 속에 있고, 그 비탄은 秩序의 含意性에, 그의 성격은 하늘이 인간의 기질에 영향을 미치는 것과 동일한 방법으로서 全宮殿에 영향을 행사하였다. 제 1신사는 무질서의 원인을 記述한다:

Sec. Gent.		But what's the matter?
First Gent.	His daughter, and the heir of's kingdom, whom	
	He purpos'd to his wife's sole son—a widow	
	That late he married—hath referr'd herself...	
Sec. Gent.		None but the king?

```
First Gent.  He that hath lost her too; so is the queen,
             That most desir'd the match.        (Ⅰ. ⅰ. 3-12)
```

제 1신사가 기술하는 대사는 앞으로 발생할 극 행동에 대하여 청중
이 대비하게 한다. 가장 기본적 시각에서 이 플롯은 무대행동에 복잡
한 곡해들을 청중들이 불러일으키도록 기술된다. 동시에 그 청중은 왕
과 왕비 그리고 그녀의 태자가 흥분상태에 있다는 보고를 받게됨으로
인물들이 등장할 어떤 정서적 맥락이 설정되어진다. 이 청중들이 무대
행동의 의미에 대하여 경고 받는 대사는 마치 Gower's 서막과 같은 기
능을 한다.

```
First Gent.                              but not a courtier,
             Although they wear their faces to the bent
             Of the king's looks, hath a heart that is not
             Glad at the thing they scowl at.
Sec. Gent.                          And why so?
First Gent.  He that hath miss'd the princess is a thing
             Too bad for bad report : and he that hath her—
             I mean, that married her, alack, good man!
                                                    (13-18)
```

내면적 덕성과 외양의 병치적 순환주제는 Posthumus의 제 1신사의
記述을 통하여 특별하게 소개된다. 그리고 그것은 완전한 이야기를 전
달한다. Pericles의 서막에서처럼 청중은 외양적인 것이 없다고 보고 받
게되며, 비록 궁신들이 사실상 Posthumus가 Imogen과 결혼한 것을 내심
으로 행복하게 생각하지만, 그들은 왕에게 동정하는 척 한다. 다시 한
번 청중은 내면적 정서의 효율적 시험으로서 외양을 의심하는 것으로
시각 된다. 그 이야기에 내포된 정보는 각 인물의 언어와 행동들을 조

심스럽게 관찰하도록 청중에게 경고한다.

Posthumus와 Imogen과 함께 등장하는 왕비는 청중에게 언급될 최초의 중요한 인물이다. 청중이 Posthumus의 적으로 왕비에 대한 그녀의 기대를 유발한 것과는 대조적으로 왕비는 연인들을 위하여 중재할 것을 약속하는 것은 극적 아이러니라 할 수 있겠다.

> No, be assur'd you shall not find me, daughter,
> After the slander of most stepmothers,
> Evil-ey'd unto you : you're my prisoner, but
> Your gaoler shall deliver you the keys...
> ....(70-72)

게다가 왕비는 전통적 악의적 계모와 다르게 자기는 의붓딸이 처한 상황에 동정한다고 단언한다. Posthumus가 유배되기 전에 그들의 마지막 만남을 연인들에게 허가한다. 그러나 이 관대한 처신의 보답으로 Imogen의 대답은 불필요 할 정도로 가혹하다고 생각된다:

> Dissembling courtesy! How fine this tyrant
> Can tickle where she wounds!   (84-85)

그러나 왕비는 청중에게 Imogen에 대한 그녀의 진정한 감정을 방백을 통하여 확인시킨다:

> [Aside] Yet I'll move him
> To walk this way: I never do him wrong,
> But he does buy my injuries, to be friends;
> Pays dear for my offences.   (101-06)

왕비는 Posthumus와 Imogen의 결혼에 감정이 고조되었을 뿐만 아니라 그녀는 실제로 Cymbeline에게 상처를 주려고 음모를 꾸민다.

그녀가 언급하는 35행에 이르는 대사에서 청중은 왕비와 Imogen 두 사람의 갈등을 체험한다. 셰익스피어는 청중을 혼란시키기 위하여 극 구조 속에 이 갈등들을 의도적으로 만든다. Cymbeline궁중의 궁신들처럼 청중은 寫實과 外樣간의 선택을 하도록 강요받게 된다.

셰익스피어가 분절의 인상을 만들기 위하여 사용하는 제 2의 기교는 극 행동에 내재하고 있는 이야기 행의 압축이다. 이 개념을 이해하기 위하여 누구나 이야기 행이 청중에게 노출되는 극 행위와 대사들 간의 구별을 해야한다. 일 예로, *Oedipus Rex*에서 이야기 일부분에서 Jocasta 의 자살을 발견할 때 Oedipus가 자초한 맹목성을 청중이 인지하는 것과 동일하다. 그러나 Sophocles는 극중인물 합창단 단장이 인지한 사건을 청중에게 반복하도록 강요받은 어떤 공포에 질린 使者 청중에 의하여 이 사건들을 폭로한다. 그럼으로 극적 행동은 자살과 맹목성이 아니고 이 사건들에 대한 使者의 설명이다.

*Cymbeline*의 構造가 부조화하다는 일반적 비평적 견해는 이야기 행—즉, narrative—과 이야기 행으로 생각되는 이야기의 체현간의 구별을 하지 못하는 데서 야기된다. 그래서 이 극은 정말 부조화로 보일 것이다. 그러나 셰익스피어는 복잡한 극적 상황들을 만들기 위하여 이야기 행에 대항하여 극적 행동을 발생시킨다.

1장의 Posthumus / Imogen의 이야기 시행은 사건들의 연대기적 질서에 부여된 단순 이야기로 기술되어진다. 그러나 극적 행동은 이야기시행과 부분적으로만 교차될 뿐이다. Posthumus와 Imogen의 대사의 많은 것들은 극 행동 속에서 그들 자신의 연루과정의 이야기로 타인물들에 의하여 폭로되어진다. 대사와 극 행위가 일치하는 유일한 기점은 Posthumus가 Imogen에게 작별인사를 하고 Cymbeline에 의해 위협받을 때 발생한다.

가장 압축의 명시적 사례중의 하나는 Cymbeline이 Posthumus와 Imogen의 결합을 갈라 놓으려고 시도하는 시점에 발생한다. 연인들의 만남에 대한 그의 침해는 봄의 꽃들(I. iii. 36-7)을 죽이는 잔인한 북풍으로 Imogen에 의해 비유된다.

The Winter's Tale에 등장하는 Polixenes처럼 Cymbeline은 연인들의 관계를 차단하면서 왕국을 떠나도록 Posthumus에게 강력히 명령한다:

> Cym.　Thou basest thing, avoid! hence, from my sight!
> 　　　... Thou'rt poison to my blood.
> Post.　　　　　　　　　　　The gods protect you!
> 　　　And bless the good remainders of the court!
> 　　　I am gone.　　　　　　　　　　　　　(125-30)

셰익스피어는 다시 한 번 청중의 기대들을 역전시키므로서 청중을 어리둥절하게 한다. 비평가들은 Cymbeline의 위협들에 대처하는 Posthumus의 인자한 응수의 외형적 부조화를 자주 언급하였다. 누구나 그의 응수를 아이러니로서 해석하려고 시도한다. 그러나 이것은 셰익스피어가 창안하려고 시도하는 효과를 파괴할지도 모른다. 이 여덟 행 대사의 간략한 상호교환은 두 남자들 간의 관계의 심리적 단편이며, 그리고 그와 같이 처음에 표출된 것보다 훨씬 많은 것을 含意한다. 단편의 인상을 만들기 위하여 셰익스피어는 극 행동 속에 있는 이야기행을 압축하였다.

Posthumus의 부드러운 대응은 Cymbeline의 위협과는 대조적으로 청중을 놀라게 해야한다. 이것은 극적 효과를 위하여 사용한 무동기적 대응은 아니다. 그것은 제 1신사에 의하여 폭로되었던 Posthumus의 삶의 역사를 표출한다:

> The king he takes the babe

To his protection, calls him Posthumus Leonatus,
Breeds him and makes him of his bed-chamber...(40-43)

Cymbeline은 Posthumus가 유아 때부터 그를 사랑했으며 자기 자신의 아들인양 그를 교육하였다. Posthumus는 마치 그가 진정으로 왕자인 것처럼 교육에 전념하였다. 이 두 남자들간의 대화소통은 그들의 완전한 관계를 반영해야 한다. 왜냐하면 그것은 이 극의 종결까지 무대 상에 함께 등장했던 유일한 시간이기 때문이다. 따라서 극적 의미는 한 순간에 의존하기 때문이다.

독자는 극의 진행과정에 있는 대사의 복잡한 통합을 인지하여 그것을 어떻게 반영해야 하는가를 질문해야할 것이다. 그 대답은 육체적 동작에서 발견되어야 한다. 필자는 죽어가는 황제가 Brutus에 대항하여 분노하여 소리친 *Julius Caesar*의 공연을 보았을 때 배우의 동작은 특수한 대사의 해석이 부풀게 하는 시저와 부르터스간의 관계의 명시가 되었다. 동일한 방법으로 그들이 극적으로 조우하는 강도에 잠재해 있는 Posthumus와 Cymbeline간의 애정은 어떤 방법으로 청중에게 밝혀져야 하는가를 심도있게 생각해 보았다. 따라서 인물 관계들의 전개가 그러한 방법으로 압축되어질 때 배우들은 2, 3행의 대사들의 여백에서 말로, 육체적으로 심리적 진실성을 달성할 수 있어야 한다고 생각했다. 일 예로, Posthumus와 Imogen간의 간략한 조우가 이 극의 연이은 행동으로 이해될 수 있다면 그들 사랑의 충분한 경험을 체현해야 할 것이다. Posthumus와 Imogen이 등장하는 순간 그들은 상호간의 애정을 증명할 긴박한 필연성과 Cymbeline의 긴박한 도착의 위협사이에 균형이 이루어진다:

Post.   Should we be taking leave
As long a term as yet we have to live...

Imo. Were you but riding forth to air yourself,
 Such parting were too petty.   (106-11)

이 장면의 극적 맥락으로부터 어떤 정확한 감정들이 이 순간 연인들의 행동에 동기를 부여하는가는 알 수 없다. 그러나 그들 상호 관계의 특성을 설명하는 대사들의 단서들이 존재한다.

비록 그들이 Cymbeline(145)에 의해 놀이 친구로 양육되어졌다 하더라도, 그들 상호간의 계급에 있어서 불균등 때문에 비밀리에 결혼하도록 강요받았다. 그들이 결혼하자마자 그들은 Imogen이 Pisanio에게 말할 때 왕 자신(I. iii. 35-7)에 의해 함께 있는 것이 발견된다. Posthumus의 입장에 의하면 결혼은 혼례를 마치지 아니한 상태(II. v. 9-10)라는 것은 가능하다. 그들의 애정을 증명하고자 하는 연인들의 필사적 노력은 이 사실에 의해 설명될 수 있을 것이다.

따라서 그들은 텍스트만의 읽기로서는 필연적으로 나타낼 수 없는 특수한 긴박성 때문에 이 장면을 연출하는 것을 청중들이 보아야 한다. 셰익스피어는 팔찌와 반지의 교환으로 그들의 결혼 서약을 새롭게 함으로서 극적 상황을 강화하기 때문이다:

Imo.   Look here, love;
   This diamond was my mother's: take it heart...
Post.   How, how: another?
   You gentle gods, give me but this I have...

남녀 두 사람의 영혼이 실제로 융합한다고 신앙하는 르네상스 시대의 결혼의 질서적 의의성이 부여된 이 결혼 서약의 장면은 자코비안 청중에게 특별히 의의성이 있게 될 것이다. Posthumus가 죽어서라도 Imogen과 결합하게 해 달라고 신들에게 간원한다. 실질 결혼식에서 반지들이 교환되어지는 것처럼 연인들이 상호 교환하는 반지와 팔지는

344

사랑의 계약의 의식의 증표들이다. 이와 같이 셰익스피어는 Posthumus
와 Imogen을 이 간략한 조우에서 극적으로, 주제적으로 결합한다.

셰익스피어는 첫 장면을 통하여 자주 극적 행동 속에 있는 이야기
행을 압축하는 기교를 사용한다. Posthumus가 퇴장할 때 Cymbeline은
이 극에서 처음으로 그의 딸과 직면한다:

> Cym.   O disloyal thing,
> That shouldst repair my youth, thou heap'st
> A year's age on me.
> Imo.   I beseech you, sir,
> Harm not yourself with your vexation:
> I am senseless of your wrath; a touch more rare
> Subdues all pangs, all fears.   (131-6)

극적 만남의 강도에 의존하고 있는 부녀간의 사랑은 어떤 방법으로
청중에게 보여주어야 할 것이다. 만약 Imogen의 첫 2행의 대사들은
분노가 고조에 달한 그녀의 아버지를 진정시키고자 하는 진정한 시도
로서 설명되어진다면, Cymbeline이 그가 사랑하는 딸에 대하여 언급할
때 더욱더 충격을 받을 것 같이 생각된다.

>   let her languish
> A drop of blood a day; and, being aged,
> Die of this folly.   (156-8)

그들 관계의 모호성과 복잡성은 그 장면의 실질적 무대 상연으로 보
여주어야 한다. 셰익스피어가 단편의 인상을 만들어 내기 위하여 사용
하는 제 3의 기교는 극적 시각의 변화이다. 비록 이 첫 장면의 극적 행
동이 모든 참석자들—Posthumus, Imogen, 왕비, Cymbeline과 Pisanio—5

명을 총괄적으로 포함한다 하여도, 그들은 동시에 무대에 등장하지 않는다. 오히려 등장인물들은 갑자기 등장하여 퇴장한다. 대사들을 교환하기 위하여 거의 만나지 않는다. 연속 장면은 약 100행 정도의 대사의 범위에서 발생한다. 그러나 8명의 명확한 조우자들이 있다(136 참조). 비록 셰익스피어가 행동의 자그만 단위들에 의해 그의 플롯을 가끔 전개하지만, 이 연속 장면을 유일하게 하는 것은 이러한 조우자들이 만나는 간략한 극적 시간이다. 극중인물들 간의 이러한 상호교류들은 실질적으로 그들에게 있어서 짧은시간의 장면들이며, 그런 까닭에 심리적 관계들은 무대상에 이미 등장한 타인물들간의 극적 상호 대화가 발생할 때 인물들이 끼여들면 항구적으로 변하게 된다. 이것이 극 구조 속에 있는 단편을 체현할 뿐만 아니라 그것은 청중의 시각을 항구적으로 바꾼다. 생존한 인물들의 총 출현이 무대 상에서 시각되는 것은 이 극이 종결되기 직전이다.

이 3가지 방법의 사용—병치적인 말들과 행동, 극 행동 속에 내재하는 이야기 행을 압축, 항시 시각을 변화시키는 것—에 의해 셰익스피어는 청중을 어리둥절하게 만든다. 이 구조의 단편은 구조적으로 Cymbeline궁정 속에 있는 소요를 체현한다. 의도적으로 청중을 어리둥절하게 만드는 그러한 극 구조의 위험은 감독과 비평가가 극 구조자체를 통합하지 못한 것으로 설명할지도 모른다는 것이다. 이러한 이유 때문에 *Cymbeline*은 공연하기 어려운 극이라 생각한다. 그것은 중요한 인물들의 심원한 정서를 체현할 수 있도록 배우들에게 요구할 뿐만 아니라, 극 구조에 반영된 극단적 사건들을 포함할 수 있는 고결한 기교를 가진 연출가를 요구한다. 단편이 발생하는 일관된 극환경을 만들어야하는 감독에 대해서도 이와 동일하게 언급될 수 있다. 한 배우의 동작, 육체적 근접에서 또 다른 신체리듬, 음성 억양에 이르기까지—이러한 것들은 Cymbeline궁정의 현실세계에 기여하는 극적 요소들이다. 일 예로, 피사니오는 그 주인(선장)이 배로 가는 도중 Cloten과 벌린 언쟁을 보고하는 이 개막 장면이 끝날 무렵에 등장한다. 그의 간략한 이야기는 Posthumus, Cloten에 대한 그의 태도와 그들의 결투의 결과를 전달해야 한다. 이 이야기의 과정에서 그 역시 궁정 내에서의 그의 지위를 표출하며, 왕비에 대한 그의 적대적 관계와 Imogen에 대한 그의 충성을 나타낸다. 그리고 그 자신을 청중에게 소개한다.

Pisanio처럼 각 인물은 극적 행동에서뿐만 아니라 이야기가 전개되는 다른 인물들과 그의 관계를 말한다. 감독과 연기자는 행동뿐만 아니라 이야기, 인물의 동태에 동기를 부여하는 청중에 의해 시각될 뿐만 아니라 시각되지 않은 그러한 사건들을 연결하는, 소위 Stanislavski가 연기의 핵—'spine of role'—이라고 말하는 것을 발견해야 한다.

Ⅲ

제 2의 극의 진전과정(I. i-Ⅲ. ii)의 단편의 중요한 명시는 로마에 체류중인 Posthumus와 영국에 체류중인 Imogen간의 초점의 그것이다. 그들의 사랑의 결속을 단절시키고자 하는 Cymbeline의 시도는 우주질서에 반하는 행위이다. 결과로 발생하는 부조화는 인물들의 육체적 분리로 체현된다. 이 극은 연인들이 최종적으로 결합되어질 때까지 조화롭게 해결되어질 수 없다.

이 이중 초점은 두 가지 이유들 때문에 후기 극들에서는 특수하다. 첫째, 딸과 처로서 Imogen은 Marina, Perdita와 Miranda의 기능들을 Thaisa와 Hermione의 그것들과 결합한다. 둘째, Posthumus와 Imogen은 연인들이다. 그 강조가 아버지/주인공으로부터 딸/여주인공에게로 전이하는 The Winter's Tale은 Pericles와 달리 혹은 Miranda와 Ferdinand간의 사랑관계가 주 행동에 종속되는 *The Tempest*와는 달리, *Cymbeline*에 있어서 연인들은 전 극의 과정을 통하여 중요한 강조가 부여된다.

Posthumus와 Imogen은 서로에 대한 자기 사랑의 가치가 외적 외양에 의해 계량되는 정중한 논리를 물려받았다. 예를 들면, Imogen은 Posthumus의 가치에 대한 1막 1장에서의 아버지의 반대에 대응하여 경제적 가치논리에 의하여 답한다:

> he is
> A man worth any woman, overbuys me
> Almost the sum he pays.   (45-7)

연인들의 고결성은 의문의 여지가 없지만, 궁중언어로서 그들의 사랑을 표현하고자 하는 시도로서 그들은 외형적 가치와 사실적 가치간의 식별을 상실한다. *Cymbeline*에 나타난 내적, 외적 주제의 토론에 있어서 Joan Hartwig(65)는 이상적 가치의 개념이 유물론적 심상들로 축소되어지는가를 논증한다. *Cymbeline*궁정의 언어는 유물론적 이미져리에 스며들어 있다. 예를 들면, 반지와 팔지는 정신적, 물질적 가치를 재현하는데 있어서 사랑의 상징으로서 모호하다.

1막 3장과 1막 4장에서 셰익스피어는 그들 상호간의 사랑에 대한 풍성한 언어 표현으로 Imogen과 Posthumus를 각각 보여준다. 비록 연인들의 젊음은 가끔 언급되지 않는다 할지라도 Romeo가 Juliet에 대한 사랑의 표현과 단순하고 교묘한 유사성의 이러한 초기 장면들에 있어서 어떤 시사성이 있다 하겠다.

1막 3장이 개막될 때 Imogen은 Posthumus의 출발의 예를 상세하게 되풀이하도록 Pisanio를 설득한다:

> Imo. I would thou grew'st unto the shores o'th' haven,

And questioned'st every sail: if he should write,
And I not have it, 'twere a paper lost,
As offer'd mercy is. What was the last
That he spake to thee?

Pis.   It was his queen, his queen!

Imo. Then wav'd his handkerchief?

Pis.   And kiss'd it, madam.

Imo. Senseless linen! happier therein than I!   (1-7)

Imogen은 그의 태도에 대하여 그녀의 열성적 관심으로 Posthumus에 대한 그녀 사랑의 청춘의 열성을 세밀하게 표현한다. Imogen의 사랑의 신선미는 이 장면을 끝내는 아름다운 대사에서 잘 표현되고 있다.

I did not take my leave of him but had
Most pretty things to say: ere I could tell him
How I would think on him at certain hours... (24-26)

이 행들은 결혼 서약들의 신빙성에 있어서 아직 안전하지 않은 한 연인에 의해 언급되어진다. Cymbeline의 파괴적 행위들은 그들 사랑의 첫 표현에서 연인들을 분리했다. Imogen은 정중한 태도의 외형적 기호들에 의해 그들의 감정들을 증명하려고 한다. 그녀의 사랑의 표현으로 외형에 대한 이 순수한 관심은 그녀의 경험있는 청춘의 표상이다.

Posthumus는 로마체류의 다음 장면(1막 4장)에 그의 솔직 담백성을 표출한다. 그의 아버지의 친구 Philario집에 그가 도착하자 Philario, Iachimo와 불란서인이 그의 덕성을 토론한다:

Phi.   You speak to him when he was less furnished
          than now he is with that which makes him
          both without and within.

> French. I have seen him in France: we had very
> many there could behold the sun with as
> firm eyes as he.   (1-13)

Philario가 Briton의 고매한 외양은 그의 내면적 본성의 명시라는 것을 언급함으로써 Iachimo의 풍자적 논평에 대항하여 Posthumus를 옹호하고자 시도한다. 그러나 Iachimo는 Posthumus의 덕성들을 그의 재산들의 목록으로 축소시킨다. Posthumus의 결혼을 경멸하는데 있어서 Iachimo에 의해서 뿐만 아니라 젊은 영국인의 명예를 훼손하는데 있어서 불란서인에 의해 드러난 그 의심은 회의적 분위기를 만든다.

셰익스피어는 Iachimo를 삶이 냉소에 의해 전개되는 사람으로 기술한다. 그는 어떤 사람이 그의 외형처럼 덕망 있고 명예가 있다는 것을 믿을 수 없다. 그의 삶의 철학은 덕과 명성에 대한 Posthumus의 시각과 투쟁한다. 각자는 외양과 사실에 대한 그의 접근에 있어서 어떤 극단성을 표출한다. Iachimo는 외양에 대하여 너무 작은 가치를 부여하는 반면, Posthumus는 그것을 너무 많이 부여한다.

이 풍자적 분위기 속에서 Posthumus의 Imogen에 대한 이상적 사랑은 부패적 영향에 의해 직접적으로 직면된다. 그 불란서인은 Imogen의 명예를 위하여 불란서에서 Posthumus가 결투로 증명했던 것을 기억하면서 그 사건의 특성을 상기한다:

> It was much like an argument that fell out last night, where each of
> us fell in praise of our country mistresses; this gentleman at that time
> vouching.................(59-61)...........................

Posthumus는 순수하게 그의 행동들의 심각성—그가 위하여 결투한 그 부인은 살아있고 덕망이 있다—을 변호한다. 그는 더욱이 그 불란서인의 조잡하고 거만한 결투에 대한 설명에 응답으로 애모자와 친구간을 구별짓는다.

> Being so far provoked as I was in France, I would abate her
> nothing, though I profess myself her adorer, not her friend.   (72-4)

Posthumus는 Imogen을 貞婦를 의미하는 친구라는 말을 사용하지만, 그는 노골적으로 Imogen에 대한 그의 사랑은 진실로서, 사모하는 자의 사랑으로 묘사한다. Imogen이 Posthumus에게 준 반지를 언급하면서 Iachimo는 그들 각자의 가치들을 고찰한다;

> Iach. If she went before others I have seen, as that
>   diamond of yours outlustres many I have beheld...
> ....
> Post. I praised her as I rated her: so do I my stone.   (77-84)

Iachimo의 비교는 그것이 동일한 차원에서 그의 사랑의 상징을 평가하도록 강요하는 점에 있어서 극도로 영악하다. 토론과정에서 언어에 대한 Iachimo의 영악한 조율 때문에 Imogen과 반지는 동의어가 된다:

> Iach.   You many wear her in title yours: but, you know, strange fowl
>   light upon neighbouring ponds. Your ring may be stolen too:
> ....
> Post.   Your Italy contains none so accomplished a courtier to convince the
>   honour of my mistress (96-97) ....

Philario의 반대에도 불구하고 Posthumus는 만약 로마인이 Imogen을 유혹할 수 있다면 Iachimo에게 그의 반지를 잃어버릴 것이라는 내기에 동의한다. Posthumus는 그의 처를 이 시험에 걸게 됨으로서 Imogen의 내면적 덕성은 그녀의 아름다운 외모와 비유하는 것으로 표현하려고 희망하지만, Iachimo의 부패적 영향에 Imogen을 노출시키므로서 Posthumus는 자신과 그의 아내와의 사랑의 결속을 위험하게 한다.

1막 6장에서 Iachimo는 로마로부터 온 편지를 전달한다는 구실 하에 Imogen을 처음으로 만난다. 그는 당장 그녀의 미에 매료되어 잠시 동안 말을 더듬거리며 그녀의 용모가 그녀의 미덕을 진실로 재현할지도 모른다고 두려워한다.

> All of her that is out of door most rich!
> If she be furnish'd with a mind so rare,
> She is alone the' Arabian bird, and I
> Have lost the wager. Boldness be my friend!
> Arm me, audacity, from head to foot!　　　(15-19)

"호방"은 Imogen에 대한 Iachimo의 공격의 핵심이다. 그는 처음으로 육감적인 일촉즉발적 언어의 표층 정서적 충격을 주어 그녀에게 아부하고 그녀를 압도하려고 시도한다:

> Iach. What, are men mad? Hath nature given them eyes
> 　　　To see this vaulted arch... and can we not
> 　　　Partition make with spectacles so precious
> 　　　'Twixt fair and foul?
> Imo. 　　　　　　　　What makes your admiration?
> Iach. It cannot be i' the eye, for apes and monkeys
> 　　　'Twixt two such shes would chatter this way and
> 　　　Contemn with mows the other......................................
> ....

Iachimo는 외양과 내면적 덕성을 식별하는데 자신의 실패를 숙고할 뿐만아니라. 그는 Imogen의 외양과 내면의 덕성 사이를 식별할 수 없

음을 반성한다. 그는 Imogen이 너무 분명하게 아름답기 때문에 시각적
과오와 판단, 욕망은 불가능하다고 말한다. 따라서 정욕적 감정에 의해
극복된 사람만이 순수와 비순수를 식별할 수 있다. Nosworthy는 含意에
의해 Iachimo는 Posthumus에 대하여 언급(Cymbeline 34)하고 있음이 시
사된다. 무시해서는 안되는 이러한 만남에 모호성이 존재한다. 아마
Iachimo는 Imogen을 만나자마자 내기를 걸고 있는 Posthumus의 어리석
음을 인지하였다. 로마에서의 그의 삶의 사치스러운 습관들은 사실적
미와 외형적 미의 식별의 감각을 잃게 하였다. 따라서 그는 그녀의 지
각적 덕성에 그 자신의 불가능에 대하여 언급할 수 있다.

Imogen의 육체적 외양은 Iachimo를 감동시켜 우아하게 말하게 한다:

> Had I this cheek
> To bathe my lips upon; this hand, whose touch,
> Whose every touch, would force the feeler's soul
> To th' oath of loyalty;   (99-101)

비록 그가 분명히 이 대사에서 Posthumus를 중상하려고 시도하지만,
Iachimo의 정서는 그가 Imogen을 만남으로서 자극받아 진정한 감정으
로 이야기하고 있음이 시사된다. 그녀의 미는 이 극의 마지막에서 그
의 대화가 표출될 때 삶에 대한 그의 냉소적 철학적 시각들을 자극시
킨다.

Iachimo는 Imogen이 방에 감금된 채 Posthumus의 소식을 기다릴 때
그녀의 상처받기 쉬운 지위를 교묘히 이용하려고 계획한다. Iachimo
—실제로 직접 언급을 하지 않고— 는 Posthumus가 그의 유배지 로마에
서 천박하게 행동했다는 것을 그녀에게 암시한다. 그는 Posthumus가 창
녀들과 교제함으로써 그녀에 대하여 불성실 하였다는 것을 더욱더 넌
지시 시사한다. Imogen은 Iachimo에 충격을 받고, 이아키모의 음모들

에 말려들며 이아키모는 그녀의 고매성에 호소함으로써 그녀의 복수심
을 충동질한다.

> Iach.   Be reveng'd;
>   Or she that bore you was no queen, and you
>   Recoil from your great stock.
> Imo.   Reveng'd!
>   How should I be reveng'd? If this be true...
>   (126-30)

　Imogen이 이아키모에게 말려드는 순간에도 그녀는 이아키모가 그녀
의 남편에 대하여 말하는 것과 Posthumus에 대한 그녀의 "마음"의 정
서 사이에 불균형을 감지한다. 이 시점에서 이아키모는 그의 가장 대
담한 공격을 한다:

> Iach.   I dedicate myself to your sweet pleasure,
>   More noble than that runagate to your bed...
> Imo.   What, ho, Pisanio!
> Iach.   Let me my service tender on your lips.

　Iachimo의 난폭한 시사는 Imogen을 자극하여 진실이 현실화하게 한
다. Iachimo의 실질적 공격에 맞서 대항할 때 그녀 역시 본능적으로 그
의 증거를 수용함으로써 정신적으로 유혹에 사로잡히게 하는 그의 의
도에 의표를 찌른다. Imogen은 이아키모의 행동을 책망한다. 따라서
Posthumus에 대한 그녀의 평가에는 성실함이 실재하고 있음을 엿볼 수
있다.

> Thou wrong'st a gentleman, who is as far
> From thy report as thou from honour...(145-6)

이아키모는 이 장면의 고결한 정신을 감지하고 직접적으로 그의 태도를 후회하며, Posthumus에 대한 그녀의 정절이 깊이 뿌리 박혔는지를 알고자 Imogen을 시험하였다고 주장하였다(164). 그는 타인보다 월등히 저명했던 사람으로서 더구나 Posthumus를 칭송하고, 자신의 거짓 보고에 대하여 용서하여 달라고 Imogen에게 간청한다(173). 그의 행동들에 대한 이아키모의 정당성은 확실히 진리에 충분히 기초하고 있다. Imogen은 그를 용서하고 그 내용물이 부분적으로 Posthumus에 의해 소유된 트렁크—그날 밤 그녀의 방에 들어가기 위하여 이아키모가 숨을 의도인 트렁크—를 방에 넣는데 동의한다. 그는 Imogen과 동침했다는 그가 꾸민사건을 사실적으로 뒷받침하기 의하여 Imogen의 개인뿐만 아니라 그녀의 침실의 실질적 증거를 Posthumus에게 제시할 목적으로 이런 기만적 방법을 사용한다.

2막 4장에서 이아키모가 로마로 돌아갔을 때 그는 Imogen을 유혹했다고 주장한다. 그래서 그는 Posthumus와의 내기에 승리한다. 이아키모의 공격을 물리친 Imogen과는 달리 Posthumus는 그 로마인이 제시하는 실질적 증거에 의해 기만된다. 처음에 Posthumus는 거의 본능적으로 그 사실을 인지 하지만, 이아키모가 Imogen의 침실을 설명할 때 Posthumus는 표면상으로 그 증거를 거부한다:

> And this you might have heard of here, by me,
> Or by some other.　　　　　　　　　　(76-8)

그러나 이아키모는 그가 Imogen에게서 훔친 팔찌를 내 놓자. Posthumus는 이 증거 때문에 즉각적으로 압도당한다. 실망하여 그는 이아키모에게 Imogen의 반지를 되돌려 준다:

It is a basilisk unto mine eye,
Kills me to look on't. Let there be no honour
Where there is beauty..............................(107-13)
....

이 대사에서 보듯 Posthumus는 "외양"을 덕의 명시성이라는 수용을
거부한다. 그는 유혹에 빠져 외양은 존재하지 않고 여자는 성실하지
못하다는 이아키모의 냉소적 철학을 수용하게 된다. Posthumus가 내기
를 건 그 순간부터 이 결과는 피할 수 없게된다. 그의 사랑을 그의 사
랑의 상징 —팔찌—과 균등시함으로써 그는 외양에 대한 이아키모의
명시적 증거에 그의 속마음을 노출시킨다.

Philario는 그 반지는 매수당한(115-17) 그녀의 몸종들 중의 한사람에
의해 분실 혹은 도난 당했던 것이라고 현명하게 시사한다. 그러나
Posthumus는 Imogen이 이아키모에게 그 팔찌를 주었다는 것을 이아키
모가 Jupiter신에게 걸고 맹세할 때 Philario의 시사를 거부한다:

Hark you, he swears; by Jupiter he swears.
'Tis true: —nay, keep the ring—'tis true: I am sure
She would not lose it (122-3)..
....

분노에 찬 Posthumus는 사실과 외양을 식별할 능력을 상실한 나머지,
Imogen의 정조(貞操)역시 그의 심중에 외형과 동일한 것으로 시각한다.
Posthumus는 사실적 증거에 의해 너무 완전하게 기만당하기 때문에 그
는 이아키모의 맹서와 Imogen의 종들의 맹세를 의심 없이 수용한다.
Posthumus는 가장 치명적인 증거—Imogen의 가슴 밑에 있는 뚜렷한 사
마귀를 이아키모가 알고 있는 것—를 제시하기 전에도 Imogen의 죄를
확신했다는 것이 주지되어야 한다. 이아키모의 사건설명의 승리로

Posthumus가 내기의 조건들을 역전 당하자, 그가 만약 Imogen을 유혹
하는데 실패하였다고 맹세한다면 그 로마인을 죽일 것이라고 위협한
다:

> If you will swear you have not don't, you lie;
> And I will kill thee, if thou dost deny
> Thou'st made me cuckold.   (144-6)

   Imogen에 대한 Posthumus의 신뢰상실은 이아키모의 유혹에 대한 자
기 자신의 응수와 직접적인 대조가 된다. Imogen은 그녀의 가슴의 정
서에 진실이 남아있는 반면, Posthumus는 외양에 의해 기만당한다. 셰
익스피어는 청중이 이아키모에 의한 유혹에 각 인물의 반응을 관찰하
도록 하기 위하여 Imogen과 Posthumus를 유사한 극적 상황들에 배치
하였다고 생각한다.

   제 2장에서 주지했던 결혼은 우주의 조화를 상징하였다. 남녀간의
결합은 남성과 여성 특성간의 중용(中庸)을 만들었다. 르네상스시대에
남성의 특질은 인간성의 아폴로신적, 합리적 힘들과 연계되었으며, 여
성의 특성은 정서적인 것으로 기술되는 그러한 특질들과 연계되었다.
즉 감정들, 본능, 직관에 관하여 Dionysian적이다. 결혼에서 남녀의 힘
들은 하나가 되도록 융합되었다. 한 남자와 여자가 우주적 차원에서
균등하고 상호보완적인 반면에, 사회전통은 세계적 문제들에 있어서
남자에게 지배적 역할을 분담시켰다. 바울서신을 의역한 King James
(133-35)는 지배적 남자의 기능을 그의 아들에게 설명한다.

> Ye/are the heade, she is your body: It is your office to command,
> and hers to obey . . . your loue beeing whollie knit vnto her, and all
> her affections louingly bent to followe your will.

머리와 몸의 은유는 남성과 여성의 특질의 구별을 강조한다. 남자는 지배적 역할을 할당받았을 뿐만 아니라 남성과 연계된 이러한 특질들은 현저하다 하겠다. 따라서 결혼의 합리적, 아폴로신적 힘들은 여자의 정서적 특질을 지배했다. James는 여자의 '정서들'은 남자의 의지에 굴복해야 한다고 그의 아들에게 말하는 데서 알 수 있다.

Posthumus는 그 유명한 여자들에 대한 대사에서 Imogen뿐만 아니라 완전한 여성의 성을 거부한다:

> Made me a counterfeit: yet my mother seem'd
> The Dian of that time: so doth my wife
> The nonpareil of this.　　　　　(II. v. 1-8)

극단적 분규의 복잡한 유사성에 대하여 Posthumus는 여자의 성적 부정(不貞)을 위조주화를 만드는 과정에 비유한다. 함축적으로 성욕은 사고 팔 수 있는 실질적 일용품이다. Posthumus는 화폐의 용어로 성교를 설명함으로써 남녀간의 정신적 결속을 가치 절하한다.

Posthumus는 고통의 확대된 분노의 절규로 말한다. 그는 3번이나 'O'라는 말을 반복함으로서 거의 포효(咆哮)하는 것 같았다. 그의 복수의 외침을 후행하는 類音은 다음을 시사한다:

> 　　　　　　　　O, vengeance, vengeance!
> Me of my lawful pleasure she restrain'd
> And pray'd me oft forbearance.................
> ....
> Or less,—at first?—perchance he spoke not, but,
> Like a full-acorn'd boar, a German one,
> Cried 'O!' and mounted; found no opposition
> But what he look'd for should oppose and she

Should from encounter guard. (8-19)

위 대사에서(Cymbeline, Ixiv) 많은 비평가들은 Posthumus의 비극적 주인공으로서의 붕괴를 간파했다. Nosworthy는 "비극은 서툴게 고안된 정신적 산수적 괴상한 이미져리의 돈강법으로 바뀌고 그에 따라 그 독백은 비논리적 함성으로 타락한다라고 언급함으로써 풍자적 공격의 장본인으로서 Posthumus의 우스꽝스러운 묘사로 종결한다." 따라서 타락한 것은 셰익스피어가 아니고 Posthumus이며, 이 대사는 Posthumus가 마치 광적이기 때문에 일관성이 결여되어 있다고 생각된다. 필자는 이 분노의 대사를 셰익스피어 정전 중에서 가장 난폭한 분노 중의 한 표현으로 생각한다. Posthumus가 생생하게 기술한 Imogen의 유혹을 상상하게 하는 14행-16행의 단편 구절들은 그의 광적 폭발로 그의 신음을 표출한다. Posthumus의 여성에 대한 거부는 우주의 불균형을 만들어 내고 그의 정신적 악화의 원인이다:

> Could I find out
> The woman's part in me! For there's no motion
> That tends to vice in man, but I affirm
> It is the woman's part… (19-22)

덕목의 담론에서 Posthumus는 단정한 여성의 섹스를 탄핵한다. 그의 일관성 없는 포효는 언어 소리의 정서적 효과에 의해 청취자를 강요한다. "hers"라는 말의 되풀이와 부덕들의 일람적 예시는 공격적 리듬의 노래가 된다:

> be it lying, note it,
> The woman's; flattering, hers; deceiving, hers;
> Lust and rank thoughts, hers, hers; revenges, hers;

Ambitions, covetings, change of prides, disdain,
Nice longing, slanders, mutability,
All faults that may be nam'd, nay, that hell knows...

(22-7)

이 대사는 Posthumus가 무대를 떠날 때 일련의 효과 없는 위협으로 방산된다:

I'll write against them,
Detest them, curse them: yet 'tis greater skill
In a true hate, to pray they have their will... (32-4)

극의 공연시에는 이 대사는 청중에게 이중효과를 준다. Posthumus의 고통의 심도는 언어의 호색과 잔인함, 혐오감을 일으키고, 혐오감을 자아내는 동안 그의 처지에 대한 동정을 일으킨다. 청중은 Imogen의 정조의 진실을 알고 있기 때문에 어떤 초연함으로 Iachimo에 대한 Posthumus의 반응을 시각할 수 있다. 비록 그의 고통에 의해 감동은 받았을지라도 청중들은 그의 태도의 어리석음에 의해 그로부터 소원해진다. 이 轉移는 드라마 행동의 중심이 Pericles에서부터 Marina에게로 변이하는 Pericles의 변이와 유사하다. Posthumus의 난폭한 행동들은 Imogen과 그의 직접연결을 단절시키고 극의 중심을 Wales에 체류하고 있는 Imogen의 모험으로 이동한다.

제 3의 진전과정으로 진행하기 전에 우리들은 셰익스피어가 연인들의 이중적 초점에 대하여 설정하는 일련의 완전한 장면들을 시각하는 것을 중지해야 한다. 비록 시간이 심도있는 분석을 허용하지 않는다해도, 간략한 연구는 중요한 토론에 상응하는 핵심점들을 보여줄 것이다. 대다수의 이러한 장면들은 왕비의 아들을 Imogen의 남편으로 왕의 후계자로 만들려고 한 왕비의 계획과, 그리고 Imogen에게 구애하려는

Cloten의 계획을 포함한다. Cymbeline은 왕비의 악의적 의도에 그를 맹종하게 하는 왕비의 미를 허용함으로써 개인의 가치가 내면적 덕을 희생시켜 외형에 의해 결정되는 환경을 만들어 낸다. 왕비와 Cloten은 미덕의 궁중 윤리의 의도적 왜곡을 재현하며, 그리고 그와 같이 연인들의 그것들과 유사한 그들 행동들의 차이점들과 유사성들을 강조한다. 부수적 플롯들에 의해 중요한 극적 행위의 주제적 소재의 반영은 청중이 익숙한 셰익스피어의 기교로서 오랫동안 주시되어 왔었다. 사실상 셰익스피어는 Cymbeline에서 지속적 일관성으로 내면적 주제와 외면적 주제를 발전시키기 때문에 예외를 가지고 그것이 대충 일견되었다 라고 이해한다는 것은 쉬운 일이 아니다.

이 보안적 장면들이 본 줄거리의 극 행동으로부터 이탈 되었다고 탈선적으로 관계되고 있다고 믿는 것은 극의 연출의 맥락에서 시각하면 이 보안적 장면들을 올바로 평가할 수 없는데서 발생한다고 생각한다. 인물들이 완전한 극적 의미를 만들기 위하여 연출에서 실현되어져야 할 왕비와 Cloten의 인물들의 어떤 확실한 실질적 양상들이 있다. 왕비는 기만의 체현—왕비는 그녀의 내면적 부패를 감추기 위하여 그녀의 미를 외관으로 이용한다—이다. 셰익스피어는 왕비가 Imogen을 살해하기 위하여 선택하는 죽음의 방법을 통하여 왕비 성격의 이중성을 강조한다. 왕비가 그녀의 정원의 화단으로부터 독극물들을 축출하는 것이 보여진다. 왕비의 美와 꽃들은 독기의 가능성들을 기만시킨다.

Royal Shakespeare Theatre에서 과거 연출의 記述들에 의하면 의상과 분장에 의해 왕비 인격의 마녀 같은 양상들이 강조되어졌다는 것을 알 수 있듯이, 공연에서 만약 내면적·외면적 주제가 성공리에 설명되어져야 한다면 이 인물은 극악하게 사악하기 보다 오히려 유혹적으로 아름답게 묘사되어져야 한다. 그 외형적 미가 그녀의 내면적 부패에 대한 주인공의 이해를 왜곡시키는 Pericles에 등장하는 무명의 공주처럼 이 왕비는 그녀의 악의적 성격에 의해 Cymbeline을 기만한다.

왕비의 기만성은 Cymbeline의 맹목성에 완전히 의존한다. 개막장면에서 청중은 궁신들이 Posthumus와 Imogen의 결혼 때문에 왕비의 불쾌함을 인지하고 있음을 알았다. 더욱이 궁신 개개인들은 왕비에 대한 그들의 불신을 직접 표명한다. 예를 들면 1막 5장에서 왕비는 자기 앞에 宮醫 Cornelius를 불러, 그녀가 과자를 만드는데 필요한 독약(15)을 그에게서 얻으려고 시도한다. 비록 왕비는 사람을 대상으로 실험(20)은 하지 않을 것이라고 약속하지만 Cornelius는 기만당하지 않고 대신 해가 없는 약을 왕비에게 준다.

> I do not like her. She doth think she has
> Strange ling'ring poisons: I do know her spirit,
> And will not trust one of her malice with
> A drug of such damn's nature.   (33-6)

Pisanio는 왕비의 계획들에 희생물이 되는 것을 용인하지 않는다:

> But when to my good lord I prove untrue,
> I'll choke myself: there's all I'll do for you.   (86-7)

제 2궁신은 2막 1장에서 왕비와 그녀 아들과 토론할 때 기만당하지 않는다:

> That such a crafty devil as is his mother
> Should yield the world this ass! a woman that
> Bears all down with her brain...(II. I. 57-59) ....
> ....

　왕비(3막 1장)와 다음 중요한 장면에서 로마대사 Caius Lucius는 영국으로부터 공물에 대한 Caesar의 요구를 Cymbeline에게 제시한다. 이 조건들이 만족스럽지 못하다는 것을 발견하고, 왕비는 로마와 전쟁하도록 Cymbeline을 충동한다. 그리고 그결과로 왕비는 일관성 없는 인물로 시각 되었다. 예를 들면 R. A. Foakes는 왕비가 효과적, 심리적 改心없이 로마에 항전하여 극악으로부터 애국심으로 변모하는 것으로 생각되는 과정을 주시하였다. 표면적으로 정치적이지만, 이 장면에서의 왕비의 태도는 Cymbeline에 대한 그녀의 유혹적 힘의 과시라 생각된다. 수행원 궁정이 있는 *Pericles*의 첫 장면에 보듯 이 왕비는 동시에 그녀의 남편에 대한 Caius Lucius의 영향력을 부정하고 그녀 자신의 영향력을 확대하는 동안 예의 있는 외양을 유지 해야한다. 이 장면은 Cymbeline이 등장해 있을 때 그녀 남편이 생각하는 것을 왜곡하기 위하여 실질적으로 왕비가 일하고 있는 것을 보여주는 극적 행동의 유일한 시간이다. 왕비의 의도들에 대한 직접적 증거도 없는 첫 장면에서처럼 악의적인 묵시도 없다. 그러나 왕비가 전쟁을 자초하는 것은 그녀 남편(Cymbeline)과 그 궁중에 너무 악영향을 미치기 때문에 그녀는 혼돈의 대행자로서 확인되어져야 한다. 질서는 Cymbeline이 공물을 제공하려고 결심하여, 이와 같이 로마와 화해했을 때에만 이 극의 종말에 가서 복원된다. 자신의 자인성에 의하면 왕비는 외형적 인간이 아니다. 왕비가 처음 등장할 때부터 셰익스피어는 청중들이 그녀의 행동을 의심스럽게 만든다. 그녀는 아들의 王位승계를 위해 왕권을 제거하기 위하여 Cymbeline뿐만 아니라 Imogen을 죽이려고 음모한다. 더욱이 그녀의 욕망에 남편은 굴복 당한다.

　필자의 생각으로는 이 극의 첫 공연을 수반했던 실질적 행동들을 알지 못하지만 구조와 그 장면의 언어로 만든 실마리들이 있다. 첫째, 남편과 궁신 앞에 Caius Lucius 등을 향하게 하는 것은 그녀의 의도다. 그리고 그녀가 그렇게 하게 하는 것보다 이것을 시사할 다른 방법이 없다. 이극의 연출에서 보듯 Caius Lucius는 그의 첫 대사를 말할때,(Ⅲ. v. 2-10) 그럴 때 그는 Cymbeline을 향하여 서서히 걸어나와서, 어전에서 경외적 존경심으로 무릎을 꿇고 그의 인사를 끝냈다. 환언하면 왕비가 말하는 과정에 왕비는 Cymbeline을 향하여 서서히 걸어나와서 드디어 그의 발 앞에 직접 무릎을 꿇고, 이와 같이 Caius Lucius와 그녀 남편 사이에 스스로 자리잡고, 왕과 그녀의 실질적 친숙함을 이용한다.

둘째, 바다와 강풍의 이동을 묘사할 때, 또 왕비의 언어적 암시에 실질적 힘을 부여하는 언어로 거의 열광적인 특성 묘사를 할 때 유혹적 리듬의 힘이 있다고 생각한다.

> The kings your ancestors, together with
> The natural bravery of your isle, which stands
> As Neptune's park, ribbed and paled in
> With rocks unscaleable and roaring waters...
> ....(Ⅲ.i.16-9)

그들의 용맹과 남자다움을 나타내기 위하여 영국인들에게 그녀의 호출은 유혹에 불과하다.

만약 이 장면이 충분히 극적 영향과 의미를 지녀야 한다면 앞의 행동과 이야기에 의해 표출되어진 그녀의 나쁜 성격에 무게를 주어 여배우는 이 대사를 낭송해야 한다.

이 극의 종결에서 우리 독자들은 왕비가 공포에 질려서 열병(Ⅳ. iii. 2)으로 죽어간다는(V. v. 31) 소식을 듣는다. Pericles에 나오는 Antiochus처럼 그녀는 자기 자신의 내면적 부패에 의해 최후로 파멸된다. 그녀의 복수의 마지막 행위가, 그녀가 부끄러움 없이 절망적으로 성장(V. v. 58)함으로써, 왕비가 결코 Cymbeline을 사랑하지 않았다(37)

는 진실을 노출해야 한다는 것은 내적 주제와 외적 주제의 아이러니한
왜곡이다. Cloten의 Imogen에 대한 성공하지 못한 구애는 주요한 플롯
을 역시 반영한다. 그가 1막 2장에 등장할 때 그는 Posthumus와 무대
밖의 단검 결투에 전념한다. Cloten의 시종은 그에게 그의 셔츠를 바꾸
어 입도록 충고한다:

> First Lord.   Sir, I would advise you to shift a shirt; the
> violence of action hath made you reck as a sacrifice: where air
> comes out, air comes in: there's none abroad so wholesome as
> that you vent.
> Clo.   If my shirt were bloody, then to shift it.   (1-8)

셔츠가 시각적으로 더럽혀지지 않기 때문에 땀나는 흔적이 있지만
그의 셔츠를 바꾸는 것을 거부하는 한 궁신의 이 심상은 Cloten인물의
징후이다. 그는 외형적 모습과 동일시되며, 표면적 외형 하에 놓여 있
는 것을 발견할 수 있다.

Cloten의 거친 둔감과 인식의 결여는 특별히 자신에 관하여 이 극
의 가장 조화적인 순간들로 이어진다. 2막 1장에서 그가 다음 등장할
때 그는 무대 밖의 논쟁에 치중하였다―그가 나무 공들을 칠 동안 그
가 맹서하는 것을 반대하는 사람과 함께 이 시간에 Cloten은 그가 '신
사'라고 대답한다. 그리고 어떤 방관자들이 그의 맹세들을 단축하지 않
는다고 대답한다. 첫 궁신이 우리에게 말할 때 그는 나무 공을 가지고
사람의 골통을 부셔버림으로서 가정된 예절의 파괴에 응수했다. 궁중
의 예절의 규칙들을 작성하고자 하는 그 시도는 외양에 대한 궁중 편
견의 희극적 풍자이다. 2막 3장에서 그가 다음 등장하는 장면에서
Cloten은 Imogen의 침실의 문 앞에 음악인들의 밴드와 함께 도착하며,
노래에 의해 그녀에게 구애하려고 시도한다:

SONG

Hark, hark! the lark at heaven's gate sings,
    and Phoebus 'gins arise,
His steeds to water at those springs
    On chalic'd flow'rs that lies...

So, get you gone. If this penetrate, I will consider your music the
better: if it do not, it is a vice in her ears, which horse-hairs and
calves'-guts, nor the voice of unpaved eunuch to boot, can never
amend. (16-35)

노래의 정교한 美는 Cloten자신의 언어의 야수성을 강조한다. Joan
Hartwig(76)는 이 장면은 예술을 부적절하게 사용하는 비평이다라고 주
지했었다. Cloten은 그 자신의 고안들을 위하여 그것을 오용함으로써
음악의 조화력을 혹평한다.

Imogen은 그가 Posthumus의 "가장 미천한 의상"(138) 보다 더 낳은
것이 없다고 시사함으로써 Cloten의 부조리성들과 이 노래에 응수한다.
Cloten은 그가 복수 당할 것이다(160)라고 맹세할 때까지 "그의 의복"을
되풀이하여 반복함으로써 화를 내게된다. 이 극의 제 3 극의 진전과정
에서 Cloten은 실질적으로 이 복수를 연출하도록 공모한다.

왕비와 Cloten에 관한 부차적 플롯들은 주요한 극적 행동에 가장 중
요한 병렬을 제공한다. 그러나 그가 잠자는 Imogen을 명상할 때, 내면
적, 외면적 주제의 생생한 초혼으로서 이 맥락에서 간략히 토의되어야
하는 Iachimo를 포함한 한 장면이 있다. 트렁크 속에 자신을 감추므로
써 그 밤의 고요 속에 Imogen의 방에 비밀리에 들어가서 Iachimo는 그
가 그녀(Imogen)와 함께 유숙한 증거로서 Imogen의 외양에 대하여, 그
방에 대한 상세한 가구 소품들을 주시하고자 희망한다:

>   this will witness outwardly,
> As strongly as the conscience does within,
> To th' madding of her lord.   (Ⅱ. ii. 35-37)

이아키모는 Imogen의 미의 최면술적 힘에 이끌리어 그의 계획이 방해받게 된다. 잠잘 때 Imogen은 이와 같이 교회에 누워있다. 이아키모는 마치 그녀가 헌신적 대상인 것처럼, —그녀를 Venus에 비유하고 그녀의 순결을 종이의 하얀 색에 비유한다—그녀의 잠자는 모습으로 그려진다. 그는 키스를 훔치기 위하여 그녀의 입술에 그의 입술을 만나게 함으로써 그는 Imogen이 아름다울 뿐만 아니라 그 속으로부터 미를 스며 나오게 한다는 것을 알고 있다. "'Tis her breathing that / Perfumes the chamber thus"(18-19). 이 간통의 순간에 이아키모는 Imogen을 미의 체현—그가 후에 말하지만—하늘의 천사로서 경험한다. 비록 이아키모가 그녀 가슴의 사마귀를 발견하고 그것의 지식을 Posthumus를 회롱하기 위해 사용하지만, 실질적으로 상세한 記述은 결코 중요하지 않다:

>   No more. To what end?
> Why should I write this down, that's riveted,
> Screw'd to my memory?   (42-4)

Imogen의 침실을 비밀리에 훔쳐봄으로써 이아키모는 Posthumus가 알고자 하는 실상—Imogen의 사실적인 것과 덕스러운 것—을 이해하였다.

연출에 있어서 이 장면의 충분한 극적 영향을 설명하는 것은 어렵다. Imogen시체에 대한 이아키모의 친밀한 명상에 의해 만들어진 그 분위기는 신화적 혹은 종교적 배음(overtones)을 가진다. Imogen은 동시에 상징적 체현과 미의 본질이여, 그와 같이 신플라톤 철학의 외형적 표시를 재현한다. 형식이 이상을 충분히 체현 할 수 없는 플라톤 철학과는 달리, 신플라톤 철학에서는 내면 속에 있는 본질을 완전히 투영할 수 있다고 생각한다.

IV

제3의 극의 진전과정에서 Cloten의 참수(斬首)와 만가(輓歌)의 정교한 시를 예외로 Welsh의 장면(Ⅲ. iii-Ⅳ. ii)은 매우 적은 비평적 논평을 수용했다. *The Winter's Tale*의 목가적 장면 혹은 *The Tempest*의 연애 장면처럼 Wales 장면의 성공은 참여자들의 단순성과 정교함에 의존한다. 이 극의 첫 하반절과는 대조로서 셰익스피어는 구조적 복잡성과 단편의 자유로운 서정적 분위기를 만든다. 이 상호 관계하는 직선적 극 행동 때문에 비평가들은 그것의 인물들의 독특한 시각을 묵과하게 되었다.

그 장면은 Belarius와 그의 양아들 Guiderius 와 Arviragus와 함께 "아름다운 하늘"에 찬사를 드리면서 개막한다.

> Bel. A goodly day not to keep house, with such
> Whose roof's as low as ours! Stoop, boys; this gate
> Instructs you how t'adore the heavens and bows you
> To a morning's holy office...
> ....
>
> Gui.   Hail, heaven!
> Arv.   Hail, heaven!

자연에 도전하고 그것을 무시하는 거만한 통치자들과는 달리 Belarius와 그의 두 아들은 그 날을 환영함으로써 매일 아침을 숭상한다. Belarius는 다음 대사에서 이 주제를 전개한다.

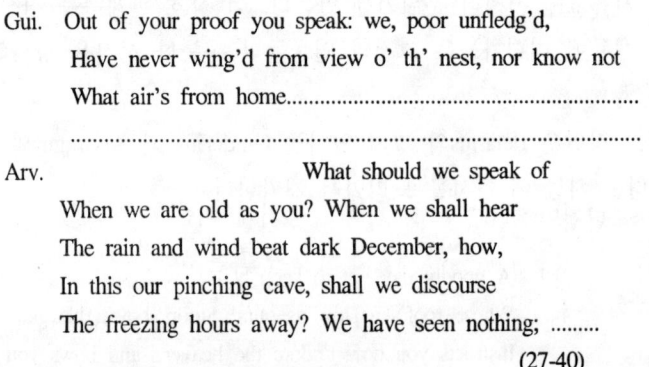

                                        O, this life
Is nobler than attending for a check,
Richer than doing nothing for a bauble,
Prouder than rustling in unpaid-for silk...
....
....(21-4)

처음 읽을 때 궁중의 흥망성쇠에 응답하기 위한 이러한 자연의 칭송
은 인습적 목가적 감상을 재현하는 것 같다. 그러나 그 두 형제들은
Belarius에 의해 전개되었던 궁중 / 자연의 二分法에 직접적으로 도전한
다.

Gui. Out of your proof you speak: we, poor unfledg'd,
       Have never wing'd from view o' th' nest, nor know not
       What air's from home...
       ....

Arv.   What should we speak of
    When we are old as you? When we shall hear
    The rain and wind beat dark December, how,
    In this our pinching cave, shall we discourse
    The freezing hours away? We have seen nothing; ....
                          (27-40)

자연에서 살아가는 두 형제들은 행동의 문명적인 요소들이 결여되어
있다. 교육 혹은 배움의 은총 없이 그들의 집은 그들에게 억압적이었
다. 그들은 짐승들처럼 행동하고 동물들의 표현으로 스스로에 대하여
의사를 말한다. 더욱이 그들의 고립된 생활은 자연적 용맹을 표현하지
못했다.

Belarius는 청중에게 그들의 불평등의 원인을 폭로한다:

How hard it is to hide the sparks of nature!
These boys know little they are sons to th' king;
Nor Cymbeline dreams that they are alive..............
....
Beyond the trick of others.   (79-86)

타고난 고매성을 억제할 수 없다는 신조는 이 극의 주제적 전개와 일관된다. 그러나 그것은 이해되도록 하기 위하여 덕이 행동들에 의해 物化的이 되어야 한다는 교훈과 연결된다. 비록 두 형제들이 왕자의 위상(位相)을 본능적으로 표출한다고 하더라도 그들의 교육의 부족은 그들의 자연적 충동을 좌절시킨다.

또 한 번 셰익스피어는 청중의 기대를 역전시킨다. 청중은 아마 외형적 외양에 대한 관심에 의해 방해받지 않는 자연의 미덕을 고양시킬 Welsh의 장면을 기대하였을 것이다. 대신 셰익스피어는 표현의 수단으로서 형식의 필요성을 설명한다. 고매한 山사람들, 궁중의 죄악들을 피하기 위한 필사적인 Imogen과 만남은 마치 Arcadia산 사람들처럼 Wales의 극단적인 설명들의 텍스트의 증거에 의존한다. Imogen과 두 형제들 간의 상호 만남 각자는 그의 생활 혹은 그녀 자신의 생활을 망각하는 경험의 양상에 직면한다. Imogen이 외형적 태도의 편견들에 의해 부담 없는 단순한 생활의 고매성을 관찰하는 반면, 두 형제들은 내면적 식별의 표현을 주는 교양 있는 생활의 고매성을 관찰함으로써 상호 보완적이다.

Imogen은 여행에 의해 기진 맥진하여, 길도 잃고 낙담한 채 굶주린 상태로 동굴 입구에 도착한다:

>   Two beggars told me
> I could not miss my way: will poor folks lie,
> That have afflictions on them......................................
> ....
> .... and falsehood
> Is worse in kings than beggars.   (Ⅲ. ⅵ. 8-14)

　Imogen의 변장은 고매성의 외양 혹은 사회적 계급 차이에 의해 도움
받지 못한 삶을 경험하게 허용한다. 그녀는 거지들의 허구성에 낙담하
지만 미덕의 실상을 보이는데 실패를 궁중의 탓으로 돌린다. Imogen이
인간성에 대하여 점차적 의심하는 생활태도는 Guiderius와 Arviragus와
처음 만남에 의해 정지되어진다.

> Great men,
> That had a court no bigger than this cave,
> That did attend themselves and had the virtue
> Which their own conscience seal'd them—laying by
> That nothing-gift of differing multitudes—
> Could not out-peer these twain.   (82-7)

　그녀는 즉각적으로 위대한 사람들보다 이들 촌놈들을 상위에 설정하
는 미덕과 자연의 큰 위상을 인식한다. 그녀는 다음 동굴 장면에서 그
들의 고매성에 대하여 숙고한다.

>   Gods, what lies I have heard!
> Our courtiers say all's savage but at court:
> Experience, O, thou disprov'st report!
> Th' imperious seas breed monsters, for the dish
> Poor tributary rivers as sweet fish.   (Ⅳ. ⅱ. 32-6)

Imogen은 그녀가 도망친 그 사회 환경의 위선적 시각을 경험을 통하여 발견한다. 그녀는 고매성은 교양 있는 처신보다 오히려 덕성의 표현이라는 것을 인지하게 되며, 또 그 세계는 궁중세계에서 결코 존재하지 않는 많은 진리를 내포하고 있다는 것을 지각한다.

두 형제들은 Imogen에게 매료되었다. 그러나 그녀가 그들의 단순성에 끌린 반면 그들은 교양에 끌리게 되었다. 동굴에서 Imogen을 발견하자마자 Belarius는 그들이 Imogen의 등장에 느끼는 경외를 나타낸다:

> Bel.   Stay; come not in.
> But that it eats our victuals, I should think
> Here were a fairy.
> Gui.   what's the matter, sir?
> Bel.   By Jupiter, an angel! or, if not,
> And earthly paragon! Behold divineness
> No elder than a boy!   (IV. ii. 46-50)

시골 생활을 하고 있는 이 山人들은 궁중인의 세련미에 직면하였다. 그녀의 실질적 외양들은 그들 자신으로부터 부재하였던 이상을 재현하며, 그리고 그녀의 행동들은 그들과의 신분의 구별을 반영한다.

> Bel.   This youth, howe'er distress'd, appears he hat had
> Good ancestors.
> Arv.   How angel-like he sings!
> Bui.   But his neat cookery! He cut our roots
> In characters,
> And sauc'd our broths, as Juno had been sick
> And he her dieter.   (IV. ii. 46- 50)

Marina처럼 Imogen은 그녀의 아름다운 노래소리에 의해 조화의 대행
자로서 확인되어진다. 그녀는 자기가 수행하는 매일 생활의 모든 일들
에 덕을 반영한다. 그녀의 행동들은 두 형제들을 고정시키고 그들의
헌신을 자아내게 하였다.

寫實的인 것이 부재한 이 극의 제 3극의 진정과정의 복잡성을 체험
한 이후 Imogen과 두 형제들이 등장하는 이 장면들은 환영할 만한 대
비적 장면으로 표출된다. 그들 관계의 단순성과 직접성은 그들이 처음
만날 때 드러났다. 그들의 변장에도 불구하고 각 인물은 타인의 정체
의 진실을 감지한다.

> Gui.　　　　　　Were you a woman, youth,
> I should woo hard but be your groom. In honesty,
> I bid for you as I'ld buy.
> Arv.　　　　　　　　I'll mak't my comfort
> He is a man; I'll love him as my brother:
> And such a welcome as I'ld give to him
> After long absence, such is yours: most welcome!
> Be sprightly, for you fall 'mongst friends.
> Imo.　　　　　　Mongst friends,
> If brothers. [Aside] Would it had been so, that they
> Had been my father's sons! then had my prize
> Been less, and so more equal ballasting
> To thee, Posthumus.　　　　　　(Ⅲ. vi. 69-79)

이 처음 만남을 각색할 수 있는 명시적 지침은 등장인물들이 나누는
대사 속에 있다. Imogen, Guiderius와 Arviragus가 극에서 장기간 부재
후 등장하여 서로 인사한다. 그들은 이성에 반대하여 서로를 현재로
수용하는 정신적 매력에 의해 사로잡히는 것 같다. 더구나 Guiderius는
Imogen의 여성적 특성들을 인지하는 것 같다. 그녀는 현재의 만남에

비추어 과거에 대하여 사색한다. 감추어진 정체들의 결과로서 이 장면
에는 해학이 존재하지만 연극 감독에 의해 강조되어져야하는 부드러움
역시 존재한다. Imogen과 이 형제들의 만남은 대사들로 충분히 표현
될 수 없지만 연출에서 경험되어야 하는 쾌락의 정신을 생성한다.

　Wales에서 Cloten의 등장은 Polixenes가 *The Winter's Tale*의 목가적
세계를 방해하는 것과 동일한 방법으로 이 분위기의 정신에 개재한다.
Cloten은 Posthumus의 의상들을 그에게 주도록 Pisanio에게 강요했기 때
문에 기괴한 음모를 꾸몄다.

> With that suit upon my back, will I ravish her: first kill him, and in
> her eyes; there shall she see my valour, which will then be a torment
> to her contempt. He on the ground, my speech of insultment ended on
> his dead body, and when my lust hath dined,—which, as I say, to vex
> her I will execute in the clothes that she so praised,—to the court I'll
> knock her back, foot her home again.　She hath despised me
> rejoicingly, and I'll be merry in my revenge.　　(Ⅲ. ⅴ. 141-50)

　Cloten은 그의 외양을 Posthumus의 그것과 비유하는데 몰두했다. 그
는 그들이 너무 분명히 유사한데도 Imogen이 Posthumus를 선택하고 그
를 배제하였던 이유를 이해할 수 없다.

> the lines of my body are as well drawn as his; no less young, more
> strong, not beneath him in fortunes, beyond him in the advantage of the
> time, above him in birth, alike conversant in general services, and more
> remarkable in single oppositions: yet this imperceiverant thing loves him
> in my despite.　　　　　　　　　　(Ⅳ. i. 9-14)

　Cloten과 Posthumus간의 유사성들에 관하여 아주 상세하게 쓴
Hartwig(70-71,77)는 Cloten이 Posthumus의 의상들을 입고 있는 이 장면

들의 중요성을 강조하였다. 5막 1장까지 무대로부터 Posthumus의 부재
는 4막 1장과 4막 2장의 주교대리 신분으로 Posthumus로 위장한 Cloten
이 등장하므로써 대칭적 劇의균형이 이루어진다. 연출과 관계없이 이
극본을 읽는 것은 한 사람이 다른 사람의 의상을 입는 극적 효과를 극
소화하는 경향이 있다. 이극의 연출에서 Posthumus는 白衣를 입은 유일
한 인물로 정하는 것이 타인물의 식별에 의미가 있다고 가정하자.
Cloten이 그의 외양을 가장했을 때 그것은 Posthumus의 인물 뿐만 아니
라 색과 연계되는 상징적 장치들의 파괴가 될 것이다. 물론 Cloten은
실질적으로 Posthumus를 닮아야 한다. 감독은 Cloten을 모양새를 우스
꽝스럽게 만드는 충격들을 없게 해야하고 혹은 변장의 충격이 감소되
어야 한다.

그러나 악의적인 의도에도 불구하고 Cloten의 끼여들기는 코믹한 끼
여들기라 할 수 있을 것이다. 그의 외형에 대한 단순한 몰두는 시골 환
경의 맥락에서 시각하면 우스꽝스럽게 나타난다. Cloten은 왕자로서 은
덕을 입고 있는 인물로 존경을 요구하지만, Guiderius가 그의 고매한 외
양에도, 그의 군주의 이름에도 경의를 표하지 않을 때 충격을 받는다.

> Clo.　　　　　　　Thou villain base,
> Know'st me not by my clothes?
> Gui.　　　　　　　No, nor thy tailor, rascal,
> Who is thy grandfather: he made those clothes,
> Which, as it seems, make thee.
> Clo.　　　　　　　Thou precious varlet,
> My tailor made them not.
> Gui.　　　　　Hence, then, and thank
> The man that gave them thee.　Thou art some fool;
> I am loath to beat thee.
> Gui.　　　　　What's thy name?
> Clo.　Cloten, thou villain.

> Gui.　Cloten, thou double villain, be thy name,
> 　　　I cannot tremble at it: were it Toad, or Adder, Spider,
> 　　　'Twould move me sooner.　　　　　　　(IV. ii. 80-91)

이 장면의 해학은 다음에 수반하는 Cloten의 비천한 죽음—참수—에 대한 준비 없는 어떤 해설자들의 몫으로 남겨 놓았다. 사실상 청중에게 그의 죽음을 준비하는 것은 해학이다. 예절의 규칙에 엄격하게 집착한 Cloten의 주장의 불합리성과 그 머리를 "Lud's town"(123) 대문들에 고정한다고 약속하는 Guiderius에게 그의 협박적 거만한 언행은 그에 대한 공감의 가능성을 파괴한다. 숲에 들어 갈려는 Cloten의 의도들은 너무 분명하게 기본적이기 때문에 그의 무대 밖의 죽음은 그가 범행하려고 추구하는 범죄보다는 훨씬 더 난폭한 것같이 생각된다. 더욱 이 Cloten은 Guiderius를 죽이려고 함으로써 자신의 파괴를 초래한다.

> Gui.　　　　　　　　With his own sword,
> 　　　Which he did wave against my throat, I have ta' en
> 　　　His head from him.　　　　　　　(149-51)

행동이 단지 고매성의 모방인 Cloten은 Guiderius의 본질적으로 용감한 행동들과 비교가 안되었다.

Cloten의 죽음에 부여된 청중의 관심은 Imogen역시 분명히 죽었다는 소식에 의해 즉각적으로 전환되었다. 팔로 그녀를 잡고 Arviragus는 다음과 같이 말한다:

> 　　　　　　　　The bird is dead
> That we have made so much on.　　　(197-8)

사실상 왕비의 독약을 바꿔놓은 의사 Cornelius에 의해 Imogen은 깊이 잠들어 있다. 이 소년들의 비탄은 그들의 어머니 Euripilis가 죽었을 때처럼 상심이 너무 컸다.

이 장면은 깊이 느낀 비탄을 표현하기 위하여 그 형제들에 의해 사용된 언어의 우아함과 원숙함 때문에 공연에서 설명할 수 없는 힘을 가졌다. Arviragus가 두 아들을 불러 Euripille 의 죽음이후 듣지 못했던 "정교한 악기"를 소리나게 함으로써 한탄하게 한다.

Solemn Music

```
Bel.                    My ingenious instrument!
         Hark, Polydore, it sounds! But what occasion
         Hath Cadwal now to give it motion? Hark!
Gui.   Is he at home?
Bel.                    He went hence even now.
Gui.   What does he mean?  since death of my dear'st mother
         It did not speak before.                    (186-91)
```

텍스트는 Arviragus가 Imogen을 간호하기 위하여 찾아갔던 동굴 안으로부터 소리가 들렸다고 시사하고 있다. 비록 이 악기의 정확한 특성이 결코 알려져 있지 않지만 그 악기가 내는 음악은 침울함에 틀림없다. 셰익스피어는 "Fear no more the heat O' th' sun"이라 말하며 양팔에 Imogen을 안은 Arviragus의 등장을 연주할 음악을 창안하였다.

그 음성이 남자다운 소음(236)을 낸 Arviragus와 Guiderius는 그 노래의 가사들을 말한다. 이것은 셰익스피어가 시체 위에 명상을 나타내는 *Cymbeline*에 있어서 제 2의 시간이다. Imogen의 침실 안의 Iachimo의 초기 장면에 있어서처럼 종교적 효과가 있다. 적절하게도 음악에 의해 반주된 그 노래의 언급된 시행들은 찬송가에 버금갔다.

```
Gui.   No exorciser harm thee!
```

Arv. Nor no witchcraft charm thee!
Gui. Ghost unlaid forbear thee!
Arv. Nothing ill come near thee!
Both. Quiet consummation have;
    And renowned be thy grave!　　(276-81)

이 형제들은 그녀의 고통의 종말로서 Imogen의 명백한 죽음을 목격한다. 죽음은 모든 신분의 구별들을 모호—모든 사람은 정신이 "고향"(261)으로 귀향하는 것처럼 흙으로 돌아온다—하게 한다. Arviragus와 Guiderius가 Imogen을 휴식하도록 눕혔다. 그녀의 인생을 지치게 하였던 일시적 고난의 고통을 영원히 사라지게 하였다. 엄숙한 음악이 그 노래가 끝날 때 종결되어야하는 것은 극적 맥락으로부터 적합한 것으로 사료된다. 음악에 의해 반주된 95행의 대화가 끝난 후 수반되는 침묵은 이 장면의 마지막 시행들의 분위기를 강조하는데 매우 효과적으로 사용될 수 있었다.

이 노래는 이 극의 제 3과 제 4 극의 진전과정간의 轉移의 역할을 한다. 대사들은 연출에 있어서 의의 있는 강력한 극적 순간을 구성하는 의미를 표출할 수 없다. The Tempest에 나오는 Ariel의 노래들—"Fear no more the heat O' th' sun"—처럼 이 극에 대한 우리의 이해를 전환시켜, 청중에게 무엇이 다가올 것인가를 준비시킨다.

Imogen에게 드리는 Cloten의 노래—"Hark, hark the hark"(II. ii. 22)—를 제외하면 이것이 청중이 듣는 음악의 첫 사례이다. 그러므로 이 노래는 이 극의 제 3 의 극진전 과정에 잠재적 비극적 세계와 이 극의 제 3극의 진전과정에서 셰익스피어에 의해 창안된 음악적 분위기로 명상에 잠긴다. 극적 행동에 있어서 이 순간부터 사건들이 신속하게 발생하여 전쟁의 혼돈으로 향하여 처음으로 이동하며 조화적 해결로 종결한다.

이 노래가 끝날 무렵 Belarius가 Cloten의 시신을 들고 돌아온다. Imogen 바로 옆에 Cloten의 시신을 놓고 그들의 합장(合葬)한 묘 위에 꽃들을 뿌리고 Belarius와 두 소년들은 떠난다. Imogen은 다음 순간에 서서히 그의 깊은 잠에서 깨어난다:

> These flow'rs are like the pleasures of the world;
> This bloody man, the care on't. I hope I dream;
> For so I thought I was a cave-keeper,
> And cook to honest creatures...
>
> . . . .
>
> The dream's here still: even when I wake, it is
> Without me, as within me; not imagin'd, felt.   (297-307)

　셰익스피어는 의도적으로 Imogen이 그 약의 최종적 효과를 떨쳐버릴 때 Imogen의 생각의 투명성을 흐리게 한다. 그녀는 꿈과 의식적 지각사이에 사로잡혀 머리가 없는 사람의 寫實에 직면해야 한다.
　그 시체가 Posthumus의 의상이 입혀져 있는 것을 발견하고 Imogen은 그 외양의 특성을 평가한다:

> A headless man! The garments of Posthumus!
> I know the shape of's leg: this is his hand;
> His foot Mercurial; his Martial thigh;
> The brawns of Hercules: but his Jovial face—
> Murder in heaven?—How!—'Tis gone.   (308-12)

　그 시체의 각 특성에 대한 神位에 대한 Imogen의 시신확인 작업은 몸서리쳐지며, 참으로 무시무시하다. 환상에 접근하는 이 행들에는 초현실주의적인 특성이 있다. 그녀 감정의 심도를 부여하였기 때문에 Imogen이 그 상황의 현실을 인식해서는 안돼는 것은 비이성적이 아니다. 첨언하면, Posthumus와 Cloten을 Imogen이 구별하지 못한 것은 그들 용모의 유사성을 확신시켜준다. 이 두 인물들의 상징적 연결에 대한 Hartwig(80-1)의 논평은 이 주장과 관련이 있다.

두사람의 분극화 된 인물들—바보와 주인공—의 확인의 충격은 청중을 그 유사성에 당황하게 된다. 갑자기 외양에 의존하는 사실적 식별에 대한 모든 가식들은 타파되어졌다. 합리적 이해와 그의 욕구 들의 합리적 조절은 Cloten에게 잘 어우릴 것이다. 유실된 머리는 그들간의 큰 차이를 상징한다. 그러나 Posthumus는 Imogen에 관한 Lachimo의 거짓말의 응답에서 비이성에 대한 그의 잠재력을 이미 표출 한 바 있었다.

"광대와 주인공"의 유사성을 부여함으로써 셰익스피어는 그들간의 정교한 균형을 혼란시키지 않기 위하여 Cloten과 Posthumus가 무대에서 만나는 것을 허락하지 않는 것은 중요하다. 또 셰익스피어가 그러한 명료성과 영속성으로 내면적, 외면적 주제를 설명하도록 시각시켰기 때문에 이 극이 극 비평에서 잘못 해석되어진 이유를 이해하기는 어렵 다. 한 사람을 다른 사람과 구별하는 것은 각자의 내면적 특성이다. 이 내면적 특성이 상실될 때에는 외형을 평가하는 것은 매우 어렵다.

Imogen이 그 진실을 파악하지 못하는 것은 극적 행동의 부조화의 명 시성이다. 이 극을 통하여 그렇게 식별력이 분명하였던 Imogen자신이 기만당해야 하는 것은 질서의 불안을 표출한다. Imogen은 Pisanio에 대 항하여 격렬하게 공격하며, Posthumus의 명시적 죽음은 Cloten과 배신 적 음모가 원인이라는 것을 가정한다:

> Pisanio,
> All curses madded Hecuba gave the Greeks,
> And mine to boot, be darted on thee! Thou,
> Conspir'd with that irregulous devil, Cloten,

Hast here cut off my lord. To write and read
Be henceforth treacherous! Damn'd Pisanio
Hath with his forged letters,—damn'd Pisanio—
From this most bravest vessel of the world
Struck the main-top!   (312-20)

Pisanio에 대한 Imogen의 감정의 폭발은 여인들에 대한 Posthumus의
초기의 대사처럼 청중에게 동일한 효과를 준다. 비록 우리들이
Imogen이 머리 없는 시신의 피(血)에 그녀의 볼을 댈 때 Imogen의 정
서들의 심도와 그녀의 상황의 공포에 의해 감동받게 되지만 그 진실—
Pisanio는 사실상 아무 혐의가 없으며, 그리고 그 시신이 Cloten의 것이
라는 것—을 우리들이 알고 있는 것은 극적 행동으로부터 우리를 떼어
놓는다. 필자는 셰익스피어가 극적 행위의 초점이 Imogen으로부터 전
이하는 제 3극의 진전과정으로 부터 전쟁터에 있는 Posthumus에게로
옮겨지는 제 4의 진전과정으로 이동하는 轉移를 완성하기 위한 소원적
극적효과를 사용하고 있음을 알 수 있다.

V

Cymbeline의 제 4의 극의 진전 과정이 4막 3장에서 시작될 때, 부조
화로 향한 과정은 심화되어진다. 왕비는 자기 아들을 걱정함으로써 열
병에 걸렸다. 타당하게도 그녀의 가족의 운명을 곰곰이 생각하면서 우
주질서의 불안의 중심에서 발견되는 자는 Cymbeline이다:

A fever with the absence of her son,
A madness, of which her life's in danger. Heavens,
How deeply you at once do touch me! Imogen,

The great part of my comfort, gone; my queen
Upon a desperate bed, and in a time
When fearful wars point at me; her son gone.
So needful for this present: it strikes me, past
The hope of comfort.   (IV. iii. 1-8)

Cymbeline이 희망이 없음을 알고, 절망상태에 처해 있다. 熱病, 有狂
과 전쟁의 심상들은 그 자신의 불안을 고조시킨다. 극 행동 속에서 변
함없이 봉사했던 Pisanio까지도 혼란—"Perplex'd by all"(41)—을 나타낸
다. 그러나 그의 간략한 독백은 역시 낙천적 감정을 표출한다.

The heavens still must work.
Wherein I am false I am honest; not true, to be true.
These present wars shall find I love my country,
Even to the note o' th' king, or I'll fall in them.
All other doubts, by time let them be clear'd:
Fortune brings in some boats that are not steer'd.   (41-6)

이 대사는 극 행위의 압축으로 시각될 수 있다. Pisanio는 외양이 부
재하다는 분열된 궁중에 살았다. 그는 진실을 위하여 위선적이어야 하
였다. 아이러니하게도 결말로 귀착하는 전쟁은 그가 그의 내면적 의도
와 그의 외양을 통합하는 수단을 제공한다. Pisanio는 시간은 모든 의심
을 풀게되고 재난에 직면하여도 해결은 가능하다는 것을 믿는다.
미래의 이 현존은 다음 장면(4막 4장)의 Guiderius와 Arviragus에 의해
공유된다. Arviragus는 두 형제들이 전쟁을 준비할 때 두 아들을 위해
대변한다.

By this sun that shines,
I'll thither. . . .

> I am asham'd
> To look upon the holy sun, to have
> The benefit of his blest beams, remaining
> So long a poor unknown.   (34-43)

　그 임박한 전쟁은 무지로부터, 그리고 여러 가지 행동에서 그들의 고매한 본능들을 발휘하는 기회로부터 자유를 제공한다. Pisanio처럼 그 형제들은 내적, 외적인 것을 융합하는 수단으로서 그 전쟁을 시각한다.

　4막 3장에서 5막 4장에 이르기까지는 전쟁 장면에 의해 연결된다. 4막 4장— "The noise is round about us."—의 시작에서 Guiderius의 대사는 부조화로 향한 극의 진전과정이 무대행동에서 체현되는 범위를 설명한다. 필자는 왕비의 열병의 첫 언급에서부터 왕의 포로와 궁극적 석방에 이르기까지 이 전투는 소리와 행동에 있어서 점진적으로 강렬해져야 함을 제의한다. 청중에 의해 청중이 듣는 특수한 소리를 표출하는 무대지시가 없는 동안 셰익스피어는 이 장면들을 연결하는 복잡한 음색의 분위기를 의도한 것은 확실했다고 생각한다. 이 전쟁 장면은 The Tempest의 파선장면 혹은 Pericles의 바다의 폭풍과 같은 청각적 영향을 가져야 한다. 무대 지시의 군호들, 북들, 폭풍들의 부재는 이러한 도구들의 사용을 방해하지 않는다. 무대 액션의 요구는 그들의 도구 사용을 요구하는 것으로 생각된다. 5막 2장의 개막에서 무대지시어는 가능성들의 범위를 나타낸다.

> Enter LUCIUS, IACHIMO, and the ROMAN ARMY at one door, and the Briton army at another, LEONATUS POSTHUMUS following, like a poor soldier. They march over and go out. Then enter again, in skirmish, IACHIMO and POSTHUMUS : he vanquisheth and disarmeth IACHIMO, and then leaves him.

행진과 소규모 전쟁으로부터 실질적으로 나오게 되는 소리들은 전투의 효과를 충분히 발휘할 수 있다. 그러나 전쟁의 첫 포효는 4막 3장에서 멀리서 들리다가 드디어 그 소리들은 점차적으로 커져서 양군대들의 대결을 수반한다.

그 전쟁은 3개의 무대지시들로 구성되어 있어, 각 지시어는 하나 내지 더 이상의 극적 순간들로 향하여 그 초점을 향한다. 그러나 이 순간들은 소리의 효과들, 음악 그리고 셰익스피어 전투장면에서 관례적인 장관(Spectacles)들을 포함해야 하는 완전한 극적 장면의 강조다. 일례로 *Henry IV*에 나오는 3개의 무대지시들은 연출의 가능성들을 표출한다. 2막 2장의 "북들과 폭풍들"이 수반되는 행동들이 있다. 예를 들면, 2막 3장의 "소란소리들"; 2막 6장의 "큰 경보소리"; 3막 3장의 "외침소리",; 4막 3장의 "무기! 무기!"; 5막 1장의 "북과 군기들을 들고"; 5막 2장의 "경보음 소리"; 5막 4장의 "나팔소리와 행진" 등등이 있다.

Posthumus와 Iachimo는 두 양대 적들의 충분한 무게에 의해 마치 돌진되어진 것처럼 위에서 파열해야 한다. Posthumus는 Iachimo에 대한 그의 불평이 개인적인 것이라고 해도 그 나라의 적들로부터 영국을 방어하기 위하여 용감하게 싸운다. 동일한 장면의 제2, 제 3무대지시들은 전투의 충분한 범위를 설명한다.

> The battle continues; the Britons fly; CYMBELINE is taken: then enter, to his rescue, BELARIUS, GUIDERIUS, and ARVIRAGUS.
> Bel. Stand, stand! We have th' advantage of the ground;
> The lane is guarded; nothing routs us but
> Gui. & Arv. Stand, stand, and fight!
> Enter POSTHUMUS, and seconds the Britons: they rescue CYMBELINE, and exeunt. Then enter LUCIUS, IACHIMO, and IMOGEN.

적어도 5개의 극적 사건들은 8행의 대사들의 공간의 무대지시들에 의해 강조된다. 1) Briton병사들이 그들의 왕을 포기하고 도망침; 2) Cymbeline이 로마군사들에 의해 포로가 되고, 3) Belarius와 Arviragus, Guiderius는 전투의 흐름을 전환시킨다; Posthumus의 도움으로 그들은 왕을 구한다; 5) 로마군대는 회군하여 퇴각한다. 이 장면의 중요한 극적 의도를 전달하는 것은 이것들의 비언어적 극 사건들의 연출이다. 전쟁 장면은 *Pericles*에 나오는 무도장면과 동일한 비평적 지시적 상상으로 다루어져야 한다. 무대지시들은 극 행동의 초점을 주지만 공연의 상세한 사항들은 무대지시들에서 빠져, 상세한 무대지시를 제시하지 않는다.

다음 장, 5막 3장에서 Posthumus의 기술은 무대 지시들에서 빠진 상세함들을 제시한다.

> the king himself
> Of his wings destitute, the army broken,
> And but the backs of Britons seen, all flying
> Through a straight lane; the enemy full-hearted...(4-7)

이 행들은 왕이 포로가 될 때 영국의 혼비백산과 혼돈을 환기시킨다. 상징적일 뿐만 아니라 극적인 전투장면의 중요한 초점은 왕의 재산을 얻게될 이 싸움이다. 궁중의 안정은 Cymbeline의 안위에 달려 있다. 그리고 그의 안전은 이 극의 전투의 조화적 해결에 핵심이 된다. 그러므로 그의 구출은 전투장면의 실질적 클라이맥스라고 필자는 생각한다.

Cymbeline의 궁극적 석방은 생생한 말로서 기술된다.

                                        Then began
    A stop i' th' chaser, a retire, anon
    A rout, confusion thick; forthwith they fly
    Chickens, the way which they stoop'd eagles; slaves,
    The strides they victors made: and now our cowards,
    Like fragments in hard voyages, became
    The life o' th' need: having found the back-door open
    Of the unguarded hearts: heavens, how they wound!   (39-46)

    단편화된 문장구조는 그 전투가 기적적으로 그들의 편에 설 때 영국
인들에 의해 감지하는 흥분과 행복감을 반영한다. Cymbeline의 궁중 속
에 있는 불균형이 우주의 무질서의 대행자가 되었던 것과 동일한 방법
으로 그의 석방은 연인들이 재결합되어질 조화적 결론에 대한 극 구조
에 미리 영향을 미친다.

    전투장면의 중간에서 Posthumus는 극 행동의 최전선에 갑자기 나타
나는데, 즉각적으로 청중의 충분한 관심을 끈다. Posthumus의 재등장을
극적으로 확인하지 못한 비평가들은 5막 1장—Posthumus 혼자 입장—
의 개막에서 그의 등장의 용맹성을 인식하지 못했기 때문일 것이다.
처의 죽음의 증거인 피묻은 옷을 들고, Posthumus는 청중에게 말한다.
분노의 열기 속에 그에 대한 최후의 인상을 주는 이 말들은 놀라움으
로 나타난다. 더욱이 그는 이태리제 상복을 입고, 그의 조국을 위하여
싸우게 되었다:

                            You married ones,
        If each of you should take this course, how many
        Must murder wives much better than themselves
        For wrying but a little!   (2-5)

Posthumus는 5막 1장의 등장 순간으로부터 결국 5막 4장의 감옥으로

부터 석방할 때까지 이 극의 중심인물이 된다. 일련의 다섯 개의 긴 대사들과, 그들 중 네 개의 독백들을 통하여 그는 그의 상황과 관련 있는 내외적 사건들의 특성을 생각한다. 셰익스피어는 Posthumus로 하여금 독백으로 청중에게 직접 언급하게 함으로써 그 등장 인물과 청중간의 친밀한 관계를 창안하다. 결과로서, 청중은 Posthumus와 더불어 그의 자아지식의 성장을 체험한다. 각 대사는 그의 발전의 상황을 재현하고, 고도로 압축된 심리적 과정을 표출한다.

이 심리적 압축은 이 대사들이 발생하는 비교적 소량의 극적 시간에 의해 표출되어진다. 꿈의 장면 이전의 Posthumus의 네 개의 대사들은 14행에서 170행까지 이어진다. 이 부분이 극적으로 작용하기 위하여 Posthumus는 도덕극의 초기 모습처럼 강력하게 무대 중심을 차지하며, 그의 생각들을 청중들과 충분히 공유한다. 셰익스피어 무대에 있어서, 배우는 무대 앞쪽에서 중심위치를 취해야 한다.

5막 1장의 Posthumus의 독백의 정서적 제어—여자들에 대한 그의 이전의 비난연설과는 아주 대조적 연설—은 무장 해제하는 것과 믿게 하는 것이다. 비록 그가 아직도 Imogen이 유죄라고 믿고 있지만 Posthumus는 자기 자신의 죄가 더 나쁘다는 것을 깨닫게 된다.

> Gods! if you
> Should have ta'en vengeance on my faults, I never
> Had liv'd to put on this: so had you sav'd
> The noble Imogen to repent, and struck
> Me, wretch more worth your vengeance.　　　　(7-11)

자신이 결점이 있다고 하는 Posthumus의 인식—그 자신의 죄가 더욱 더 크다—은 자각을 향한 과정의 첫 단계이다. 셰익스피어 최후기 극들에서 내적, 외적 주제가 이 대사에서처럼 그렇게 명료하게 발전되는 작품은 없다.

> I'll disrobe me
> Of these Italian weeds and suit myself
> As does a Briton peasant: so I'll fight
> Against the part I come with; so I'll die
> For thee, O Imogen, even for whom my life
> Is every breath a death.............................(22-6)
>
> ....

Posthumus가 입는 의상의 변화는 내적, 외적 주제를 체현한다. 그는 그의 고매한 외양을 이용하지 않고 그가 사랑하는 Imogen을 위하여 그의 내면적 미덕을 증명하려고 한다. 스스로 Imogen에게 헌신함으로써 무명의 농부로서 영국을 위해 봉사하다가 죽으려고 시도한다.

그의 둘째 긴 대사—그가 앞 전투를 기술하는 5막 3장의 대사—에서 Posthumus는 한 노병사와 풋내기 두 신병들에게 영감의 빚진 것을 폭로한다. 전투에서 도망친 한 군주의 질문에 응답하면서 그는 Belarius와 그 두 형제들을 기술한다:

> an ancient soldier
> An honest one, I warrant; who deserv'd
> So long a breeding as his white beard came to,
> In doing this for's country...
>
> ....
>
> With faces fit for masks, or rather fairer
> Than those for preservation cas'd, or shame,—
> Make good the passage.   (15-23)

이들 세 사람들의 용감한 행동들은 그들의 외양과는 모순된다.

Guiderius와 Arviragus는 전투보다는 소년들의 게임에 더 적합한 것 같
고, Belarius는 항구적 제대를 해야 마땅할 것 같이 생각된다. 그러나
그들의 용기 있는 행동들은 전투의 과정을 완전히 전환시킨다. 그 앞
에선 Imogen처럼 이 세 사람들을 관찰하는 것은 Posthumus로 하여금
외양에 기초한 궁중윤리에 도전하게 한다. 그는 그들의 내면적 가치를
인지하는 것을 배운다.

>   more charming
> With their won nobleness, which could have turn'd
> A distaff to a lance, gilded pale looks.   (32-4)

　궁신의 입심 좋은 전투의 묘사에 Posthumus는 짜증나게 된다. 그는
술책으로서 그것을 송사함으로써 사소한 경험에 대해 그를 비난한다.

> Lord.   This was a strange chance:
>   A narrow lane, an old man, and two boys.
> Post. Nay, do not wonder at it: you are made
>   Rather to wonder at things you hear
>   Than to work any. Will you rhyme upon't,
>   And vent it for a mock'ry?   (51-6)

　Posthumus에게 있어서 퇴역한 궁신은 궁중의 부정직과 피상성을 재
현한다. 그의 세 번째 대사—그 Lord가 퇴장하고 난 후 그의 대사—에
서 Posthumus는 궁중생활에 대한 Imogen이 내린 평가와 유사한 결론에
접근한다.

> To-day how many would have given their honours
> To have sav'd their carcases!   (66-7)

만약 "명예"가 내부에서 나온다면 그것은 폐기되어질 수 없다. 전투의 이러한 태도를 관찰하고 그 자신의 상황을 곰곰이 생각(그가 죽음을 추구하다가 생존하여 있는 동안 많은 사람들은 전투를 하다가 죽었다)함으로써 Posthumus는 최종적으로 내면적 진실을 외양으로부터 구별하는 것을 인지하게 되었다.

이 순간에 필자는 Posthumus가 청중 앞에 그의 의상을 바꾸어 입었다는 것을 제의한다.

> I have resumed again
> The part I came in: fight I will no more.
> . . . For me my ransom's death;
> On either side I come to spend my breath;
> which neither here I'll keep nor bear again,
> But end it by some means for Imogen. (75-83)

틀림없이 "역할"은 다른 의미를 가질 수 있다. "나는 내가 들어온 역할을 되찾았다. 나는 로마 편인척 하기 위하여 돌아온 것이다". 그러나 외양의 주제적 중요성은 그러한 동작을 요구한다. "이태리 상복"들은 Posthumus가 5막 1장의 무대 옆에서 벗어 던지는 이 시점에서 되찾은 로마색상들의 외투—예를 들면, 영국의상 위에 걸친 망토—가 될 수 있었다.

이 극의 맥락 속에서 Posthumus의 죽음의 추구는 긍정적 행동이다. 그것은 Troilus의 허무주의를, 로마의 절망을 반영하는 것이 아니다. Posthumus는 고상한 옷차림을 벗음으로써 그의 내면적 미덕을 노출시키고자 하는 것을 용인하는 비자아적 행위를 달성한다. 그는 전쟁터에서 용감하게 싸웠으며, 스스로가 갈채를 받을 가치가 있는 것도 거부하였다. 지금 로마의 의상으로 되돌아감으로써 죽음을 당하기를 희망한다. 이와 같이 최후의 平和를 얻는다. Posthumus가 죽음을 명상할 때

쇠사슬에 묶인 채 말하는 그의 세 번째 독백은 이 극중에서 가장 뛰어
난 능변의 독백이다. 그 구조의 단순성은 Posthumus의 내적 정숙을 반
영한다. 그 대사의 統辭는 3막에서의 여인들에 대한 맹렬하고 구조적
으로 고통스러운 공격과는 대조적이다. Posthumus는 쇠사슬을 그의 양
심의 족쇄에 비유함으로써 죽음에 의해 자유의 몸이 되도록 신들에게
기도한다.

> Most welcome, bondage! for thou art a way,
> I think, to liberty...
> ....
> More than my shanks and wrists; you good gods, give me
> The penitent instrument to pick that bolt,
> Then, free for ever!　　　　　　　　　　　(V. iv. 3-11)

　　Posthumus에게 있어서 죽음은 해방을 의미한다. 이 태도는 그 초기
의 대사들로부터 죽음에 대한 그의 성숙을 반영한다. Posthumus는
Imogen의 생명의 빚을 갚기 위할 뿐만 아니라 신들에게 자기 자신을
완전히 바치기 위하여 죽음을 추구한다:

> If of my freedom 'tis the main part, take
> No stricter render of me than my all.

　　셰익스피어는 유물론적 가치로 되돌아간다. 그의 초기의 가치의 개
념들을 형성했으며, 그러한 고난으로 그를 유도했던 것과 동일한 심상
들로써 Posthumus가 언급하게 한 것은 성격묘사의 중요한 일격이다. 그
러나 여기에 금전의 은유는 각자의 마음속에 있는 정신적 정수를 확인
하기 위하여 사용된다:

For Imogen's dear life take mine; and thought
'Tis not so dear, yet 'tis a life; you coin'd it:
'Tween man and man they weigh not every stamp;
Though light, take pieces for the figure's sake:

....

If you will take this audit, take this life,
And cancel these cold bonds.   (22-8)

동전이 그것의 인상(모양) 때문에 가치가 부여되는 동일한 방법으로
서 Posthumus의 삶은 그것이 신들의 반영 때문에 가치를 가진다.
Posthumus는 그의 생명을 자유롭게 단순히 제공함으로써 그의 냉정한
유대를 감추고자 희망한다. 이 대사는 형식과 본질, 유물론적 영역과
정신적 영역간을 구별하는 것을 배운 사람에 의한 신앙행위이다.
Posthumus는 투옥의 실질상태를 혼돈한다. 그리고 다시 한 번 Imogen
과 사랑의 결속—오! Imogen! / 나는 침묵으로 당신에게 말하오(28-
9)—을 하게 된다.

다음 나오는 꿈의 장면은 가끔 논쟁의 근원이 되었으며, 보통 연출
을 할 때에는 삭제되어진다. 첫째, 셰익스피어 작품으로서 이 장면의
신빙성은—비록 E. H. Meyerstein, G. Wilson Knight, Hardin Graig와 J.
M. Nosworthy 등 모두가 이 장면의 신빙성을 지지하였지만—도전을 받
아왔다. Meyerstein과 Nosworthy는 특별히 문체와 언어적 증거에 기초된
확신 있는 논증들을 전개하였다. Meyerstein은 셰익스피어가 좀 오래된
시대의 언어에 신중히 영향을 미쳤다는 것을 믿고 있으며, Nosworthy는
현대 활판인쇄에 의해 애매하게 된 압운 14행의 고대 詩型에 있는 이
장면을 셰익스피어가 의도적으로 썼다는 것 (The vision in Cymeline,
396)을 밝혔다. 그러나 셰익스피어의 저작권의 문제는 만약 이 장면의
의미가 이해되어 졌다면 아주 활발하게 토론되어졌을 수 없었을 것이
다.

옥중의 Posthumus의 독백은 이 극의 정서적 클라이맥스이며 조화적 해결을 드라마에 준비한다. 여기에서 중요한 것은 Posthumus가 심지어 Jupiter가 하강하기 전의 의식상태에 접근하고 있다는 것이다. 극 장면을 선행하는 일련의 네 개의 대사들은 한 중요한 인물에 의해 솔직한 자아실험을 나타낸다. Posthumus의 점진적 자아인식과 내면세계를 외형세계로부터 구별할 수 있는 그의 능력은 그를 비극적 결과로부터 구해준다. 천공의 음악을 청취할 수 있는 왕자의 능력은 Marina의 신앙 행위의 결과가 되는 *Pericles*에 있어서처럼 그의 생명에 대한 Posthumus의 비자아의 제시는 Jupiter를 하강하게 하는 원인이 된다. 더더구나 갑자기 나타나는 神은 Euripides에서 발견된 인위적 개재라기보다 꿈 속—그의 의식의 확대—에서 Posthumus에게 온다. 이 텍스트의 증거는 꿈의 장면이 시작되는 순간부터 이 극이 조화적으로 해결된다는 것을 나타낸다. 필연적으로 이 해결에 대한 촉매는 Jupiter 하강 이전에 나타나야 한다.

많은 비평가들은 극 구조의 중요한 흐름으로서 갑작스럽게 신이 나타나는 것을 셰익스피어가 사용한 것을 시각하였으며, 대부분의 감독들은 연출에서 완전한 Jupiter 장면을 절삭한다. 이 장면을 통합으로서 옹호하였던 그러한 비평가들까지도 조화적 해결이 달성되는 특수한 수단으로서 Jupiter하강에 무절제한 강조를 하였다. Nosworthy의 논평 (*Cymbeline*, xxx vii)은 이 견해를 재현한다:

> 이 상황은 너무 환상적인 혼돈이기 때문에 단순한 인간은 그것을 통제할 수 있을 것이라고 기대할 수 없다. 그러한 무질서는 신, 마술가에 의해서만 치유될 수 있고 또 *The Winter's Tale*에서처럼 특별한 일련의 충돌에 의해서 치유된다. 그런데 *Cymbeline*의 Jupiter는 재생의 대행자로서 시각되어야 한다.

5막에서 Posthumus의 중심 위상을 이해하는데 실패함으로써 Nosworthy는 이 극본을 오독하였다. Jupiter는 "재생의 대행자"가 아니다. 극적 액션은 단순한 인간이 혼돈에서 중요한 질서를 얻기 때문에 조화적으로 상세하게 해결된다.

"엄숙한 음악"의 소개는 조화적 해결로 향한 극적 진행과정을 시작한다:

> Solemn music. Enter, as in an apparition, SICILIUS LEONATUS, father to Posthumus, an old man, attired like a warrior; leading in his hand an ancient matron, his wife, and mother to Posthumus, with music before them: then, after other music, follows the two young LEONATI, brothers to Posthumus, with wounds as they died in the wars. They circle POSTHUMUS round, as he lies sleeping.

이야기 속에 특수한 기능을 가지고 있는 Cloten의 구애의 노래와 장송곡을 제외하면, *Cymbeline*에는 음악이 없다. 음악의 부재는 단편화된 궁정의 특성에 적합하다. 그러나 Posthumus가 자각을 달성했을 때 음악은 무대지시에서 3번을 상징적으로 요구한다. 정령들이 Posthumus의 주위를 회전하는 것을 눈여겨 볼 필요가 있다. 군신들이 마력에 걸린 *The Tempest*의 마력의 원처럼 Posthumus의 가족은 실질적으로 그 주위에 조화적 모습을 만든다. 비록 텍스트에 지시는 없지만 가면극의 토론에 영향을 준 이 회전은 무도가 이루어지는 과정을 시사한다.

그 가족은 더 많은 고통으로부터 Posthumus를 구하기 위하여 Jupiter에게 부탁한다:

> Moth. Since, Jupiter, our son is good,
>   Take off his miseries.
> Sici. Peep through thy marble mansion; help;

>   Or we poor ghosts will cry
>   To th' shining synod of the rest
>   Against thy deity.
> Both Bro.   Help, Jupiter; or we appeal,
>   And from thy justice fly.   (85-92)

　독수리의 등을 타고 천둥과 번개 속에 하강할 때 벼락을 내리치는 Jupiter에 의해 경건한 혼귀들은 그들의 무릎을 꿇게 되었다. 그 신은 인간의 문제들에 있어서 만족할 정도로 개재할 능력을 신앙하지 않기 때문에 그들을 징벌한다. 그는 주인공의 행복한 운명이 기록된 Posthumus의 "가슴"(109)에 알약을 놓아주라고 명령한다. 혼귀들에게 해산하라고 명령하고 하늘로 되돌아 올라간다.

　필자는 셰익스피어가 Jupiter의 하강을 해학적으로 시도한다고 믿고 있다. 신이 사용하는 언어의 화려함은 Jupiter를 그 직무기간이 끝나는 힘없는 신으로 이해하는 원인이 되었다. 그러나 셰익스피어는 기술적 무대효과들—Jupiter의 하강이 자아 의식적으로 극적이다—에 주의를 기울인다. Sicilianus는 대리석 맨션(86)을 통하여 들여다보는 신에 의존한다. 그리고 Jupiter가 돌아올 때 늙은이가 다음과 같이 논평한다: "저 대리석 보도는 끝나고, 그는 성광의 지붕으로 들어간다"(120-21)라고. 이것들은 하강하는 위치에 있는 그 배우를 노출하기 위하여 무대 위에 열어, 올라간 후 그 사람 밑에서 닫혀질 색칠한 천정에 대한 시사이다. 천둥, 연기, 장치 등은 Sicilianus에 의해 역시 암시된다:

> He came in thunder; his celestial breath
> Was sulphurous to smell; the holy eagle
> Stoop'd, as to foot us: his ascension is
> More sweet than our blest fields: his royal bird
> Prunes the immortal wing and cloys his beak,

As when his god is pleas'd.   (114-9)

　필자가 믿기로는 셰익스피어는 의도적으로 신의 출현의 미캐닉스를 의도적으로 강조함으로써 Jupiter의 신적 위상을 도려낸다. "Sulphurous smell"은 번개를 수반하는 연기—이 행이 언급될 때쯤이면 청중에 접근하는—의 시사이다. 구부린 독수리에 대한 Sicilianus의 기술은 추처럼 무릎을 꿇고 있는 배우들의 머리들에 파고를 칠 때 날아가는 기계의 움직임을 언급하는 것은 가능하다.

　Jupiter가 상승하고 혼귀들이 산회할 때 Posthumus는 깨어 그의 다섯째 대사—잠든 상태의 대사—를 말한다.

> Sleep, thou hast been a grandsire, and begot
> A father to me; and thou hast created
> A mother and two brothers................................
> ....
> Poor wretches that depend
> On greatness' favour dream as I have done,
> Wake and find nothing.   (123-9)

　이 대사는 비록 주제적으로, 구조적으로 매우 중요하지만 비평가들에 의해 보통 간과되어진다. Posthumus는 깬 상태의 외양적 사실을 만들어낼 수면에서 상상적 과정의 가능성을 생각한다. 많은 사람들은 그들이 비실재라는 것을 발견하기 위해서만 꿈에 의존한다. 대사의 이 시점에서 Posthumus는 마술사가 예술의 특성을 숙고할 때 Prospero의 그것과 유사한 결론에 접근하는 것같이 생각된다. 그러나 이 순간에 그는 책을 발견한다:

But, alas, I swerve:

Many dream not to find, neither deserve,
and yet are steep'd in favours; so am I,
That have this golden chance and know not why.
What fairies haunt this ground? A book? O rare one!   (129-32)

  Posthumus의 책의 발견은 웃음을 자아내게 하고 청중을 즐겁게 해야
한다. 이 책은 그가 그것을 발견할 때 Posthumus의 가슴 위에 놓여있었
다. 이 소도구를 뒤에 남겨두고 Jupiter를 가게 함으로써 셰익스피어는
극의 인습의 한계들을 넘어가서 다시 한 번 극적 예술에 유의를 한다.
이 책의 발견은 Posthumus로 하여금 외양의 특성에 대하여 생각하도록
한다.

Be not, as is our fangled world, a garment
Nobler than that it covers: let thy effects
So follow, to be most unlike our courtiers,
As good as promise.   (134-7)

  위 4행들은 이 극의 주제적 초점의 증류수이다. Posthumus는 이 책의
외양이 그것의 내용들을 반영해야 한다는 것을 바란다. 상상적 사건의
실질적 명시로서, 그것은 사실과 외양간을 극적으로 연결한다. 이 책을
열고 Posthumus는 그의 고통은 종결(143-4)될 것이라는 예견을 발견한
다. 예언의 나선들이 침투하는 것 같지 않지만 Posthumus는 충분한 이
해 없이도 그 예언을 수용한다.

'Tis still a dream, or else such stuff as madmen
Tongue and brain not; either both or nothing;
Or senseless speaking...
....
Be what it is,

The action of my life is like it, which
I'll keep, if but for sympathy.   (146-51)

불가능한 것(5막 1장 125-26)같이 생각되는 "의미들을 신뢰"하게 하
는 Pericles처럼 예언을 수용하는데 있어서 Posthumus는 신앙의 행위를
공연한다.

셰익스피어가 극 기술에 관심을 기울이는 것은 극의 주제를 보존하
는데 있다. 예언은 너무 명백하게 불합리하기 때문에 청중은 플롯을
해결하는 수단으로서 구조적 인습의 사용을 수용하는 동안 꿈의 불수
용으로 셰익스피어와 함께 웃게 하는 의미이다. 이런 방법으로 셰익스
피어는 동시에 조화적 결론을 달성하기 위하여 그것을 조율하는 동안
극 형식의 비실재적 형식을 표출한다. Cymbeline의 "기적"은 그 자체가
구조—셰익스피어가 이 극을 조화적으로 해결할 수 있는 수단—이다.

VI

셰익스피어가 전례 없이 복잡한 종결 장면—5막 5장—의거하여
Cymbeline의 구조를 해결한다. 최소한 25개의 플롯들과 부차적 플롯들
이 실마리가 풀려지는 이 종결은 셰익스피어 劇藝術이라는 것이 일반
적 시각이라 할 수 있다. 그러나 전체로서 이 극과의 관계는 일반적으
로 무시되었다. 이 결론의 중심에 Posthumus와 Imogen의 재결합의 사건
이 발생한다. 오랜 별거와 재난을 거친 후 Posthumus가 그의 연인을 포
옹할 때 이 극의 통렬한 행들—"나무가 말라 죽을 때까지 나의 영혼이
그곳에 걸쳐 있군"—중의 한 행을 언급한다.

試演뿐만 아니라 연출에 있어서 Cymbeline에 대한 필자의 체험은 유
사하였다. 극 구조 속에 구축된 희열에 대한 개연성이 존재한다. 그러

나 마치 배우들이 대합창의 Fugue의 둔주곡에 참여하고 있는 것처럼 공연에 스며드는 그 구조를 상연할 때 희열이 존재한다. Cymbeline은 그의 세계가 눈앞에서 기적적으로 협화하는 것을 시각한다. 거기에 입장하는 각 배우는 노출과 가면을 벗음으로써 그의 진실성을 혼란시킨다. 그것이 노출되기 전에 진실을 알 때 청중은 Cymbeline의 즐거움에 있어 그리고 셰익스피어가 이 극을 해결하기 위하여 고안하는 수단에 있어서 즐거워하게 된다.

이 극의 마지막에서 Cymbeline이 로마와의 평화를 선언한다. 그리고 전쟁의 유혈을 종결하며, 영국과 로마간의 조화의 새 시대를 시작한다. 적절하게도 그의 행동들은 음악적 용어들로서 기술되어진다:

> 위에 계신 신들의 손가락들이
> 이 평화의 조화를 노래한다　　　　(466-7)

Cymbeline의 궁전은 질서로 되돌아오고, 이 극은 극적 구조가 완료될 때 조화적으로 종결된다.

Cymbeline의 비평적 인식은 동의되지 못했던 해석의 민주주의가 화근이 되었다. 필자가 제시하고자 시도하는 것은 Cymbeline이 어떤 명료한 극 구조에 의해 만들어졌다는 실증이다. 비록 이 극의 정확한 해석이 있다는 것을 제의하는 것이 불가능하다고 하더라도 여러 가지의 불명확한 것들이 있다. 올바르지 못한 해석들은 기본 형식을 애매하게 하는 것이다.

형식, 특히 극 형식의 의식은 Jacobean시대의 중요한 편향 중의 하나이다. 따라서 구조의 어떤 토론도 환상과 사실(寫實)간의 불균형, 내면적 덕성과 외양간의 갈등과 같은 어떤 순환적 주제들을 조명할 것이다. 주제들이 극 구조에 불가분하게 결속되어 있을 때 이 주제들을 토론하지 않고 Cymbeline을 분석할 수는 없다.

그러나 필자는 이 극에 대한 해석이 고갈된 것이라는 것을 시사하는 것은 아니다. 이 연구의 중요한 초점은 해석보다는 오히려 구조적이다. 이 극을 비평적 오해로부터 해방시키고, 이 극 구조의 명료성을 조명함으로써 필자는 성공적 해석을 고무하고자 희망한다. 이 연구는 그 해답들을 제공하고 장차의 연구를 위한 서언으로 고려되어야 하는 많은 설명을 제기한다.

많은 분야들은 후기 극들—음악과 무도의 르네상스적 개념들, 가면극 형식의 구성, James 왕 궁전의 심미학적 철학적 환경과 의미의 중요한 전달 매체로서 극 행동의 특성—의 이해에 직접 관계하는 것을 보여주었다. 이 분야의 연구는 후기 극들이 설명되어야 할 필요한 맥락을 제공할 것이다.

필자의 주장처럼 이 후기 극들에 대한 전통 문학적 분석들은 비평적 해석의 열쇠를 제공할 수 없다.

필자가 본 연구에서 후기 극들은 가면극이 아니라는 것을 되풀이하여 언급했다. 그러나 가면극 형식의 연구는 이 극들을 이해하는데 필수적이다. 가면극은 무도, 음악과 스펙터클의 사용을 위한 유형을 제시한다. 더욱이 가면극은 미학적, 철학적 환경의 산물이다. 필자는 미학적으로 극 액션의 맥락에서 관찰하지 않고 셰익스피어 후기 극들을 이해할 수 없다는 것을 강조하고자 한다. 왜냐하면 후기 로만스들은 미학적 요소들이 이 극속에 너무 많이 산재하여 있기 때문에 그것들을 소홀히 취급하면 극 해석의 오류를 가져오기 때문이다.

Bibliography

Arbeau, Thoinot. *Orchesography*. Trans. by Cyril W. Beaumont.
London : C. W. Beaumont, 1925.

Burton, Robert. The Anatomy of Melancholy. 1962.

Edwards, Philip. "An Approach to the Problem of *Pericles*."
Shakespeare Survey 5 (1952), 25 - 49.

Edwards, Philip. "Shakespeare's Romances : 1900 - 1957."
Shakespeare Survey II (1958), 1 - 18.

Foakes, R.A. *Shakespeare the Dark Comedies to the Last Plays* :
Form Satire to Celebration. Charlottesville :
The University Press of Virginia, 1971.

Fry, Northrup. *Anatomy of Criticism*. Princeton :
Princeton University Press, 1957.

Granville-Barker, Harley. *Prefaces to Shakespeare*.
Second Series. London : Sidgwick & Jackson, Ltd., 1939.

Hoeniger, F.D. " Irony and Romance in *Cymbeline*."
Studies in English Literature, 2 (1962), 219 - 28.

Hoeniger, F.D. "Shakespeare's Romances Since 1958 :
A Retrospect." Shakespeare Survey 29 (1976), 1 - 10.

Halliday, F. E. Shakespeare and His Critics, Rev. Ed.
London : Gerald Duckworth & Co. Ltd., 1958

Hartwig, Joan. *Shakespeare's Tragicomic Vision*.
Baton Rouge : Louisiana State University Press, 1972.

Knight, G. Wilson. *The Crown of Life : Essays in Interpretation of
Shakespeare's Final Plays*. 1947; London : Methuen & Co., Ltd.,
1948.

Marder, Louis. "Stylometric Analysis and the *Pericles* Problem."
The Shakespeare Newsletter, 26 (1976), 46.

Nosworthy, J. M., ed. *Cymbeline. The Arden Shakespeare.*
    London : Methuen Co. Ltd., 1955.

Nosworthy, J. M. "Music and its Function in the Romances of Shakespeare,"
    Shakespeare Survey II (1958), 60 - 69.

Shaw, Bernard. *Cymbeline Refinished in Bernard Shaw* :
    Collected Plays with their Prefaces, Vol. VII. New York :
    Dodd, Mead & Company, 1975.

Sorell, Walter. "Shakespeare and the Dance."
    Shakespeare Quarterly, 8 (1957). 367 - 84.

Tillyard, E.M.W. *Shakespeare's Last Plays.* London : Chatto and Windus, 1938.

Traversi, Derek. *An Approach to Shakespeare.* 3rd. ed. Garden City, New York :
    Doubleday & Company, Inc., 1969.

Traversi, Derek. *Shakespeare : The Last Phase.* New York :
    Harcourt, Brace & Company, 1955, reissued ed., Stanford :
    Stanford Univ. Press, 1965.

Wood, James O. "The Shakespearean Language of *Pericles.*"
    English Language Notes, 13, No. 2 (1975), 98 - 103

Wood, James O. "Shakespeare, Pericles, and the Genevan Bible." Pacific Coast Philology,
    12 (1997), 82 - 89.

하해성. *세익스피어 미학론.* 서울 : 신아사, 1997.

하해성. *맥베드 미학적 읽기.* 서울 : 신아사, 1998.

하해성. *세익스피어 극예술과 미학.* 서울 : 신아사, 1999

Abstract

Ha, Haeseong, Prof.

On the esthetic structure of *Cymbeline*.

In studying the dramatic structure of *cymbeline* I can find not only that Shakespeare resolves the dramatic structure of the play by a concluding scene of complexity, but also that this conclusion consisting of twenty plots and subplots is Shakespeare's technical and dramatic art. At the center of the conclusion of the play is the reunion of Posthumus and Imogen.

The various plots and subplots are rewoven with such skill that the construction becomes an embodiment of the harmonic.

Though Shakespeare's romances are not masques, a study of the masque form is essential to an understanding of Shakespeare's last plays.

The masque provides a pattern for the uses of dance, music and spectacle. The masque is the product of an esthetic, philosophical environment. I believe that it is impossible to understand Shakespear's rommances without observing them in the context of the dramatic action.

드라마의 사상과 담론

인쇄일 초판 1쇄 1999년 06월 20일
　　　　2쇄 2010년 12월 13일
발행일 초판 1쇄 1999년 06월 30일
　　　　2쇄 2010년 12월 18일

편저자 한국극문학회
발행인 정 찬 용
발행처 **국학자료원**
등록일8제2-412호

서울시 강동구 성내동 447-11 현영빌딩 2층
Tel : 442-4623~4 Fax : 442-4625
www. kookhak.co.kr
E- mail : kookhak2001@hanmail.net
가 격 18.000원